Erstes Kapitel

Die walisischen Marken

Winter 1098

Schnee, getrieben von einem beißenden Novemberwind, traf in trockenen Flocken auf Guyons dunklen Umhang und wirbelte an ihm vorüber auf die Burg zu, die drohend aufragte von ihrer Klippe hoch über dem angeschwollenen Wye-Fluß. Das müde Pferd zupfte Gras und stopfte es in sich hinein, erholte sich dabei allmählich, und Guyon strich ihm über die Ohren und gab dem muskulösen Nacken des Reittiers einen Klaps. Das Licht wurde schwächer, das Wetter immer schlechter, aber zum Glück war ein schützendes Dach in Sicht.

Das graue Streitroß verweigerte beinahe vor dem eisigen, bis über seine Gelenke gehenden Wasser der Furt, doch Guyon berührte das Tier nur sachte mit den Sporen, und der Hengst machte einen Satz nach vorn, preschte das letzte Stück durch das dunkle, flüssige Eis und erreichte die schlammige, schon fast gefrorene Dorfstraße auf der anderen Seite des Flusses.

Die Höfe der Kleinbauern waren von innen erhellt, von den Feuern zum Kochen der Abendmahlzeiten und den zuckenden Binsenlichtern. Als sie an der Kirche vorbeikamen, lief ein bellender Köter heraus, der versuchte, Arian hinterherzurennen und nach seinen Hinterläufen zu schnappen. Ein Hufeisen blitzte. Die

Folge war lautes Jaulen, dann Stille. Eine Tür aus Weidengeflecht öffnete sich und wurde rasch wieder geschlossen nach einem scharfen Kommando aus dem Inneren der Hütte.

Guyon ritt weiter, vorbei an der Mühle und dem öligschwarzen Schimmer des Mühlbaches, begann dann den steilen Anstieg zur Burg. Einmal noch hielt er inne, um hinaufzuschauen durch schneeverkrustete Brauen zu dem soliden Sandsteinbau und schnitt dazu eine Grimasse, als ob ihm ein Mundvoll Wein plötzlich zu Essig geworden wäre. Bei ihrer Ankunft würde man Arian erst einmal eine wärmende Abreibung verpassen, ihm eine warme Decke geben und eine Raufe voll Futter, das für die Nacht ausreichen würde. Guyon hätte sich sehnlichst gewünscht, daß seine Bedürfnisse auch so leicht zu stillen gewesen wären, aber er brachte Botschaften mit, die eine solche Fürsorge fürs erste unmöglich machten.

Die Zugbrücke rumpelte herunter, und der Graue stakste über die dicken Eichenplanken, wobei seine Hufe ein hohles Echo hervorriefen. Darunter lag eine Schlucht mit kantigscharfen Felsen und mit dem Abfall von der Burg, wie er nur von den zähesten Schafen verschlungen werden konnte – und hier und da von einem nicht ganz so zähen, fluchenden Schäfer.

Er zügelte Arian zu einem Trott, so daß sie unbehindert unter dem Fallgitter hindurchkamen und durch den dunklen Bogen des Wachhauses in den offenen Burghof gelangten. Dort hielt er den Hengst an und schwang sich von seinem Rücken. Seine Beine waren so steif, daß er sich einen Augenblick lang nicht bewegen konnte und am Sattel festhalten mußte, bis ein Pferdeknecht auftauchte und sich um das Pferd kümmerte.

»Schlimme Nacht, M'lord«, bemerkte der Mann, lutschte an den Zähnen und schaute ihn mit klaren Augen und einer unausgesprochenen Neugier an.

Guyon lockerte den Griff am Sattelknauf und richtete sich gerade auf. »Es kommt noch schlimmer«, antwortete er grimmig und bezog sich dabei nicht allein auf das Wetter. »Kümmere dich um das Eisen an seinem rechten Vorderhuf, Sim, ich glaube, es ist lose.«

»Aye, M'lord.«

Guyon gab Arian noch einen Klaps, dann ging er quer über den Burghof, erst langsam, bis er wieder Gefühl bekam in den Beinen, den dunklen Kopf gebeugt gegen den wilden, mit Flocken durchsetzten Wind. Er grüßte die Wachen am Eingang zum Haupt- und Wohngebäude, zog sich die Panzerhandschuhe aus und ging die steile Treppe hinauf zu der Halle im zweiten Stockwerk.

Das Dinnerhorn war gerade erst ertönt, und die Schragentische waren besetzt mit Essenden. Als sie des Erben ihres Lords ansichtig wurden, hielten sie inne mit dem Kauen, ihre Hände blieben zwischen Mund und Schüssel, und ihre Augen wurden rund und bewegten sich wie Murmeln, um seinen Weg durch die Halle zu verfolgen, wobei den Männern sein langer, ungeduldiger Schritt auffiel, während sich die Frauen, mit völlig anderen Interessen, an der Breite seiner Schultern und der arroganten, auffallenden Schönheit seines Gesichts erfreuten.

Guyon schaute weder links noch rechts und ging hinauf zu dem Tisch auf dem erhöhten Podium, wo sein Vater mit den älteren Rittern und den Gefolgsleuten sowie den Burgbewahrern saß, und außerdem, wie er mit leichter Verärgerung feststellte, mit seiner Halbschwester Emma, die an dem für die Dame des Hauses vorgesehenen Platz throute.

Miles le Gallois schaute auf, erschrak und erhob sich dann, um seinen Sohn zu begrüßen. »Guy! Wir hatten dich nicht so früh erwartet.«

»Ein Mann reitet schnell, wenn ihm der Teufel auf den Fersen sitzt«, antwortete Guyon, trat hinauf, beugte sich vor, um seine Schwester zu küssen, und nahm dann den Platz ein, den man ihm hastig freigemacht hatte. Seine Beine fühlten sich plötzlich, als wenn sie zu Wasser geworden wären. Der ganze Raum drehte sich und schwankte vor seinen Augen.

»Ein Wunder, daß du nicht vom Pferd gefallen bist, Guy, du siehst schrecklich aus!« Emma gab einem der Diener, die an ihrem Tisch servierten, ein Zeichen.

»Wirklich?« Er nahm den Becher Wein, den sie ihm hinstreckte. »Nun, vielleicht habe ich guten Grund dazu, Em.« Er fühlte, daß sich aller Augen auf ihn gerichtet hatten, erschreckt wie die Kaninchen, wenn sie den Fuchs wittern.

»Der König hat dir doch nicht die Ländereien von Onkel Gerard verweigert?« fragte sein Vater in ungläubigem Ton.

Guyon schüttelte den Kopf und starrte in den blutroten, schillernden Wein. »Im Gegenteil: Der König hat mich mit Freuden zum Erben ernannt und mir alle dazugehörigen Rechte und Privilegien erteilt«, sagte er in einem Ton, der seinen Vater nicht beruhigte, sondern erst recht nervös machte.

Drei Monate zuvor war Gerard gefallen im Kampf gegen die Waliser auf der Insel Mon, die manche auch Anglesey nennen. Er war ein kinderloser Witwer gewesen und hatte Guyon als Erben eingesetzt, doch König William Rufus war bekannt dafür, daß er die

Erbschaftsrechte zugunsten der Rechte des Geldes zu benachteiligen pflegte. Guyon war zu Rufus in die Normandie gereist, um seinen Anspruch auf die Ländereien geltend zu machen, aber die Art und Weise seiner Rückkehr erfüllte Miles mit einer unguten Vorahnung. Die Augen seines Sohnes waren so schwarz wie die Wasser des Mühlbaches und so grimmig. Sicher, ein Teil davon war Müdigkeit. Aber ein anderer Teil war etwas, das Guyon bisher zurückhielt.

Miles warf einen Blick auf Guyons zusammengepreßte Lippen, auf den harten Griff, mit dem er die Finger um den Stiel des Bechers gelegt hatte, dann ließ er den Blick über die anderen Männer am Tisch schweifen. Was immer es war, Guyon würde es nicht öffentlich bekanntgeben. Er deutete ihnen durch ein Gähnen an, daß sie in ihre Räume zurückkehren sollten, doch das wurde verhindert durch seine Tochter, der, Gott segne sie, Guyons Zustand keineswegs entgangen war.

»Jesus!« schalt sie und legte ihre Hand auf die ihres Bruders. »Du bist ja eiskalt! Wie konntest du auch bei einem solchen Wetter reisen? Die Nachricht hätte sicher ein paar Tage warten können. Und schau mich nicht so an. Ich lasse die Mädchen eine Wanne zubereiten in deinem Zimmer, und du gehst inzwischen dorthin, wo es warm ist!«

Etwas von der Schwärze wich aus Guyons Augen. Ein Funke leuchtete auf. Emma hielt die Tatsache, daß sie drei Jahre älter war als er, für ein Privileg, ihn herumkommandieren zu können, um so mehr, als seine Mutter vor zwei Wintern an der Fieberkrankheit gestorben war. Wenn ihr Mann mit dem Hof reiste, als Stellvertreter des Großkämmerers und Vorstehers des Hofstaates, spielte sie in den Marken die Schloßherrin, terrorisierte die Dienstboten und die Familie und forderte hier wie da die Einhaltung einer strengen Hausordnung.

Diesmal jedoch kämpfte er nicht dagegen an, sondern ließ sie gewähren. »Du solltest die Köche ein bißchen munter machen, damit meine Leute etwas zu essen bekommen«, sagte er, während er aufstand, um ihr zu folgen. »Die treffen in einer Stunde ein und werden mich ganz schön verfluchen, die armen Teufel.«

Emma begann ihn auszuschelten wegen seiner Torheit, ihnen vorauszureiten, vor allem in dieser Zeit, wo die Marken so gefährlich und wild waren. Aber Guyon ging das Gezeter zum einen Ohr hinein und zum anderen heraus.

Sobald die dampfende Wanne bereit war, begann Guyon sich auszuziehen, und Emma schickte die Mädchen mit einem autokratischen Fingerschnippen hinaus. Er zog die Brauen hoch, als er es sah, bevor er sich das Kettenhemd über den Kopf zog.

Miles zog den Vorhang zu hinter den zwei Mädchen. »Ich glaube kaum, daß Guyon momentan besonderes Interesse für die Verführungskünste der Frauen hat, Emma«, bemerkte er trocken.

»Glaubst du? Nach dem, was mir mein Mann über den Hof erzählt, wäre Guy noch empfänglich für die Reize der Frauen, wenn man ihn gefesselt und halb tot geprügelt hätte.« Sie nahm ihrem Bruder mit anklagenden Blicken das Kettenhemd ab.

»Die Hälfte Gerücht und ein Körnchen Wahrheit«, verteidigte sich Guyon, dann jaulte er, als sie zu fest an seinem Wams zerrte, das sie ihm ebenfalls über den Kopf zog und ihm dabei fast die Ohren abriß.

»Weiber!« schimpfte er, rieb sich den Hinterkopf und duckte sich dann vor ihrer nächsten, handgreiflichen Erwiderung, richtete sich wieder auf und packte sie an den Handgelenken, um sie zu sich herzuziehen und sich einen Kuß zu stehlen.

Emma funkelte ihn an, und ihre Lippen zuckten, obwohl sie sich bemühte, sich das Grinsen nicht anmerken zu lassen. »Und du bist mir vielleicht ein Schweinehund!« gab sie ihm zurück und fügte hinzu, als er seine Lippen auf die zur Faust geballten Knöchel drückte, die er gefangen hielt: »Du brauchst gar nicht erst mit deinen höfischen Tricks zu kommen. Ich kenne sie in- und auswendig.«

Guyon ließ sie seufzend los. »Das kann ich mir denken«, sagte er, und plötzlich war der scherzende Blick aus seinen Augen verschwunden. Sein Gesicht wurde wieder zu der grimmigen Maske, die er bei seiner Ankunft gezeigt hatte. »Aber laß mir wenigstens die Hoffnung, daß sie auf andere Frauen wirken.«

Emmas klare Augen verengten sich. »Nicht in dieser Umgebung«, sagte sie streng.

»Ich dachte eigentlich etwas weiter die Marken hinauf. An die Tochter von Maurice FitzRoger, um genau zu sein.«

»Was?« Miles, der sich gegen einen schönen Intarsienschrank gelehnt hatte, war plötzlich hellwach.

»Judith von Ravenstow«, sagte Guyon in neutralem Ton, zog die Stiefel aus, dann die Hose, und stieg in die dampfende Wanne. »Im Auftrag des Königs.«

»Rufus hat dir die Tochter von Maurice von Ravenstow angeboten?«

»Nicht angeboten. Er hat gesagt: Du heiratest sie ohne Widerrede, sonst ...« Guyon schaute mit düsteren Augen auf seinen völlig verblüfften Vater. »Er hat außerdem die Grafschaft Shrewsbury an Robert de Belleme verkauft – für dreitausend Silbermark.«

»Was!« rief Miles schon zum zweitenmal, und seine Bedenken verwandelten sich in Bestürzung. »Der König würde ihm doch nicht gestatten, das Land zu erben! Angesichts dessen, was er bereits besitzt und was er für ein Mann ist – das wäre viel zu gefährlich.«

Guyon nahm die Seife und den Lappen, den Emma ihm reichte. »Jeder Mann hat seinen Preis, und de Belleme hat den von Rufus als bezahlbar gefunden«, sagte er mit einer Grimasse. »Er wollte Ravenstow ebenfalls, da es immerhin seinem Halbbruder gehörte. Und er hätte es bekommen, wenn sich FitzHamon nicht daran erinnert hätte, daß die Erbin ein unverheiratetes Mädchen von heiratsfähigen sechzehn Jahren ist. Also hat sich der König entschlossen, sie mir zu bestimmen, und sicher mit boshaftem Vergnügen.« Er begann sich heftig zu waschen, als könnte er sich damit von den Gedanken reinigen, die ihm durch den Kopf jagten.

»Das kannst du nicht machen!« Emmas Mundwinkel zuckten vor Empörung. »Wenn du das Mädchen heiratest, wirst du mit diesem Monstrum blutsverwandt. Ein jeder weiß, wie übel dieser Mann ist. Er raubt und foltert zum Spaß, und er steckt diejenigen, die ihm aus irgendwelchen Gründen nicht passen, auf gefettete Stangen und schaut grinsend zu, wie sie sterben. Mein Gott, er sperrt seine eigene Frau in die Gewölbe unter der Burg ein, mit nichts als Ratten zur Gesellschaft!« Sie schauderte und schlang sich die Arme um die Brust. Und Guyon konnte nicht behaupten, daß sie zu stark reagierte. Denn selbst in einem Zeitalter wie diesem, wo die Gewalt regierte, schreckten auch die Brutalsten vor den sadistischen Grausamkeiten von Robert de Belleme zurück, dem ältesten Sohn des verstorbenen Roger de Montgomery, des Earls von Shrewsbury.

Nicht die Art und Weise, wie er seine Dienstboten behandelte – ihre Leben waren allgemein nicht viel wert –, sondern die Foltern, die er adeligen Gefangenen angedeihen ließ, welche ohne weiteres ein Lösegeld hätten zahlen können, erregten die Menschen, doch das interessierte ihn nicht, denn er kannte keine Autorität außer der seinen.

»Wenn ich nicht in diese Heirat einstimme, Em, dann verliere ich auch das Land von Onkel Gerard, und beides geht an einen der flämischen Freunde des Königs.« Er ließ die Seifenschüssel im Bad schwimmen und schaute zu, wie sie schaukelte. »Ich stecke in einer Zwickmühle. Nicht nur, daß mir Rufus zwangsweise ein Weib fürs Bett verpaßt, er läßt mich auch noch dafür bezahlen – fünfhundert Silbermark. Sicher, das sind weniger als dreitausend, aber genug, daß meine Lehensbauern jammern werden, wenn ich ihnen das Geld abpresse. Belleme kann sich glücklich schätzen, daß er kein Gewissen hat.«

Emma schauderte und bekreuzigte sich.

»Und natürlich bilden die Ländereien, die du hast«, sagte Miles und verengte die Augen, »zusammen mit denen, die du aus der Ehe gewinnst, ein ausreichendes Gegengewicht in den mittleren Marken, falls es de Belleme einfallen sollte, sich das alles unter den Nagel zu reißen.«

»O ja«, erklärte Guyon mit Nachdruck. »Auch für dieses Privileg werde ich zahlen müssen – vielleicht mit meinem Leben.«

Danach herrschte gespanntes Schweigen. Emma stieß einen Seufzer aus, der auch ein unterdrücktes Schluchzen sein konnte, murmelte etwas von Essen und Wein und floh aus dem Raum.

Miles seufzte ebenfalls und setzte sich mit behenden

Bewegungen auf einen Hocker. Mit seinen vierundfünfzig Jahren hatte er körperlich wenig Last; er war beweglich und geschmeidig geblieben, wenn auch vielleicht etwas untersetzter als in seiner Jugendzeit.

»Ich kenne die Mutter des Mädchens«, murmelte er nachdenklich. »Alicia FitzOsbern, die Schwester von Breteuil. Sie war mit fünfzehn ein hübsches Ding – sehr hübsch sogar. Wenn ich damals nicht schon mit deiner Mutter verheiratet gewesen wäre – glücklich verheiratet –, dann hätte ich ihr vielleicht einen Antrag gemacht.«

Guyon knurrte. »Ich dachte, du hättest seit jeher nichts übrig gehabt für den FitzOsbern-Clan.«

»Das gilt für die Männer. Sie waren alle – und sind es noch, wenn du dir Breteuil vor Augen hältst, falsch wie die Schlangen. Aber Alicia war anders. Sie hatte einen mutigen und zugleich sanften Charakter, dazu Augen wie wilde Veilchen. Sie hat den Männern ihrer Familie nie verziehen, daß man sie bei der Heirat an einen so brutalen Kerl wie Maurice de Montgomery verkauft hat.«

Guyon langte nach dem Handtuch, das Emma in Reichweite gelegt hatte, und stieg aus der Wanne. »Grund genug für jede Frau, die Männer zu hassen, würde ich annehmen«, bemerkte er trocken und dachte an den früheren Lord von Ravenstow, der mehr an einen wilden Eber als an einen Menschen erinnert hatte.

»Wenn ich mich richtig erinnere, ist Judith erst spät geboren worden, nach zahllosen, vergeblichen Versuchen, bei denen man Alicia die Schuld zugeschoben hat«, erinnerte sich Miles und verschränkte die Arme. »Ich bezweifle allerdings, daß es ihre Schuld war. Aber wie ich ihn kannte, hätte Maurice trotz seiner eigenen Fehltritte niemals einen Bastard als rechtmäßigen Nachfolger anerkannt.«

Guyon zog sich ein pelzbesetztes Nachthemd an und rief zwei Diener herein, die das Wasser aus der Wanne gossen, durch einen Abfallschacht in der einen Ecke des Raums.

»Wenigstens ist Ravenstow ein ordentlicher Besitz, von dem aus du deine Herrschaft ausbreiten kannst«, bemerkte Miles auf Guyons Schweigen und dachte an das wuchtige neue Fort über dem River Dee. »Was für Sünden man Bellemes Seele auch zur Last legen mag, er ist ein meisterhafter Festungsarchitekt.«

»Und ich habe den Verdacht, daß er früher oder später versuchen wird, die Burg in seine Grafschaft einzubeziehen. Immerhin hat Ravenstow eine Schlüsselstellung inne zur Ebene von Chester und zu allen Straßen, die in den Osten führen.« Guyon warf ihm einen Blick zu, unter gesenkten Brauen. »Ideal geeignet für Räuberei und Erpressung, meinst du nicht auch?«

Miles schaute ihn an und erkannte die Unsicherheit hinter der schnippischen Fassade. Es war etwas, das er ihm vererbt hatte.

»Es gibt notfalls immer noch das Heilige Land«, fügte Guyon hinzu, mit einem schiefen Lächeln. »Freiheit von Rufus und de Belleme, und der Ruhm, die Ungläubigen zur höheren Ebene der eigenen Seele zu schlachten.«

»Hör sofort auf damit, Guyon! Das ist Gotteslästerei!«

»Wäre es dir vielleicht lieber, wenn ich heule, mich am Zipfel des Altartuchs festhalte und dort Zuflucht suche?« zischte er den Vater an.

»Ja, vielleicht«, erwiderte Miles, ungerührt von

dem Zornesblitz in den feurigen, braunen Augen. Guyon verfügte über einen königlichen Unmut, aber auch die Kontrolle, um ihn zurückzudrängen. »Es wäre zumindest besser als …« Er brach ab und atmete tief ein, als Emma zurückkam, gefolgt von einem Mädchen, das Essen und Wein auf einem Tablett bei sich hatte.

Guyons Lippen preßten sich zusammen. Er ließ sich auf einen Stuhl mit harter, hoher Lehne nieder.

»Rhosyn ist in der Halle«, verkündete Emma, während sie das Mädchen entließ und den Wein selbst einschenkte. »Du wirst es ihr sagen müssen.«

Guyon warf einen müden, erschöpften Blick auf seine Schwester, als er den Becher entgegennahm, und trank. »Was ist mit ihr? Als ich sie zuletzt zu Michaeli sah, wollte sie nicht bleiben und machte mir klar, daß sie an nichts weiter interessiert war als an dem üblichen Beisammensein zwischen den Bettlaken. Sie hat keinen Grund, beleidigt zu sein.«

»Sie hat vielleicht keinen Grund gehabt zu Michaeli, aber jetzt hat sie einen«, erwiderte Emma dunkel.

»Nämlich?« Guyons Müdigkeit verstärkte sich.

»Damit will ich sagen, daß sie kein so erfahrenes Kräuterweib ist, wie sie dachte, was die Rundung ihres Bauchs beweist. Spätestens zum Mittsommer ist es so weit, würde ich meinen.«

Guyon blickte von der schmollenden Entrüstung seiner Schwester auf die Ahnungslosigkeit seines Vaters. Er trank noch einen Schluck Wein und zuckte mit den Schultern. »Also gut, ich rede morgen mit ihr, aber ich sehe nicht ein, daß diese Heirat irgend etwas ändert. Ich erkenne das Kind an und bin auch bereit, dafür zu sorgen – aber ihr kennt doch Rhosyn – sie tut doch immer nur das, was ihr paßt.«

»Ich denke weniger an das, was ihr paßt, sondern was dem walisischen Recht paßt«, erwiderte Emma, als sie nach einem Stück Brot langte. »Der erstgeborene Sohn eines Mannes, auch wenn er ihn unehelich von einer Mätresse empfängt, hat die gleichen Rechte wie die anderen, legitimen Nachkommen aus seinem Samen.«

Guyon kaute und schluckte, dachte einen Moment lang nach und schüttelte den Kopf. »Ich bin unter normannischem Recht geboren, Emma, und die walisischen Gesetze gelten nicht auf dieser Seite der Grenze, so leid es mir tut. Außerdem ist das Kind ja noch nicht geboren und kann ebenso gut ein Mädchen werden. Das letzte Kind, das ich von einem Küchenmädchen in Windsor bekam, war ein Mädchen.«

Emmas volle Lippen wurden eine schmale Linie. »Wann war das?« fragte sie in eisigem Ton.

»Im letzten Frühjahr, vor dem Feldzug nach Wales. Das Baby ist keine Woche alt geworden.«

»Du bist nicht knausrig mit der Verteilung deiner Gunst, wie?« fuhr sie ihn an. »Oder habt ihr beide, du und Prinz Henry, Wetten abgeschlossen, wer von euch mehr Bastarde zustandebringt?«

»Ach, sei doch nicht so prüde, Emma!« knurrte er. »Du weißt, wie es bei Hofe zugeht. Also, ich gehe lieber in die Hölle für die Sünde der Unzucht als für die Sünde des Königsmords.«

Farbe strömte in ihr Gesicht. Ihr Mann, als rechte Hand des Großkämmerers, wußte, was im Umkreis des Königs vor sich ging: er kannte die Skandale, die lächerlichen, kleinen Machtkämpfe, die Laster – und Guyon mit seinen hübschen, arroganten Zügen, seinem geringen Interesse für Besitz und einem Anflug walisischen und märkischen Barbarentums war geradezu ein Magnet für alle drei höfischen Fehler, ob er es wollte oder nicht.

Miles erhob sich taktvoll und streckte sich wie eine Katze, die lange zusammengerollt dagelegen hat. »Für diese Diskussion ist morgen noch Zeit genug«, sagte er. »Ich bin jetzt für's Bett, damit mich nicht das Morgengrauen noch erwischt.« Er schaute seine Tochter nachdrücklich an.

»Eine Verschwörung der Männer«, erklärte Emma mit einem hochmütigen Schniefen, dem sie ein kleines Lächeln folgen ließ. »Ich weiß, wann ich mich geschlagen geben muß.« Sie ging zu ihrem Bruder hin, beugte sich zu ihm hinunter und küßte seine stoppelige Wange.

»Wie ich dich kenne, heißt das nicht, daß du nachgibst«, sagte er lachend und zupfte sachte an ihrem dicken, kupferfarbenen Zopf.

»Nein?« Sie zog die Brauen hoch, als sie ihn anschaute. »Paß auf, ich gebe diesen Kampf gern an deine Zukünftige weiter und hoffe, daß sie mehr Glück hat dabei als ich, den Luftikus in dir zu zähmen.«

»Du weißt, wann du dich geschlagen geben mußt, hast du vorhin gesagt!« Er lachte, als er auf den Vorhang zuging. »Hast du deshalb immer das letzte Wort?«

Zweites Kapitel

In der schwach beleuchteten großen Halle warf sich Rhosyn auf ihrem behelfsmäßigen Lager herum und setzte sich dann auf – verärgert, daß ihre Blase schon wieder voll war. Neben ihr lag ihr Vater, tief in Schlaf versunken. Er war ein wohlhabender Wollhändler, und der Ansatz eines Bauches legte dafür Zeugnis ab. Selbstgefällig. Es ging ihnen gut, seit sie mit Miles, dem Lord von Milnham und Ashdyke, Geschäfte machten. Wolle brachte guten Profit, und auch der Stoff, der daraus gewoben wurde. Lord Miles züchtete sie direkt ab Huf. Ihr Vater verkaufte das Tuch in Flandern und spekulierte ein bißchen mit anderen Märkten – Gewürze und Leder, Seide und tyrisches Glas –, und sie wurden reich dabei.

Neben ihrem Großvater schliefen die Kinder aus ihrer ersten, jetzt verwitweten Ehe wie Hündchen in einem Korb. Rhys war zehn, ein stämmiges, dunkeläugiges Abbild seines Vaters. Eluned, erst sieben, erinnerte mehr an die Mutter, also an sie selbst: schlank und lebhaft mit blauschwarzem Haar, Augen in den Herbstfarben und mit einem rosigen, strahlenden Teint. Und das Kind in ihrem Leib: Wenn es ein Junge wurde, so konnte sie nur bei Gottes Güte hoffen, daß er Guyons Schönheit erbte, aber nicht seinen komplizierten Charakter.

Wie dumm, dachte sie ärgerlich, während sie hinausschlich, um den Abtritt zu finden, wie dumm, sich so erwischen zu lassen: sie, die alle Kräuter kannte oder zu kennen glaubte, weil es bisher immer funktioniert hatte. Jetzt war es zu spät, zu gefährlich, außerdem wuchsen die Pflanzen zur Zeit nicht, die sie ganz sicher von weiterem Nachwuchs kuriert hätten.

Sie hatte sich lange überlegt, ob sie diese Reise nach Heresford mit ihrem Vater unternehmen sollte, aber dann hatte sie sich gesagt, daß es ihre letzte Gelegenheit war, bevor das Wetter zu unwirtlich zum Reisen wurde, und sie brauchte noch Leinen für die Bänder, die sie in den dunklen Wintermonaten, in denen man im Haus bleiben mußte, sticken wollte. Das eiskalte Wetter und die Schneeschauer hatten sie gezwungen, ihre Reise zu verkürzen und für die Nacht hier auf Ashdyke Zuflucht zu suchen.

Guyons Erscheinen zur Dämmerung war eine Überraschung gewesen, und sie wußte nicht, ob es eine willkommene war. Die Nachricht seiner bevorstehenden Heirat hatte ihr keinen Kummer bereitet. Sie hatte immer gewußt, daß der Tag kommen würde, ja, sie hatte sich sogar ein bißchen darauf gefreut. Er war immerhin Erbe eines beträchtlichen Landbesitzes und hatte die Pflicht, sich eine Frau nach seinem eigenen Status zu suchen und mit ihr Kinder großzuziehen, eine Frau, mit der er mehr gemeinsam hatte als mit ihr.

Rhosyns praktische Grundlagen, die sie aus ihrer Händlersfamilie hatte, sagten ihr, daß es keinen Sinn gehabt hätte, ihre Beziehung auszubauen. Trotz all seiner Schönheit, des attraktiven Körpers und seiner Raffinesse im Bett war er nur zu einem Viertel ein *Cymru* und zu einem Lord in den Marken erzogen worden, der immerhin auf dem Rücken eines Schlachtrosses nach Wales ritt, um das Land zu verwüsten, wenn sein König es ihm befahl. Er betrachtete die mit Türmen besetzte Grenze der Normannen als seine Heimat und Zuflucht, nicht als graue Gefängnismauern, die einen in der Seele hemmten und schadeten.

In der Garderobe, wie man den Raum beschönigend nannte, war es kalt und stank nach der Hauptfunktion; daher blieb sie nicht lange. Aber statt zurückzuschleichen in ihr Bett, ging sie in Richtung der privaten Gemächer. Sie wußte, welche Kammer man Guyon gegeben hatte, denn Cadi, seine junge, weiße Hündin, lag davor, zusammengerollt, daß die Nase neben der Rute zu liegen kam. Sie erhob sich mit freudigem Gewinsel, als sie Rhosyn begrüßte, und diese streichelte das Tier eine Weile, ehe sie den schweren Vorhang lüftete.

Guyon war tief im Schlaf gewesen, aber er war rasch erwacht, als er die Vorhangringe klimpern und den Hund leise winseln hörte. Das war das Schloß, in dem er aufgewachsen war, hier freute man sich über seine Rückkehr, aber seine Gedanken und sein Körper waren so an Gefahren gewohnt, daß er innerhalb von fünf Herzschlägen aus dem Bett und am Vorhang war.

Ein Schatten flackerte über die schwache Fackel im Gang. »Guyon?« fragte eine Stimme zweifelnd, stieß dann einen gedämpften Schrei aus, als sie von hinten gepackt wurde.

»Ich bin's, Rhosyn!« keuchte sie, und in ihrem Französisch lag der lispelnde Akzent von Wales. »Bist du verrückt?«

»Eher schon du!« erwiderte er, aber mit Amüsement, jetzt, da er voll wach war und ihren weichen, schlanken Körper an dem seinen fühlte. »Es ist Wahnsinn, sich mitten in der Nacht an einen Mann anzuschleichen, *cariad*. Ich schlafe oft mit einem nackten Schwert an meiner Seite. Ich hätte dir den Kopf abhauen können!«

»Ich habe dein nacktes Schwert oft genug gesehen, als daß ich davor Angst hätte«, erwiderte Rhosyn mit übertriebener Naivität und drückte sich dabei gegen ihn in der Dunkelheit, fühlte, wie die vertraute, süße Verwirrtheit ihre Knochen zu schmelzen begann. Sie fuhr mit den Fingern durch sein dichtes Haar, stellte sich auf die Zehenspitzen, um ihn ins Ohrläppchen zu beißen, und flüsterte: »Aber vielleicht ist es sicherer, wenn Ihr es in die Scheide steckt, Mylord.«

Guyon lachte mit tiefer Stimme. »Und bis ans Heft«, murmelte er, bevor er sich hinunterbeugte, um ihre willig dargebotenen Lippen zu küssen, während seine Finger sich mit den Verschnürungen ihres Nachthemds befaßten.

Rhosyn streckte sich lüstern wie eine Katze und entspannte sich dann, ein zufriedenes, kleines Lächeln um die Lippen. »Ich hatte schon ganz vergessen, wieviel Spaß das macht«, schnurrte sie und schaute Guyon von der Seite an, im schwachen Licht der Kerze, über das beiseite geworfene Bettzeug hinweg.

»Selbst schuld«, bemerkte er, aber leicht, ohne Anklage. »Ich hätte dich ohne weiteres mitgenommen.«

»Und ich wäre unter all den normannischen Frauen aufgefallen wie ein bunter Hund und hätte mich miserabel gefühlt wie die Sünde.«

»Die Sünde ist nie miserabel.« Guyon kicherte und bekam dafür einen Klaps aus Liebe. Er packte ihr Handgelenk, zog sie zu sich her und erwiderte den Klaps auf ihren Hinterbacken. Sie warf sich über ihn, fühlte, daß er noch halbsteif war, und wußte einen

Moment lang nicht, was sie tun sollte, dann machte sie sich frei, setzte sich auf und betrachtete ihn durch den Vorhang ihres Haars.

Er hatte die leicht olivfarbene Haut seiner walisischen Großmutter, und auch das Haar war keltisch wie seine Augen, dunkle, leuchtende, braune Teiche. Er hätte leicht als *Cymru* durchgehen können, wenn man von seiner anglo-normannischen Größe und den breiten Schultern abgesehen hätte.

»Was schaust du?« fragte er und lächelte.

Ihr Blick schweifte über das Ganze, und sie mußte lachen. »Ich komme mir vor wie ein Bettler beim Fest. Die gebotenen Köstlichkeiten überwältigen meinen Appetit.«

Guyon grinste, doch der Ausdruck erreichte nicht ganz die Augen, die sie ernst anschauten. »Ich höre, daß du ein Kind bekommst?« fragte er leise.

Auch aus ihren Augen verschwand das Lachen. Sie hob verteidigend das Kinn in die Höhe. »Na und?«

»Hättest du es mir gesagt?«

Rhosyn biß sich auf die Lippen. »Wahrscheinlich«, sagte sie und senkte den Blick vor seinen prüfenden Augen. »Mein Vater und der deine machen zuviel gute Geschäfte miteinander, als daß man die Sache geheimhalten könnte, und Rhys und Eluned sind beide alte Klatschbasen. Sie wären früher oder später dahintergekommen.«

Guyon betrachtete sie nachdenklich, fühlte ihre Zurückhaltung und auch, wie es ihm an die Nieren ging. »Meine Schwester glaubt, daß du für das Kind walisisches Recht angewendet wissen willst«, murmelte er leidenschaftslos.

Die schönen, grünen Augen wurden groß.

»Der erste Sohn einer jeden Küchenhilfe ist gleichwertig einem jeden legal geborenen Sohn«, erklärte er, als sie ihn verständnislos anstarrte.

Sie schüttelte den Kopf; ihre Miene wirkte fast erschreckt. »Da irrt deine Schwester. Was würde mir das schon nützen, diesseits der Grenze, wo die Normannen herrschen?«

»Emma hat aus dem Blickpunkt einer normannischen Frau gesprochen«, sagte er. »Sie überlegt sich, was sie in deiner Position tun würde, und ich weiß, sie würde mit Zähnen und Klauen dafür kämpfen, daß das Kind meiner Verantwortung zugerechnet wird.«

Rhosyn schnitt eine Grimasse und erinnerte sich an Emmas frostige Blicke, als sie die provisorischen Betten in der Halle aufgestellt hatten.

Die Nachtkerze spuckte und sprühte Funken, und Guyon streichelte Rhosyns Haar. »Uns geht es aber nicht um Emma, sondern um dich«, sagte er und schaute sie an, suchte nach einem Zeichen ihrer Mutterschaft. Vielleicht waren ihre Brüste ein wenig voller, und ihr Bauch war nicht mehr konkav.

Rhosyn schaute müde drein, bevor sie die Lider senkte.

»Ich versuche, durch Fehler klug zu werden«, sagte er leise, als er ihre Angst erkannte. »Ich will nicht versuchen, dich zu halten, obwohl es mein größtes Vergnügen wäre.«

»Meinst du, wegen deiner Braut?« fragte sie ohne Groll.

Guyon schnitt eine Grimasse. »Das weißt du schon? Ach Gott, ja, wieso solltest du es nicht wissen, wenn meine Männer unten in der Halle schon von nichts anderem mehr reden. Rhosyn, *cariad*, du bist gut dran, wenn du dich da raushältst. Nimm die Straße nach Wales und schau dich nicht um, in Gottes Namen.«

»Guyon?«

Er schaute sie an mit einem Blick, ganz ohne Humor, dafür dunkel und grimmig. »Du hast es also schon gehört. Ich soll ins Haus Montgomery einheiraten. Es ist der Befehl des Königs, und die Mutter des Mädchens ist eine alte Bekannte meiner Familie. Meine Weigerung würde sie in tödliche Gefahr bringen, von seiten Roberts de Belleme, des neuen Earls von Shrewsbury. Wenn er es fertig bringt, seine eigene Frau in einem Verlies darben zu lassen, und wenn er es fertigbringt, seinem eigenen Pflegesohn die Augen auszustechen – was wird er sich da lange Gedanken machen, seine Schwägerin und seine Nichte den hohen, hehren Zinnen von Ravenstow zu opfern? Es geht da um Macht, Rhosyn, und du halte dich da heraus, so gut es geht. Wenn dein Vater seine Geschäfte hier in Heresford oder wo auch immer erledigt hat, dann geh nach Hause mit ihm, setz dich an den Ofen und vergiß, daß du jemals auf der anderen Seite der Grenze warst, es sei denn, du hast eine Armee zu deinem Schutz und deiner Bewachung. Robert de Belleme und seine Leuten werden die Marken für jemanden wie deinen Vater sehr bald in eine Hölle verwandeln.«

Rhosyn schauderte, wollte glauben, daß er übertreibe, doch sie versagte sich diesen Trost. Seine Zunge mochte lügen, aber der Ausdruck in seinen Augen sprach die reine Wahrheit.

»Ich rede morgen mit deinem Vater, ehe sich für uns die Wege trennen, und schärfe ihm ein, daß er nur auf unserem Land reisen und keine Abkürzungen über die Domäne von Shrewsbury machen darf.«

»Ist es wirklich so gefährlich?«

»Ja. Ich meine, was ich sage, Rhosyn. Entweder ihr

geht ins Herz von Wales und kommt nicht wieder her, oder ihr bleibt bei mir, in der Sicherheit von einem meiner Besitztümer. Eine dritte Möglichkeit gibt es nicht.«

Sie schüttelte wie betäubt den Kopf. Er berührte ihren Arm und bemerkte, wie kalt sie war, zog sie zu sich her und nahm sie in seinen Arm, dazu legte er die Decke über beide. Sie drückte sich an ihn und fühlte diese Mauer aus Muskeln, die ihr wenigstens eine Illusion von Sicherheit vermittelte.

Das also war das Ende. Sie konnte nicht auf Dauer in einer dieser großen, grimmigen Normannenburgen wohnen. Sie brauchte ihr Maß an Freiheit. Wenn er sie und ihr Kind sehen wollte, mußte er sich schon nach Wales bemühen.

»Ffarwel fy llewpart du«, murmelte sie an seinem Hals und küßte ihn, erst auf das dunkle Grübchen, dann auf die Lippen. *»R wy'n dy garu di.«*

Guyons Arme schlangen sich um sie, als ihr Kuß leidenschaftlicher wurde, und ihre Körper fingen erneut Feuer; zugleich fühlte Guyon das prickelnde Brennen unvergossener Tränen hinter den Lidern. »Ich liebe dich auch, *cariad*«, murmelte er mit belegter Stimme, und dann verfluchte er stumm den Clan der Montgomerys und wünschte sie alle in die tiefste Hölle.

Drittes Kapitel

Judith biß die Zähne zusammen und sog die Luft ein, als Agnes, die Zofe ihrer Mutter, den Elfenbeinkamm durch das hüftlange, hell bronzefarbene Haar zog und dabei auf eine bis dahin nicht entdeckte Verfilzung stieß.

»Steh still, Liebes, dann tut es nicht so weh«, sagte die Zofe, einen Hauch von Verzweiflung in der Stimme, während ihr der Schweiß über die drei wabbelnden Kinne lief. »Wir sind schon fast fertig.«

»Du sollst mich nicht wie einen Säugling behandeln!« fuhr ihr Schützling sie an. Judith trat von einem Fuß auf den anderen wie ein Pferd, das nervös unter dem Sattel zappelt. Sie hatte sich so wenig unter Gewalt, daß man befürchten konnte, sie würde weiß Gott was anstellen, wenn sie sich nicht zügelte, bevor sie ihrem zukünftigen Ehemann entgegentrat.

Judith blickte hinunter auf ihr Hochzeitskleid: ein blaßgrüner Unterrock aus Leinen, der glatt auf ihrem schlanken, fast mageren Körper lag, und ein Überrock aus einem schweren Seidendamast, der dunkler grün war als der Unterrock, dazu üppig bestickt mit Goldfäden oben am Kragen, unten am Saum und an den Ärmeln. Um die Taille trug sie einen Gürtel aus Bronzegliedern, die mit Schmucksteinen besetzt waren. Sie kam sich vor wie der Hauptgang bei einer

Mahlzeit, mit großer Mühe aufgeputzt, um anschließend verschlungen zu werden.

In ein paar Stunden würde sie in der Kapelle einem Mann das Jawort geben, den sie nie zuvor von Angesicht gesehen hatte. Sie würde ihr Heim verlassen und mit ihm gehen, sein Eigentum mit ihm teilen, wie es ihm beliebte, von ihm abends ins Bett gebracht werden und vielleicht in neun Monden sein Kind gebären. In einer Woche erst wurde sie sechzehn, und sie hatte Angst. Sie wußte, wieviel ihre Mutter hatte erdulden müssen von den Händen ihres Vaters, bevor er im September gestorben war. Das Knurren, die Flüche, die häufigen Schläge, die Prügel, wenn er betrunken war, die Verachtung, die an den Grundfesten des Vertrauens rüttelte. Ihre Mutter hatte versucht, das Schlimmste von der Tochter abzuwenden, aber Judith hatte es gewußt, hatte diese Hölle genau beobachtet und konnte den Gedanken nicht ertragen, daß dies nun auch ihr Geschick sein würde.

»Steh still, Liebes«, sagte Agnes. »Laß mich das hier in dein Haar stecken, sei ein gutes Mädchen.«

Die Finger der Zofe zupften und zerrten, während sie versuchte, die Nadel zu befestigen. Wut flammte auf in Judiths Brust, nicht nur auf Agnes, sondern auf alles. Sie hob ihre Hand und schlug die Hand von Agnes zur Seite. »Du hättest eine Schlachtersfrau werden sollen, nicht die Zofe einer Lady!« fuhr sie sie an.

Beleidigt begann Agnes sich aufzuplustern und zu gackern wie eine Henne.

Der Vorhang klickte sachte an den Ringen, und Alicia de Montgomery betrat den Raum. Ihr Gang hatte immer noch das elegante Gleiten aus ihrer Jugendzeit. Sie überblickte die Szene und die gespannte Atmosphäre, und die leichten vertikalen Falten zwischen ihren Brauen wurden deutlicher.

»Danke, Agnes, du hast Wunder vollbracht. Aus unserem Entchen ist ein Schwan geworden. Gehst du jetzt hinunter und läßt für heute abend von einem der Mädchen frische Kerzen nachstecken?«

Die Zofe wußte, wann sie überflüssig war, und sie bedauerte es nicht, gehen zu müssen. So gern sie Lady Judith mochte, war Agnes auch klar, daß sie in letzter Zeit schwer zu behandeln war, in diesem unangenehmen Stadium zwischen Kind und Frau – wobei sie die eine wie die andere Identität mit Unwohlsein betrachtete.

»Agnes ist manchmal ein alter Besen«, sagte Alicia, als die beiden Frauen allein waren, »aber trotzdem darfst du sie nicht so hart behandeln. Habe ich dir das nicht oft genug gesagt? Eines Tages wirst du genauso schlimm sein wie dein Vater.«

Judith biß sich auf die Unterlippe, hielt das Kinn hoch, um nicht zu zittern, und blinzelte heftig. »Entschuldige, Mama«, sagte sie etwas unsicher, »aber sie hat mir weh getan, und ich bin mir vorgekommen wie ein Fohlen, das für eine Pferdeschau gestriegelt wird.«

Alicias Mundwinkel zuckten. In Anwesenheit ihres Vaters, der an die Unterwerfung des Weibes geglaubt hatte, wäre sie sanft gewesen wie Butter, doch Alicia war sich voll ihres rebellischen Geistes bewußt, der unter der pflichtgebotenen Unterwürfigkeit schlummerte.

Alicia küßte ihre Tochter, strich ihr sachte übers Haar, trat dann einen Schritt zurück, schaute in die Augen ihres Kindes – und sah darin das hoffnungslose Elend eines gejagten Tiers, das schließlich in die Enge getrieben worden ist.

»Diese Heirat ist zu politischen Zwecken von Männern bestimmt worden, aber sie ist ein Segen für dich, den du vielleicht erst später verstehen wirst. Der Mann, dessen Sohn du heiraten wirst … Ich war selbst beinahe einmal seine Braut. Und ich wünschte, ich wäre so glücklich gewesen.«

Judith schaute ihre Mutter aus großen, runden Augen an.

»Er war schon verheiratet«, sagte Alicia, wandte sich um und glättete eine Falte an ihrem Kleid. »Dein Großvater FitzOsbern hat mich ihm angeboten, als seine eigene Frau bei einem Überfall der Waliser verschleppt worden war, aber Miles ist über die Grenze gegangen und hat sie sich zurückgeholt. Dein Großvater war wütend, daß seine Pläne so durchkreuzt worden waren. Ich war glücklich für Miles – er hat Christen sehr geliebt –, aber ich habe mich danach wochenlang in den Schlaf geweint.« Sie nahm ihren Spiegel mit dem Elfenbeinrücken und schaute in das schimmernde Glas. Was sie darin sah, war nicht die schöne, reife Frau von vierundvierzig Jahren, sondern das blühende Mädchen mit fünfzehn und den dunklen, düster dreinschauenden Herrn von Milnham, der nur Augen hatte für seine flachsblonde, englische Frau.

Sie hatte sich nie erholt von diesem ersten Stich des Herzens, in ihrer frühen Mädchenzeit, der um so schlimmer wurde, als sie mit sechzehn Maurice de Montgomery heiraten mußte, einen Mann, der sie bei der kleinsten Übertretung verprügelte und gegenüber seiner jungen Frau insgesamt die Brutalität eines stinkenden, verkommenen wilden Ebers an den Tag legte.

»Ich weiß nicht sehr viel über Guyon«, sagte sie, »aber mit Miles und Christen als Vorbilder dürfte deine Ehe jedenfalls leichter zu ertragen sein als die meine.« Dazu zuckte sie mit den Schultern. »Wären die Umstände anders gewesen, dann hätte man euch Zeit gelassen, euch vor der Hochzeit kennenzulernen, aber so, wie die Sache steht, ist es besser, du hast einen starken Beschützer, wenn dein Onkel Robert kommt, um seine Grafschaft zu reklamieren. Es ist soweit – schon sammeln sich die Geier.«

Judith schaute von der Seite auf ihre Mutter, deren Ausdruck gar nichts verriet. Sie kannte die Gerüchte um Robert de Belleme. Die Mädchen erschreckten einander abends mit Schauergeschichten über seine Brutalität, und Judith verstand mehr Englisch und Walisisch, als für ein Mädchen ihrer hohen Bildung schicklich war. Sie sagten, er quäle die Menschen zum Spaß und sei ein gewissenloser Räuber und Mörder. Sie sagten auch, daß er einen gespaltenen Schweif habe und einen Pferdefuß, aber Judith glaubte den Gerüchten nicht. Was brauchte man Dinge zu erfinden, wenn die Wahrheit schon schlimm genug war?

Robert de Belleme hatte Ravenstow selbst entworfen und ihrem Vater das Geld geborgt, damit die Burg gebaut werden konnte. Ihre Familie war bis zu diesem Tag bei den de Bellemes mit mehreren hundert Silbermark verschuldet. Judith wußte, daß ihre Mutter befürchtete, er würde kommen und es zurückfordern, nachdem er selbst dem König Geld schuldete. Das war überhaupt der Grund, weshalb diese Heirat so schnell arrangiert worden war – bevor de Belleme die Gelegenheit bekam, die Hand auszustrecken, den Rest auf einmal einzustreichen oder ihnen die Daumenschrauben anzulegen.

Judith schauderte. Die Hochzeit war als kleine, private Feier geplant gewesen, mit einer bescheidenen Auswahl von Gästen und Vasallen, aber de Bellemes Bruder Arnolf von Pembroke war am vergangenen

Abend eingetroffen und mit ihm Walter de Lacey, ein mächtiger Vasall von de Belleme, Jagdgenosse ihres Vaters und früher Anwärter auf ihre Hand und den Besitz von Ravenstow. Ihre Mutter war in Verlegenheit, als sie für die beiden Plätze zum Übernachten bereitstellen und freundschaftliches Willkommen zeigen sollte, denn es schien klar, daß sie nicht als Gäste gekommen waren, die ihnen zur Hochzeit gratulieren wollten. Andererseits war es unmöglich, sie abzuweisen, und ihre Mutter hatte Mühe, die offiziell eingeladenen wie Hugh d'Avrenches, den Earl von Chester und FitzHamon, den Lord von Gloucester, standesgemäß unterzubringen.

Der Vorhang raschelte, und Agnes kam zurück, gefolgt von einem Mädchen, das einen Korb mit neuen Kerzen bei sich hatte. »Sie sind schon gesichtet worden, M'lady. Sie treffen noch diese Stunde hier ein, sagt de Bec«, verkündete Agnes und gab dann mit einem dicken, warnenden Finger ihre Befehle an das junge Mädchen weiter.

Der ganze Raum schwamm vor Judiths Augen, und die Wände schienen zusammenzurutschen, so daß sie kaum noch Luft zum Atmen hatte. Ihr war heiß, aber ihre Hände fühlten sich kalt an wie Eis. »Agnes, es tut mir leid, ich hätte dich nicht schlagen dürfen ...« Sie verstummte und streckte die Hand aus. Dann drehte sie sich rasch um und lief davon.

Alicia und Agnes riefen ihr nach, doch Judith war schon davon, rannte die gefährlichen, engen Stufen hinunter.

»Soll ich ihr nachlaufen, Mylady?«

Alicia überlegte und warf einen Blick auf den erst jetzt wieder ruhig gewordenen Vorhang. »Nein, Agnes«, sagte sie langsam. »Wir haben ihr heute ohnehin genug zugemutet. Sie soll ruhig eine Weile allein sein. Es wird ohnehin ihre letzte Chance sein.«

»Sie ist einfach noch nicht bereit«, sagte Agnes grimmig. »Man sagt, er kennt sich aus bei den Frauen vom Hof und spielt mit den Gattinnen anderer Männer.«

»Alles Gerüchte«, fuhr Alicia sie an. »Und du solltest so etwas nicht anhören, Agnes. Schau mich nicht so bedauernd an. Ich bin nicht so naiv, daß ich dem Geschwätz der Dienstboten glaube. Natürlich hat er ein paar Geliebte gehabt, aber diese Geschichten werden immer furchtbar aufgebauscht, und ich glaube ihm und seiner Herkunft mehr als dem ganzen Geschwätz aus dritter Hand. Außerdem, wie auch seine Ehe mit Judith sein wird, sie wird bestimmt nicht schlimmer als das Schicksal der Frau seines Onkels Robert oder auch der von Walter de Lacey. Also muß sie eben dazu bereit sein.« Und Alicia wandte sich von ihrer Zofe ab, auch wenn ihr Blick ihre Zuversicht Lügen strafte.

Als Judith wieder zu Sinnen kam, hatte sie Seitenstechen und lehnte sich gegen einen Felsklumpen; der Atem rasselte in ihrer Kehle, ihr Haar war zerwühlt, und ihr Kleid wies einen dunklen Fleck auf, der sich vom Saum aus nach oben ausbreitete, wo sie kopflos durch eine Pfütze im Burghof gelaufen war. Die vergoldeten Schuhe waren durchnäßt, und ihre Zehen klebten zusammen.

Der Eiswind wehte ihr um den Kopf. Judith begann zu frösteln. Ihr neuer Mantel mit dem warmen Biberpelzfutter hing an seiner Stange in der Kammer, aus der sie geflohen war, und nichts auf der Welt brachte sie dorthin zurück.

»Ich kann es nicht tun«, flüsterte sie zu sich selbst und wußte zugleich, daß es nichts als leere Worte waren. Wenn sie dieser Heirat nicht zustimmte, waren sie alle der Drohung ihres Onkels Robert ausgesetzt. Und früher oder später würde sie dann doch einem Ehevertrag unterworfen, wahrscheinlich mit Walter de Lacey. Nichts konnte schlimmer sein als das, sagte sie sich, als sie hinausstarrte über das graue, mit kleinen Wellen gekräuselte Wasser des Flusses unter der Burg.

Also Guyon FitzMiles, der Herr von Oxley und Ledworth. Sie sprach den Namen, erprobte ihn auf der Zunge und versuchte, sich den Mann vorzustellen, aber das einzige, was herauskam, war ein übelerregendes Gefühl im Magen. Was, wenn seine Zähne verfault waren und er aus dem Munde stank? Wenn er fett war, mit einer Glatze, wie Hugh, der Earl von Chester? Diese Bilder erfüllten ihre Gedanken, überfluteten sie für einen Augenblick, und sie überlegte einen wilden Moment lang, ob sie sich von einem Mauervorsprung in die Tiefe stürzen sollte wie die Gischt auf die Felsen unter ihr.

Die Vorstellung ängstigte sie, und sie zog sich vom gefährlichen Rand zurück, wobei der Wind an ihrem Haar zerrte und sie stoßweise und schluchzend atmete.

Ein dünnes, klagendes Miauen ließ sie umschauen, dann bückte sie sich zu einer golden getigerten Katze, die ihr um die Röcke strich, mit hoch erhobenem Schweif, und den runden Kopf an ihren Beinen rieb.

»Melyn!« schalt Judith, die momentan von ihrem eigenen Kummer abgelenkt war, und hob die Katze hoch. »Wo, bei allen Heiligen, bist du gewesen?«

Die Katze, die seit drei Tagen verschwunden gewesen war, schnurrte nur und schaute sie von der Seite mit schlauem Blick und katzenhafter Herablassung an.

Es war ungewöhnlich, Katzen als Haustiere zu halten. Meistens strichen sie in den Scheunen herum und wurden toleriert, weil sie die Schädlinge im Zaum hielten. Judith hatte Melyn vor zwei Jahren auf dem Hochland entdeckt, ein kleines Kätzchen mit einer schwer verletzten Pfote, und Lord Maurice war nicht zu Hause gewesen; er hätte das Tier sofort erschlagen lassen. Als er zurückkam, hatte sich Melyn bereits wieder völlig erholt, sich an das Leben im Frauengemach gewöhnt und die entsprechenden Manieren gelernt. Ihr katzeneigener Sinn für Selbsterhaltung schickte sie in ihr Versteck, wann immer Maurice in der Nähe war.

Nach seinem Tod war Melyn wie eine Königin durch ihren Herrschaftsbereich geschritten, hochmütig und unangreifbar. Ihr Verschwinden vor drei Tagen war für Judith ein schlimmes Omen gewesen. Es war, als wüßte das Tier, daß ein neuer Tyrann nach Ravenstow kam, und als ob Melyn nichts damit zu tun haben wollte ... Doch jetzt, als seine Ankunft unmittelbar bevorstand, hatte sich Melyn offenbar entschlossen, wieder aufzutauchen.

Sie starrten einander an. Dann legte Melyn plötzlich und schmerzhaft ihre Hinterbeine in Judiths Armbeuge und klammerte sich fest, bis sie auf ihrem Lieblingsplatz saß, auf der Schulter ihrer Herrin. Judith schrie auf und protestierte, ertrug aber die Unbequemlichkeit. Sie hatte nicht gewußt, wie sehr das Verschwinden der Katze an ihrem Seelenfrieden genagt hatte – bis sie es eben erst, bei ihrer Rückkehr, entdeckte.

Judith strich sich das Haar aus dem Gesicht. Melyn

stieß ein leises Knurren aus, und ihre Klauen gruben sich in den Hals ihrer Herrin. In diesem Moment kam eine zweite Katze aus dem dunklen, feuchten Gras und näherte sich ohne Hast den Pfad entlang. Ein Kater, glatt und pechschwarz, schlank und elegant.

»O Jesus!« rief Judith und wußte nicht, ob sie verärgert oder amüsiert sein sollte. Aber natürlich machte sie die Sache betroffen. Gott allein wußte, wie ihr zukünftiger Mann auf ein Zimmer voll junger Kätzchen reagieren würde. Und Gott allein wußte, wie ihr zukünftiger Mann überhaupt auf irgend etwas reagierte.

Viertes Kapitel

Guyon straffte die Zügel, und während der Herold vorausritt, um ihn formell anzukündigen, schaute er an der sandsteinweißen Burg empor, die sich hell gegen die grauen Wolken und die windgepeitschten Felsen der Anhöhe abhob.

»Ich muß verrückt sein«, murmelte er, als die Zugbrücke heruntergelassen wurde, damit er den Burggraben überqueren konnte, und dahinter die Wächter in der Torstube die schwarzen Fänge des Zuggitters zur Hölle öffneten. Guyon lief ein Schauer böser Vorahnungen über den Rücken. Ravenstow mochte eine der uneinnehmbarsten Burgen in den nördlichen Marken sein, was bei den Überfällen der Feinde durchaus erwünscht war, aber er hätte für zwei Pennys umgedreht und wäre wieder zurückgeritten. Allerdings ging es um mehr als zwei Pennys, daher zog er leicht an Arians Zügeln, und der Hengst trabte vorsichtig über die Planken. Cadi legte keine solche Zurückhaltung an den Tag, und Guyon mußte die Hündin streng zurückpfeifen.

»So schnell geht es bei den Walisern nicht«, sagte Miles, als sie zwischen der ersten Mauer und der Palisade des inneren Burghofs ritten, ehe sie durch das massive Tor kamen.

Guyon warf ein neidisches Auge auf die großartigen Verteidigungsanlagen. Wenn es nicht ausgerechnet Robert de Belleme gewesen wäre, der so eng mit der Burg in Verbindung stand, hätte er sich wenig Sorgen zu machen brauchen.

Beim Absteigen wurden sie von einem pflichtbewußten kleinen Mann in einer scharlachroten Seidenrobe in Empfang genommen, die an seinem Bauch klebte, als ob er im fünften Monat schwanger gewesen wäre. Hinter ihm stand ein größerer Graubart mit eisernen Muskeln und in voller Rüstung, dazu eine Willkommensparty, die aussah, als handelte es sich dabei um die prominenteren Angehörigen der Wache und der höheren Hausangestellten.

»Gott zum Gruße, Mylords, und seid uns willkommen«, sagte der mit dem Hängebauch und verschränkte die Hände wie ein Bittsteller. »Ich bin Richard FitzWarren, der Haushofmeister von Ravenstow, und das ist unser Burgaufseher, Michel de Bec ...«

Guyon preßte die Lippen zusammen, zwang sich aber, zuzuhören und höflich dreinzuschauen, als er einem Mitglied der Gruppe nach dem anderen vorgestellt wurde. Während er seinen Blick in der Runde schweifen ließ und ihn dann über die Männer hinaus richtete, sah er eine Frau, die vom Hauptgebäude auf sie zugeeilt kam und offensichtlich aufgeregt war. Ihr Mantel war mit Pelz besetzt, und ihr rosenfarbenes Kleid schimmerte, während sie sich bewegte. Ihre Zöpfe waren so dick wie ihr Handgelenk und pechschwarz.

»Das ist Lady Alicia«, sagte sein Vater leise und lenkte den Sohn von dem Vorstellungsmanöver ab.

»Danke, FitzWarren«, sagte sie, sobald sie angekommen war. »Ich weiß, daß Ihr Euer Bestes getan habt, aber es wäre vielleicht noch besser, wenn Ihr unsere Gäste hineinführt zu warmem Gewürzwein, statt daß sie sich hier draußen zu Tode frieren während Eurer Ansprachen.« Dann wandte sie sich Miles und Guyon zu und lächelte mit dem Mund, aber nicht mit den Augen. »Ich muß mich entschuldigen für unsere Pechsträhne. Je mehr ich mich bemühe, desto mehr Knüppel wirft man mir in den Weg. Kommt doch hinein, ich bitte Euch.«

»Ist etwas nicht so, wie es sein sollte, Mylady?« fragte Miles, denn man konnte deutlich sehen, daß ihre Gedanken mit etwas anderem beschäftigt waren, und daß es nicht nur die Kälte war, die ihr Gesicht weiß erscheinen ließ.

Alicia holte Luft, um es zu bestreiten, entschied sich dann aber anders und stieß einen entwaffnenden Seufzer aus. »Nichts von Bedeutung, Mylords. Die Gäste zanken sich, der Koch hat gerade das kochende Fett über den Küchenjungen gegossen, und das Sauerteigbrot ist verbrannt; die Mädchen kennen sich überhaupt nicht mehr aus, mein Haushofmeister läßt Euch im Eisregen stehen, wie ich selbst jetzt ebenfalls, und um dem ganzen noch die rechte Würde zu geben, hat meine Tochter es mit der Angst bekommen und ist davongerannt, der Himmel weiß, wohin. Ansonsten ist alles völlig normal, so, wie man es bei einer kurzfristig anberaumten Hochzeit erwarten kann.«

Miles unterdrückte ein Grinsen über diese sarkastische Zusammenfassung. Guyon wollte eine Frage stellen, aber die Worte wurden aus seinen Gedanken verscheucht, als sein weißer Windhund ein Freudengebell von sich gab und über den Burghof jagte, zu einem Mädchen, das versuchte, unbemerkt das Haus durch einen Seiteneingang zu betreten. Sie verlor die

Balance und setzte sich auf den schmutzigen, harten Kies. Eine Katzenpfote mit weißer Spitze wurde sichtbar. Blut war zu sehen, zusammen mit einem entsetzten Jaulen. Die Katze sprang über den Hund, entkam dadurch dem verspäteten Schnappen seiner Zähne, sauste auf das Wohngebäude zu, zwischen den Beinen eines erschreckten Wächters hindurch und in die Sicherheit der Burg.

Behindert durch ihr Kleid, hatte Judith Mühe, sich zu erheben. Ein kurzer Blick in die Runde, und sie wünschte sich, sie wäre ohnmächtig geworden. Die Diener, die auf dem Hof versammelt waren, die Wachen und die Küchenmädchen rissen die Mäuler auf und betrachteten die Szene mit unverhülltem Vergnügen. FitzWarrens Blick war eine Studie in Sachen Schock: sehenswert, wie er den Mund aufriß und ihm die Augen aus den Höhlen zu fallen drohten. Das Gesicht ihrer Mutter, als sie sich zu ihr herunterbeugte, war hart wie Stein. Jemand kicherte. Sie schloß die Augen, merkte aber, daß die Situation damit noch nicht bereinigt war, öffnete sie wieder und sah einen gut gebauten, ergrauenden Mann in mittleren Jahren, der Alicias Arm genommen hatte, um sie für alle Fälle zu stützen.

»Ich nehme das als ein Omen. Ihr und mein Sohn werdet kämpfen wie Katze und Hund und die ganze Umgebung schockieren!« Miles lachte.

Judith schaute ihn ebenfalls mit aufgerissenem Mund an und wußte nicht, was sie erwidern sollte. Ihr Vater hätte sie in dieser Situation mit der Schließe seines Gürtels geschlagen, bis sie das Bewußtsein verloren hätte.

»Nicht mehr als du und Mama!« erwiderte ein junger Mann, der ihr liebenswürdig zu Hilfe kam und den weißen, schlanken Hund am Halsband faßte, der versuchte, seine Beute notfalls bis ins Haus zu verfolgen. »Es ist meine Schuld«, sagte er mit einem Lächeln. »Cadi ist fast noch ein Welpe und muß erst Benehmen lernen.«

Judith senkte die Lider. Der Mann war schön und unwirklich. Ein Höfling, ein goldener Ritter mit einer Stimme, so glatt wie dunkler Met. Auch ihr Onkel Robert sah gut aus und war glatt, aber verdorben bis in den Kern unter der Vergoldung. Sie zitterte, und ihre Mutter kam auf sie zu, schickte FitzWarren an seine Dienste und ihre Tochter hinauf in ihr Zimmer, wo Agnes die Schäden ihrer Flucht ausbessern sollte.

Miles lächelte tolerant über Alicias Kummer, als sie zurückkehrte in die Halle, um sich dort um die Bequemlichkeit ihrer Gäste zu kümmern. »Es ist schon jetzt eine höchst ungewöhnliche Hochzeit. Ich bin sicher, Guyons Erinnerung an seine erste Begegnung wird sich für den Rest seines Lebens in sein Gedächtnis eingebrannt haben.«

Alicia warf einen Blick über die Schulter, wo Guyon dabei war, den Hund vorläufig in die Obhut von einem seiner Knappen zu geben, dann wandte sie sich wieder an Miles. »Ich glaube, Sie lachen über mich, Mylord.«

»Ja.«

Ihre Lippen begannen zu zucken. Sie zog sie wieder gerade. »Judith ist schrecklich nervös. Heute morgen war sie noch ein Kind, heute abend wird sie eine Frau sein.«

Miles dämpfte seinen Humor. Er sah, daß Alicia sich Sorgen machte. »Guyon hat eine Schwester und Nichten und kennt sich ohne Zweifel mit Frauen aus«, sagte er.

»Das haben wir gehört«, erwiderte Alicia ein bißchen steif und zog dann die Schultern hoch. »Und das ist kein Wunder, wenn man sein prächtiges Aussehen in Betracht zieht, die gute Figur, die er bei Hofe macht.«

»Aber ich bin jetzt nicht bei Hof, Mylady«, sagte ihr Guyon ins Ohr.

Alicia wirbelte herum, unterdrückte einen Aufschrei und mußte den Hals verrenken, um ihm ins Gesicht schauen zu können. Er lächelte, aber seine Augen waren kühl.

»Macht Euch keine Sorgen. Ich verspreche, daß ich Eure Tochter stets mit vollem Respekt und vollendeter Höflichkeit behandeln werde.«

»Judith ist jung, aber sie lernt schnell und ist durchaus imstande, einen Haushalt zu führen. Wenn sie sich jetzt in einem ungünstigen Licht gezeigt hat, so kommt das vor allem daher, daß sie immer noch erschüttert ist durch den Tod ihres Vaters und diese plötzliche Veränderung ihrer Situation.«

Mit anderen Worten, dachte Guyon gequält, sie ist ein empfindsames, erschrecktes kleines Mädchen, das sehr vorsichtig und behutsam behandelt werden mußte, wenn man es aus ihrer schwierigen Lage befreien wollte.

Der Wein kam, und mit ihm Hugh d'Avrenches, der Earl von Chester, der Guyon von der Pflicht befreite, Alicia eine Antwort zu geben.

»Es wird anfangs sicher schwierig sein«, murmelte ihr Miles leise zu, während Guyon seinem Nachbarn ein Ohr lieh für das, was der Earl von Chester über die walisischen Clans dieser Region zu sagen hatte. »Bei einer vernünftigen Vereinbarung hätten wir alle die Zeit gehabt, die wir brauchten«, sagte er zu Alicia.

»Ich fürchte, dann hätte es wohl gar keine vernünftige Vereinbarung gegeben, nicht wahr?«

Miles, dem darauf keine Antwort einfiel, hob seinen Becher und trank.

Guyon betrachtete das Mädchen, an das er sich eben durch sein Gelöbnis in der eiskalten, dunklen Kapelle für den Rest seines Lebens gebunden hatte, wie lang oder kurz das auch sein mochte. Die Antworten, die sie gegeben hatte, waren schwach und zitternd gewesen, und mehr als einmal tränenerstickt.

Er war sich der Dolche in den Augen der Männer bewußt, die sich ihm in das feine, wollene Tuch seines Hochzeitsrocks bohrten. Arnolf von Pembroke hatte ihn kaum gegrüßt; Walter de Lacey war offen feindselig gewesen und hatte sich um Guyon herumgeschlichen wie ein einsamer Wolf.

Jetzt hatte sich ihm Judith gehorsam zugewendet und erwartete den traditionellen Kuß. Er schaute auf das sommersprossige, blasse Oval ihres Gesichts, das deutlich an das einer Katze erinnerte, vor allem die Augen, die sich nach oben kehrten in ihrer seltsamen Mischung aus Braun und Grau, wie dunkles Wasser.

Er küßte sie auf die Wange, wie er eine Untergebene küssen würde, kurz und unpersönlich. Ihre Haut roch leicht nach Kräuterseife, ihr Haar nach Rosmarin und Kamille, Kräutertinkturen, in denen es zur Hochzeit gewaschen worden war.

Judith schauderte bei dem leichten Kontakt, und Guyon ließ sie augenblicklich los. Sie schluckte ihre Angst hinunter und wandte sich zusammen mit ihm zu den Gästen und den Trauzeugen um, die ihnen zur Hochzeit gratulierten.

Das Ganze war ein Alptraum, den sie wie in einem Nebel erlebte. Hier und da hob sich dieser Nebel und enthüllte ein deutliches, buntes Tableau, in dessen Mitte sie stand, hilflos und erschreckt. Jetzt war sie sein Besitz, genau wie sein Pferd oder sein Hund, konnte nach seinen Wünschen gebraucht oder auch mißbraucht werden.

Der Nebel senkte sich wieder. Sie gab die erwarteten Antworten, nahm die Glückwünsche mit einem aufgesetzten Lächeln entgegen, und ihre blinden Augen sahen nicht den Blick, mit dem Walter de Lacey sie bedachte, als sie mit Guyon weiterging.

Die Gäste mischten sich in der großen Halle. Unter dem Podium tanzten sie zu Ehren des jungvermählten Paares. Guyon schaute zu, wie seine Frau nacheinander mit den Nachbarn von Ravenstow ein paar Schritte machte. Ralph von Thorneyford war einer der Lehensmänner von de Belleme, ein höchst unangenehmer, geiziger, alter Kerl mit Frettchengesicht, der nach Ansicht von Alicia nur hier war, um sich auf Kosten von jemand anders vollfressen und -saufen zu können. Da die Grenzen seines Landes mit denen von Ravenstow direkt an die walisische Grenze stießen, war es notwendig gewesen, ihn einzuladen, um ihn nicht vor den Kopf zu stoßen. Seine Frau war angeblich blöde und wurde zu Hause gelassen in der Obhut ihrer Bediensteten. Immerhin, dachte Guyon mit schiefem Lächeln, wenn Ralph von Thorneyford hier war, nur um zu essen und zu trinken und seiner Frau zu entkommen, war er ihm noch wesentlich willkommener als manche anderen, die anläßlich seiner Hochzeit seine Gastfreundschaft in Anspruch nahmen.

Während der Tanz fortschritt, fand sich Judith in den Armen von Arnolf von Pembroke. Er hatte eine Haut wie Fettstein und ähnlich abstoßende Züge. Guyon zuckte zusammen, wenn er daran dachte, daß der Mann jetzt sein angeheirateter Onkel war. Arnolf de Montgomery besaß weder das Charisma noch das Genie seines Bruders Robert; wenn überhaupt, war er auf primitive Weise bauernschlau. Da er selbst nicht in der Lage war, sich bösartige Pläne auszudenken, hängte er sich an die Schurkereien der anderen an – ein Mann, den man aus den Augenwinkeln beobachten sollte, da offene Konfrontation nicht seine Art war. Aber wie sollte man sich gleichzeitig vorne, hinten und auf beiden Seiten vorsehen?

Arnolf von Pembroke schwenkte seine Nichte in die Nähe der Stelle, wo einige Männer mit Walter de Lacey beisammenstanden. Der jüngere Mann zog sie dorthin gegen ihren Widerstand, hielt sie am Handgelenk fest und drehte sie herum. Judiths Gesicht zeigte ein starres, holzpuppenartiges Lächeln. Er legte seine Hand auf ihre Taille und flüsterte ihr etwas ins Ohr.

»In dem Kerl ist mehr Öl als in einem ganzen Olivenhain«, sagte der Earl von Chester. Guyon drehte sich um und blickte hoch. Hugh d'Avrenches, auch als ›Hugh le Gros‹ bekannt wegen seiner gewaltigen Größe und seines noch größeren Leibesumfangs, war vermutlich der häßlichste Mann, den Guyon je gesehen hatte, und selbst die lange Bekanntschaft hatte daran nichts ändern können.

Er hatte dreieckige Augen von hellem, strahlendem Blau, unter denen seine Wangen wie zwei riesige, rotgeäderte Schweinsblasen hingen. Seine Nase war eher bescheiden, aber raubvogelartig gebogen, und sein Mund war klein und weich, mit einem überraschenden, kindlichen Lächeln. Von seinen oberen Vorderzähnen fehlte einer. Er kultivierte eine fröhliche, joviale Haltung, die zu seinem wuchtigen Leib paßte, ohne daß man der Gefahr bewußt wurde, die darunter lauerte. Ein guter Freund, aber ein unversöhnlicher Gegner.

»Genug, daß er eines Tages darauf ausrutscht«, bestätigte ihm Guyon.

Hugh d'Avrenches verschränkte die Arme vor der Brust und betrachtete Guyon mit blinzelnden, aber nachdenklichen Augen. »Immerhin, ein guter Soldat. Er hat ein wichtiges Kommando geführt beim Mon-Feldzug.«

Guyons Lippen kräuselten sich. »Wenn ich mich recht erinnere, hat er sich auch mit Folterungen amüsiert und hat Mädchen vergewaltigt, die noch nicht alt genug waren, um Frauen zu sein.«

»Ach?« Der Earl zuckte mit den Schultern. »Ja, wir haben eben alle unsere kleinen Fehler, und Gefolterte singen manchmal recht schöne Lieder.«

Guyons Nasenlöcher vergrößerten sich unwillkürlich. »Ja«, sagte er tonlos.

»Ach, du mein Arsch!« Chester legte eine Hand auf Guyons Schulter. »Sohn, du bist zu pedantisch. Du kannst dir in dieser Gesellschaft nicht den Luxus von Prinzipien leisten.«

Walter de Lacey legte seine Hand auf Judiths Hüften und schwang sie herum. Das steife Lächeln auf ihrem Gesicht verschwand. »Ich weiß, Hugh«, antwortete Guyon düster. »Der da hat sich selbst um das Kind beworben, kurz bevor ihr Vater starb, so daß de Belleme den Antrag begutachten mußte.«

Chester schürzte seine weichen, kleinen Lippen. »Ach, mußte er?« sagte er interessiert und betrachtete dabei die Tanzenden. »Dann paß gut auf, denn es sieht nicht so aus, als wollte er dir den Sieg gönnen.«

Guyon wandte sich dem Paar zu und verengte die Lider. In diesem Augenblick endete die Musik, und Walter de Lacey hatte Judith hart an seine Brust gedrückt und küßte sie voll und leidenschaftlich auf den Mund, wobei er die eine Hand auf der Rundung ihrer Hinterbacken liegen hatte. Guyon murmelte einen gepreßten Fluch, drückte dem Earl seinen Becher mit Wein in die Hand und ging durch den Raum, um seine Braut zurückzuholen.

»Dieses Privileg ist mir vorbehalten«, sagte er leise zu de Lacey, als er zwischen ihn und Judith trat. »Ich will nicht, daß meine Gäste sich fragen müssen, wer denn nun wirklich der Bräutigam ist.«

De Lacey errötete wegen der Zurechtweisung und strahlte Guyon mit einem bösartigen Funkeln seiner Augen an. »Dummheiten«, sagte er und zeigte ein gepreßtes Lächeln. »Zuviel Wein. Muß mir zu Kopf gestiegen sein.«

»So sehr, daß Ihr nicht mehr wißt, was Euch gehört und was nicht?« antwortete Guyon mit ebenso falschem Lächeln. »Dann paßt gut auf, mit wem Ihr trinkt.« Dazu streckte er Judith den Arm hin.

Sie preßte die Lippen zusammen und schüttelte den Kopf. »Ich kann nicht tanzen, Mylord ... Ich – ich fürchte, mir wird übel.«

Ihr Gesicht war so grün wie das Kleid. Guyon nahm sie am Arm und führte sie hinaus aus der Halle, wobei er boshafte und besorgte Bemerkungen gleichermaßen ignorierte.

Draußen hatte es zu schneien begonnen. Judith lehnte sich gegen die Wand des Hauptgebäudes; ihr war gründlich elend, aber nicht so sehr, daß sie sich übergeben mußte. Das Gefühl von Walter de Laceys Zunge, die wie eine Schnecke ihren Mund füllte, und der widerliche Geschmack war noch immer auf ihren Lippen. Sie konnte immer noch fühlen, wie seine Hand sich in ihre Hinterbacken grub, wie sein Zeigefinger sich vorwärtstastete, wie er mit dem Unterleib gegen den ihren stieß. Es war schrecklich gewesen. Und in weniger als drei Stunden würde sie noch viel mehr und Schlimmeres in ihrem Ehebett ertragen müssen.

»Hat er dir wehgetan?«

Sie schüttelte betäubt den Kopf, unfähig, zu antworten.

»Es gibt immer Männer wie ihn«, sagte Guyon voller Verachtung. »Und natürlich sollte das eine Herausforderung für mich sein. Es tut mir leid, daß er dich als Instrument dazu ausersehen hat.«

Judith biß sich auf die Lippen und wünschte, er würde sie allein lassen. Der Schnee fiel in dicken Flokken.

»Du brauchst keine Angst zu haben vor mir, Kind«, sagte er sanft und tippte ihr mit dem Zeigefinger auf die Stirn. »Ich tue dir nichts.«

»Ich bin kein Kind!« fuhr sie ihn an, machte sich los von ihm, schloß halb die Augen und fürchtete, daß er sie schlagen würde.

»Aber du bist auch noch keine erwachsene Frau«, antwortete er, und es war keine Erwiderung, sondern eine Feststellung. »Ich weiß, daß es nicht leicht ist für dich.«

Judith biß die Zähne zusammen bei dem väterlich-herablassenden Ton. Gleich würde er ihr das Haar kraulen wie seinem Hund. »Wißt Ihr das wirklich, Mylord?« fragte sie.

»Man hat dich in eine Ehe gezwungen, die nur zum Zweck anderer Menschen geschlossen wurde, und dir einen Partner gegeben, den du noch nie im Leben gesehen hast. Wieso solltest du da nicht voller Angst und Ablehnung sein? Ich verstehe dich vielleicht besser, als du glaubst. Es ist die Bettszene, die auf dich zukommt, und vor der du Angst hast, nicht wahr?«

Judith senkte den Blick und fragte sich, wohin das alles führen mochte. Sie hatte keine Lust auf eine Lektion in Sachen Aufmunterung, auch wenn er sie ihr noch so gütig erteilte.

Guyon nahm ihr Schweigen mit gesenktem Kopf als bescheidene Zustimmung. »Das ist vor allem etwas, was aus sich selbst entstehen muß. Vergewaltigung ist nie meine Sache gewesen. Wenn ich mich mit jemandem vergnüge, dann muß es gegenseitig sein.«

Sie hob den Blick, und in ihren Augen kämpften Erleichterung und Zweifel. »Meint Ihr das wirklich und im Ernst, Mylord?«

»Ich wäre ein Narr, wenn ich es nicht meinte. Du hast als junge Frau nun genug zu tun, daß du nicht auch noch damit deinen jungen Körper belasten mußt.«

Judith wischte sich ungeduldig die Augen aus. »Ich bin nicht immer so ein nasser Fisch, Mylord«, entschuldigte sie sich. »Es ist nur, daß ich solche Angst hatte. Bevor Ihr gekommen seid, hätte ich mich fast von der Klippe gestürzt ... Und als ich Euch dann gesehen habe ...« Sie senkte den Blick. Der Schnee fiel rings um ihre Füße. »Ich habe noch mehr Angst gehabt ...«

»Aber warum?« Er schaute sie verblüfft an. »Ich habe dir doch gewiß keinen Grund gegeben.«

Judith biß sich wieder auf die Lippe. Sie konnte

nicht sagen, sie wußte jetzt, wie sich eine Blume fühlt, wenn sie plötzlich die Sonne sieht und weiß, daß sie zu heiß war, um von ihr ertragen zu werden. »Ich habe nicht gewußt, was Ihr von mir denken müßt, wenn ich so im Schmutz zu Euren Füßen liege.«

»Einzigartig«, lachte er. »Ehrlich, noch nie hat ein Mädchen versucht, auf diese Weise meine Aufmerksamkeit zu gewinnen.«

Wie auf ein Stichwort strich etwas gegen seine Beine und miaute klagend. Bevor Judith sich bücken und die Katze aufheben konnte, hatte Melyn bereits eine Entscheidung getroffen und sprang mit geübter Gewandtheit auf Guyons Schulter, hakte sich dort fest in den Stoff und sein Hemd, um nicht loslassen zu müssen. Guyon zuckte zusammen.

Judith hielt den Atem an, die Augen weit und besorgt.

»Du lebst gefährlich, Kätzchen«, sagte er zu dem Tier, machte aber keine Anstalten, um es zu entfernen, und ging zugleich die Treppe hinauf. »Deiner Herrin ist dein Leben teuer, aber ich bin nicht unbedingt von derselben Art. Kratz dich gefälligst selbst, wenn dir danach zumute ist.« Er blickte über seine Schulter auf Judith und blinzelte. Sie hatte sich bei seinem freundlichen Ton entspannt und lächelte sogar ein wenig.

»Komm«, forderte er sie nun auf, ebenfalls mit einem Lächeln. »Gehen wir hinein und sehen wir, was unsere Gäste von meinem neuen Pelzkragen halten.«

Alicia sah Guyon mit Judith an seiner Seite hereinkommen und stieß einen Seufzer der Erleichterung aus. Was immer er dort draußen zu ihr gesagt oder mit ihr getan hatte, es war das richtige gewesen. Judith war nicht mehr so steif wie zuvor, und in ihren Augen stand nicht mehr das blanke Entsetzen.

»Was, in Gottes Namen, hat Guyon auf der Schulter?« rief Miles mit lachender Stimme.

Alicia richtete den Blick darauf und stieß ein amüsiert-ärgerliches Glucksen aus. »Diese Katze weiß auch nicht, was sich gehört. Ich habe keine Ahnung, wie sie da raufgekommen ist. Normalerweise geht sie Männern aus dem Weg. Sie stoßen sie nur oder schleudern sie weg, wenn sie ihnen in die Quere kommt.«

»Also ein gutes Zeichen.« Er schaute sie von der Seite an.

»Nicht unbedingt. Ich habe gehört, daß die Frauen besonders empfänglich sind für den Charme Eures Sohnes. Und mit Melyn ist es ganz genau so, weil Katzen angeblich die Instinkte von uns Frauen haben.«

»Ihr habt vermutlich beide wenig Grund, die Männer zu mögen«, murmelte Miles mitleidig.

»Ich brauche Euer Mitleid nicht, Mylord«, erwiderte Alicia stolz. Sie hob den Kopf, und ihr Blick wanderte auf Judith, die neben Guyon stand. Ihr Haar hatte einen feurigen Schein angenommen vom Licht der Kerzen, und mit dem halben Lächeln auf dem Gesicht und ihrer stolzen Haltung sah Alicia in ihr für einen flüchtigen Augenblick das Bild von Judiths Vater. »Nein«, sagte sie noch einmal, die Stimme hart, die Lippen geschwungen zu einem geheimen Triumph, »Ihr braucht mich nicht zu bemitleiden. Ich habe meinen Augenblick des Triumphes gehabt, und er zahlt das alles aus, was Maurice mir jemals angetan hat. Meine Sorge gilt jetzt Judith. Wie ich sehe, hat sie einen Leopard am Schwanz gefangen. Jetzt ist die Frage, ob es ihr gelingt, ihn zu zähmen – oder ob sie seine Beute wird. Ich weiß, daß sie es könnte, ihr Blut diktiert ihr, stark zu sein – aber ich fürchte, sie ist zu jung für diese Herausforderung, viel zu jung.«

Miles gab auf. Sie sprach in Rätseln und verhielt sich sehr seltsam, schwankte von Unsicherheit und Trauer zu lächelndem Widerstand, und wieder zurück zur Unsicherheit in weniger Zeit als dem Flackern einer Kerze. Er wünschte, Christen oder Emma wären hier gewesen. Sie hätten gewußt, was man dazu sagen oder tun mußte, aber die erstere war ihm für alle Zeiten genommen, und die zweite war von ihrem Mann wieder einmal an den Hof gerufen worden.

»Ich hole uns Wein«, murmelte er und ging auf einen der Diener zu.

Alicia durchsuchte mit Blicken die Halle. Melyn hatte es sich auf Guyons Hals gemütlich gemacht; die Katze hatte die Augen halb geschlossen und fühlte sich völlig sicher. Guyon hatte die Hand leicht um Judiths Taille gelegt. Sie sagte etwas zu ihm. Er neigte aufmerksam den Kopf, aber sein Blick war anderswo, suchte und nahm in sich auf, versuchte, hinter der Verkleidung aus Fleisch und Knochen den Menschen zu suchen, wobei sich seine Prüfung auf Walter de Lacey und Arnolf von Pembroke konzentrierte, obwohl er Judith lächelnd antwortete. Alicia schauderte und schickte ein stummes Stoßgebet zum Himmel. Einen Leopard beim Schwanz gepackt – das war das richtige Bild.

Judith stand gehorsam still; sie hob und senkte die Arme, wie Agnes es ihr befahl, bis sie nackt war in der Brautkammer, die ihren Eltern gehört hatte. Das Bett war gelüftet und mit frischem, neuem Leinen bezogen worden. Getrocknete Kräuter, welche die Tücher parfümieren und Fruchtbarkeit bewirken sollten, waren über die Lagerstatt gestreut, und der Pfarrer hatte alle

Ecken und Enden mit Weihwasser bespritzt. Die Tröpfchen ließen sie frösteln. Agnes hielt inne mit dem Bürsten des Haars, kicherte glucksend und hängte ihr ein Nachthemd um die Schultern.

Die weiblichen Gäste, es waren ohnehin nicht viele, gackerten, huschten um sie herum und machten aus dem Brautgemach einen Hühnerstall. Judith starrte gegen die Wand und kam sich so taub und gefühllos vor wie ein Stück des Mobiliars. Jemand anders mit etwas praktischerem Geist drückte ihr einen Becher mit Nesselsalbe in die Hand, eine Linderungskrem, die benützt wurde, um nach Kindbett und anderer rauher Behandlung die Innenhaut des weiblichen Geschlechtsorgans wieder zu glätten.

»Das brauche ich nicht«, sagte sie und schaute sich überrascht um, weil alles lachte. Angst packte sie erneut, und Unsicherheit. Was, wenn Guyon sein Wort zurücknahm und sie mißbrauchte, brutal, wie ihr Vater es bei ihrer Mutter getan hatte?

Alicia versuchte, sie zu trösten, doch dann wurde der Vorhang beiseite gerissen, und der Raum war plötzlich voll von Männern, die wenigsten davon noch nüchtern, mit ihren rauhen, gemeinen und ordinären Witzen. Sie hörte nicht hin. Sie fühlte auch nicht, wie sie ihr das Nachthemd auszogen und sie auf dem Bett festhielten, wußte nichts von dem Becher gewürztem Hippokras, den sie ihr in die Hand gaben, daß sie ihn trinken sollte. Die rosa Seide der Umarmung ihrer Mutter war eine himmlische Zuflucht. Sie hängte sich verzweifelt daran, aber man riß Alicia fort, mit einem Geräusch, das sich wie ein unterdrücktes Schluchzen anhörte. Dann wich das Getöse einer allmählich einsetzenden Stille. Sie schaute mit leeren Augen gegen die Wand. Der Becher mit Hippokras zitterte in ihrer Hand.

Guyon beugte sich vor und nahm ihr sachte den Becher ab. Judith blinzelte und schaute ihn dann erst richtig an. Wie sie, war auch er nackt, sein Körper schlank, aber mit kräftigen Muskeln bepackt und von kleineren Schlachtnarben besetzt. Ihr Blick schweifte über seinen ganzen Körper und blieb dann hängen bei der lockigen Matte von schwarzem Haar und dem, was darin nistete. Er stellte den Becher neben den Topf mit Salbe, zog eine Augenbraue hoch, als er sie sah, drehte sich dann herum und ging zum Vorhang. Sie hörte ihn ein Kommando in Walisisch sprechen, dann eine Liebkosung, und ihr Interesse war erwacht.

»Cadi haßt vielleicht Katzen, aber sie ist eine hervorragende Wachhündin«, erklärte er grinsend, als er zurückkehrte zum Bett. »Nicht, daß sie jemanden beißt, aber sie begrüßt ihn mit solcher Begeisterung, daß wir vor Lauschern sicher sein können.«

Judith lächelte schwach. Ihr Blick konnte sich nicht trennen vom Schritt des Mannes. Guyon suchte die Bettkleidung, die man ihm vom Körper gerissen hatte, zog sie sich an und reichte Judith aus der Entfernung einer Armeslänge ihr Nachthemd.

Judith kämpfte sich ungeschickt hinein und hatte das Gefühl, als wären an ihren Händen nur Daumen. Guyon, der gemerkt hatte, daß seine Nähe die Ursache war für ihre Nervosität, ging zum schmalen Fensterschlitz und zog den ledernen Verschluß beiseite, um hinausschauen zu können auf einen Streifen schneeiger Dunkelheit.

»Ich habe gemeint, was ich sagte, *cath fach*«, murmelte er, ohne sich umzudrehen. »Du brauchst keine Angst zu haben vor mir.«

Die Scheite im Kamin knackten und setzten sich nach und nach. »Ich habe keine Angst«, log Judith und hielt sich das Nachthemd vorne fest.

»Nein?« Er warf ihr einen kurzen Blick über die Schulter zu.

»Ja, also – nur ein bißchen. Ich weiß, daß Mama und die anderen es gut gemeint haben, aber sie haben mich überschüttet mit guten Ratschlägen.«

»Wie diesen Topf mit Salbe«, sagte er düster, knöpfte das Leder am Fensterschlitz wieder zu und drehte sich um. Sie beobachtete ihn besorgt wie ein Hund, der sich nach Kräften bemüht, alles richtig zu machen. Das lohfarbene Haar fiel nach vorn und fing rotgoldene Lichter vom Feuer, was wirklich sehr schön aussah. Ihre Augen waren so grau und braun wie das Wasser im Burggraben. Ein Schleier honiggoldener Sommersprossen breitete sich über ihr Gesicht und den Hals aus, und plötzlich erinnerte sie Guyon für einen verschwindend kurzen Augenblick an jemand anders. Der Eindruck war jedoch zu flüchtig, um festgehalten zu werden, und als sie den Kopf bewegte, veränderte sie sich, und die vage Erinnerung war dahin.

»Mama ist erfahren mit Kräutern«, sagte sie.

»So sieht es aus«, antwortete er trocken. »Verstehst du auch etwas davon?«

»Mama hat mir alles beigebracht, was sie selbst weiß.«

Er schenkte sich Wein ein aus der Flasche, die auf der Kommode geblieben war, setzte sich auf die Bettkante und betrachtete Judith. »Wenn ich mir also den Arm aufreiße, sagen wir, mit einem Dolch, was würdest du tun?«

»Wenn Ihr Euch den Riß selbst beigebracht habt? Ich würde Euch Baldrian eingeben, um Eure verdrehten Sinne zu beruhigen!« antwortete sie schlagfertig, und als er daraufhin schwieg, befürchtete sie schon, zu weit gegangen zu sein. Das Geräusch seines wohlwollenden Lachens beruhigte sie wieder.

»Nein, beigebracht von der scharfen Zunge meines Weibes!« Er lachte. »Die, fürchte ich, so scharf ist wie ein Schwert ohne Scheide.«

Judith schaute ihn zurückhaltend an, aber sie sah nichts in seinem Gesicht, das nicht von Vergnügen sprach. »Wenn es eine tiefe Wunde wäre«, fuhr sie ernsthaft fort, »würde ich sie mit pulverisierter Schwarzwurzel bestreuen, dann nähen und schließlich mit einem Stück schimmligem Brot verbinden.«

»Mit schimmligem Brot?«

»Es ist ein Rezept, das uns von Großmama FitzOsbern überliefert ist, und es wirkt fast immer. Tiefe Wunden heilen sauber, ohne sich zu entzünden oder zu eitern.«

Guyon beobachtete sie, wie sie so ernst sprach, und hatte Mühe, selbst auch eine ernste Miene zu zeigen.

Weiter hörte er, wie man Bohnen einsalzte und Würste in der Luft trocknete, was in ein richtiges Rehragout gehörte, und wie man Gewürze einkaufte, ohne betrogen zu werden. Er hätte sich beinahe an seinem Wein verschluckt, als sie ihm allen Ernstes erklärte, wie man am besten ein Schwert schärfte.

»Hat dir deine Mutter das auch beigebracht?«

»Natürlich nicht!« erwiderte sie ein wenig ärgerlich, nachdem sie nun Vertrauen gewonnen hatte. »Das hat mir de Bec gezeigt, letzten Winter, als wir eingeschneit waren. Er hat mir auch gezeigt, wie man mit einem Dolch kämpft … Ist Euch nicht wohl, Mylord?«

Er schüttelte den Kopf, als sie sich auf ihn zubeugte, mit besorgter Miene. »Nein, alles gut. – Zählst du das Reiten auch zu deinen vielen Talenten?« fragte er nach einem Moment, und seine Stimme klang spöttisch-bewundernd.

Judith schüttelte bedauernd den Kopf. »Nein, Mylord. Mama reist lieber mit der Sänfte, und Papa meinte, es sei Zeitverschwendung für ein Mädchen, wenn es Meisterin im Sattel wird, wo es doch zu Hause auf den Haushalt aufpassen sollte. Ich habe aber trotzdem ein bißchen was gelernt, freilich nicht genug, um auf mehr als dem gutmütigsten Tier auszureiten, aber ich bin gern bereit, es besser zu lernen.«

»Alles bestens!« Er wischte sich wieder die Augen aus. »Es gibt einige Gegenden in meinem Leben, die mit der Sänfte nicht zu bereisen sind.«

»Und Ihr wollt mich mitnehmen, Mylord?«

Er legte sich gestreckterlängs auf das Bett, knüllte das Kissen und steckte es sich hinter seinen Rücken, um höher zu liegen. »Meine Eltern sind immer gemeinsam ausgeritten, und die Leute haben sich daran gewöhnt. Außerdem«, fügte er hinzu, »gibt es nichts Besseres als den unangekündigten Besuch eines Lehensherrn, um den Fleiß der Vasallen ständig aufrechtzuerhalten.«

Judith schaute ihn etwas unbehaglich an. »Mylord, ich fürchte, ich bin dem, was Ihr mir da zumutet, nicht gewachsen.«

»Wenn du ein Schwert schärfen und mit einem Dolch umgehen kannst, dann kannst du auch alles andere tun, was ich von dir verlange.«

Sie schüttelte zweifelnd den Kopf. Sicher, sie konnte Ravenstow gut bewirtschaften. Es lief nun schon im dritten Jahr praktisch unter ihrer Herrschaft, aber weiter zu gehen und Menschen und Situationen zu meistern, die sie noch gar nicht kannte, wäre gewagt gewesen. Er hatte leicht reden. Er war ein Lord der Marken und hatte des Königs Ohr; seine Erfahrungen reichten viel weiter als die ihren.

»Vertrau nur mir«, sagte er, als er die Gedanken sah, die über ihr Gesicht zogen wie die Wirbel in einem Fluß, und küßte sie leicht auf die Wange, wie er es bei einem Kind getan hätte. Die Geste rief ihren Widerstand wach, und sie setzte sich mit zusammengepreßten Lippen auf, wütend, weil er sie so väterlich behandelte.

Dabei öffnete sich ihr Nachtgewand. Guyon warf einen Blick auf die angedeuteten Rundungen ihrer Brüste, die sich noch kaum merklich von dem mageren Brustkorb abhoben. Judith errötete, die Farbe bedeckte Gesicht und Hals, und sie nahm das Gewand rasch wieder zusammen.

Danach herrschte etwas peinliche Stille. Guyon mußte sich auf die Zunge beißen, um nicht etwas zu sagen, was sie vielleicht empörte. Er würde sehr verzweifelte Bedürfnisse haben müssen, ehe sich seine Lenden beim Anblick dieses mageren Fleisches füllten.

»Habt Ihr eine Geliebte, Mylord?«

»Was?« Wieder einmal schaute er sie mit weit aufgerissenen Augen an, völlig aus dem Gleichgewicht geworfen. »Was ist das denn für eine Frage?«

»Oh, Ihr dürft mir nicht zürnen, Mylord!« Sie streckte ihm abwehrend eine Hand entgegen. Die Finger waren lang und feingliedrig, ganz und gar nicht die Hände eines Kindes. »Ich möchte nur keine dummen und unnötigen Fehler machen. Mama hat einmal eine der Frauen meines Vaters rausgeworfen, nur weil sie nicht wußte, daß sie seine Geliebte war und daß er sie von der Küche in sein Bett erhoben hatte. Er hat Mama fast totgeprügelt, als er es erfuhr.«

»Gott im Himmel!« sagte Guyon, und seine Lippen kräuselten sich vor Entsetzen. »Dein Vater war ein

Narr, und der größte von allen Narren. Es überrascht mich, daß du und deine Mutter, mit all eurem Wissen über Kräuter, ihm nicht eines Tages das Essen mit Mönchskutte gewürzt habt.«

»Damit sich Onkel Robert anschließend um unser Wohlergehen kümmert? Wie lange, glaubt Ihr, hätten wir das überlebt?«

Guyon schüttelte den Kopf und trank den Wein aus. »Nein, *cath fach*, wenn du schon fragst, ich habe keine Geliebte. Wir haben uns im vergangenen Mond getrennt. Die Grenze ist nicht mehr sicher für sie, wenn sie mit dem Wolltransport ihres Vaters reist. Und da sie walisisch ist, wollte sie nicht auf meine Ländereien beschränkt leben.«

Judith nickte verständnisvoll. Sie hätte nie im Leben gedacht, daß Guyon ihr treu sein würde. Ihr eigener Vater war so unbekümmert gewesen in Liebesdingen wie ein Hahn im Hühnerstall, und die Freunde und Vasallen, die an seiner Tafel aßen, waren nicht anders. Diskretion war ein unbekanntes Wort. Und Dankbarkeit war ein Gefühl, das Judith nur selten entgegengebracht wurde.

»Ihr seid sehr geduldig mit mir, Mylord«, murmelte sie und senkte die Lider.

»Ich habe die Geduld mit Frauen in einer sehr harten Schule lernen müssen«, erwiderte er, und der leichte Humor war wieder in seiner Stimme. »Meine Schwester hat drei Töchter, alle drei rechte Rangen – natürlich nicht, wenn ihre Mutter dabei ist. Sie würde sie erschlagen, wenn sie auch nur die Hälfte ihrer Streiche erfahren würde.«

Judith betrachtete die dicke, weiße Kerze auf dem Kerzenhalter, schaute auf das gelbliche Flackern der Flamme. »Werdet Ihr mir von Eurer Familie erzählen,

Mylord? Die Ehe ist so schnell vereinbart worden, daß ich gar nichts über die Euren weiß.«

Guyon gab ihrem Wunsch nach. Es war ein sichereres Thema als das über seine Geliebte – das dachte er wenigstens in seiner Ahnungslosigkeit. Und es ging auch alles ganz glatt, bis er von seiner Halbschwester Emma zu sprechen begann, die einen hohen Beamten des Königs geheiratet hatte. Von da an driftete das Gespräch ab in die trüben Gewässer des Lebens bei Hof.

»De Bec sagt, daß der König …« Judith hielt sich gerade noch zurück, um nicht wieder einen *faux pas* zu machen. ›… so verkommen ist wie ein Mohrenarsch‹ wäre nicht die geeignete Bemerkung gewesen.

»De Bec sagt, der König verbraucht in der Woche mehr Geld für Kleidung als Mama in einem ganzen Jahr«, verbesserte sich Judith und schaute ihn dabei etwas ängstlich an. Er schien nicht gemerkt zu haben, daß sie beinahe etwas anderes gesagt hätte und den Fehler eben noch korrigieren konnte, aber etwas hatte seine Lider enger werden lassen, und es entging ihr auch nicht, daß er die Zähne zusammenbiß. »Nicht unbedingt«, antwortete er nach ein paar Sekunden und lachte dann wieder. »Rufus möchte glauben, daß er mehr Geld für seine Garderobe ausgibt als jeder andere Mann, aber er wird von seiner eigenen Eitelkeit geschlagen. – Erzähl mir von de Bec«, sagte Guyon, nachdem sie das Thema der königlichen Eitelkeit zu Ende behandelt hatten. »Seit wann ist er hier auf Ravenstow?«

»Er ist hergekommen, kurz nachdem die Hauptburg gebaut wurde, ein Jahr, bevor ich geboren wurde, glaube ich. Papa war derzeit fast immer im Kampf mit den Walisern, und de Bec ist eigentlich von Mama eingestellt worden.«

»Und ist seitdem ihr Schloßvogt geblieben?«

»Soweit das möglich war. Wäre er dazwischengetreten, wenn mein Vater sie oder mich geschlagen hatte, hätte er ihn auf der Stelle entlassen, und er ist zu alt, um noch als Knappe mit seinem Schwert auf die Wanderschaft zu gehen.« Sie schaute Guyon kurz und besorgt an. »Ihr habt doch nicht die Absicht, ihn wegzuschicken, Mylord? Er ist anhänglich und treu und kennt diese Burg besser als jeder andere – ausgenommen natürlich meinen Onkel Robert.«

»Natürlich«, sagte er grimmig, und dann: »Nein, ich habe nicht die Absicht, ihn fortzuschicken, es sei denn, er widersetzt sich meinen Anordnungen. Nach siebzehn Jahren Dienst kann man jemanden nicht so leicht entlassen.« Dann lachte er, aber es klang nicht sehr amüsiert. »Aber ich bin sicher, daß ich nicht mit diesem Haushofmeister zurechtkommen werde.«

Judith warf das Haar in den Nacken. »Oh, FitzWarren ist ganz gut. Trocken wie Staub und viel zu sehr von seiner Bedeutung überzeugt, aber er ist treu und sehr tüchtig. Er kann im Nu ein Festmahl zaubern, aus nichts – ich habe es erlebt, und seine Rechnungsführung ist tadellos.«

»Das kann ich mir vorstellen. Ich frage mich nur, woher er soviel Reichtum hat, daß er sich in scharlachfarbenen Sarazenenstoff kleiden kann.«

»Es ist der Rock meines Vaters. Er hat ihn sich kurz vor seinem Tod neu machen lassen. Er und FitzWarren waren beinahe gleich groß. Mama hat ihm den Rock nach der Beerdigung geschenkt. Ihr könnt Euch morgen die Rechnungsrollen ansehen, wenn Ihr wollt … Oh, könnt Ihr lesen und schreiben!«

»Beides. Und du?«

»Ein bißchen, Mylord.« Es war weit mehr als ein

bißchen, was sie vom Verwalter in kalten Wintertagen gelernt und selbst in freien Stunden verbessert hatte, aber sie wußte, daß die meisten Männer ihre Frauen lieber in Unwissenheit verharren ließen oder zumindest unwissender, als sie selbst waren.

»Du kannst mir die Rollen morgen nach der Jagd zeigen – ich hab' es nicht gern, wenn FitzWarren an meiner Schulter steht und beobachtet, woran sich meine Blicke hängen, auch wenn er ehrlich ist.« Er warf einen Blick auf den Fensterschlitz. »Vorausgesetzt, es gibt eine Jagd, bei dem vielen Schnee.«

Judith streckte sich und gähnte. Der Wein hatte ihr die Lider schwer gemacht, und es war außerdem schon sehr spät.

Guyon warf einen Blick auf sie. Er war der Vorstellung nicht abgeneigt, sich auch selbst schlafen zu legen, denn der Tag war lang und anstrengend gewesen, und der kommende Tag schien sich in der gleichen Weise fortzusetzen. Er beugte sich hinüber und schneuzte die Kerze, dann, in der Dunkelheit, zog er sein Nachtgewand aus. Stoff glitt seidig an der Haut entlang, als Judith ihr Nachthemd abstreifte und unter die Decke schlüpfte.

»Nos da cath fach«, sagte er liebevoll.

»Nos da fy gwr«, antwortete sie in tadellosem Walisisch.

Guyon fügte die Kenntnis der Sprache zu ihren übrigen Talenten und fragte sich, wie, in Gottes Namen, ein Mann wie Maurice FitzRoger es fertiggebracht hatte, ein solches Kind zu zeugen – eine Seidenbörse aus einem Schweineohr. Sein letzter Gedanke, ehe ihn der Schlaf überwältigte, war, daß es ja nicht unbedingt Maurice gewesen sein mußte, der sie gezeugt hatte.

Fünftes Kapitel

Judith öffnete mühsam die Augen, weil sie ein ständiges Stupsen einer kleinen, kalten Nase an ihrer Wange fühlte und dazu eine donnernde Vibration an ihrem Ohr. Achatgrüne Opalaugen blickten in die ihren und blinzelten dann langsam. Melyn schnurrte zur Begrüßung und hob den orangefarbenen Schweif hoch. Judith stöhnte und begrub das Gesicht im Kissen. Hinter ihren Augen stand ein pochender Schmerz, der davon sprach, daß sie zuviel Wein getrunken und zuwenig geschlafen hatte. Das Zimmer war von schwachem, grauem Licht erhellt, welches durch die Ränder des ledernen Verschlusses vor dem Fensterschlitz drang. Nach der Jahreszeit mußte die Stunde der ersten Messe schon vorüber sein, und das bedeutete, daß es höchste Zeit war und sie keinesfalls noch weiterschlafen konnte.

Judith stieß Melyn zur Seite, sammelte ihr auf dem Kissen ausgebreitetes, lohfarbenes Haar und setzte sich auf. Die Katze stakte quer über das Kissen zu dem auf diese Seite gekehrten, braunen Rücken, schnüffelte an dem zerwühlten, schwarzen Haar und tastete dann mit eingezogenen Krallen spielerisch auf dem Gesicht des Mannes.

»Rhosyn«, murmelte Guyon, öffnete die Augen und erhielt einen kalten, feuchten Kuß, der alle Illusionen des Traums schlagartig vertrieb. »Hölle und Teufel!« fluchte er und fuhr hoch. Die Katze, die ihren Zweck erreicht hatte, sprang gewandt auf den Boden und begann damit, Guyons Gepäck ausführlich zu inspizieren.

Ihr Vater hätte die Flasche nach Melyn geworfen, daß überall die Scherben durch die Gegend geflogen wären, dachte Judith. Guyon dagegen stieß noch ein paar Flüche aus, fuhr sich mit den Fingern durchs Haar und schaute ohne Rachegelüste auf den eleganten Körper der Katze. Judith nahm an, er litt unter denselben Beschwerden wie sie, und hielt es für das beste, ihn erst einmal in Ruhe zu lassen, bis er seine fünf Sinne beisammen hatte – nur, daß ihm dafür an diesem Morgen nicht allzu viel Zeit zur Verfügung stand.

Sie suchte ihre Nachtkleidung und zog sie an. Guyon preßte das Gesicht gegen die Hände. Taktvoll verließ Judith das Bett, hob Melyn auf und ging mit ihr zum Fensterschlitz.

»Es schneit nicht mehr, Mylord«, bemerkte sie. »Und die Wolken ziehen hoch dahin. Die Jagd kann stattfinden. Wir haben nicht mehr viel frisches Fleisch, und außerdem bewahrt es die Männer davor, im Haus Streit vom Zaun zu brechen. Letztes Jahr zu Weihnachten, als Mamas Nichte heiratete, hat es eine fürchterliche Schlägerei gegeben. Der Vetter des Bräutigams hat dabei drei Finger und ein Ohr verloren, und die Halle war vollständig verwüstet.«

Nur langsam tauchte Guyon aus den Tiefen des Schlafes auf. Er war normalerweise kein Langschläfer, aber die letzten Wochen hatten an ihm gezehrt, und das Hippokras war ein starkes Schlafmittel gewesen. »Gott steh mir bei!« sagte er mit einem müden Lächeln und streckte sich.

Judith dachte, daß sie nun eigentlich ins Bett zurückkehren konnte, obwohl sie Melyn vorsichtshalber in einiger Entfernung absetzte. »Paß heute auf Walter de Lacey auf«, warnte sie ihn. »Du solltest wissen, daß er vor Papas Tod um mich angehalten hat, und er ist einer der Freunde von Onkel Robert.«

»Ich glaube kaum, daß dein Onkel überhaupt Freunde hat«, erwiderte er und begann damit, seine Kleidung zusammenzusuchen. »Mach dir keine Sorgen, *cath fach.* Ich weiß genau, daß er einer von den *Cwmni Annwn* ist. Ich werde ihn sehr mit Vorsicht genießen.«

»Von den ...«

»Höllenhunden«, übersetzte er und steckte sein Hemd in den Bund. »Die wilde Jagd. Paßt doch vorzüglich, würdest du nicht auch sagen?«

Es war eine Art von Abwehr, diese leichtsinnige Art, darüber zu sprechen. Sein Vater hätte es sofort durchschaut und wäre ihm brüsk in die Bresche gefallen. Judith wußte nicht, welchen Kurs sie verfolgen sollte. Sie schaute zu, wie er sich ankleidete. Er legte sein Hochzeitswams zur Seite und wählte ein warmes, pelzbesetztes aus grüner, gewirkter Wolle, eine dicke Hose und feste, wadenhohe Stiefel.

Melyn sprang wieder auf das Bett. Judiths Augen richteten sich einen Moment auf die Katze, die begonnen hatte, sich auf dem weißen Laken zu putzen. Weiß wie der Schnee, der in der vergangenen Nacht gefallen war. Jungfräulich. Unbefleckt.

»Mylord!« Panik hatte ihre Stimme ergriffen. Jeden Augenblick konnten sie von ihren Gästen gestört werden, und die erste Aktion des Morgens würde es sein, daß dieses Laken herumgezeigt wurde, befleckt mit dem Beweis ihrer Jungfräulichkeit – oder deren Fehlen.

Guyon war ebenfalls erschrocken; er war gerade dabei gewesen, den Gürtel zu schließen, und drehte sich um. »Was ist?«

»Das Bett ... Das Laken. Sie werden denken, daß ich nicht mehr rein bin – oder daß du es nicht geschafft hast.«

Er schaute sie mit weit aufgerissenen Augen an.

»Es ist kein Blut da!« schrie sie ihn fast an.

Endlich kam ihm die Erleuchtung, und zugleich ein Funkeln von Vergnügen in den Augen. »Jetzt verstehe ich, was du meinst. Weißt du, ich habe nicht die Gewohnheit, Jungfrauen zu deflorieren.« Er warf ihr ein säuerliches Grinsen zu. »Möchte wissen, wofür sie sich bei ihren Vermutungen entschieden hätten.« Dann schob er Melyn zur Seite, zog sein Messer aus der Scheide, das er am Gürtel trug, schob sich den Ärmel hoch und machte einen flachen Schnitt auf der Innenseite des Unterarms. Als das Blut in einer dünnen, hellroten Linie hervortrat, schmierte er es in die Mitte des Lakens.

»Selbst verursacht«, erinnerte er sie lachend. »Also gibst du mir einen Schluck Baldrian, um meinen verwirrten Geist zu beruhigen, und einen Topf mit Honig, um ihn auf den Schlitz in meiner Haut zu schmieren.«

Judith reichte ihm den Topf mit Nesselsalbe. »Das wird reichen.«

»Es hat schon aufgehört zu bluten.« Er schob den Ärmel wieder nach unten und grinste sie an. »Ich wette, es ist nicht die letzte Wunde, die ich bei der Verteidigung der Ehre einer Frau davontrage.«

Bevor Judith entscheiden konnte, was sie darauf antworten sollte, hörte man ein warnendes Winseln vor dem Vorhang, gefolgt von einem fröhlichen Bellen und einem menschlichen Laut des Ärgers. Melyn auf dem Bett bäumte sich zur Hufeisenform auf.

Guyon zupfte an einer Strähne von Judiths Haar, zwinkerte ihr verschwörerisch zu, zog den Vorhang auf und wünschte seiner Schwiegermutter einen guten Morgen. Mit ihr war eine kleine Gruppe von Frauen gekommen, und die fette Zofe hatte eine Schüssel mit warmem, duftendem Wasser bei sich.

Cadi begrüßte ihren Herrn stürmisch und laut. Er befahl ihr, sich zu setzen, und die Hündin gehorchte, wenngleich etwas zögernd, und ihre Vorderpfoten tanzten auf dem Boden, während ihr ganzer, schlanker Körper vor Begeisterung zitterte. Alicia erwiderte die Freundlichkeiten der Hündin sehr kühl und betrat den Raum. Neben ihr kam eine andere, ältere Frau, eine Kusine, soweit er sich erinnerte, und sie hatte Mühe, sich die weißen Hundehaare vom dunkelblauen Kleid zu zupfen.

Alicia schaute erst auf das blutige Laken, dann auf ihre Tochter, die den Topf mit Salbe in der Hand hatte. Judith warf Guyon einen entrüsteten Blick zu, mußte dabei allerdings die Unterlippe mit den Zähnen festhalten, und stellte den Topf dann weg, als sei er glühend heiß. Alicias Lippen preßten sich zusammen.

Melyn, umgeben von einer Schar Fremder, die durcheinanderschrien und die Augen weit aufrissen, sprang vom Bett. Sie wurde dabei von Cadi beobachtet, die sich mit einem Bellen wilder Freude auf die Katze stürzte. Guyon stolperte gegen Alicia. Agnes stieß einen Schrei aus. Die Schüssel fiel ihr aus den Händen, und eine warme Flut taufte die beiden Frauen direkt vor ihr. Schreie und Kreischen erfüllten die Luft, vermischt mit dem Fauchen der Katze und dem hysterischen Gebell des Hundes. Melyn machte einen Satz zur Tür und kletterte an dem dicken Vorhang nach oben, wobei Cadi unten bleiben mußte und am Stoff hochzuspringen versuchte.

Guyon packte Cadi am Halsband, holte Atem, um etwas zu sagen, erkannte aber an den Basiliskenblikken, die sich auf ihn gerichtet hatten, daß es Zeitverschwendung gewesen wäre, und zog sich daraufhin hastig mit der Hündin zurück nach unten, in den sicheren Hafen einer männlichen Gesellschaft, die derzeit beim Frühstücken sitzen mußte.

Judith, Tränen des Lachens in den Augen, holte Melyn von ihrem Zufluchtsort herunter.

Das Brechen des nächtlichen Fastens war eine wenig gemütliche Angelegenheit, die zum Glück nicht allzu lange hinausgezögert wurde, da die Männer ungeduldig darauf warteten, hinauszugehen auf die Fährte des Ebers, den der Jagdmeister von Ravenstow in die Wälder auf der westlichen Seite des Besitzes getrieben hatte.

Die Braut tauchte erst auf, als sich die Männer schon ans Aufbrechen machten; sie wirkte sehr eingeschüchtert, und die Blicke, die sie auf ihren Mann warf, waren eher kurz und flüchtig. Als die Frauen kamen, um das blutige Brautlaken zu zeigen, verlor sie beinahe das Bewußtsein. Ihre schmalen Schultern hoben sich, und sie bedeckte das Gesicht mit ihrem Schleier, während sie versuchte, sich wieder zu fassen. Alicia legte schützend den Arm um ihre Tochter, und zugleich warf sie Guyon einen eiskalten, morderfüllten Blick zu.

Guyon ritt neben seinem Vater, als er sah, wie de Bec auf seinem stämmigen Braunen sich ihnen näherte. Er gab sich kühl, und seine Lippen waren zusammengepreßt, umgeben von dem ordentlich gestutzten, grauen Bart. Auch er hatte miterlebt, wie Judith in der Halle um Fassung gekämpft hatte, und war zunächst voller Beschützerzorn gewesen. Zunächst, denn während er das Brot mit dem Wein hinunterspülte, hätte er schwören können, daß Judith ihm zugeblinzelt hatte, mit einem boshaften, schelmischen Funkeln. Mädchen, die bis an den Rand der Tränen betrübt waren, blinzelten nicht mit den Augen.

»Judith sagte mir, daß Ihr sie gelehrt habt, wie man eine Klinge schärft und wie man sie nutzt«, bemerkte Guyon zu dem Burgvogt in freundlichem Ton.

De Bec rieb sich mit der Faust über den Bart. »Sie hat mich darum gebeten, also habe ich es ihr beigebracht, Mylord«, erwiderte er verteidigend. »Es ist kein Fehler, wenn man sich ein bißchen mit Waffen auskennt, besonders hier in den Grenzmarken.«

»Nein.« Guyon stimmte ihm zu, und seine Mundwinkel zuckten wegen des steinernen Ausdrucks von de Bec und der weit aufgerissenen Augen seines Vaters. »Waren ihre Eltern auch dieser Ansicht?«

»Lord Maurice hatte keine Ahnung. Lady Alicia hielt sich zurück, aber Judith war manchmal nicht ganz leicht zu zügeln, und ein bißchen freie Leine mit einer lenkenden Hand dahinter brachte sie schneller wieder zur Vernunft als Drohungen oder eine Tracht Prügel.«

»Dann waren Sie im Nebenberuf auch noch Kindermädchen«, räumte ihm Guyon freundlich ein. »Das nenne ich Pflichtbewußtsein.«

De Bec warf ihm einen zweifelnden Blick zu. »Und das ist der Wahrheit näher, als Sie vielleicht glauben«, sagte er. »Ich habe sie immerhin auf diese Welt gebracht und ihrer Mutter in die Arme gelegt, außerdem die Nabelschnur zwischen den beiden abgetrennt. Lady Judith ist einen Monat zu früh geboren, in der Hütte eines Köhlers auf halbem Weg zwischen Cannock Chase und hier, mit mir und Agnes als einzige Begleitung. Ein Glück, daß ich der Sohn eines Schäfers bin und genug Schafe gesehen habe, die ein Lamm zur Welt brachten, daß ich wußte, was zu tun war. Agnes war dabei so brauchbar wie eine kopflose Ente. Die dämliche Person konnte den Anblick von Blut nicht ertragen, also ist alles für mich übriggeblieben.« Er schniefte ein Tröpfchen von seiner Nase, und dabei schürzte er die Lippen.

»Ich glaube, seit damals fühle ich mich verantwortlich für Mistress Judith. Sie ist wie meine eigene Tochter, nur daß ich es noch nie geschafft habe, sie zu bändigen.« Sein Blick richtete sich jetzt ganz auf Guyon. »Laßt Euch bloß nicht täuschen von dem, was Ihr gestern erlebt habt. Mistress Judith kann ein wahrer Satansbraten sein. Ich rate Euch, seid ja recht sanft zu ihr, sonst wacht Ihr eines Morgens auf und sucht Eure Männlichkeit umsonst.«

»Sie ist noch Jungfrau«, sagte Guyon leise. »Es ist nicht meine Art, Kinder zu vergewaltigen. Das Blut auf dem Laken stammt von meinem Arm.«

De Bec räusperte sich. »Es wäre Euer Recht gewesen«, murmelte er in seinen Bart.

Guyon wandte den Kopf zur anderen Seite. In der Ferne kläfften die Hunde jetzt in einem anderen Ton.

»Der Eber ist aufgescheucht und auf der Flucht«, sagte Miles, der wieder näher geritten war, und riß seinen Renner herum.

Auch Guyon schwang sein Pferd in die andere Richtung.

De Bec sprach auf ihn ein, als wollte er es vor der

Jagd noch losbringen: »Haltet die Augen offen, Mylord. Ihr habt unter den Gästen mindestens soviele Feinde wie Freunde, und wenn ich sehe, wie sich Männer im Dunkeln zusammentun, wenn ich das Blitzen von Stahl sehe in der Dunkelheit, dann weiß ich, daß nichts Gutes zu erwarten steht.«

Guyon lächelte dünn, aber zugleich wußte er, daß de Bec, wenn er seinen Verdacht auf diese Weise äußerte, den neuen Herrn angenommen hatte. »Ich war nicht blind gestern abend, aber ich danke Euch für die Warnung. Je eher dieses lächerliche Schauspiel der Hochzeitsfeier vorüber ist, desto lieber ist es mir.« Dann nahm er die Zügel, gab dem rotbraunen Renner die Sporen und trieb ihn hinter den Hunden her. De Bec wendete seinen Braunen und folgte.

Der Eber, den sie verfolgten, war in Wirklichkeit eine Sau, und zwar eine Matrone von vorzüglicher Größe und Kraft, in den besten Jahren, fast zwei Hundertgewichte schwer. Sie war schon früher mit den Menschen in Berührung gekommen. Ein walisischer Wilddieb hatte es mit dem Leben bezahlen müssen, als er Frischlinge für seinen Topf jagen wollte. Die Jäger hatten sein blutiges Gebein im vergangenen Frühjahr entdeckt, als sie dabei gewesen waren, das Wild zu zählen und zu kennzeichnen. Die Sau hatte von der Begegnung eine Narbe davongetragen, wo der Eberspeer sie seitwärts getroffen hatte, und dabei einen gewaltigen Haß entwickelt gegen diese armseligen, zweibeinigen Tiere, die von Zeit zu Zeit in ihr Territorium einfielen.

Sie hielt jetzt die Stellung, mit dem Rücken zu einem überwachsenen Felsblock, und scharrte Haufen von Laub auf dem Waldboden zusammen. Ihr riesiger Schädel schwankte nach rechts und nach links, die gefährlichen Hauer drohten jeden Hund oder Menschen, ihm die Gedärme aufzuschlitzen, wenn er dumm genug war, in ihre Reichweite zu gelangen.

Guyon zügelte sein Pferd und sprang vom Sattel. Der Jagdmeister warf ihm einen Eberspeer zu, den er mitten im Flug auffing. Es war eine kräftige Waffe mit breiter Klinge und einer Querstange, die verhinderte, daß der Eber mit dem Speer im Leib auf den Jäger zustürmte und ihn zerfetzte, ehe er selbst den Geist aufgab. Schmerzen verursachten nur Zorn bei Wildschweinen, keine Angst.

Ein Hund machte einen Satz, um nach der schwarzen, mächtigen Schulter der Sau zu schnappen, trennte sich danach nicht schnell genug und wurde jaulend über die Meute der anderen Hunde hinweggeschleudert, einen weiten Riß in der Seite. Cadi bellte und schoß darauf zu. Sie war dazu dressiert, Hasen zu jagen, keine Wildschweine, aber ihre schlanke Behendigkeit verhinderte es, daß sie wie der andere Hund erwischt und getötet wurde.

Die Männer näherten sich vorsichtig der Sau, mit gezückten Speeren, die Messer lose in den Gürteln, jeden Muskel zum Sprung angespannt, denn bis zum Augenblick des Angriffs wußte keiner der Männer, wen sie als ihr Opfer ausersehen hatte.

Die Spannung stieg ins Unerträgliche. Die Sau durchharkte die Blätter mit den Vorderbeinen, rollte ihre kleinen, schwarzen Augen und schabte auf dem Boden, wobei sie die blutigen Hufe mit Erde beschmierte.

»Komm schon, Mädchen, fang schon an«, murmelte Hugh von Chester und leckte sich die Lippen. Ein anderer Mann pfiff laut, um ihre Aufmerksamkeit zu wecken, und wedelte mit dem Speer über dem

Kopf. Ralph von Thorneyford schien etwas im Schilde zu führen; an seinem Hals pochte ein Puls. Walter de Lacey, das Gesicht starr wie aus Alabaster, bewegte sich nicht, aber seine Augen richteten sich für den Bruchteil einer Sekunde auf Guyon. Guyon selbst erwiderte den Blick, die Augen dunkel wie Onyx, und duckte sich, den Speer gezückt. Dann schürzte er die Lippen und stieß ein seltsames, leises Pfeifen aus durch seine fest zusammengepreßten Zähne. Miles schaute zu ihm herüber und kam zugleich näher; er wußte, was als nächstes geschehen würde, denn es war ein alter walisischer Trick, den er selbst ihn gelehrt hatte.

Die Sau hielt zitternd inne; der riesige Kopf senkte sich, die feuchten Blätter raschelten. Ein quietschendes Knurren kam durch ihre Nüstern, und sie machte einen mächtigen Satz, direkt auf Guyon zu.

Hineingetrieben durch ihr immenses Gewicht, rammte sie sich selbst den Speer in die Brust. Guyon stemmte das Ende gegen den Waldboden, und seine Muskeln in den Unterarmen spielten und spannten sich, als er den Speer festhielt. Die Spitze hatte sich in Knochen gebohrt, und der Schaft zitterte. Guyon hörte, wie das Holz knarrte, fühlte, wie es nachgab, als die Sau den Druck verstärkte, und wußte, daß er nichts dagegen tun konnte. Der Speer zersprang. Messerscharfe Splitter schlitzten ihm die Hose auf und zogen eine blutige Linie am Oberschenkel entlang. Die Sau, die roten Schaum spie und vor Schmerzen wilde Schreie ausstieß, versuchte ihn mit den Fangzähnen aufzuspießen, während der zerbrochene Stumpf des Speers aus ihrer Brust ragte. Guyon rammte ihr die andere Hälfte des Speers in den offenen Rachen. Zugleich entstand ein feuriger Schmerz an seinem

Arm. Das Jagdmesser von Miles fand die Schlagader der Sau, während ihr de Bec mit dem Speer die Rippen eindrückte.

Danach herrschte Schweigen, das nur vom Kläffen der Hunde und dem Jaulen der getroffenen Tiere gebrochen wurde. Blut färbte die zertrampelte Erde und den Schnee. Der Jagdmeister peitschte die Hunde von der noch zuckenden Sau weg, mit grauem Gesicht. Er warf einen einzigen Blick auf de Lacey und Pembroke hinter sich, dann schaute er weg. Die beiden ignorierten ihn.

»Seid Ihr schwer verletzt?« Hugh von Chester betrachtete Guyons zerfetzten Ärmel um die mit dunklem Blut pulsierende Öffnung.

Guyon schüttelte den Kopf und lächelte zugunsten derer, die ihn nur allzu gern schwer verletzt gesehen hätten, dann drückte er den Stoff seines Umhangs dagegen, um die Blutung zu stillen.

De Bec duckte sich neben den zerbrochenen Speerschaft und prüfte die Bruchstelle. Dann zog er den Schaft heraus, erhob sich, ging zum Jagdmeister und hielt ihm den Schaft unter die Nase. Der Mann schüttelte den Kopf, und sein Gesicht war weiß wie Kalk. De Bec begann zu brüllen. Arnolf von Pembroke trat zwischen die beiden Männer. Guyon schob ihn mit der Schulter beiseite.

»Laßt das«, kommandierte er. »Es war eine schwache Stelle im Holz. Es hätte jedem von uns passieren können.«

»Eine schwache Stelle im ...«, begann de Bec wütend, sah aber den Ausdruck in Guyons Blick und stellte fest, daß der junge Lord ebenso wie er wußte, was da geschehen war, und daß es nicht mit rechten Dingen zugegangen war. »Quatsch!« spuckte er, warf den Schaft auf die Erde und ging zu seinem Pferd, wobei er Verwünschungen in seinen Bart murmelte.

»Mylord, ich habe nichts gewußt, ich schwöre es!« stotterte der Jagdmeister, und sein Adamsapfel zuckte auf und ab, als würde ihm in der nächsten Sekunde die Schlinge darum gelegt.

»Hör auf zu jammern und zu klagen und kümmere dich um die Sau!« fuhr ihn Guyon ungeduldig an, dann wandte er sich ab. Später war Zeit genug, um ihn auszuhorchen; die wilden Wälder dieser Grenzregion waren kein Platz, um einen improvisierten Gerichtshof zu halten, mit aufgewühlten Leidenschaften und voller Durst nach Blut und Vergeltung.

Miles bückte sich, hob den Schaft auf, sah, wie er gebrochen war, und verengte die Augen.

Guyon pfiff Cadi, der an seinem rechten Bein absetzte, dann schritt er über dünne Bächlein von Wildschweinblut zu seinem Pferd und stieg auf.

Judith saß in der Stube, den Rocken in der Hand, und sehnte sich danach, daß ihre Begleiterinnen sie endlich in Ruhe lassen würden. Sie hatten ihr jede Art von guten Ratschlägen angeboten, auch manche, die keineswegs gut gemeint waren, und hatten ihr so intime Fragen gestellt, daß sie erkannte, wie unschuldig sie wirklich war, und daß sie dazu nur erröten konnte und ihre Entrüstung nicht zu spielen brauchte. Die Neugier der Frauen war bodenlos, und zumindest eine von ihnen mit Verbindung zum Hof wußte Dinge über den Bräutigam, die besser ungesagt geblieben wären. Es hielt sie allerdings nicht davon ab, die Informationen mit großem Vergnügen auszubreiten. Alicia parierte frostig, Judith zog sich hinter geschlossene Lider zurück und wünschte sich die ganze gackernde Gesellschaft von dannen.

Schritte schabten vor der Kammer, und der Vorhang wurde beiseite gerissen. Die Frauen sprangen auf, erröteten und begannen schon wieder zu zwitschern angesichts des Bräutigams, dessen Ruf eben noch in so boshafter Weise befleckt worden war. Guyon betrachtete sie ohne Gunst. »Ladys«, grüßte er und schaute über sie hinweg auf Judith. Sie eilten zur Seite. Er hatte Dornen und Disteln in seinem Wams und einen Kratzer an der einen Wange. Außerdem hatte er, wie sie sofort sah, einen Riß in seiner Hose.

»Mylord?«

Er streckte die rechte Hand nach ihr aus, eine seltsame Bewegung, wo doch die Linke näher gewesen wäre. »Du mußt dir einen Kratzer genauer ansehen.«

»Euer Bein?« Sie senkte den Blick zu den Gamaschen.

»Mein Arm. Ich fürchte, du brauchst etwas von deinem schimmeligen Brot.« Er sprach so leise, daß seine Worte nicht über ihre unmittelbare Nähe hinaus getragen wurden. Die Frauen sahen nur, daß er die Hand besitzergreifend auf sie gelegt hatte, sahen die Bewegungen seiner Lippen nahe ihrem Ohr, und daß sie plötzlich weit die Augen aufgerissen hatte.

»Geht in die Bettkammer«, sagte Judith. »Ich bringe, was notwendig ist. Vermutlich wollt Ihr nicht, daß sie es erfahren.«

»Nein.«

Ihre Lippen zuckten. »Ihr bekommt allmählich einen schlechten Ruf, Mylord.«

»Nicht halb so schlecht wie ihre Gedanken«, stimmte er ihr zu, mit einem giftigen Blick auf die Frauen.

»Ist denn da ein Unterschied, Mylord?« fragte Alicia, die auf die beiden zukam, bereit zur Schlacht. Sie war wütend. Schlimm genug, daß er Judith in der vergangenen Nacht mißbraucht hatte, was sowohl das Laken als auch der Kampf ihrer Tochter mit den Tränen bewiesen hatte, aber daß er hier hereinplatzte, von der Jagd aufgewühlt, und schon wieder ihren Körper verlangte, sie als eine Hure für seine geile Lust benützte, war wirklich ekelhaft.

»Ich wäre Euch dankbar, wenn Ihr Euch auf ein Wort von Euren Pflichten befreien könntet.«

Alicia schaute ihn mit zusammengekniffenen Augen an. »Jetzt gleich, Mylord?«

»Wenn Ihr mit Judith nach oben kommen könnt, werde ich es Euch erklären.«

Ihre Augen flackerten vor Befremdung, als ihr der Grund für ihre Entrüstung buchstäblich unter den Füßen weggezogen wurde. Guyon verbeugte sich förmlich vor ihr, verabschiedete sich spöttisch vor den anderen und verließ den Raum, wobei er Judith mit sich zog. Alicia kapierte allmählich, entschuldigte sich damit, daß die Männer von der Jagd zurückgekommen seien und sie sich nach der Beute erkundigen müsse.

Judith nahm den blutgetränkten Ärmel seines linken Arms vorsichtig ab. Guyon ballte die eine Hand zur Faust und zuckte.

»Ein Eber?« Judith warf einen Blick auf die gezackte Wunde. Sie ging nicht bis zum Knochen, war aber auch nicht oberflächlich genug, um nur bandagiert werden zu können. »Das muß genäht werden.«

Er zuckte resignierend mit der Schulter. »Dann kann ich deine Fähigkeiten wenigstens gleich ganz bewundern.« Dazu zeigte er ein schwaches Grinsen, während sie ein zum Kissen zusammengelegtes Stück Leinen in einer stark duftenden Flüssigkeit, einem Sud aus Kiefernnadeln, tränkte.

»Du kannst nur beten, daß sie nicht versagen. Es ist eine böse Wunde. Wie ist das denn passiert?«

Guyon wäre beinahe umgekippt, als sie ihm das Kissen gegen den Arm drückte und dann begann, den in die Wunde eingedrungenen Schmutz zu entfernen.

Alicia kam herein und hörte, wie sich ihre Tochter atemlos entschuldigte, mit zitternder Stimme.

»Mach schon weiter!« keuchte Guyon durch die zusammengepreßten Zähne, und sein Gesicht war grau. »Wenn du jedesmal aufhörst, sobald ich zucke, sitzen wir den ganzen Tag hier, und das wäre dann wirklich den Schandmäulern Öl ins Feuer gegossen!«

Judith biß sich auf die Unterlippe. Alicia inspizierte die rohe, noch nässende Wunde. »Ihr werdet das schimmelige Brot brauchen«, sagte sie in neutralem Ton.

»Ich habe es schon, Mama.«

Alicia schaute Guyon nachdenklich an. »Ich war gerade unten in der Küche, Mylord. Sie sagen, daß der Eberspeer gebrochen ist und daß Ihr Glück hattet, mit dem Leben und ein paar Kratzern davonzukommen.«

»Es sind mehr als ein paar Kratzer, Mama!« protestierte Judith und starrte sie an.

»Das sehe ich. Aber ich wiederhole nur, was der Koch sagte, und der hatte es vom Knappen deines Onkels.«

»Sie haben beide recht«, sagte Guyon.

Die Frauen starrten ihn an. Nach der ersten, erschreckten Erklärung hatte Judith nachgedacht. Es ging Guyon nicht darum, diese Verletzung herunterzuspielen, um männlich zu erscheinen. Er wollte, daß die Wunde geheim gehalten oder zumindest als Bagatelle betrachtet wurde.

»Eberspeere zerbrechen nicht«, sagte sie. »Papa war immer sehr genau, was den Zustand des Jagdgeräts betrifft, namentlich wenn es um die Jagd auf einen Eber ging. Er hat die Speere regelmäßig überprüfen lassen.«

»Von Eurem Jagdmeister?«

Alicia langte nach einer Rolle Bandagen, während Judith eine Nadel einfädelte. »Maurice hat sich nie über Rannulf beschwert«, sagte sie zurückhaltend. »Ich kann nicht sagen, daß ich ihn gut kenne. Er ist von de Belleme zu uns gekommen, auf Roberts Empfehlung hin.«

»Wäre er bereit, zu morden, wenn man ihm genug Silber dafür gibt?«

»Das weiß ich nun wirklich nicht, Mylord. Aber wenn mein Schwager die Hand im Spiel hat, ist alles möglich.«

»Hat also jemand Rannulf Silber geboten, damit Ihr einen schlechten Speer bekommt, Mylord?« fragte Judith und brachte die Sache damit auf den Punkt.

»Wahrscheinlich. De Lacey hat gestern abend in der Halle sehr ernst auf ihn eingeredet, und de Lacey ist nicht der Mann, der sich mit Dienstboten unterhält, es sei denn zu einem ganz bestimmten Grund. Wenn ich eine Gelegenheit habe, um Rannulf zu befragen, werde ich mehr wissen, und – autsch!«

»Haltet still, Mylord, haltet still, dann tut es nicht so weh.«

»Leichter gesagt als getan. Ich glaube schon fast, dir macht das Spaß.«

Judith rümpfte die Nase. »Von wegen, Mylord. Aber so viel Geschrei für einen so ›kleinen Kratzer‹.«

»Freches Luder!« knurrte er, aber seine Augen lachten.

Verblüfft betrachtete Alicia die beiden, während sie die Packung mit dem schimmeligen Brot vorbereitete. Das war kein erschrecktes Kind mehr, das verschüchterte Blicke durch einen Nebel aus Tränen schickte, und trotz seiner Schmerzen behandelte auch er das Mädchen mit der Gelassenheit eines Mannes, der es verstand, mit Frauen umzugehen – der sie nicht wild und blöde in einem Anfall von ungebärdiger Lust deflorieren würde.

Guyon biß die Zähne zusammen und saß in stoischem Schweigen da, bis Judith und Alicia mit ihm fertig waren. Er konnte kaum etwas denken als an die Schmerzen und seine Bemühung, den Arm stillzuhalten, während er genäht und bandagiert wurde.

Judith reichte ihm eine Tasse. Er schnüffelte argwöhnisch daran. »Baldrian, Schafgarbe und Mohnsamen in Wein«, erklärte sie. Guyon kostete, schnitt eine Grimasse, stellte die Tasse ab und begann seinen Ärmel über die Bandage zu ziehen.

»Das lindert die Schmerzen.«

»Und betäubt meine Sinne«, erwiderte er.

Judith schüttelte mahnend den Kopf und suchte dann in seinem Gepäck frische Gamaschen und brachte sie, zusammen mit Salbe für sein zerkratztes Gesicht und den Oberschenkel.

»Ich habe Euch, scheint es, unterschätzt«, sagte Alicia leise.

Guyon war mit seinem Ärmel fertig. Sie schaute seine Finger an. Sie waren lang und gelenkig, und sie konnte sich kaum vorstellen, wie er damit ein Schwert schwingen konnte, wären da nicht die Schwielen an seiner rechten Handfläche gewesen, eine Erbschaft vom Krieg um die Insel Mon. Er hob den Kopf und zeigte ein überlegenes Lächeln.

»Ich hoffe, ich habe genügend Vernunft, um zu erkennen, daß Vergewaltigung nicht das beste Mittel ist, um eine Ehe zu beginnen. Ich habe sie daher nicht berührt, und ich werde sie erst berühren, wenn sie dazu bereit ist ...« Er hielt inne und schaute sich um, als sein Vater den Vorhang zur Seite schob und hereinkam.

»Der Jagdmeister ist abgehauen«, verkündete er. »Er hat de Laceys Schwarzen gestohlen und war über die Zugbrücke, ehe ihn jemand aufhalten konnte.«

»Verdammt!«

»Das ist noch nicht das Schlimmste. De Lacey ist hinter ihm her, und er hat vor, ihn zu töten. Pembroke ist in seiner Begleitung, dazu Ralph von Thorneyford. Chester hat de Bec und ein paar von der Wache genommen und ist ebenfalls hinterhergeritten, in der Hoffnung, einen Mord verhindern zu können.«

Guyon fluchte noch einmal, diesmal wesentlich heftiger, und langte nach seinem Schwertgürtel.

»Wir sehen uns unten auf dem Hof«, sagte Miles. »Die Pferdeknechte haben Rhuddem für dich gesattelt.«

Guyon hatte Mühe, den Gürtel mit seinem linken, verletzten Arm zuzuziehen. Judith kniete sich hin, um ihm zu helfen. »Habt acht, Mylord«, sagte sie besorgt. »Ich fürchte, Rannulf ist noch nicht die einzige Beute dieser Jagd.«

Er schaute hinunter auf ihr ernstes Gesicht, und mit einem schwachen, humorlosen Lächeln zupfte er sie sachte an ihrem Zopf. »Ja, nun, *cath fach*, vorgewarnt ist vorgewappnet, heißt es«, erwiderte er. »Ich verspreche dir, ich werde mein bestes tun.«

Sie ritten hart und holten de Bec und Chester kurz hinter dem Dorf ein und de Lacey auf dem Waldpfad, der etwas weiter zur Grenze nach Wales führte.

»Ich dachte, ich hätte ihn schon!« knurrte de Lacey, den Kettenhandschuh am Schenkel. »Aber der Kerl ist auf mich losgegangen. Beim Gebein unseres Erlösers, wenn ich ihn erwische, häng' ich ihn an den Eiern auf. Habt Ihr eine Ahnung, was der Hengst wert ist!«

»Trotzdem will ich ihn lebend haben«, sagte Guyon kalt.

»Gott allein weiß, wie das gehen soll«, zischte Pembroke, und seine Augen rollten hin und her wie bei der Wildsau, die sie eben erledigt hatten. »Erst dieser ›schwache‹ Speer, und jetzt auch noch Walters bester Renner. Dieser Dreckskerl hat sich doppelt schuldig gemacht.«

»Ja«, sagte Guyon und zog spöttisch die Augenbrauen hoch. »Und ich möchte mit ihm darüber reden. Ich will wissen, warum er das getan hat.«

Verärgert über die Zurechtweisung, errötete Pembroke. Ralph von Thorneyford lutschte an den Zähnen und schaute verwirrt drein. De Lacey zog sein Schwert und wendete sein Pferd, wobei er den anderen momentan den Weg blockierte.

Guyon und sein Vater tauschten beunruhigte Blicke. Miles stieg vom Pferd und verschwand im Wald, entlang dem Pfad, auf geschickten, leisen Füßen. Er hatte seine Jugendzeit in den Hügeln von Wales verbracht, und außer dem Übernatürlichen konnte er alle Wesen dieser Erde aufspüren, schon gar eine Ratte, die ihm so wie diese in die Nase stank.

»Steckt Euer Schwert in die Scheide«, sagte Guyon leise, mit ausdruckslosem Gesicht. »Rannulf wird sein Ende in Gerechtigkeit erleben, nicht heißblütig, sondern dann, wenn es an der Zeit ist.«

De Lacey beäugte ihn einen Moment lang aus zusammengekniffenen Lidern, dann zuckte er mit den Schultern, steckte das Schwert in die Scheide und sagte: »Das *ist* die Gerechtigkeit«, begleitet von einem seltsamen, falschen Lächeln.

Guyon stieg wieder auf sein Pferd. Zugleich hörte er einen warnenden Schrei und das Sirren eines Pfeils. Er warf sich flach auf den Rücken von Rhuddem. Das Pferd riß den Kopf hoch, stieß gegen Guyons Nase, der Pfeil flog an ihnen vorbei und bohrte sich in den Stamm einer Buche auf der anderen Seite des Pfads.

De Laceys Schwert kam noch einmal aus der Scheide, und er trieb seinen Hengst in den Wald. De Bec brüllte etwas und trieb ihm den Braunen hinterdrein, während Hugh von Chester seinen Renner gegen den von Pembroke rammte, um zu verhindern, daß die beiden ebenfalls an der Verfolgung teilnahmen. Zwischen den Bäumen ertönte ein Schrei.

Fluchend, die Augen voll Zornestränen, hatte Guyon die beiden umrundet und jagte hinter de Lacey her.

Er kam zu spät. Der Jagdmeister Rannulf lag auf dem Boden, ohne noch die unbelaubten Äste des Winters zu sehen. Walter de Lacey, seinen Wams blutbespritzt, stand über ihm, den Mund weißgerändert, die Augen funkelnd, und am ganzen Körper zitternd von den Nachwirkungen der Gewalttat, der Anstrengung und der noch nicht ausgekühlten Wut. Miles lehnte an einem Baumstamm und hatte die Augen geschlossen. Seine Arme waren um den Oberkörper geschlungen.

»Papa?« Ohne auf den verletzten Arm zu achten, schwang sich Guyon vom Pferd.

»Mir ist nichts geschehen«, antwortete Miles mit rauher Stimme und hob die Lider, um die Angst seines

Sohnes zu zerstreuen. »Ein bißchen außer Atem – ich bin nicht mehr so schnell wie früher, leider.« Er warf einen dunklen Blick auf de Lacey und stieß sich hoch.

Guyon betrachtete seinen Vater von allen Seiten, war beruhigt und wandte sich an den anderen Mann. »Ich sagte, ich will ihn lebendig!« fuhr er ihn an.

»Hätte ich zulassen sollen, daß er Euren Vater ersticht und dann entkommt?«

»Wenn Ihr nahe genug wart, um ihm den Kopf abzuhacken, dann hättet Ihr ihn auch mit anderen Mitteln aufhalten können. Aber Tote reden nicht, und darauf kam es Euch doch in erster Linie an, nicht wahr?«

De Laceys Schwert zuckte und funkelte mit seinem roten Rand auf Guyon, der dabei war, sein eigenes Schwert zu ziehen. Hugh von Chester, der sich rasch bewegte für einen so fetten Mann, war zwischen den beiden, mit dem Rücken zu Guyon, und funkelte den anderen mit seinem berühmten, blauen Blick an. »Sir Walter, Ihr vergeßt Euch«, sagte er kalt.

»Ich vergesse gar nichts!« spuckte de Lacey, senkte aber sein Schwert, um es an dem Toten zu reinigen, bevor er es in die Scheide rammte und sich auf den Absätzen umdrehte, wo er sich dem ihm gestohlenen Pferd zuwandte. Er strich ihm mit beiden Händen über die Läufe, um nach Anzeichen für Lahmheit zu suchen.

Guyon preßte die Lippen zusammen und schluckte; das heftige Heben und Senken seiner Brust und der schnelle Puls an seinem Hals verrieten, daß er große Mühe hatte, seine Wut zu unterdrücken.

De Lacey stieg auf den Rappen, warf noch einen letzten, bösartig funkelnden Blick auf Guyon und ritt dann hinüber, wo Pembroke auf ihn wartete.

Guyon schaute ihm nach, stieß die Luft aus und öffnete langsam die Finger, mit denen er sein Schwert umklammert hatte.

Chester beugte sich neben den Toten und zog ihm die Augenbraue hoch. »Man hat dich hierhergelockt, damit man dich töten kann, weißt du das, mein Junge?«

Guyon lachte rauh. »Ich habe es mir schon in der Burg gedacht, und es ist mir klargeworden, als wir sie eingeholt hatten. Ein Mann, dem es so sehr darauf ankommt, sein Pferd zurückzubekommen, bleibt nicht zurück, um auf uns zu warten. Hast du gesehen, wie er mir den Weg blockiert hat, damit ich ein Ziel für den Pfeil dieses blöden Kerls wurde?«

»Es ist alles schon gestern abend ausgeheckt worden«, sagte de Bec, der Rhuddem und den Grauen von Miles an den Zügeln hatte. »Jetzt bin ich ganz sicher. Wenn Ihr den Toten hier durchsucht, findet Ihr sicher das Geld, das er für seinen Betrug bekommen hat.«

Chester langte nach der Börse, die sich der Jagdmeister an den Gürtel genäht hatte, und nahm den Gürtel ab. Die kleinen Silbermünzen mit dem Kopf des Eroberers funkelten auf seiner breiten, fleischigen Hand, deutlicher Beweis für den Verrat. Dann schauten alle Guyon an. »Werdet Ihr die Sache weiter verfolgen?«

Diesmal stieg Guyon vorsichtiger vom Pferd. »Wie könnte ich? Sicher, ich weiß, das ist ein Beweis in Eurer Hand, doch er reicht nicht aus, um de Lacey zu überführen. Man könnte sagen, Rannulf hat das Geld beim Würfeln gewonnen. Und wenn es zu einer öffentlichen Anklage kommt, entscheidet man vermutlich für Gottesurteil. Mit diesem verletzten Arm möchte ich das Risiko nicht eingehen. Nein, lassen wir es vorläufig. Ein jeder von uns …« Er brach ab und schaute auf seinen Vater, der sich am Saumzeug seines Pferdes festhielt, um nicht umzufallen. »Bist du sicher, daß es dir gut geht?«

Miles schnitt eine Grimasse. »Nur ein paar Rippen angeknackst – und mein Stolz ist verletzt. In meinen guten Tagen hätte ich Rannulf wie ein Bär von hinten umarmt, und ehe er bis drei hätte zählen können, wäre mein Dolch an seiner Kehle gewesen. Unser Fleisch wird alt, und unser Geist vergißt.« Er schüttelte bedauernd den Kopf. »De Lacey kommt aus der Sache mit einem Heiligenschein heraus, nicht wahr?«

»Einem Schein des Verrats«, verbesserte Guyon grimmig. »Wenigstens weiß ich jetzt, worauf er hinaus will.«

In der Ferne heulte ein Wolf, ein dünner, unheimlicher Schrei, eingebettet in den Nebel wie der Jagdschrei von *Cwmni Annwn*, dem Höllenhund.

Sechstes Kapitel

Alicia holte die Schwarzwurzelsalbe und einen frischen Verband und ging zu Miles, der auf dem Bett saß. Er war nackt bis zur Taille, und sie hatte gerade den viele Fuß langen Druckverband von seinem Brustkorb genommen, mit dem die gebrochenen Rippen bandagiert worden waren. Jetzt machte sie sich daran, noch einmal den bösen Kratzer an seiner linken Seite zu behandeln, den er gestern davongetragen hatte.

»Ihr und Euer Sohn – Ihr seid dabei, unsere Vorräte an Heilmitteln aufzubrauchen«, bemerkte sie, um das Schweigen zu brechen, und hob dazu den Topf mit der Salbe hoch.

»Ohne tiefere Absicht«, antwortete er bedauernd und streichelte dabei die weiße Hündin, die an seinem Knie saß. Jetzt, wo die Gäste abgereist waren – einige von ihnen gleich nach den gestrigen Ereignissen –, saßen Guyon und Judith im Schatzraum und überprüften die Rechnungsrollen, während Melyn auf Judiths Schulter saß, so daß Cadi hier keinen Platz fand.

Alicia warf ihm einen kurzen Blick zu. »Haltet das hier für mich.«

Er nahm den Topf mit der Salbe und schnüffelte an dem grünen Fett. Es roch angenehm nach Kräutern. »Es ist nur ein Kratzer, und eben die angebrochenen Rippen. Ihr braucht Euch keine solche Mühe zu machen.«

»Ihr hättet das Leben verlieren können!« Sie tauchte zwei Finger in den Topf und begann die Salbe auf seine Rippen zu schmieren. Die leichte Berührung ihrer Finger war angenehm.

»Werdet Ihr die Sache denn melden?« Ihre Stimme ging ebenso hoch wie ihre Augenbrauen. »Es geht immerhin um Mord und um zweimaligen Mordversuch.«

»Ohne Beweise. Einen Toten kann man nicht zum Sprechen bringen. Hier steht das Wort von Guyon gegen das von de Lacey, mit einer etwa gleich großen Zahl von Zeugen, die für die eine oder die andere Seite aussagen.«

»Aber ...«

»Sicher, mir gefällt es ebenso wenig wie Euch, aber uns sind die Hände gebunden. – Alicia ...«

Sie faßte um ihn herum. Er fühlte die Wärme, die von ihrem Körper ausging, roch den zarten Duft von Rosenöl. Er ließ die Bandage los, schlang seinen Arm um ihre Taille und neigte den Kopf, um sie zu küssen.

Sie schauderte. Er fühlte, wie ihr ganzer Körper zitterte, fühlte es durch ihr Kleid, ihre Unterwäsche. Sie zögerte noch einen Moment, und dann, mit einem Laut, der Lust oder Verzweiflung sein konnte, teilten sich ihre Lippen unter den seinen, ihre Arme legten sich um seinen Hals, und die Bandage fiel zu ihren Füßen auf den Boden.

Ein Impuls öffnete den Weg für ein stärkeres Verlangen. Alicia stieß einen leisen, wimmernden Seufzer aus und drückte ihre Hüften gegen ihn, gehorchte seiner Hand, als er sie über die Kurve ihrer Hinterbakken nach unten schob. Er entflocht ihre Zöpfe und fuhr mit gespreizten Fingern durch die schwarze Masse. Sie fühlte, daß er hart war und bereit, aber er schien es nicht eilig zu haben, ließ sich Zeit, um ihr Gesicht zu küssen, den Hals und die Ohrläppchen, ehe er wieder die Lippen liebkoste.

»Alicia, sag deiner Zofe, sie soll dafür sorgen, daß wir nicht gestört werden«, murmelte er mit rauher Stimme gegen ihre Schläfen.

Nur verschwommen, wie durch einen Nebel aus sexuellem Entzücken, hörte sie seine Worte. Sie brauchten einen Augenblick, um ihr Gehirn zu erreichen, aber als es soweit war, kam es ihr vor wie ein Eimer kaltes Wasser. Die Vorstellung, Agnes könnte draußen Wache halten, während sie mit einem Mann kopulierte, den sie kaum kannte, die Vorstellung, der alten Frau die Anweisung zu geben, mit aufgelöstem Haar, die Lippen geschwollen von Küssen, die Erinnerung an eine Zeit vor fast siebzehn Jahren ... Sie nahm den Arm von seinem Hals, wandte sich ab, als er sie wieder küssen wollte, und machte sich frei.

»Ich bin keine Hure«, sagte sie tonlos.

»Was?« Er suchte sie, einen Moment lang blind, und als er die Augen wieder öffnete, brauchte er einige Zeit, um sich auf sie einzustellen. »Alicia ...«

»Wenn du ein Weib zum Vergnügen brauchst, es gibt genügend Dienstboten hier im Haus, die es von Maurice gewohnt sind, die können deine Bedürfnisse befriedigen.« Sie versuchte mit ungeschickten Fingern, ihr Haar wieder zu flechten. Röte stand ihr auf dem Gesicht und auf dem Hals. Sie arbeitete wütend an ihren Zöpfen, und ihre Unterlippe zitterte dabei. Dabei konnte sie im Grunde gar nicht so hart sein mit ihm. Sie hatte es ja selbst gewollt. Seine Bitte erst hatte sie wieder zur Vernunft gebracht. Ihre Nervenenden zitterten jetzt noch. »Du hast es ausgenützt«, klagte sie ihn an und schluckte das Schluchzen hinunter.

»Ja«, sagte er schneidend. »Gib ruhig mir die Schuld, nachdem du nicht bereit bist, es dir einzugestehen, daß du es ebenso brauchst, wie ich es brauche.«

Jetzt begann Alicia zu weinen, ein tiefes Schluchzen, das ihren ganzen Körper erschütterte und zu zerreißen drohte.

»O du heiliger Christus am Kreuz!« fluchte Miles mit erschöpfter Sorge und ging auf sie zu, nicht wissend, ob er sie schelten oder trösten sollte.

Cadi jammerte und wedelte mit der Rute. Guyon kam durch den Vorhang, eine Pergamentrolle in der Hand, und seine grimmige Miene veränderte sich augenblicklich in amüsierte Überraschung. »Entschuldigung, ich wußte ja nicht ...«

»Da gibt es nichts zu wissen!« erwiderte Alicia durch ihre Tränen, raffte ihre Röcke, drängte an ihm vorbei und verließ den Raum.

Guyon schaute ihr nach, bis der Vorhang gefallen war, dann wandte er sich an seinen Vater.

»Frag mich nicht«, stöhnte Miles. »Es scheint, als ob ich einen Fehler nach dem anderen mache. Wo ist Judith?«

»Sie vereinbart mit den Köchen, was in der nächsten Zeit gegessen wird.« Er schaute seinen Vater genau an und fragte sich, wie er die Szene interpretieren sollte, die er eben miterlebt hatte.

Miles nahm die Pergamentrolle entgegen, rollte sie auf und betrachtete sie. Seine Augen waren mit dem Alter weitsichtig geworden, und obwohl er lesen konnte, gehörte das zu seinen geringeren Talenten.

»Das ist die Summe, die wir Robert de Belleme schuldig sind für die Steine, den Mörtel und die Arbeiter, die diese Burg gebaut haben.«

»Was?«

»Nach dem Dokument hat de Belleme Maurice tausend Silbermark geliehen, damit dieser dafür Männer und Material einkaufen kann. Davon stehen noch vierhundert, und wie ich de Belleme kenne, wird er die Summe sicher nicht als Hochzeitsgeschenk für seine Nichte bestimmen. Genau gesagt, liefert sie ihm den Vorwand, Ansprüche auf Ravenstow zu erheben, falls ich nicht zahlen kann. Bei Maurice machte es ihm nichts aus, er war ein Vasall, der ihm die Treue hielt, aber von mir hat er nur dann Profit, wenn ich ihn voll bezahle, und das weiß er auch.«

»Kannst du das Geld nicht aufbringen?«

Guyon war fertig damit, die Leinenbandage um Miles' Brust anzulegen, und zog sie fest. »Wahrscheinlich ja, aber es wird keine Kleinigkeit sein, und meine neuen Vasallen sind dadurch beträchtlich ärmer als noch vor ein paar Wochen, zu dem Zeitpunkt, als sie mir ihre Gefolgschaft gelobt haben.«

»Vorausgesetzt, sie sind überhaupt bereit, zu zahlen.«

Guyon lächelte dünn. »Dazu sind sie verpflichtet. Sie müssen einen Zehnten auf Judiths Hochzeit abgeben, wie es üblich ist. Ich werde ihnen den abknöpfen, wenn es morgen zur Vereidigung kommt, bevor sie sich wieder auf ihre Güter begeben.«

Miles warf einen Blick des Unbehagens auf Guyon. Er bezweifelte nicht die Fähigkeit seines Sohnes, den Vasallen den Zehnten abzuknöpfen. Was ihn dabei störte, war der Funke eines teuflischen Blickes, der gefährlich dicht unter der Oberfläche lauerte. Er hatte diesen Blick schon einmal gesehen, und damals war ihm ein Akt unüberlegten Wahnsinns gefolgt. »Guyon, was hast du vor?« fragte er scharf.

»Vorläufig nichts. Ich bin ein frischvermählter

Mann, oder hast du das vergessen? Und weil wir schon davon reden: Du hast wirklich einen hübschen Kußfleck am Hals.«

Miles lenkte die Aufmerksamkeit wieder auf das Pergament, das er immer noch in der Hand hatte, und seufzte schwer. »Wie ich schon sagte, ich mache anscheinend einen Fehler nach dem anderen.«

Siebtes Kapitel

Der Himmel hatte die Farbe einer wilden Glockenblume; seine Unendlichkeit wurde nur unterbrochen durch kleine Wolkenflöckchen, die nach Westen trieben, nach Wales, und von den Vögeln, die bei dem starken Wind Mühe hatten, die Richtung ihres Fluges einzuhalten.

Judith schnalzte ihrem braven Braunen mit der Zunge zu, und er beschleunigte den Schritt, während seine Ohren zuckten. Der Wind fauchte spielerisch um ihre Rückseiten. Judiths Umhang flatterte. Der Schleier drohte ihr davonzufliegen. Sie ließ die Zügel los, um nach den Nadeln zu tasten, die den Schleier samt der Frisur zusammenhielten, zog sie heraus und ließ dabei ihre dichten, fahlgelben Zöpfe sehen. Es war ein Zeichen des Vertrauens, wenn man sich als Reiterin sicher genug fühlte, um auf dem Pferderükken die Frisur zu reparieren.

Vor ihr, als sie das Heideland zwischen Guyons Besitztümern Oxley und Ledworth überquerten, ritten Guyons engster Vertrauter und Stellvertreter, Eric Godricson, und sechs Sergeanten, eine gleiche Zahl hinter ihnen. Ein Angriff eines Trupps von Walisern oder anderen feindlichen Gruppen war unwahrscheinlich, dennoch reiste man lieber sicher, vor allem, da Guyon unterwegs war zu weiteren Besitzungen, um dort die Abgaben einzutreiben.

Der Vorfall mit de Lacey und Arnolf de Montgomery war bereits fast in Vergessenheit geraten. Guyons Arm war rasch geheilt und hatte nur eine rosafarbene Narbe hinterlassen. Er sprach selten über die Eberjagd, obwohl gelegentlich, wenn doch die Sprache darauf kam, sein Ausdruck sie über seine Gedanken wundern ließ.

Arnolf de Montgomery hatte im Süden von Wales zu tun. De Lacey saß auf seinen Ländereien wie ein gestutzter Reiher in seinem Nest – und dennoch fühlte Judith die Nervosität von Guyon. Er war angespannt wie eine Katze auf der Jagd, immer wach, immer auf dem Sprung. Meistens behielt er es für sich, und sie hatte aufgehört, zu fragen. Ein paarmal hatte er sie angefahren, und sie war zurückgezuckt und hatte auf den Schlag gewartet, der eigentlich der Zurückweisung folgen mußte, doch er hatte nur den Blick auf die Rechnungsrollen gerichtet und weitergearbeitet. Seit damals kannte sie die Warnzeichen, und statt ihm Gesellschaft zu leisten, ging sie dann an ihre Pflichten im Haus und ließ ihn allein.

Vor einem Monat, als sich das Wetter so weit gebessert hatte, daß erste Reisen möglich wurden, waren sie die Marken hinuntergezogen zu Guyons Stammsitz in Ledworth, den er von einem beim glücklosen Sommerkrieg in Nordwales gefallenen Onkel geerbt hatte.

Es war eine imposante Burg, auf einer hohen Klippe erbaut, um die darunterliegende, wachsende Ortschaft zu beherrschen, aber auch die Handelsstraßen, die von diesem mittleren Grenzgebiet in das Herz von Wales führten. Der frühere Herr hatte die häusliche Seite der Burg vernachlässigt, nachdem seine Frau gestorben war. Die Frau des Seneschalls war alt und verkrüppelt durch versteifte Hüften, und die Mädchen hatten das ausgenützt und so gut wie gar nicht gearbeitet.

Drei Wochen benötigten Alicia und Judith, um erst einmal das Schlimmste in Ordnung zu bringen, so daß die Burg zumindest bewohnbar wurde. Besonders Alicia hatte sich in die Arbeit geworfen, die Mädchen gnadenlos angetrieben und versucht, ein normales Leben zu ermöglichen. Judith kannte ihre Mutter nicht wieder. Auch sonst hatte sie bei ihr eine bedeutende Veränderung festgestellt. Einmal hatte sie sie in Tränen aufgelöst und betend vorgefunden, wobei sie Gott um Verzeihung anflehte. Verzeihung wofür? Sie, gegen die mehr gesündigt worden war, als sie selbst jemals hätte sündigen können?

Jetzt lenkte Judith ihr Pferd mit den Knien und zog die Stirn in Falten, während sie versuchte, sich zu erinnern, wann ihr diese Veränderung erstmals aufgefallen war. Es mußte zwei Tage nach der Hochzeit gewesen sein. Alicia hatte sich zwei volle Tage mit Kopfschmerzen in ihr Zimmer zurückgezogen, sich nur von Agnes bedienen lassen und war am dritten Tag wieder aufgetaucht, eine volle Stunde zu spät, um Guyons Vater Lebewohl zu wünschen auf seiner Heimreise. Miles war, wie sie sich erinnerte, sehr betrübt gewesen über ihr Fehlen, und Agnes' steife Erklärung, die Mistress sei noch im Schlaf, klang so falsch, daß man besser nicht näher darauf einging.

»Reiter von rechts!« rief einer von der Eskorte und unterbrach ihre Gedanken.

Eric zog die Stirn in Falten. Es war nicht die Richtung, aus der sein Herr erwartet wurde, und er wurde auch noch nicht so früh erwartet. Er rieb sich den einen Nasenflügel. »Gehen wir lieber auf Sicherheit«, entschied er. »Wenn es Lord Guyon ist, wird er nichts gegen unsere Vorsicht einzuwenden haben. Ist er es aber nicht, so schulden wir niemandem irgendwelche Erklärungen. Seid Ihr zu einem Galopp bereit, Mylady?«

Judith, deren Herz schneller zu schlagen begann, hob die Schultern zu einem nonchalanten Zucken. »Wenn mein Pferd mitmacht, meinetwegen«, antwortete sie und straffte die Zügel.

»Es ist Robert de Belleme!« brüllte der Sergeant, die Stimme unsicher, aber erfüllt von Panik.

»Beim Blut Jesu Christi!« fluchte Eric. Mit den Walisern wurde er fertig, das hatte er seit seiner Jugendzeit in dieser besonderen Art von Kleinkrieg gelernt. Kleine Rebellionen waren auch kein Problem. Aber die wilde Schlauheit des gefährlichsten Mannes weit und breit, eines Earls von hohem Rang, war eine andere Sache, und mit dem kalten Schweiß von Terror und Erleichterung sah er, daß sie es schaffen würden bis zur sicheren Burg, wenn auch im letzten Augenblick.

Was sollte man tun? fragte er sich. Den Wolf in den Bau lassen, oder ihm zusehen, wie er das Maul öffnete und ganz Ledworth verschlang? Drinnen oder draußen, beide Möglichkeiten boten wenig Hoffnung.

Die Zugbrücke blieb heruntergelassen. Der feuchte Winter und der regnerische Frühling hatten das Wasser des Burggrabens anschwellen lassen, und statt des fauligen Geruchs, der einem sonst beim Überqueren entgegenschlug, glitzerte der Graben von klarem, blauem Wasser. Die Hufe trommelten auf den Planken. Judith warf einen Blick auf die glitzernden, vom Wind zerrauften Mähnen. Der Wind wehte ihr selbst das Haar ins Gesicht, und sie sah nichts als die schwer atmenden Pferde hinter sich und den soliden männlichen Schutz ihrer Eskorte.

Robert de Belleme. O Gott, was sollten sie tun?

Ihr Pferd stolperte, als sie unter dem Falltor hindurch in den Hof ritt. Ohne auf Hilfe zu warten, sprang sie vom Pferd.

Der letzte Mann donnerte in hartem Galopp über die Brücke. Die Wachen begannen die Brücke hochzuziehen, sobald er sie betreten hatte. Die Fallgitter schlossen ihr Maul mit den schwarzen Fängen. Ledworth knurrte granitene Wehrhaftigkeit gegen einen der mächtigsten Männer in Nordeuropa.

Eric spuckte aus und bekreuzigte sich dann, als er hörte, wie die Zugbrücke eins wurde mit der äußeren Mauer. »Das nennt man die Brücken hinter sich verbrennen«, sagte er grimmig. »Geht hinein, Mylady, und leistet Eurer Mutter Gesellschaft.«

Judith kaute an ihrer Lippe. Sie legte ihren Arm auf Erics Lederärmel. »Wartet«, sagte sie. »Wenn wir ihm den Eintritt verweigern, ist das eine nicht zu entschuldigende Beleidigung, und er wird uns in keiner Weise mehr entgegenkommen.«

»Aber Mistress ...«

»Ich war seine freie Beute, solange ich außerhalb der Burg gewesen bin. Hier drinnen muß er sich an die gesellschaftlichen Regeln halten. Ich weiß, weshalb er hergekommen ist. Lord Guyon erwartet ihn schon den ganzen Winter.«

Eric schaute sehr unglücklich auf die Lichtvierecke zwischen den einzelnen Zähnen des Fallgitters und die Sicherheit der soliden Eichenplanken dahinter. Von draußen drang schwach ein Ruf herein. »Mylady, ich zögere, ihn einzulassen. Lord Guyon hängt mich an den höchsten Baum in seinem Besitz, wenn etwas Ungutes dabei herauskommt.«

»Um Lord Guyon werde ich allein mir Sorgen

machen«, erwiderte sie mit mehr als nur einem Funken Mut. »Wieviele Männer hat mein Onkel bei sich ... Thierry?«

Der junge Sergeant räusperte sich. Das feste Kommando in der Stimme von Lady Judith stand in seltsamem Kontrast zu ihrem femininen Aussehen. »Etwa dreißig, grob geschätzt, M'lady«, erwiderte er und betastete das Heft seines Schwerts. Dabei wanderten seine Blicke zwischen ihr und der Zugbrücke hin und her.

»Dann laßt meinen Onkel ein, zusammen mit seinen fünf ältesten Begleitern«, befahl sie Eric. »Ihr kümmert euch um ihre Waffen und laßt die Wachen auf äußerste Bereitschaft gehen. Schickt außerdem einen Boten, der Lord Guyon finden soll, wenn es geht einen seiner Waliser; die besitzen das Talent, ungesehen vorwärtszukommen.«

Eric breitete beide Hände aus. »Und wenn Seigneur de Belleme sich weigert, die Waffen abzulegen und den Großteil seiner Männer draußen zu lassen?«

»Er wird sich nicht weigern«, sagte sie mit grimmiger Sicherheit. »Haltet sie ein bißchen hin, bis ich umgezogen bin, damit ich sie standesgemäß empfangen kann.«

»Aber Mylady ...«

Sie war schon gegangen, hob beim Laufen die Röcke, daß man ihre Fußgelenke sehen konnte. Eric schloß die Augen und schluckte, nahm dann allen Mut zusammen und gab Kommandos aus, die er am liebsten nicht gegeben hätte.

Alicia de Montgomery riß Mund und Augen auf, als ihre Tochter ihr sagte, was sie angeordnet hatte. Jetzt, nachdem sie das Reitkleid mit einer Tunika aus dunkelgoldener Wolle mit Stickereien in zwei verschiedenen Grüntönen vertauscht hatte, begann sie, sich das Haar zu bürsten.

»Du hast *was* getan?« flüsterte Alicia und hielt sich die Hand vor den Hals, als hätte man ihr bereits eine Schlinge darum gelegt. »Bist du wahnsinnig? Das ist, als ob du den Hühnerstall für den Fuchs geöffnet hättest.«

»Mama, ich bin nicht verrückt. Ich würde ihm auch lieber den Eintritt versagen. Aber zumindest bei dieser Gelegenheit kann er uns nichts Böses tun.«

Alicia seufzte und schaute Judith mit einem Gefühl aus tiefer Verzweiflung an. »Nachdem du also so töricht warst, ihm Einlaß zu gewähren, werde ich ja wohl hinuntergehen und ihn begrüßen müssen.«

»Das ist meine Verantwortung, Mama«, erwiderte Judith, und ihre achatgrünen Augen blitzten zornig. »Außerdem kennt er mich noch nicht, und es ist besser, wenn ich die Unschuld der Jugend spiele, als wenn du ihn mit deinem Haß überfällst.«

Alicia starrte ihre Tochter entgeistert an. Der Wechsel vom Kind zur Frau war durch ihre Heirat mit Guyon erheblich beschleunigt worden. Ihre Stimme hatte jetzt Kommandostärke, die gleiche Autorität wie die Stimme ihres Vaters, die viele Männer auf die Knie gezwungen hatte. Sie hatte auch seine Art geerbt, dem Gegner unerschrocken in die Augen zu schauen. Ein offenes, furchtloses Starren, Wille gegen Wille.

»Sei vorsichtig, mein Liebes«, warnte sie sie. »Schlangen beißen unerwartet.«

»Und Katzen haben Krallen«, erwiderte Judith, während sie den Kopf in den Nacken warf. Dann strafte sie ihre Selbstsicherheit Lügen, als sie sich umdrehte und ihre Mutter wild umarmte.

Robert de Belleme, der Earl of Shrewsbury, Lord von Montgomery, ältester Sohn der berüchtigten Mabel Talvas, die wegen ihrer sadistischen Greueltaten ermordet worden war, richtete seinen Blick auf die Konstruktion der großen Halle von Ledworth und überlegte sich, wie er diese Burg am besten belagern konnte. Nicht, daß er etwas Persönliches gegen Burg und Bewohner hatte – noch nicht –, er vertrieb sich auf diese Weise nur die Zeit, während er seine Gastgeberin erwartete, und man konnte nie wissen, wann solche Überlegungen einmal Früchte tragen würden.

Die Augen, die sich auf die dicke Kreuzmauer gerichtet hatten, waren ausdrucks- und beinahe auch farblos. Ein helles, seltsames, glasiges Grau, saßen sie zu beiden Seiten einer kräftigen, autokratischen Nase und unter geraden, buschigen, schwarzen Brauen. Er war achtunddreißig Jahre alt, sah aber nicht viel älter als fünfundzwanzig aus. Manche Männer behaupteten in ihrer Ignoranz, daß er seine Seele dem Teufel verkauft und zum Ausgleich ewige Jugend und Macht dafür erhalten habe. Andere, die klügeren, erklärten, er habe nie eine Seele besessen. Robert de Belleme war es völlig egal, was die Leute dachten; er verachtete ohnehin seine Mitmenschen ausnahmslos.

Ein Mädchen überquerte die Länge der Halle und kam auf den offenen Kamin zu, wo er und seine Begleiter standen und sich aufwärmten, Walter de Lacey unter ihnen. Ihr Schritt war fest und entschlossen, sie trug den Kopf hoch, und ihre Augen schlossen direkten Kontakt mit den seinen. Es war ein solcher Unterschied zu der zitterigen Furcht, die ihm meistens begegnete, daß sich sein Interesse verstärkte und er die Lider ein wenig zusammenkniff, um sie genauer zu betrachten.

»Bedaure, daß ich Euch warten lassen mußte, Mylord, aber bei den heutigen Zeiten legen wir großen Wert auf Vorsicht«, sagte Judith mit leiser, liebenswürdiger Stimme.

Er schaute hinunter auf die hell-amberfarbenen Flechten und die feinknochigen Hände, mit denen sie über die Falten ihres Kleides streifte. »Es ist in der Tat nicht leicht, Freund von Feind zu unterscheiden«, stimmte er ihr mit einem dünnlippigen Lächeln zu und hielt eine Hand unter ihr Kinn, um ihren Kopf zu seiner genaueren Betrachtung anheben zu können.

Nein, in ihrem Gesicht war nichts von seinem Halbbruder zu erkennen. Die breiten Brauen, die hohen Wangenknochen und die weich geschwungenen Lippen gehörten zu Alicia, aber die feine, schmale Nase, das kräftige Kinn mit dem leichten Grübchen und die seltsamen opal-grauen Augen waren vollkommen individuell.

»Wie schade, daß Eure Hochzeit stattfand, während ich anderweitig beschäftigt war. Ich wäre gern dabeigewesen.« Er hob sie hoch. Sie war schlank wie eine Weide, beinahe mager und mit kaum erwähnenswerter Figur. Wenn FitzMiles ihr ein Kind gemacht hatte, so konnte man das jetzt noch nicht sehen. Wahrscheinlich ein so schlechter Brutschoß wie ihre Mutter, dachte er, und das war schade. Wenn der Lord von Ravenstow plötzlich sterben würde, gingen die Ländereien der Witwe zurück an die Krone. Nicht, daß es ihm darauf ankam, da er sie Rufus zuletzt wohl doch abluchsen konnte, aber wenn FitzMiles mit einem Baby in der Wiege sterben würde, ginge der Besitz der beiden Eltern auf dieses kleine Wurm in der Wiege, und die Verwaltung eines solchen Reichtums würde demjenigen, der ihn zur Verfügung hatte, und sei es auch vorübergehend, bedeutende Macht verschaffen. Immerhin, es gab mehr als eine Möglichkeit, die Kuh zu melken.

Er umfaßte Judiths Handgelenk mit stählernem Griff und zog sie hoch. »Euer Gemahl sollte eigentlich immer hier sein und auf ein so wertvolles Stück wie Euch achtgeben«, bemerkte er, und es war als Schmeichelei gedacht. »Ist er immer so sorglos?«

Walter de Lacey kicherte. Judiths Mund war auf einmal trocken, und ihr Magen zog sich zusammen, aber sie ließ es sich nicht anmerken und zeigte eine Maske ahnungsloser Unschuld. »Er hat Geschäfte außerhalb, Mylord. Ich habe ihn nicht danach gefragt ... Möchtet Ihr warten?« Sie gab einem Diener ein Zeichen, der daraufhin mit einer Flasche und Bechern kam.

Robert de Belleme ließ ihr Armgelenk los und hockte sich auf die Kante eines niedrigen Tisches hinter sich. »Aha, die Rolle der Schloßherrin«, spottete er, als sie den Diener fortscheuchte und ihm und seinen Männern selbst einschenkte. »Wie alt seid Ihr, meine Liebe?«

»Sechzehn, Mylord.«

»Und süß wie eine reife Mispel auf dem Strauch.« Er ließ den Becher in seinen Fingern kreisen und betrachtete das verschlungene, englische Muster. »Sagt mir, Judith, hofft Euer Herr auf einen Erben vor Jahresfrist der Hochzeit?«

Die Röte lief ihr vom Hals übers Gesicht, und die Farbe stand ihr so gut zu dem hellen Haar ihrer Brauen. »Wenn Gott es so bestimmt, Mylord«, brachte sie heraus und kam sich vor, als ob seine blassen Augen sie ausgezogen hätten bis auf die Wahrheit.

»Und wenn Euer Gatte sich von der Gesellschaft

seiner walisischen Geliebten und anderer Liebschaften trennen kann«, zischte de Lacey bösartig.

Judith stellte die Flasche mit Bedacht nieder. Anjou-Wein war zu kostbar, um vergossen zu werden, und sie hatte ihn in ihren besten Kristallflakon gegossen. »Ich kümmere mich nicht um die Angelegenheiten meines Herrn«, sagte sie steinern. »Er behandelt mich gut, und ich danke Gott dafür.«

De Belleme lächelte. Er sah blanken Stahl unter der lieblichen Fassade, aber auch beherrschten Zorn. »Ich glaube, ich habe noch keine Frau gesehen, die nicht auf Guyons Charme hereinfallen würde«, sagte er leichthin.

Judith ging nicht weiter auf das Thema ein. »Soll ich die Köche auffordern, ein Festmahl herzustellen, oder ist das nur ein kurzer Besuch, um Eure Freude über meine Hochzeit auszudrücken?« Ihre Stimme klang erstickt; sie kämpfte immer noch mit ihrem Zorn.

De Belleme zuckte mit den Schultern. »Ich muß heute abend in Shrewsbury sein. Ich wollte eine geschäftliche Angelegenheit mit Eurem Mann besprechen, aber die kann warten, und inzwischen habe ich Euch ein Hochzeitsgeschenk gebracht.« Er stand kerzengerade da, drehte sich dann um und nahm das Bündel in die Hand, das auf dem Tisch hinter ihm lag.

»Norwegischer Zobel, damit Ihr Eure Mäntel auf königliche Weise schmücken könnt – oder Euer Bett«, sagte er mit einer eleganten Handbewegung und überreichte ihr die schimmernden Felle.

Der Zobel hatte noch Kopf und Läufe. Judith schluckte ihre Aversion hinunter – das Ding sah aus, als wäre es plattgewalzt worden – und dankte ihm. Es war in der Tat ein sehr kostbares Geschenk, geeignet, um den Mantel einer Königin zu zieren.

Ihr Onkel wischte den Dank mit einer Handbewegung fort. »Es ist nichts«, sagte er und meinte es auch so. Er rechnete ohnehin damit, den Pelz wieder in seinen Besitz zu bekommen. »Ist Eure Lady Mutter hier bei Euch?«

»Ja, Mylord. Sie bittet um Eure Nachsicht. Sie hat Kopfschmerzen.«

»Ich übe immer diese Wirkung auf sie aus.« Lächelnd streichelte er die Klinge seines Messers, als streichle er den Körper einer Geliebten.

Judith fröstelte und war plötzlich sehr froh, daß die Mehrzahl der Leute ihres Onkels draußen vor der Burg geblieben war.

»Hast du etwa Angst vor mir, Judith?« fragte er in sehr intimem Ton und bewunderte zugleich sein Spiegelbild in dem blanken Stahl.

»Hat sie etwa Grund dazu?« Guyons Stimme war weich, sein Auftreten wie auf Katzenpfoten.

De Belleme fuhr herum, und die Geschwindigkeit der Bewegung verriet seine Überraschung. Trotz seiner Größe und Breite bewegte sich Guyon FitzMiles lautlos wie ein Gespenst. Es war eine Eigenschaft, die den Earl außerordentlich ärgerte, denn Gott allein wußte, was der Mann auf diese Weise alles mit angehört haben konnte.

»Beim Blut des Erlösers – nein!« Er lachte und warf den Dolch de Lacey zu, dessen Gesicht schneeweiß geworden war. »Aber Ihr wißt ja, wie schnell der schlechte Ruf sich verbreitet.«

Guyon warf seinen Umhang auf den Tisch und lehnte seine Hüfte gegen das Holz. »Ist das ein gesellschaftlicher Besuch, um uns zur Hochzeit zu gratulieren, Mylord, oder habt Ihr anderen Fisch zu backen?«

»Eure Gastfreundschaft wirft mich um, mein lieber Neffe«, sagte de Belleme trocken.

»Mein Onkel hat uns als Hochzeitsgeschenk diese schönen Zobelpelze gebracht«, sagte Judith rasch, die wußte, daß Guyon, wäre er eine Katze, jetzt sein ganzes Fell gespreizt hätte. Doch sie konnten sich keine Fehde mit dem Earl von Shrewsbury leisten, um so mehr, als er ihr bisher mit ausgesuchter Höflichkeit begegnet war.

Einen Moment lang herrschte Schweigen. Judith hielt den Blick beschwörend auf Guyon gerichtet. Sie trat einen Schritt vor und nahm seinen rechten Arm, wie es eine Braut tun würde, aber in Wirklichkeit, um zu verhindern, daß er nach seinem Schwert greifen konnte. Sie wußte, sie hielt einen Leopard an der Leine, der sich jeden Moment und mit einem einzigen Satz befreien konnte.

»Ich würde dich sogar noch höher bewerten als mit Zobelpelzen, *cath fach*«, sagte er mit einem sehr angestrengten Lächeln, als er den Arm ganz um ihre Taille legte und sie leicht auf die Wange küßte. Er wußte, daß sie ihn von einem sehr gefährlichen Abgrund gerettet hatte.

Judith fühlte noch die Spannung in seinen Muskeln, aber jetzt hatte er sich unter Kontrolle. Seine Hände waren offen und nicht mehr zu Fäusten geballt.

»Zufällig habe ich anderen Fisch zu braten«, sagte de Belleme freundlich, als hätte er die Spannung zuvor gar nicht mitbekommen. »Aber es ist nichts Wichtiges. Ich schäme mich, es zu erwähnen.«

Guyon bezweifelte, daß sich der Lord von Shrewsbury jemals in seinem Leben geschämt hätte. Er zog eine Braue hoch und schaute ihn fragend an, dabei übersah er de Laceys boshaftes Grinsen. Judith neben ihm war still, aber er bemerkte, wie sie die Zähne zusammenbiß, und wußte, daß sie ebenso gut wie er ahnte, was als nächstes kommen würde.

»*Cariad*, geh und verstau dein Hochzeitsgeschenk und laß für unsere Gäste eine kleine Erfrischung vorbereiten«, murmelte er.

Judith schaute ihn scharf an. Er ließ ihre Hand los, strich mit einem Finger leicht über ihre sommersprossige Nase und lächelte. Eine charmante, leichtmütige Entlassung, aber immerhin eine Entlassung. Ihr Blick fiel auf die Zobelpelze und wandte sich dann rasch ab.

Judith verbeugte sich, was hätte sie anderes tun können, und entschuldigte sich mit ihrer Pflicht als Herrin des Hauses.

»Was sagtet Ihr vorhin?« Guyon verschränkte die Arme.

»Es geht dabei um etwas Silber, das mir mein verstorbener Bruder noch schuldet für den Bau von Ravenstow ...«, sagte der Earl von Shrewsbury und lächelte dazu wie ein Henker.

Judith war in ihrem Zimmer; sie glättete einen der Zobelpelze mit der Handfläche und betrachtete das schimmernde Fell, ohne es zu sehen, und ohne zu fühlen, welchen Luxus sie da vor sich hatte.

Sie wußte nicht, ob der Imbiß, den sie bereitet hatte, einem Earl angemessen war, aber es war das beste, was sie innerhalb so kurzer Zeit zuwegebringen konnte. Und ihr Onkel hatte sich nicht beklagt. Im Gegenteil, er hatte mit herzhaftem Appetit gegessen, was man von ihrem Gemahl nicht behaupten konnte, der dem Wein so heftig zugesprochen hatte wie die anderen dem Essen und sich innerhalb kürzester Zeit unter den Tisch zu trinken schien. Kaum ein Bissen war über seine Lippen gekommen, und immer, wenn sein Becher leer wurde, ließ er ihn sich von einem

Diener wieder bis an den Rand vollschenken. Seine Worte klangen bereits schleppend, und seine Stimme war überlaut.

Judiths Bitten an ihren Gemahl wurden schroff abgewiesen: Sie solle sich um ihre eigenen Angelegenheiten kümmern; und dazu zeigte er ihr die geballte Faust.

Tief unglücklich saß sie danach im Schlafgemach und wartete auf etwas, von dem sie nichts ahnte; dabei fragte sie sich, was im Schatzraum geschehen sein mochte, daß Guyon derart über die Stränge schlug.

Sie schuldeten ihrem Onkel eine hohe Summe Silber. Guyon hatte sicherlich schon oft darüber nachgedacht, und er war auch damit beschäftigt gewesen, aber es hatte ihn sicherlich nicht deprimiert. Sie wußte, daß er guten Wein schätzte, aber in den drei Monaten ihrer Ehe hatte sie ihn noch nie angeheitert, geschweige denn betrunken gesehen.

Draußen war ein Geräusch zu hören. Sie öffnete den Vorhang und sah Eric und einen der Sergeanten, die Guyon zwischen sich genommen hatten. Er stank nach Hippokras, stand schwankend unter der Schwelle.

»Verräter!« brüllte er, damit es alle hören konnten. »Isch bin noch nüschtern g-g-genug, um meine G-gäschte hinauszubringen auf die Sch-schtrasche … Laßt mich los!«

Unter lautem Protest wurde er zu Bett gebracht. Judith beobachtete ihn, und die schrecklichen Erinnerungen an ihren Vater kehrten auf einen Schlag zurück.

Eric warf ihr einen Blick zu und lächelte. »Macht Euch keine Sorgen, Mistress. Der ist schneller nüchtern, als Ihr denkt«, sagte er tröstend und ließ sie dann mit ihm allein.

»Gott steh mir bei«, sagte er und schnitt eine Grimasse. »Ich stinke wie am Morgen danach in einem Puff in Rouen!« Er schleuderte die Tunika, die er sich über den Kopf gezogen hatte, quer durch den Raum und ließ sein Hemd folgen.

Immer noch an der Tür stehend, waren Judiths Augen so groß und rund wie die einer Forelle auf dem Trockenen. »Du bist ja gar nicht betrunken!« stellte sie fest.

»Stocknüchtern, *cath fach*«, erklärte er und ging mit festen Schritten zu seiner Kleidertruhe.

Sonnenlicht drang schwach durch einen offenen Sehschlitz und spielte auf den Muskeln seines Oberkörpers, während er suchte. Das Licht fiel auf die Narbe von der Eberjagd; man konnte noch die rosa Einstiche vom Nähen erkennen.

»Aber warum?« fragte sie völlig verwirrt. »Warum sollen wir alle glauben, daß du sternhagelbesoffen bist?«

»Dein Onkel soll glauben, daß ich mich in Hippokras ersäufe, weil ich verzweifelt bin über den Verlust des Silbers, das er mir abgeknöpft hat.«

»Aber ich habe gesehen, wieviel du getrunken hast!«

Guyon zeigte ihr ein Grinsen. »Einen halben Eimer voll rotgefärbten Wassers, und gerade genug Hippokras, daß meine Sachen und meine Haut danach riechen. Ist dir aufgefallen, daß Erics Diener mir eingeschenkt hat bei Tisch?« Er nahm ein Hemd und ein Wams aus grobem, fleckig gefärbtem Leinen ohne jegliche Verzierung und warf alles auf das Bett.

»Aber warum denn, in Gottes Namen, warum? Warum willst du, daß mein Onkel dich für einen Säufer hält?« Judith kam von der Tür herein in den Raum, hob die weingetränkte Tunika auf und legte sie zusammen mit dem Hemd auf den Tisch neben die Zobel.

Guyon, der dabei war, die Kniehose auszuziehen, warf ihr einen Blick von unten herauf zu. »Er hat mein Silber. Ich bin jetzt völlig mittellos, wie jeder weiß, und ich werde in meiner Trunkenheit mindestens den nächsten vollen Tag im Bett zubringen.«

»Was hast du vor?« fragte Judith und schaute wieder entsetzt drein. »Und warum ziehst du diese ekelhaften Fetzen an?«

»Eine Übung in Heimlichkeit, *cath fach*. Je weniger du davon weißt, desto besser.«

Ihre Augen blitzen. »Ich bin ja nicht blöd!«

»Nein«, stimmte er ihr zu. »Du bist sogar sehr schlau. Aber schau mich nicht so düster an. Ich habe es als ein Kompliment gemeint. Es ist sehr schwer, dich auf längere Zeit hinters Licht zu führen, ganz gleich, worum es geht.«

»Zum Beispiel deine walisische Geliebte und die anderen, mit denen du dich rumtreibst?« fuhr sie ihn an, dann preßte sie die Hand vor den Mund und fragte sich, was, um alles in der Welt, sie dazu gebracht hatte, de Lacey zu zitieren, in dieser anklagenden Weise.

Er hielt ihrem Blick stand. »Wenn ich in der letzten Zeit über die Grenze gegangen bin, dann aus anderen Gründen und gewiß nicht zu meinem Vergnügen.«

Judith senkte die Augen. Die Hitze des Errötens wärmte ihr Gesicht. »Ich war nur töricht«, sagte sie steif. »Es tut mir leid, Mylord.«

Sie nahm einen der Zobel und rieb sich das kühle Fell an ihre heißen Wangen. »Warum wart Ihr so wütend, als Ihr vorhin angekommen seid, Mylord?« fragte sie und betrachtete dabei den Pelz.

Guyon schloß die Schließe seines Gürtels und zog

einen Moment lang die Stirn in Falten, als wüßte er nicht, ob er ihr darauf antworten sollte. Dann zuckte er mit den Schultern und begann zu berichten. »Ich bin vor zwei Tagen einem Handelszug nach Shrewsbury begegnet. Der Händler, Huw ap Sior, war ein angenehmer, freundlicher Mann. Ich habe schon oft mit ihm Handel getrieben, und mein Vater auch. Wenn er einen Fehler hatte, dann den, daß er einem Esel die Hinterbeine abschwatzen konnte, und wenn es um seinen Vorteil ging, vergaß er jede Gefahr ... Sie haben ihn heute morgen tot in einem Straßengraben gefunden, erdrosselt mit den Bandagen seiner eigenen Hose, die Glieder abgetrennt – und natürlich keine Spur seiner Ware. Ich glaube, der Sheriff hält Huws Diener für die Tat verantwortlich, weil der Bursche sich in Luft aufgelöst hat, und da der Sheriff von de Belleme bezahlt wird, sucht er sich einfach den nächstbesten Sündenbock.« Er zog scharf die Luft ein, um seinen aufsteigenden Zorn und seinen Widerwillen zu dämpfen.

»Huw wußte, daß es derzeit wichtige Männer in Shrewsbury gibt. Er nahm einen Ballen Seide und den norwegischen Zobelpelz mit, um beides dort zu verkaufen – aber der arme Teufel ist nie dort angekommen. Schau den Stoff an, in den dein Hochzeitsgeschenk eingewickelt ist. Glaubst du, die braunen Flekken sind Staub von der Straße?«

Judith schluckte und warf ihren Blick von der Seite auf den Packen und die verräterischen Flecken. »Nein, Guyon«, flüsterte sie, »das kann nicht wahr sein.«

»Na schön, *cath fach*, dann ist es nicht wahr«, sagte er tonlos und wandte sich von ihr ab, um sich einen rohen Schaffellumhang über die Schulter zu werfen, dazu nahm er eine braune, wollene Kapuze aus der Kommode. »Es ist nur meine Phantasie, die mir einen Trick spielt.«

Schaudernd legte Judith den Zobelpelz zu den anderen und drückte sich dann den Handrücken gegen den Mund, um sich nicht übergeben zu müssen. Nach ein paar Sekunden erhob sich Guyon, alarmiert durch einen Laut hinter sich. Sie atmete jetzt mit kleinen, wirkungslosen Keuchlauten, während sie sich zwang, das Schluchzen zu unterdrücken. Dann betrachtete er den weißen Teint und das zusammengekniffene Gesicht und stellte fest, daß sie bei all ihrer Schlauheit eben doch noch ein Kind war.

Er fluchte leise und nahm sie dann in seine Arme. Sie hielt sich an ihm fest, verlor einen Moment lang das Gleichgewicht, und der Geruch von Schafsleder stach ihr in die Nase, während sie den Schlag seines Herzens an seiner Wange fühlte.

Nach und nach, unter dem liebkosenden Streicheln seiner Hände, beruhigte sie sich wieder. »Meine Mutter hatte recht«, erklärte sie in verächtlichem Ton. »Es ist de Lacey, der mir das einzureden versucht. Und sie hat gesagt: Schlangen beißen mit Schlauheit.«

»Es sei denn, du packst sie am Kopf und ziehst ihnen die Giftzähne«, sagte Guyon leise.

Er sprach immer noch walisisch. Sie riß den Kopf hoch, und ihre feuchten Lider waren weit geöffnet. »Guyon, ich weiß nicht, was du vorhast, außer daß es mehr als gefährlich ist. In Gottes Namen, paß auf dich auf.«

»Du machst dir zuviel Sorgen«, erwiderte er mit einem verständnisvollen Lächeln und küßte ihre Wange. Sie hob den Kopf. Einen Augenblick lang trafen sich ihre Lippen, die ihren weich, rosa und ungeübt, die seinen ohne die leiseste Andeutung von Besitzergreifung oder Forderung, und er war auch der erste, der sich aus der Umarmung löste.

»Was die Leute in dieser Burg betrifft, liege ich hier fest in betrunkener Bewußtlosigkeit. Ich traue dir zu, daß du das zumindest einen Tag lang aufrecht erhalten kannst.«

»Wann kommt Ihr zurück, Mylord?«

»Ich hoffe, beim Mondlicht.« Er zog sich die Kapuze über den Kopf und schnallte sie fest. Sein Gesicht verschwand in einem braunen Schatten. *»Da bach chwi cariad«*, sagte er, zupfte an ihrem Zopf und schlich geräuschlos aus dem Zimmer.

Sie starrte auf den Vorhang, der gerade zugefallen war. Dann ging sie zum Tisch und setzte sich neben das Bündel Zobelpelze, und um sich von sinnlosen Vermutungen abzulenken, richtete sie ihre Gedanken auf praktischere Dinge, zum Beispiel, was sie mit dem Hochzeitsgeschenk machen sollte, das aus einem brutalen Raubmord stammte.

Die Zobelfelle zu behalten war ausgeschlossen. Sie konnte es kaum noch ertragen, sie anzusehen. Was tun? Sie verbrennen? Das wäre erst recht Verschwendung gewesen. Sie ihrem Onkel ins Gesicht schleudern? Nein. Wenn das möglich gewesen wäre, hätte Guyon es selbst getan. Sie verschenken? Sie verschränkte die Finger und legte ihr Kinn darauf. Sie zurückgeben, demjenigen, dem sie gehörten. Mit Nachfragen würde sie den rechtmäßigen Besitzer ohne weiteres ermitteln können.

Sie holte Tinte und Feder, dazu eine Rolle Pergament, und setzte sich auf das Bett. Melyn kuschelte sich neben sie, als sie langsam und sorgfältig zu schreiben begann.

Achtes Kapitel

Der Earl von Shrewsbury saß lässig in dem hohen, vergoldeten Sattel, die Beine ausgestreckt, die Absätze mit goldenen Sporen versehen, edle Ziegenlederstiefel, die bis in die Mitte der Waden reichten und mit grünen Quasten verziert waren.

Sein Gesicht zeigte einen Ausdruck von bösartiger, hämischer Befriedigung. Der grausame Mund und die blassen Augen lächelten. Sein Schwert saß leicht in der Scheide, seine linke Hand ruhte auf dem Griff aus Bergkristall.

Hinter ihm klingelten die Glöckchen der Ponys, die stämmigen Cleveländer, die mit dem Reisegepäck des Earls beladen waren. Flankiert von zwei Wachen, trabte ein weiteres Pony dahin, mit vielversprechend klimpernden Ledersäcken beladen.

Vierhundert Silbermark. Guyon FitzMiles war klug genug gewesen, zu bezahlen. Das einzige, was de Belleme überrascht hatte, war die Tatsache, daß der Bräutigam die Summe voll zur Verfügung hatte, obwohl er vermutete, daß das den jungen Mann zum Bettler gemacht hatte.

Großmütig im Sieg, hatte er ihm sogar angeboten, zweihundert Silberstücke jetzt gleich mitzunehmen und den Rest stehen zu lassen, bis die Lehen zum Michaelitag bezahlt worden waren, doch Guyon hatte ihm klargemacht, wo er seine Großzügigkeit hinstekken könne. Die leichtsinnige Äußerung, daß Fitz Miles ja seine Schwiegermutter verkaufen könne, um seine Verluste auszugleichen, hatte die beiden an den Rand einer tätlichen Auseinandersetzung gebracht. Er hatte schon seinen Schwertarm zucken gefühlt, und de Lacey hatte nach seinem Dolch gegriffen. Aber FitzMiles, der sich mit Mühe unter Kontrolle hielt, sich zuvor allerdings mit Wein hatte vollaufen lassen, war hinausgegangen aus dem Verhandlungsraum und hatte beim Gehen die Faust gegen den Türrahmen gedonnert.

Die Torheiten der Jugend ... De Belleme lächelte, erinnerte sich daran, daß der junge Mann den Wein geschluckt hatte wie ein Betrunkener auf der Straße, bis seine lockere Geschmeidigkeit ungelenk wurde, der kultivierte Akzent schleifte, und die Augen schwer und glasig in die Welt schauten. Er hatte es beinahe erwartet. Bei mehr als einer Gelegenheit am Hof hatte FitzMiles mit Prinz Henry beisammengesessen, und die beiden hatten versucht, sich gegenseitig unter den Tisch zu trinken, bei Lautenmusik und in Gesellschaft tanzender Mädchen. Das Fehlen von Moral war dem Earl kein Problem; er verachtete vielmehr das Fehlen von Selbstdisziplin. Ein Mann sollte immer noch wissen, was er tat, aber FitzMiles war eben kein Mann, sondern ein halb walisischer Barbar, der das, was ihm bevorstand, voll und ganz verdiente.

Das Blöken von Schafen riß ihn aus seiner Betrachtung der Zukunft in die Gegenwart und auf die Straße vor ihm. Es gab keine Straße, sondern eine Wolke aus Wolle, die sich vor ihm ausbreitete, so weit das Auge sehen konnte.

Sein Pferd schlug mit den Hinterläufen aus, als de

Laceys Pferd mit ihm zusammenstieß. De Lacey fluchte und drehte sich herum.

»In Gottes Namen!« rief de Belleme, dessen Gelassenheit schnell aufgebraucht war. »Schafft mir diese stinkenden Ungeheuer aus dem Weg!«

Seine Worte gingen unter in einem Chor von Geblök, als sich die Schafe näherten und den Trupp von Reitern einschlossen. Fluchend versuchten die Männer, die Ponys unter Kontrolle zu bekommen, die nach allen Seiten ausschlugen. Zugleich zogen sie ihre Waffen.

Walter de Lacey, der wieder neben de Belleme war, schwang sein Schwert nach einem Schaf, doch bevor der Stahl das Tier traf, drehte er sich um und sah mit Entsetzen den Pfeil, der direkt auf sein Herz zielte. Eine Entfernung von weniger als zehn Metern machte den Tod zur Gewißheit.

Zwischen den Schafen waren Männer, die sich jetzt erhoben; sie trugen ihre Überhänge aus Schafsfell falsch herum, was ihnen eine entsprechende Tarnung gegeben hatte. Sie blieben ungesehen, bis es zu spät war. Waliser, dunkel und schlank, mit kurzen Schwertern an den Hüften und den tödlichen Langbogen aus Ulmenholz in den Händen.

»Yr cledd«, sagte der am nächsten stehende Waliser und machte eine Bewegung mit dem Bogen auf de Laceys Schwert. Der normannische Adelige preßte die Lippen zusammen. Einen Moment lang funkelte das Schwert in seiner Hand, dann senkte er es und warf es zwischen die Schafe.

»Dafür wirst du sterben«, sagte er mit großem Nachdruck.

Ohne eine vokale Erwiderung befahl der Waliser mit einer Handbewegung, daß er und sein Oberlord von den Pferden absteigen sollten, und sie hatten keine andere Wahl, als sich zu fügen.

Robert de Belleme empfand keine Angst. Angst war ein Gefühl, das er selbst im Angesicht des Todes nicht kannte, aber seine Wut darüber, in die Falle gegangen und von blöden, blökenden Schafen umgeben zu sein, stieg so heftig in ihm hoch, daß sie ihm die Augen aus dem Schädel zu brennen schien.

Man band ihm die Hände hinter dem Rücken. Man stülpte ihm eine schwarze Kapuze über den Kopf und band sie ebenfalls fest. Barbarische, weiche walisische Worte drangen an sein Ohr. De Laceys Schimpfkanonaden erstickten nach dem Geräusch eines dumpfen Schlages, dem heftiges Würgen und Erbrechen folgte. Jemand lachte. De Belleme wand sich, und dabei schnitten sich die Fesseln noch tiefer in seine Haut.

Guyon senkte den Bogen, und seine Augen sprühten vor Lachen. Kommandos wurden auf Walisisch ausgeteilt. Man brachte frische Lastponys und lud die Säcke um. Dann wurden Schafe, Pferde und ehemalige Lastponys tief hineingetrieben in die Wildnis von Powys, wo niemand außer den Walisern sie finden und herausführen konnte.

Guyon murmelte einem seiner Begleiter etwas zu, in einem Ton von boshafter Fröhlichkeit, als er hinunterschaute auf die beiden Männer, die wie zwei Raupen zusammengebunden waren, und bestieg dann das Pferd, das ihm Eric gebracht hatte.

Die Worte waren vergeudet für seine Opfer, aber nicht das Vergnügen, mit dem sie gesprochen wurden, und hätte de Belleme nicht mit eigenen Augen gesehen, wie man Guyon FitzMiles ins Bett geschleppt hatte, betrunken bis über beide Ohren, und wäre sein Angreifer nicht so eindeutig walisisch gewesen, er hätte sofort gewußt, wem man diese Tat zur Last legen mußte.

Aber so lag er auf der Straße, kämpfte gegen seine Fesseln, hörte die Flüche der Männer, die ähnlich gefesselt waren wie er, und versuchte, sich zu befreien. Ein Huf trat ihn in die Seite, als das letzte der walisischen Pferde verschwand, und er bäumte sich unwillkürlich wegen des scharfen Schmerzes auf, der ihm durch den Körper fuhr.

Der Wind hatte aufgefrischt. Stille senkte sich über die Heide. Es begann zu regnen.

Neuntes Kapitel

Rhosyn lauschte auf den Regen, als ihn ein Windstoß gegen die Läden peitschte. Ein Frühlingsschauer. Dazwischen blickten Sterne durch die wild dahinziehenden Wolkenfetzen, kleine Nadelspitzen brillantweißen Lichts.

Das Feuer, für die Nacht mit Asche belegt, glühte nur noch schwach, aber angenehm, Augen aus roten Schmucksteinen, die unter den aromatischen Scheiten des Birnbaums blinzelten, den Twm letzte Woche abgesägt hatte.

Rhys und Eluned waren eben erst zu Bett gegangen. Rhosyn konnte ihr verschwörerisches Flüstern hinter den Bettvorhängen hören.

Jetzt nahm sie ihr Nähzeug auf, machte ein paar halbherzige Stiche und legte es wieder nieder. Das Licht, das durch die Binsenfackeln erzeugt wurde, war zu schwach für diese empfindliche Arbeit, und ihre Gedanken waren ruhelos, flatterten umher wie eine Motte um die Flamme einer Kerze. Das Baby bewegte sich in ihrem Schoß und streckte und dehnte die neuen, köstlichen kleinen Gliedmaßen. Sie fühlte das Zucken mit den Händen, die sie sich auf den Bauch legte. Noch fast vier Monate bis zur Geburt, und bisher war ihr kein einziges Mal übel gewesen. Ihr reifender Körper war wie eine sich entfaltende Knospe, voller Geheimnisse, und sie selbst war oft in ihren Gedanken verloren an die Wunder dieser Geburt.

Der alte Hund saß neben ihrem Knie. Sie fühlte seine feuchte Nase. Plötzlich knurrte er tief in der Kehle und versteifte sich. Rhosyn stand auf und ging zur Tür, mit der einen Hand Gelerts Halsband haltend, in der anderen die Harke, die Twm zuvor benützt hatte, um den Boden zu glätten.

Es war Twms Stimme, die sie jetzt draußen hörte, barsch und fragend. Ein Pferd wieherte. Ein Mann antwortete in heiterem Ton, eine Oktave tiefer als ihr Diener und mit einem fremden Akzent im Walisischen, den sie aus Tausenden erkannt hätte. Sie streichelte den Hund, befahl ihm, abzuliegen, ließ die Harke los, lief zur Tür und öffnete sie der Nacht.

»Guyon!« rief sie und warf sich in seine Arme. Twm zog wissend eine Augenbraue hoch, und nachdem keiner auf ihn achtete, ging er ohne ein weiteres Wort zu Bett. Rhosyn machte sich aus Guyons Umarmung frei und zog ihn herein in das Holzhaus. Gelert jaulte und schlug mit der Rute gegen die Tür. Rhosyn verbarrikadierte sie wieder und kam dann in Guyons weit ausgestreckte Arme.

»Du riechst nach Schaf«, sagte sie an seinem Mund.

Er strich mit seiner stoppeligen Wange gegen ihre zarte Haut. »Was ist das für eine Begrüßung für einen Mann, der hart durch die Nacht geritten ist, nur um dich zu sehen?«

»Nicht vor allen Dingen deinetwegen?« fragte Rhosyn spöttisch, und ihre Augen glänzten wie grüne und goldene Moos-Achate. »Du bist wirklich mehr als eitel.«

Ihr dunkles Haar ergoß sich über seine Hände wie ein feiner, kühler Mantel. Ihre Brüste waren reif und warm an seiner Brust. Das Kind in ihrem Bauch stieß mit den Beinchen.

»Wie geht es dir?« fragte er leise, und sein Gesicht war plötzlich nur Sanftheit und Sorge.

Rhosyn zuckte mit den Schultern. »Es ist mir nicht mehr übel, und ich habe einen Appetit wie ein Mastschwein. Wenn ich erst einmal so watschle, werde ich dich verfluchen, dich und eine bestimmte, warme Herbstnacht ... Bist du allein?« Sie hielt inne. Guyon hob den Kopf von der Betrachtung ihrer leuchtenden Haut, gerade noch rechtzeitig, um nicht von den beiden Kindern umgerissen zu werden.

Eluned ging auf Befehl ihrer Mutter und holte ihm etwas zu trinken, und Rhys setzte sich vor das Feuer, umschlang die Knie mit den Händen, ein gut gewachsener Junge, der einen düsteren Blick auf seinen kräftigen, gut proportionierten Zügen hatte.

»Wie lange bleibst du?« fragte er plötzlich und warf Guyon einen Blick zu, aus Augen, die schwarz waren wie Bergseen um Mitternacht.

»Nur ein paar Stunden, Rhys«, antwortete Guyon. »Ich habe es gewagt, den Teufel in den Schwanz zu zwicken, und muß vor Morgengrauen in meinem eigenen Bett sein, damit er mich nicht mit seiner Höllengabel erwischt.« Er lächelte Eluned zu und nahm den Met in Empfang, den sie ihm anbot. Er war stark, süß und honiggolden wie der Herbstabend, an dem das ungeborene Kind empfangen worden war.

»Und wo genau ist dein eigenes Bett?« fragte Rhosyn, stellte ein Brett mit Brot und Käse vor ihn hin und dachte mit einem Stich von Bitterkeit, daß sie wie Höflinge waren, die ihn mit Schmeicheleien umgaben.

Guyon schaute sie nur kurz an. »Ledworth«, antwortete er, ohne im einzelnen darauf einzugehen. Statt dessen warf er Rhys etwas zu.

Der Junge fing es geschickt auf und legte es auf seinen Schoß. Es war ein ledernes Heft, gefüttert mit roher Wolle, um das Messer an seinem Platz zu halten, das drinnen steckte, und es auf natürliche Weise ölte mit Lanolin. Das Messer selbst war schon beinahe eine Waffe. Zwanzig Zentimeter lang, mit einer Klinge, die wie Fischschuppen glitzerte. Das Heft war aus dem Zahn eines Narwals geschnitzt.

»Ich weiß, es ist schon einen Monat nach dem Michaelstag, aber ich habe deinen Geburtstag nicht vergessen«, sagte Guyon, während Rhys das Messer mit sprachlosem Entzücken betrachtete.

Rhosyn sah es mit eher gemischten Gefühlen. Der Junge hatte seine Kinderzeit schon fast hinter sich, und das Messer war ein Symbol für seine Männlichkeit, die sich bald einstellen würde. »Das sollst du aber nicht«, sagte sie zu Guyon, und ein kleines Stirnrunzeln zeigte an, daß es ihr wie einer jeden Mutter zu schnell ging mit dem Erwachsenwerden ihres Sohnes.

»Außerdem habe ich nicht vergessen, Eluned, daß du Ostern deinen Geburtstag feierst, und da ich vermutlich bis dahin nicht vorbeikomme, habe ich dein Geschenk heute auch gleich mitgebracht. Rechts oder links – rate, in welcher Hand.«

Entzückt spielte Eluned mit, und er neckte sie eine Weile, doch dann überfiel sie ihn und sah, wie er den Gegenstand von der einen in die andere Hand steckte. Es war eine kleine Lederbörse, und drinnen steckte ein Halsband aus kleinen Gänseblümchen, geschnitzt aus Elfenbein.

Eluned schlang ihre Arme um Guyons Hals und gab ihm einen schmatzenden Kuß, was ihn zum Lachen brachte. »Der sicherste Weg zum Herzen einer Frau«, sagte er, als er die Kette um Eluneds schlanken Hals legte.

»Du kaufst uns doch alle und steckst uns in den Sack«, stimmte Rhosyn zu, blinzelte und wandte sich ab. Guyon schaute sie über das zerwühlte, schwarze Haar des Kindes an.

»Das ist nicht wahr, *cariad*«, entgegnete er leise. »Ich habe nie deinen Preis gewußt, und ich werde auch nie danach fragen.«

Rhosyn stocherte in den Scheiten. »Du warst noch nie um das richtige Wort verlegen, wenn du etwas haben wolltest, was du nicht kaufen kannst!« entgegnete sie. »Rhys, Eluned, es ist schon lange Zeit, daß ihr schlafen geht. Marsch jetzt, in die Betten!«

»Aber Mama ...«

»Das ist nicht fair«, beklagte sich Eluned.

»Das Leben ist nie fair, mein Schatz«, sagte Rhosyn und umarmte ihre Tochter dabei. »Du wirst es immer und immer wieder feststellen, wenn du älter wirst. Sag jetzt gute Nacht, und fort mit dir.«

Das Kind seufzte schwer, tat aber, was man ihm befohlen hatte. »Ich wollte, du würdest länger bleiben«, sagte Eluned zu Guyon mit einer Stimme, die von Herzen kam.

»Ich auch, *anwylyd*«, erwiderte Guyon und meinte es auch.

Als sie allein waren, stocherte Rhosyn wieder einmal unnötigerweise im Feuer, den Rücken Guyon zugekehrt. Das Schweigen dehnte sich, und der alte Hund winselte leise. Nach einem Moment konnte Rhosyn es nicht mehr ertragen, ließ den Feuerhaken los und drehte sich zu Guyon um. Ihre Worte waren mit Tränen vermischt. »Warum bist du gekommen?«

»Ich dachte, es freut dich, mich zu sehen«, antwortete Guyon neutral.

Rhosyn wollte ihm schon ins Gesicht schleudern,

daß das ein Irrtum sei, aber sie überlegte es sich gerade noch im letzten Moment. »Ich bin hocherfreut, natürlich. Du bringst unser Leben durcheinander. Du bringst Geschenke und Schmeicheleien, du bringst uns dazu, daß wir dich alle gemeinsam bewundern, und dann gehst du wieder. Ich kann das auf die Dauer nicht ertragen!«

»Du hast es in deiner Macht, die Situation zu ändern«, antwortete er freundlich. »Du bist jederzeit willkommen, dein Heim in Oxley aufzuschlagen.«

»Ein schöner Vogel im Käfig, der immer dann singt, wenn es dem Herrn gefällt«, schleuderte sie ihm entgegen und wandte sich um.

»Ich bin nicht hergekommen, um mit dir zu streiten, *cariad*. Und ich will dich auch nicht für immer verlassen. Wir kennen einander zu gut dafür. Wenn ich Salz in eine Wunde gerieben haben sollte, tut es mir leid. Du hast mir nie Grund zu der Annahme gegeben, daß es bei uns mehr ist als gegenseitiges Vergnügen.«

»Ich bin dumm, Guyon«, murmelte sie, und dabei umarmte sie ihn. Ein zitterndes Lächeln zeigte sich auf ihren Lippen, und er beugte sich hinunter, um sie zu küssen. »Ich sehe den Mond in einem Teich und bin enttäuscht, wenn meine Hand die Illusion zerstört, statt daß sie die Wirklichkeit festhält. Du bist hier willkommen, wann immer du Zeit und Lust hast, uns zu besuchen.«

Ihre Umarmung verstärkte sich, wurde warm und süß und durchdringend, ein heftiges Verlangen, das nur durch die Gegenwart der Kinder in Grenzen gehalten wurde, die lediglich durch einen dünnen Vorhang von ihnen getrennt waren, und durch Guyon, der Rhosyn nicht noch tiefer verletzen wollte.

Er löste sich als erster, schwer atmend, und setzte

sich ans Feuer. Sein Körper protestierte dagegen. Es war lange her, seit er bei einer Frau gelegen hatte, und sein Hunger war groß. Groß, aber nicht unkontrollierbar. Was auch immer die anderen über ihn sagten, sexuelle Beziehungen waren für Guyon keine unmittelbare Lebensnotwendigkeit. Unter den geeigneten Voraussetzungen, mit Muße und dem richtigen Partner, genoß er es, sich seinen Sinnen hinzugeben. Jetzt, wo nur das letztere vorhanden war, atmete er ein paarmal tief durch und beschäftigte seine Gedanken dann mit anderen Dingen.

»Wo ist dein Vater?«

Rhosyn setzte sich neben ihn, gerade so weit entfernt, daß sie sich nicht berührten, und nahm ihre Spindel. Ihre Finger zitterten. Sie konzentrierte sich auf die Wolle, bis die heiße Schwäche aus ihren Gliedern wich. »Nach Bristol. Wir rechnen damit, daß er morgen oder übermorgen zurückkommt. Ich mache mir Sorgen um ihn, Guy. Es geht ihm nicht gut. Er hat Schmerzen in der Brust, und Rhys ist noch zu jung, um ihm mehr als ein Lehrling sein zu können.«

Guyon wandte sich ihr zu, und seine Blicke verschärften sich. »Die Handelsstraßen sind nichts für eine Frau«, warnte er sie.

Sie gab keine Antwort, aber ihr Mund verzog sich störrisch, und sie richtete ihre ganze Aufmerksamkeit auf die Spindel und die Wolle.

»Rhosyn, Gott helfe mir: Wenn ich erfahre, daß du dich von hier wegbegeben hast, über die Grenze, in einem Händlerkarren, dann bringe ich dich persönlich nach Oxley und sperre dich ein wie einen Vogel in einen Käfig, wahrhaftig!«

»Du hast nicht das Recht dazu!«

»Ich habe jedes Recht. Du trägst mein Kind. Ich

will dich nicht tot im Straßengraben sehen wie Huw ap Sior.«

»Ich werde nicht – was sagst du da?« Ihre Finger hörten auf mit dem Zwirbeln. Sie öffnete die Augen weit und schaute ihn voller Entsetzen an. »Huw – tot?«

»Ermordet durch die Hand von Robert de Belleme und seine Kumpanen. Huws Ladung von Zobeln hat er bei sich gehabt, und er besaß auch noch die Stirn, Judith mehrere davon als blutiges Hochzeitsgeschenk mitzubringen.« Dann berichtete er die Geschichte und ersparte ihr keines von den grausigen Details.

»Er war der beste Freund meines Vaters«, flüsterte Rhosyn mit schwankender Stimme. »Sie sind miteinander aufgewachsen – oh, Gott!«

Ihre beiden Körper drückten sich aneinander, eine Notwendigkeit diesmal, und Guyon hielt sie fest, fürchtete beinahe, sie könnte ohnmächtig werden. Sie lehnte ihre Wange an sein Wams, die Augen geschlossen und in der Seele krank vor Kummer, Angst und Schock.

Nach einer Weile fragte sie, offenbar, um sich selbst auf andere Gedanken zu bringen: »Weiß deine Frau, wo du bist, Guy?«

Er trank einen Schluck Met, dann schaute er sie an, und überraschenderweise war ein etwas wehmütiges Lächeln in seinen Augen. »Sie hat vielleicht einen Verdacht«, räumte er ein. »Und der wird sich verstärken, wenn ich nicht vor dem Morgengrauen über die Zugbrücke bin. Dann ist bestimmt der Teufel los – aber nicht aus dem Grund, den ich auf deinem Gesicht zu erkennen glaube.« Aus dem leisen Amüsement wurde ein etwas müdes Kichern. Er trank den Rest des Mets aus und bot ihr keine genauere Erklärung an.

Rhosyn verdrängte die Versuchung, danach zu fragen. Wenn Guyon auf dieser Seite der Grenze war, nachts und in dieser abenteuerlichen Verkleidung, wenn er davon sprach, den Teufel in den Schwanz gezwickt zu haben, dann war es besser, so wenig wie möglich darüber zu wissen. »Wie ist sie eigentlich?«

»Ich bin sicher, du wärst überrascht«, antwortete er und streichelte Gelerts Nase, die ihn am Knie gestupst hatte. »Weiß Gott, hat sie mich in Erstaunen versetzt ... Und sie tut es immer noch.«

»Ist sie hübsch, Guy?«

Eine neugierige, beiläufig gestellte Frage, unter deren Oberfläche Spannung lauerte.

»Nicht so, wie du hübsch bist, *cariad*, aber sicher auf ihre Weise interessant – oder sie wird es werden, wenn sie ausgewachsen ist. Sie ist ein Kind, Rhosyn, männerscheu und halbwild.«

Rhosyn kniete am Herd, das Gesicht in rotes Licht getaucht. Sie hatte an ihn gedacht, als er heiratete, hatte sich vorgestellt, wie er ins Bett ging mit dieser ungewollten, jungen, normannischen Braut, und sich gefragt, ob er sich dabei an ihre Raffinessen im Bett und auf den süß duftenden Wiesen erinnerte.

»Nein«, sagte er leise in die Stille ihrer Gedanken. »Ich habe noch nichts mit ihr gehabt. Sie hat die entsetzten Augen eines Kindes, das halb so alt ist wie sie. Sie weiß nichts über Männer außer dem, was ihr Vater war und ihr Onkel ist.«

Rhosyn wandte ihm überrascht das schöne Gesicht zu.

»Selbst wenn sie sich mir aus Pflichtgefühl geöffnet hätte, wäre es so gut wie eine Vergewaltigung gewesen. Sie ist vorne flach wie ein Hühnchen und hinten genauso, und ihr Kopf geht mir gerade bis zu den Achselhöhlen.«

Sie saßen beisammen, während sich die Stille der Nacht auf sie senkte. Der Regen schlug gegen die Wände des Holzhauses, rhythmisch und schwer. Guyon schloß die Augen, nur um einen Moment auszuruhen, und war sofort eingeschlafen.

Zwanzig Meilen und einige Stunden später, ohne Ahnung, warum ihn diese andere Welt so lange in Anspruch nahm, dabei hin und her gerissen zwischen Angst und Zorn über Guyons Ausbleiben, waren Judiths Nerven dem Zusammenbruch nahe. Schon der Hauch eines Gedankens daran trieb sie in hysterische Befürchtungen.

Es war fast Morgengrauen. Ein Blick durch den Windschlitz, in der letzten Stunde mehrfach wiederholt, hatte ihr die sinkenden Sterne und ein milchiges Glimmern im Osten gezeigt. Ihr Magen fühlte sich an, als ob tausend Schmetterlinge darin flatterten. Die Vorstellung, er könnte blicklos in diesen Morgen starren, sein Körper verwüstet von Schwertwunden, trieb sie weg vom Windschlitz, die Hand vor den Augen.

Eric und die anderen waren schon kurz vor Mitternacht zurückgekommen. Sie hätte es nicht gewußt, wäre nicht Melyn gewesen, die hinausgelassen werden wollte und sie aus einem unruhigen Schlaf geweckt hatte. Sie hatte Guyon erwartet, aber er war nicht gekommen. Die Ponys waren wie Tiere aus der Wilden Jagd in den Hügeln verschwunden, und als sie Melyn hinausgelassen hatte und zu Eric gegangen war, hatte er sich schweigsam und unzugänglich gegeben und war alles in allem nicht sonderlich glücklich gewesen, sie zu sehen. Lord Guyon habe noch Geschäfte gehabt in Wales. Er würde aber in Kürze zurück sein. Er riet ihr, sie solle sich schlafen legen.

Judith wußte, daß sie am nächsten Morgen wütend sein würde über ihren Zorn und ihren Verlust an Selbstkontrolle. Schon Eric zuckte zurück vor dem Gift ihrer Zunge. Wenn Guyon zurückkam, sollte er nicht nur zurückzucken. Er sagte ihr keinen Ton, ließ sie in der tiefsten Sorge und behandelte sie wie ein Kind, das nicht imstande war, zu begreifen.

»Wenn er es so haben will, soll er es so haben«, sagte sie durch zusammengepreßte Zähne, als sie den Windschlitz verließ und begann, sich anzukleiden.

Sie hatte gerade die Strümpfe angezogen und kroch auf allen vieren halb unter das Bett, um einen verlorenen Schuh zu suchen, als Guyon auf Zehenspitzen das Schlafgemach betrat.

»Bore da, cath fach«, erklärte er in seinem makellosen Walisisch, ein Grinsen auf dem Gesicht wegen ihrer seltsamen Haltung.

Das Wackeln mit dem Hinterteil erstarb. Eine lange Sekunde blieb sie völlig bewegungslos, dann rutschte sie rückwärts heraus, drehte sich um und schaute ihn an. Ihr Gesicht war gerötet vor Anstrengung, Kummer und Zorn.

»Komisches Mondlicht«, sagte sie spöttisch, und ihre Augenbrauen wuchsen über der Nase zusammen. »Ich bin krank vor Sorge um dich. Eric ist schon vor Mitternacht zurückgekommen. Guyon, wo bist du gewesen?«

»Ich habe Rhosyn besucht und bin dort eingeschlafen«, erwiderte er ganz beiläufig, kam herein in den Raum, setzte sich auf einen Hocker und begann damit, sich die Stiefel aufzuknöpfen.

»Du hast Rhosyn besucht?« wiederholte sie und schluckte das Bedürfnis hinunter, ihm ihren wiedergefundenen Schuh an den Kopf zu werfen. »Hast du deine Meinung geändert?«

»Worüber? Komm, bring mir etwas zu trinken, sei ein gutes Mädchen.«

Judith ließ den Schuh fallen und wandte sich ab; ihr Rücken war so steif und gerade wie eine Lanze, und sie hatte Mühe, ihre Stimme unter Kontrolle zu bringen. »Du hast mir gesagt, daß du keine Geliebte hast.«

Guyon warf ihr einen Blick zu; das Haar auf dem Kopf war vom Wind zerzaust. »Habe ich auch nicht. Aber Huw ab Sior war ein naher Freund ihrer Familie. Ich habe ihr die Nachricht überbracht und damit auch eine Warnung, auf der Hut zu sein. Es tut mir leid, wenn du ein paar Stunden um mich Angst gehabt hast, aber darüber hinaus kannst du keine Entschuldigung von mir verlangen.«

»Angst gehabt ist gar kein Ausdruck!« entgegnete Judith und goß ihm mit zitternder Hand Wein in den Becher. »Ich könnte dich am liebsten umbringen.«

»Natürlich ... Und jetzt gib mir meine Sachen her.«

»Die da?« Sie schaute ihn völlig perplex an. »Aber Guyon, die stinken doch.«

»Ich weiß.« Er schnitt eine Grimasse, nahm den Wein entgegen, den sie ihm bot, trank einen Mundvoll und stellte dann den Becher ab. »Kannst du ihn ein bißchen – würzen, ja? Sagen wir, mit weißem Mohn?«

»Wozu?«

»Um es schwierig genug zu machen, mich zu wekken, wenn Robert de Belleme an unserer Zugbrücke steht und Einlaß begehrt.«

»Und warum sollte er?« fragte Judith.

»Er denkt vielleicht, ich war bei einem Überfall der Waliser auf ihn und seine Männer dabei, gestern abend auf der Straße nach Shrewsbury«, antwortete er gelassen. »Ich habe es dir vorher nicht gesagt, für den Fall, daß es uns nicht gelingt. Du wenigstens hättest wahrheitsgemäß deine Unschuld beschwören können.«

»Und was hätte das genützt?« antwortete Judith. »Du weißt doch, was mein Onkel mit ›Unschuldigen‹ macht.« Sie preßte die Lippen zusammen, aber vor allem, weil er sich an den Herd einer anderen Frau geflüchtet hatte, vielleicht sogar in ihre Arme, während sie hier in kaltem Schweiß vor Angst um sein Leben keine ruhige Minute gefunden hatte.

»Schau«, sagte er ein bißchen müde, »ich will nicht genau wissen, wie du ein bestimmtes Gericht in der Küche zubereitest. Aber ich lobe es, wenn es auf den Tisch kommt. Genauso ist es bei einigem, was ich tue. Ich habe dir soviel gesagt, wie nötig war.«

»Wie du für nötig gehalten hast.«

Guyon schluckte und wußte, daß seine Geduldsreserven in Kürze aufgebraucht sein würden. Ein Tag des So-tun-als-ob, ein Tag der Auseinandersetzungen mit Männern, die er verachtete, dann eine Nacht heimlicher Arbeit, eine Stunde Schlaf in einem harten Stuhl, und gefährliche Ritte über rauhes Land im Stockdunkeln ließen nicht mehr viel davon übrig. »Judith, treib mich nicht zu weit«, sagte er leise.

Kälte lief ihr über den Rücken. Der sanfte Ton war erschreckender, als wenn er sie angebrüllt hätte. Sie wandte sich ab und bereitete ein Getränk vom Mohnsirup.

Guyon zog sich weiter aus. »Und was ist mit der übrigen Burg? Was denken die Leute hier?« fragte er nach einem Augenblick.

Sie drehte sich zu ihm um; ihr Ausdruck war leidenschaftslos, und auch ihre Augen verrieten nichts.

»Einige glauben, daß es gut ist, wenn du deine Spannungen in einem betrunkenen Schlaf abreagierst, jedenfalls alle jüngeren Männer. Andere sagen, sie hätten immer gewußt, daß du wild und unbeherrscht bist. Mama fürchtet um meine Sicherheit. Papa hat sie, wenn er so betrunken war, immer fürchterlich verprügelt; sie meint, das tun alle Männer. Papa hat uns beide vertrimmt, wenn er in der entsprechenden Stimmung war. Und ich weiß, sie hält, wenn sie in die Enge getrieben wird, nicht dicht. Ich wage es nicht, ihr die Wahrheit zu sagen.«

»Dann tut es mir leid, wenn deine Mutter von mir enttäuscht sein sollte, doch dagegen läßt sich nichts machen. Es hängt jetzt alles davon ab, daß de Belleme mich für unschuldig hält, oder zumindest, daß er meine Unschuld nicht widerlegen kann«, fügte Guyon hinzu und kam auf sie zu, um ihr den Becher aus den Händen zu nehmen. Mit der freien Hand tippte er ihr auf das störrisch erhobene Kinn und gab ihr einen zarten Kuß. »Vertrau nur mir, *cath fach*.«

Seine Lippen waren so weich wie Seide, sein Bart dagegen kratzte mit den Stoppeln auf ihrer zarten Haut. Etwas bewegte sich an Judiths Nervenenden. Sie zog sich rasch ein wenig zurück von ihm. »Wirst du mir erzählen, wie du ihm das Silber abgenommen hast?«

Guyon schaute sie aus verengten Augen an, konnte aber sehr wenig in ihrem Ausdruck lesen, so sehr gelang es ihr, sich zu beherrschen. Es war seine eigene Schuld, dachte er. Er hatte ihr zuviel gesagt. Aber er war müde gewesen und nicht sicher, ob er dem etwas entgegenhalten konnte, was sie in ihrem Zorn und ihrer Verletztheit gegen ihn angesammelt hatte. Ein Streit mit einer Frau pro Nacht war genug für jeden Mann.

Er schaute hinein in den Becher und ließ die Flüssigkeit darin kreisen. »Es war jedenfalls einen jeden Tropfen von diesem widerlichen Gebräu wert«, sagte er und trank einen ganz großen Schluck, damit die widerliche Süße ihm nicht den Gaumen verklebte. Dann begann er zu lachen, und erzählte ihr ausführlich, was sie getan hatten.

In rabenschwarzer Laune, die Unbekümmertheit längst verloren, verlangte Robert de Belleme mit rauher Stimme, den Lord von Ledworth zu sehen.

»Er ist noch im Bett, M'lord«, antwortete Eric mit Nachdruck, und seine breiten, germanischen Knochen verbargen alle Gewissensbisse. »Es wird eine Teufelsarbeit sein, ihn hochzuhieven.«

»Dann tut es!« fuhr ihn de Belleme an, »sonst klopf' ich Euch die Haut platt und nehm' sie als Satteltuch.«

Bei jedem anderen Mann wäre das nicht mehr als eine pittoreske Redensart gewesen. Aber nachdem es der Earl of Shrewsbury war, der sie ausgesprochen hatte, wußte Eric, daß es keineswegs ein Spaß war.

»Wenn Ihr einen Moment warten wollt, Mylord ...«

»Beeil dich, Bauernbüffel«, knurrte Walter de Lacey von seinem Platz an der Schulter des Earls und wischte sich mit der Hand über die vernarbten Lippen.

Eric verbeugte sich tief und ließ die beiden Männer am Feuer stehen, eine Karaffe mit Wein in greifbarer Nähe.

Es war spät am Vormittag, und die Dienstboten wimmelten durch das Haus. Der Geruch nach frisch gebackenem Brot trieb an den Nasen der beiden Männer vorbei, während ein Hausmädchen den Tisch auf dem Podium deckte.

»Ihr kehrt so bald in unsere Gastfreundschaft zurück, Mylords?«

De Belleme wirbelte herum und sah seine ehemalige Schwägerin, Alicia de Montgomery. Ein Miststück in blauem Sarazenet, mit einem milchigen Perlhalsband an ihrem erstaunlich jugendlichen Hals.

»Wie ich sehe, seid Ihr von den Nachwirkungen des gestrigen Abends völlig geheilt«, antwortete er mit gespielter Freundlichkeit, wobei er sie weiterhin musterte. »Ihr seid außerdem bemerkenswert gut gekleidet für einen normalen Arbeitstag.«

»Vielleicht solltet Ihr einmal in den Spiegel schauen«, erwiderte Alicia, und ihre Perlen hüpften auf dem Schlüsselbein. »Was können wir Euch diesmal anbieten?«

Seine rechte Hand schoß hervor und packte sie am Knöchel. Es kam so schnell und war so schmerzhaft, daß sie unwillkürlich einen Schrei ausstieß. Ein Diener mit einer Wasserflasche in der Hand blieb stehen. De Belleme warf ihm einen so bösen Blick zu, daß der Mann unwillkürlich nach einer Deckung suchte.

»Du warst immer ein schlaues Luder mit der Zunge einer Natter!« zischte er sie an. »Mein Bruder war ein Narr, daß er dich nicht mit einem Dolch zum Schweigen gebracht hat.«

»Es liegt in der Familie«, erwiderte sie und versuchte sich freizumachen; dabei befürchtete sie, daß ihre Knochen unter dem brutalen Griff nachgeben würden.

»Wo war Guyon FitzMiles in der vergangenen Nacht?« fragte er, und sein Gesicht war so nah dem ihren, daß sie die kleinen Poren sehen konnte, die auf seiner Nase saßen, und den Nebel von Spucke fühlte, den er mit seinen Worten in ihr Gesicht spie.

»Sternhagelbetrunken in seinem Bett!« keuchte sie. »Mylord, Ihr brecht meinen Arm.«

»Genau das tue ich, wenn du mir nicht die Wahrheit sagst, du Hure!«

Es war keine müßige Drohung, das war Alicia bewußt. Der Schmerz war so groß, daß ihr übel wurde. Nur noch eine leichte Drehung, und ihre Knochen würden brechen wie trockene Zweige. »Es ist die Wahrheit. Ihr selbst habt gesehen, wie man ihn ins Bett getragen hat.«

De Lacey murmelte eine Warnung aus dem Mundwinkel und stieß sie dann mit einem bösen Fluch ein paar Schritte weg.

Keuchend, Tränen des Schmerzes und des Zorns in den Augen, funkelte ihn Alicia an.

De Belleme erwiderte den Blick mit Verachtung und einer unausgesprochenen Drohung und drehte sich dann um zu dem Mann, der durch die Halle humpelte, auf beiden Seiten gestützt vom Captain der Wache und Guyons besorgter Frau.

De Lacey fluchte vor Überraschung und Frustration. Der Earl starrte verständnislos auf Guyon, der noch immer das fleckige, stinkende Wams anhatte, unfrisiert war und sich nicht orientieren konnte.

»Was immer du willst, Bruder«, stieß Guyon langsam hervor. »Aber ich flehe dich an, mach es schnell, denn mir wird furchtbar übel, und ich kotze euch gleich auf eure Stiefel.« Dazu schwankte er beunruhigend. Eric grinste und stützte ihn. Judith biß sich auf die Lippe und gab sich tränenvoll besorgt; dabei hielt sie ihren Gemahl an seinem weingetränkten Ärmel fest.

De Belleme schaute in die Runde und sah nur feindselige Mienen. »Wir sind auf der Straße überfallen, ausgeraubt, gefesselt und den Wölfen überlassen worden«, erklärte er. »Ich dachte, jemand von euch weiß etwas davon.«

Stille. Guyons schwere Lider gingen ein wenig nach oben. »Is' auch das Sch-schilber weg?« fragte er freundlich-mitleidig, dann begann er zu würgen, und erbrach sich über seine Frau und seinen Captain der Wache.

Judith schaute auf den zornbebenden Mann. »Können wir Euch irgend etwas tun? Pferde, Nahrung? Gibt es Verletzte unter Euren Leuten?«

Machtlos und geschlagen, starrte Robert de Belleme in die topasfarbenen Katzenaugen, dann richtete er den Blick auf den zusammengesunkenen Mann zu ihren Füßen.

»Betet!« brüllte er. »Betet, daß ihr unschuldig seid!« Er drehte sich auf den Absätzen um, daß die Sporen klirrten, und de Lacey folgte ihm, ein bösartiges Grinsen auf dem Gesicht. Alicia wich zurück und bekreuzigte sich.

»O Gott«, stöhnte Guyon, als sie draußen waren, und hob den Kopf ein wenig. »Du schlimmes Mädchen – ich sollte dich umbringen, bevor du mich umbringst.«

»Vielleicht habe ich dir etwas zuviel in deinen Wein gegeben, aber deine Schau war zumindest überzeugend«, antwortete Judith mit Kennermiene. »Ist dir noch sehr elend, oder glaubst du, allein stehen zu können?«

Alicia, wieder einmal ein verblüffter Außenseiter, wußte, daß es zwischen Judith und dem grüngesichtigen Mann, der sich mühsam erhob, ein geheimes Verständnis geben mußte.

»Bis heute abend bist du wieder ganz wohl«, tröstete ihn Judith und winkte einem der Diener, er solle den Herrn der Burg wieder zu Bett bringen.

»Hekate«, murmelte er, aber er warf ihr noch ein kleines, angestrengtes Lächeln über die Schulter zu.

»Ich nehme nicht an, daß du mir irgend etwas davon erklären wirst?« fragte Alicia, und zwischen ihren Brauen war eine Falte der Frustration zu erkennen.

»Nein, Mama«, stimmte ihr Judith zu und zeigte das geheimnisvolle Lächeln, das sie von ihrem Vater geerbt hatte.

Zehntes Kapitel

Die Schatten des Juniabends waren länger geworden. Die Sonne schien noch immer golden wie Cidre, aber der Wind, der die Marken überquerte und die Federn des Wanderfalken in seinem Horst zerraufte, hatte kühle Brisen.

Guyon stand auf dem Mauerumgang von Ravenstow und inhalierte die reine, nach Wiesen duftende Luft. Darunter um die Halle hing Rauch in Schwaden und der Geruch nach geräucherten Heringen und Aalen, dem Hauptgericht des Abends, da es Freitag war. Die Nachwehen zu dem Betrugsmanöver, das sie mit de Belleme vollführt hatten – eine Strafe und eine Vergeltung –, waren für Guyon ein empfindlicher Magen, namentlich, wenn es um geräucherte Fische ging.

Cadi wedelte mit der Rute, mit den schönen Augen ihren Herrn bewundernd, bereit zur Bewegung, wenn sie gefordert wurde, aber Guyon blieb noch ruhig und genoß die weite Aussicht über die Domäne. Die Sumpfwiesen wichen bebauten Feldern, auf denen Hafer und vor allem Erbsen wuchsen, die sich grün im Wind beugten – ein Wind, der Schatten und etwas trübes Sonnenlicht im Wechsel über das Land trieb. Ein rauhes Land voll der Gefahren, auch der eines plötzlichen Überfalls der Waliser oder der schattenhaften, grauen Winterwölfe.

Mit dem Herannahen des Sommers waren die Waliser kühner geworden in ihren Raubzügen. Eine Schafherde hier, ein Stier dort, oder eine Frau, aus einem von Guyons Grenzdörfern. Er hatte es natürlich zurückbezahlt, Auge um Auge. Jeder kannte die Regeln – nur nicht Robert de Belleme, der in seiner Grafschaft wütete wie der sagenhafte Grendel aus dem Sumpf, die Güter zerstörte und die Menschen quälte. Feige zogen sich die Waliser zurück in die Hügel, wo er ihnen nicht folgen konnte, nahmen alles, was sie besaßen, mit und ließen ihn ihre schäbigen Hütten und Holzhäuser verbrennen. Der Wiederaufbau dauerte nur Tage, und de Belleme war ein zu großer Lord, als daß er seinen Sommer mit der Jagd nach fliehenden Schatten verbracht hätte, in den nassen walisischen Wäldern. Das überließ er seinen Vasallen, Männern wie Walter de Lacey und Ralph von Thorneyford.

Letzterer war im vergangenen Monat gestorben, bei einem seiner Raubzüge durch Wales. Er und seine Männer waren in einen Hinterhalt geraten, und während es ihnen gelungen war, sich freizukämpfen, hatte er einen Herzschlag erlitten und war tot vom Pferd gefallen. Guyon und Judith hatten an seiner Beisetzung teilgenommen, sie aber wegen der Umstände und vor allem wegen der anderen Trauergäste gleich nach dem Ende der Zeremonie wieder verlassen.

Guyon hatte die Überfälle auf sein eigenes Land erfolgreich zurückgeschlagen und hielt ein argwöhnisches, wachsames Auge auf de Laceys maßlose Versuche in dieser Richtung. Er machte regelmäßig seine Runden bei den Vasallen und Kastellanen, hielt Besprechungen auf den verschiedenen Höfen, gab Ratschläge, löste Probleme, stellte neue Leute ein und beförderte die alten, gewährte Stundungen oder versagte sie auch, und hatte stets den Finger am Puls der Bauern, um keine Unzufriedenheit aufkommen zu lassen.

Jetzt ging er langsam den Mauergang entlang. Cadi sprang auf, schüttelte sich und folgte ihm, die Nase dicht an Guyons Fersen. Ein junger Wachmann grüßte ihn. Guyon blieb stehen und sprach einen Moment mit ihm, erinnerte sich auch an den Namen des Mannes und an seine familiären Umstände. Es war eine kleine Mühe, sich solche Dinge einzuprägen, und eine, die sich mehr als doppelt zurückzahlte in Form von Treue und Anhänglichkeit.

Der Wachmann hielt mitten im Satz, einer Antwort auf Guyons Frage, inne, grüßte und errötete zugleich bis zu den Ohren.

Guyon drehte sich herum und sah seine Frau, rosa im Gesicht und atemlos vom Laufen und Klettern, hinter ihm auf dem Umgang, wobei ihr offenes Haar in der sich versteifenden Brise wehte. Der Wachmann war vermutlich errötet, weil er die Frau noch nie hier oben gesehen hatte und erst recht nicht so informell wie jetzt. Guyon wäre nie auf den Gedanken gekommen, daß der junge Mann gern zu einer so attraktiven Frau emporschaute.

»Ich habe sie gefunden!« Judith keuchte immer noch und packte Guyon am Arm; ihre Augen funkelten wie polierte Schlangensteine. »Sie war in einem der Lagerscheuern auf dem Hof, mitten in einem Haufen Fellen.«

Er legte seinen Arm geistesabwesend um ihre Hüfte und küßte sie auf die Wange. »Ich sagte dir doch, sie kann nicht weit sein«, sagte er mit etwas Überlegenheit in der Stimme.

Judith schniefte. »Du hast mir vom Bett aus zugeknurrt, weil du in Ruhe gelassen werden und noch schlafen wolltest«, warf sie ihm vor. »Dir war es doch völlig egal.«

»Vielleicht in diesem Moment, das gebe ich zu«, räumte er ein und grinste. »Aber ich hab' gewußt, daß sie wieder auftauchen wird. Ich habe noch nie ein Tier gesehen mit einem so ausführlichen Liebesleben.«

»Sie hat sich einen Liebhaber genommen. Derselbe, der sie schon im letzten Frühjahr umworben hat. Ein großer, schwarzer Leopard von Kater ohne Manieren, der wild in den Hügeln lebt.«

Guyon lächelte und beugte sich über den Kalksteinrand, um die Wolken zu sehen, die wie zarte Flamingofedern vom Wind dahingetrieben wurden. »Na ja, schließlich haben wir Frühling«, sagte er mit Vergnügen.

Judith fühlte, wie ihr die Röte ins Gesicht stieg. Bis jetzt war er sehr geduldig gewesen mit ihr, waren seine Umarmungen leicht und brüderlich, vielleicht auch scherzhaft und voller Zuneigung, aber ohne Verlangen gewesen. Ihr Magen zog sich nicht mehr schmerzhaft zusammen, wenn sie sich zum Schlafen ins gemeinsame Bett begaben. Sie wußte, daß sie nicht vergewaltigt werden würde. Einmal hatte er unbewußt einen Arm auf ihren nackten, schlanken Körper gelegt, ihr einen Namen ins Haar geflüstert und mit den Lippen ihren Nacken liebkost, und ihr Blut hatte geprickelt, bewegt von etwas, das ihr fremd war, von einer Unruhe, die ihre Lenden sonderbar erhitzte. Sie hatte zu husten begonnen, und sein regelmäßiges Atmen wurde unterbrochen; er hatte seinen Arm mit einer nur halb gesprochenen Entschuldigung zurückgezogen und sich auf die andere Seite gerollt.

Die Zeit würde kommen, das wußte sie, wenn sie sein Fleisch würde erkennen müssen. Er war der einzige Erbe seines Vaters, und die Pflicht lastete auf ihm, dem Stammbaum mehr Äste zu geben, als Miles das getan hatte.

»Wenn ich unfruchtbar wäre – würdest du dich dann von mir trennen?« fragte sie neugierig.

Er verließ die Schießscharte und ging weiter, bis sie den Fluß überblicken konnten und den Verkehr an der Zollstation, wo die Boote vor Einbruch der Nacht noch einen Platz zum Festmachen suchten. Dabei blickte er über die Schulter auf Judith und sagte lachend: »Komm schon, *cath fach*, wo sonst würde ich eine Frau finden, die imstande ist, mich beim Dolchkampf zu unterstützen?«

»Aber du hättest sicher nichts dagegen, wenn diese Frau dir außerdem ein halbes Dutzend Söhne gebären würde.«

»Ich danke dir für das Angebot«, erwiderte er. »Ich habe durchaus die Geduld, zu warten, bis auch dir die Lust gereift ist.« Sie zwickte ihn in den Arm. Er stieß einen leisen Schrei aus, reckte dann plötzlich den Hals und kniff die Lider zusammen, um besser in die Ferne sehen zu können. »Benimm dich, du schamloses Ding!« tadelte er sie lachend und gab ihr einen Klaps auf den Hintern. »Siehst du nicht, daß wir Gäste bekommen?«

Judith trat an seine Seite und stellte sich auf die Zehenspitzen. Unter ihnen hatte gerade eine größere Barke am Ufer festgemacht, und die Mannschaft war beim Vertäuen.

»Dein Vater!« rief sie, als Miles auf den Steg kletterte.

»Na, dann ist ja für Unterhaltung gesorgt«, murmelte Guyon mit Humor.

»Wer ist das bei ihm? Jesus, ist die schön!« Judith lehnte sich gegen ihren Gemahl.

»Meine Halbschwester Emma. Wenn du dich erinnerst, sie konnte nicht zur Hochzeit kommen, weil sie mit ihrem Mann in London war.«

»Und diese Mädchen sind deine Nichten?«

»Christen, Celie und Marian.« Er schaute sie nachdenklich an.

Judith betrachtete die Gruppe einen Moment lang. Die ältere Frau war auch aus dieser Entfernung wunderschön und wirkte reich. Der weiße Pelz, der ihren Mantel säumte, glitzerte wie Seide auf Schnee, als ihn die Sonne traf, und ihr geflochtenes Haar hatte genau die Farbe einer frisch geschälten Roßkastanie. Auch die kleinen Mädchen waren elegant gekleidet und geschrubbt, daß sie glänzten. Eine erstklassige Brut, sicher in ein paar Jahren reizende, junge Ladys.

Enttäuscht klemmte sich Judith die Unterlippe zwischen die Zähne. Sie war sich bewußt, daß sie ihr ältestes Kleid anhatte, das obendrein noch von Katzenhaaren strotzte, da Melyn nach der Affäre mit dem schwarzen Kater Haarausfall bekommen hatte. Sie war ungekämmt, ihre Schürze war schmutzig, und sie war in keiner Weise darauf vorbereitet, Gäste zu empfangen.

»Was soll ich denn tun?« flüsterte sie Guyon zu.

Der drehte sich um, betrachtete sie vom Kopf bis zu den Füßen und grinste. »Und doch könntest du auch in diesem Kleid Robert de Belleme ohne Mühe um den Finger wickeln.« Er hob ihr Kinn mit dem Zeigefinger an und küßte sie auf die Nase, bevor er sie herumdrehte. »Em ist in Ordnung; sie wird dich nicht fressen.«

»Vielleicht doch, wenn sie nichts anderes auf dem Teller hätte«, entgegnete Judith nachdenklich.

»Em hat ein goldenes Herz unter dem Stahl verborgen. Sie wird dich an die Brust nehmen wie ein verlorenes Kind, und ich bekomme die Schelte dafür. Sie hält mich immer noch für einen Rangen von sechs Jahren, der Kuchen aus dem Backhaus stiehlt und ihr geköpfte Mäuse auf den Teller legt.«

Sie hatten den Fuß der Treppe erreicht. »Ich bin sehr glücklich«, sagte Judith auf einen plötzlichen Impuls hin. »Und sehr dankbar, Guyon, ich ...«

»Setz deinen Wert nicht zu niedrig ein, *cath fach*«, unterbrach er sie und zupfte sie an ihrem Zopf in einer Geste der Zuneigung, die ihr inzwischen vertraut war.

»Deine Frau ist das genaue Gegenteil meiner Vermutungen, Guy«, murmelte Emma und legte ihre manikürten, weißen Finger um den Stiel des Bechers.

Guyon lächelte und streckte die Beine aus, um sich noch bequemer auf dem Podium auszuruhen. »Und was hast du vermutet?« Er folgte ihrem Blick zum Kamin und auf die vier Mädchen, die dort hockten über einem Knöchelbein-Würfelspiel. Christen hatte das kastanienrote Haar ihrer Mutter, während die beiden anderen braun waren wie ihr nicht anwesender Vater. Judiths Haar hatte das helle Lohblond eines jungen Füchsleins vor dem kontrastierenden Dunkel der drei anderen. Christen sagte etwas. Judith erwiderte ihr fröhlich, und ihr Lachen war wie eine Glocke.

Emma trank den Wein. »Also, vom Aussehen her ist sie zumindest keine Montgomery. Ich kann den Knochenbau ihrer Mutter erkennen, aber woher, um alles auf Erden, hat sie diese Augen und dieses Haar bekommen?«

»Vielleicht von ihrer Großmutter?« sagte Guyon ohne großes Interesse. »Maurice war nur ein halbehelicher Sohn des Hauses. Soviel ich weiß, war seine Mutter eine dänische Witwe aus York.«

»Schon möglich. Jedenfalls – ich hatte sie mir zierlich und dunkel vorgestellt – und nicht mehr so kindlich. Ich war mir mit sechzehn meines Aussehens sehr wohl bewußt, wußte auch, wie man damit die Männer für seine Zwecke gewinnt.«

»Ach, Judith hat durchaus auch ihre Mittel«, sagte er leichthin. »Und wenn ich jemals etwas übrig hatte für Frauen, die sich weiß Gott wie aufputzten, dann ist mir das bei Hofe schnell ausgetrieben worden. Der Unterschied zwischen diesen Harpyien und Judith ist wie zwischen Schlacke und reinem Gold. Damit will ich dich nicht tadeln, Em. Du benützt deine Talente auf dezente Weise.«

»Danke vielmals«, antwortete Emma gespreizt. »Ich weiß das seltene Kompliment zu schätzen.«

»Christen scheint nicht deine Diskretion geerbt zu haben«, fügte er beiläufig hinzu, als sich der kastanienrote Schopf hob und einen bedeutungsvollen Blick unter langen Wimpern auf einen der jüngsten Knappen im Raum warf.

Emma seufzte schwer. »Ist dir das auch schon aufgefallen? Es steckt ein Teufel in ihr, Guy, und er wird sie zerstören, wenn es nicht gelingt, ihn im Zaum zu halten.«

»Sie ist ja kaum vierzehn«, sagte er leise, und all sein Humor war verflogen.

»Immerhin älter als Eva.«

»Und das ist zumindest teilweise der Grund, weshalb du nach London gerufen worden bist und nun hier bist statt bei Hof?«

Sie schaute ihn von der Seite an, hatte vergessen, wie scharf sein Verstand sein konnte. »Die Städte sind in diesem Sommer faulig und voll von Seuchen, und außerdem war es Zeit, daß ich mich etwas um meine Mitgiftsländer kümmere. Ich nehme an, der Burgvogt hat meine Abwesenheit benützt, um sich die eigenen Taschen vollzustopfen.«

Guyon schaute seine Nichte Christen nachdenklich an. Hübsch und geschickt, mit deutlich gekennzeichneten, roten Augenbrauen und einem Körperbau, der weit über ihr Alter hinausging. Es war nichts Boshaftes oder Sündiges an dem Kind, eher eine unverschuldete Frühreife. »Du hast dich entschlossen, sie von den Lastern des Hofes fernzuhalten.«

»Es schien mir damals ein guter Gedanke zu sein«, sagte Emma düster. »Um sie später zu ihrem Vater zu schicken, wo sie ihm den Haushalt führen wollte, während mich meine Pflicht hier in den Marken festhält, seit Mama gestorben ist. Die Mädchen sehen so wenig von ihm, daß ich dachte, es nützt ihnen beiden.«

Guyon brummte. »Du siehst ihn ja auch sehr wenig.«

Emma zuckte mit den Schultern. »Es steht nicht geschrieben, daß jede Hochzeit im Himmel geschlossen sein muß. Wir sind zufrieden, Guy.«

»Hast du schon mit Richard über sie gesprochen?«

»Er meint, je eher wir sie verheiraten, desto besser, aber ich weiß nicht ... Vielleicht ahmt sie nur das nach, was sie bei den Hofschlampen sieht, und sie tut es, weil sie hübsch ist und weil die Männer reagieren. Doch sie weiß nicht, wie nahe sie damit ans Feuer gerät. Andererseits war meine Mutter immerhin eine Hure aus Rouen. Vielleicht liegt es im Blut. Ich weiß wirklich nicht, Guy.«

Er schwieg eine Weile. Ein Diener schenkte seinen Becher voll und ging wieder. Cadi bewegte sich ruhelos zu seinen Füßen.

»Jedenfalls hast du recht, wenn du sie wegbringst«, sagte er zuletzt und betrachtete dabei den Kreis der jungen Mädchen. »Christen ist seit jeher angesteckt worden von dem, was rings um sie geschieht. Erinnerst du dich, als sie neun war und eine Nonne werden wollte, nur weil eines unserer Hausmädchen den Schleier genommen hatte?«

Ein schwaches, schmerzliches Lächeln ließ Emmas Lippen zucken. »Und letztes Jahr, der Kreuzzug!« sagte sie. »Ich hab' sie erwischt, als sie ein Kreuz auf ihr bestes Kleid gestickt hat, ihre Sachen in ein Reisebündel packte und schwor, sie wolle Jerusalem sehen oder sterben.«

»Vielleicht braucht sie eine Zeitlang die sanfte, häusliche Harmonie mit mir und Judith, zum Beispiel?« Guyon warf ihr dabei einen Blick zu. »Ich dachte, du hättest ernsthafte Zweifel, was meinen Gnadenstand betrifft?«

»Das war nur mein Ärger über die Schwäche der Männer im allgemeinen«, sagte sie ungeduldig. »Ich weiß, warum du bei Hof den Herzensbrecher spielst, und du und Rhosyn, ihr hattet lang genug ein geheimes Verständnis. Aber du kommst auch mit Christen besser aus als wir alle. Vielleicht hört sie auf dich – und vielleicht hört sie auch auf Judith. Der Altersunterschied ist nicht groß, und sie sehen einander obendrein ziemlich ähnlich.«

»Kommt ganz darauf an, was du ihr in Sachen Koketterie beibringen willst.« Guyon lachte und dachte an Judiths geringes Repertoire von Raffinessen. Er stand auf und verließ den Tisch. Emma folgte ihm.

Sein Vater und Eric waren in eine Partie ›Nine Men's Morris‹ versunken und achteten nicht einmal auf Cadis prüfende Nasenstüber.

Guyon bewegte den Kopf in Richtung auf den Vater. »Ist dir in den letzten Wochen irgendein Unterschied bei Papa aufgefallen, Em?«

»Eigentlich nicht. Er ist vielleicht etwas ruhiger geworden, aber du weißt ja, er brütet viel vor sich hin. Bevor wir losgefahren sind, hat er lange am Grab von Mutter gekniet und sich dann beschwert, daß seine Knie steif werden. Warum fragst du?« Ihre Stimme verschärfte sich. »Ist etwas nicht in Ordnung?«

»Nein, nein«, beruhigte er sie, eine Hand auf ihrem Arm. »Die Sorgen eines Sohnes. Ich finde, er braucht eine neue Frau – oder wenigstens eine Geliebte.«

Emma schaute ihn perplex an. »Das meinst du doch nicht im Ernst, Guy.«

»Warum nicht?«

»Würdest du eine andere Frau an Mamas Stelle willkommen heißen – eine Stiefmutter?«

»Ich fürchte, du täuschst dich, wenn du glaubst, daß er seit ihrem Tod wie ein Mönch gelebt hat«, knurrte er.

»Ich weiß natürlich, daß er mehrmals irgendwelche Frauen für den körperlichen Komfort und auch zum Vergnügen genommen hat«, sagte Emma schroff. »Aber sie waren für ihn in keiner Weise Lebenspartner.«

»Das meine ich ja, Em. Er braucht mehr. Mama war sein Anker, und ohne eine solche Frau besteht bei ihm die Gefahr, daß er dahindriftet.« Nachdem er die Information erhalten hatte, die er gesucht hatte, ohne daß er Emma weiter einweihen wollte, bemühte er sich jetzt, ihre Aufmerksamkeit zu zerstreuen. »Zu was für Farben würdest du mir raten, wenn ich für hier neue Wandteppiche machen lasse?«

Sie kniff die Augen zusammen, merkte natürlich, daß das ein Ablenkungsmanöver war. »Wir haben gehört, daß Robert de Belleme dich bis auf den letzten Heller ausgeplündert hat«, sagte sie steif. »Ist das Gerücht vielleicht nicht wahr?«

»Was denkst du denn?« antwortete er strahlend und würfelte dann ein bißchen mit seiner Frau und seinen Nichten.

Guyon hatte die wunderbare, goldene Stute betrachtet und schaute seinen Vater mit Interesse und großen, runden Augen an. »Was hast du gesagt?«

Die Alfred-Laterne schwang in der Brise, und die Schatten schwankten an den Wänden des Stalls. Die Stute war ein Geschenk für Judith, und nur in der Heimlichkeit der Nacht konnte man sie in den Stall bringen, denn es sollte eine Überraschung werden.

»Nur, daß man Rannulf Flambard offiziell das Bistum von Durham angeboten hat, als Dank für seine unermüdlichen Bemühungen«, sagte Miles, und sein Gesicht zeigte keinen Ausdruck.

»Gott schütze den Teufel, wenn *der* in die Hölle kommt.« Guyons Mundwinkel zuckten. »Was wird er tun? Die Kirche von innen her aushöhlen und alles Rufus geben?«

»Das ganz sicher, die kleine, gemeine Ratte.«

Das Pferd leckte an Guyons Wams. Er kratzte die Stute unterm Kinn. »Aber er ist vorsichtig und schlau. Wenn er den Mönchen das Essen buchstäblich aus den Mündern nimmt, dann nimmt er es wenigstens nicht von uns«, räumte er ein und zuckte mit den Schultern.

Rannulf Flambard, ein einfacher Kleriker, war aus der Unbekanntheit bis zu einem der mächtigsten Männer des Landes emporgestiegen. Für Rufus war er unentbehrlich geworden, ein Übel für jeden einzelnen Adeligen, ein Steuereintreiber mit herkuleischen Kräften und der Fähigkeit, seinen Griff noch zu verstärken und seine Opfer bis an die Grenze des möglichen auszupressen.

Guyon konnte den Mann ganz und gar nicht leiden, weder wegen seines Benehmens noch wegen seiner Arbeit als Steuereintreiber für die Krone.

»Natürlich ist Flambard nicht die einzige Gefahr für unsere Schatzkammern«, fügte Miles spöttisch hinzu. »Die Waliser schnappen auch ihr gerüttelt Maß an Silber.«

Guyon betrachtete seinen Vater lässig über die seidige Decke der Stute hinweg. »Ich nehme an, du hast gehört von de Bellemes Mißgeschick«, sagte er mit einem Anflug von Schadenfreude in der Stimme.

»Und von deinem?«

Guyon lächelte. Er konnte seinem Vater nicht reinen Wein einschenken, da er ihn zu gut kannte und sah, was dabei herauskommen konnte. Schweigen bot auch hier bei weitem die größte Sicherheit.

»Gib acht auf dich, Guyon. Tritt dem Earl von Shrewsbury nur sehr behutsam in die Nähe. Sein Zorn ist um so tödlicher, wenn er schweigt, und das, was von seinen Opfern übrig bleibt, ist nicht schön anzusehen. Außerdem ist er mächtiger denn je. Hast du gewußt, daß er Rufus noch eine beträchtliche finanzielle Unterstützung gegeben hat, damit dieser Roger de Bullys Land übernehmen konnte?«

Der leichte Ton war verflogen, ersetzt durch plötzlich wachgerufene Aufmerksamkeit. »Nein, das wußte ich nicht.«

»Blythe und Tickhill sind bereits hinunter in die Gurgel des Teufels. Er ist momentan knapp an Geld, und seine Geduld ist noch knapper. Versuche keinen weiteren schlauen Trick mit ihm wie diesen letzten – du weißt schon, was ich meine.«

»Soll ich, wenn er die ganze Welt fressen will, einfach beiseitetreten und zusehen?«

»Du wirst ihm doch nicht den Fehdehandschuh hinwerfen!«

»Das habe ich ja auch nicht getan. Vielleicht habe ich ihm eine Falle in den Weg gestellt, aus Rache für ein paar blutige Zobelpelze.«

Miles fuhr sich mit den Fingern durchs Haar und biß die Zähne zusammen; dabei erinnerte er sich, daß Guyon fast dreißig Jahre alt war und sehr gefestigt in seinen Ansichten, und daß es wenig Sinn hatte, diese durch eine verzweifelte Lektion zu brechen oder auch nur zu verändern.

»Sei bloß vorsichtig, das ist alles, worum ich dich bitte.«

»Aber Vater, ich bin unschuldig wie eine Jungfrau«, antwortete Guyon augenzwinkernd.

»Dann paß bloß auf, daß man dich nicht defloriert«, sagte Miles scharf. »Ich gehe jetzt zu Bett.«

Die Leichtigkeit verließ sofort wieder Guyons Gesicht. »Einmal eine Chance – das wäre jetzt was Schönes«, sagte er zum Pferd und folgte seinem Vater.

Elftes Kapitel

Judith keuchte, fuhr herum, allein in ihrem Bett, und blinzelte durch die Lider auf das helle Tageslicht, das in den Raum flutete. Die Bettdecke war fortgezogen, so daß sie nackt war bis auf einen Schleier von lohfarbenem, langem Haar.

»Auf die Beine, du Faulpelz, oder willst du bis zum Mittag schlafen?«

Sie setzte sich auf und war noch rosig vom Schlaf.

Guyon lachte. »Wenn du das tust, entgeht dir eine Überraschung.«

Sie rieb sich die Augen und schaute ihn verständnislos an. Er trug ein kurzes Jagdwams aus grünem Karostoff, eine dicke Kniehose aus Leinen und hatte die Hosenbeine mit ledernen Kreuzbändern gebunden. Sie hatte nicht gehört, wie er aufgestanden war und sich angezogen hatte, aber wenn er wollte, konnte er so leise auftreten wie Melyn.

»Was für eine Überraschung?«

»Eine, die nicht ewig warten kann.« Er hakte die Daumen in den Gürtel und betrachtete Judith. Das Haar floß ihr über die Schultern. Eine sommersprossige, weiße Schulter schimmerte durch die zerwühlten Locken, dazu eine kleine, apfelgroße Brust mit rosa Brustwarze. Die Magenpartie flach und die Beine lang und elegant, Geschenk ihrer Mutter und eines, das nicht unwillkommen war.

Plötzlich nervös geworden, senkte sie die Augen, und eine zarte Röte färbte ihren Hals und das Gesicht. Er wandte sich abrupt um zu ihrem Kleiderständer, wählte nach seinem Geschmack aus und warf die Sachen auf das Bett.

»Ich schicke dir Agnes. Aber laß dir nicht zu lange Zeit, *cath fach*.«

Sein Ton war scherzend, sein Gesicht zeigte das übliche, leichte Lächeln, und ihre momentanen Skrupel lösten sich in einer herausfordernden Grimasse, als er die Tür erreicht hatte.

Die meisten Bewohner des Haushalts schliefen nämlich noch, und, wie Judith etwas ärgerlich bemerkte, als sie die große Halle betrat, es konnte nicht lange nach der ersten Morgendämmerung sein. Ein gähnender, junger Diener stellte die Schragentische an den Seiten der Halle auf, um danach dort Brot, Quark und Dünnbier zum Frühstück bereitzustellen. Guyon lehnte am Rand des Podiums, ins Gespräch mit dem Verwalter vertieft, und Cadi saß wie üblich an seiner Seite.

Die beiden stehenden Männer verbeugten sich, als Judith den großen Raum betrat. Sie wandte sich an den Verwalter. Danach führte Guyon sie hinaus zu den Stallungen.

Ein magerer junger Bursche in Judiths Alter beförderte den Mist mit einer Gabel hinaus auf den Hof. Zwischen seinen Füßen pickten Hühner. Kleine, gelbe Küken liefen hin und her und imitierten die Aktionen ihrer Eltern, wobei sie auf wunderbare Weise ebenso den Tritten des Jungen mit seinen schweren Stiefeln entkamen wie den Hieben mit der Mistgabel.

»Guten Morgen, Hob«, begrüßte Judith ihn freundlich. Er wurde dunkelrot und plapperte aus Verlegenheit wie ein Idiot.

»Und was ist die Überraschung, Guy?« Sie lächelte ihn an, wie sie Hob angelächelt hatte, und wußte nicht, was das in ihrem Gesicht bewirkte.

»Du bist es, und zwar immer, *cath fach*«, erwiderte er etwas zurückhaltend. Dann fragte er den Jungen, in Englisch: »Wo ist dein Vater?«

»Er wird jeden Moment kommen, M'lord. Er führt sie ein bißchen auf und ab, damit sie nicht kalt wird.«

»Wen?« fragte Judith.

Guyon nahm ihren Arm und drehte sie dem Stallmeister zu, der um die Ecke der Stallungen kam, mit einer bereits geschirrten Stute, die ihm auf Schritt folgte.

»Guyon?« Sie schaute erst ihn an, dann wandte sie sich wieder dem elegant schreitenden, spanischen Reitpferd zu.

»Ich fand, es war an der Zeit, daß du einen etwas feurigeren Renner bekommst als den alten Klepper, der dich bisher umhergetragen hat. Die hier heißt Euraidd. Sie ist vier Jahre alt und stammt aus der Zucht meines Vaters unten in Ashdyke.«

Judith starrte auf die Traumvision, die ihre Augen erfüllte, und das Tier bewegte seinen konvexen, spanischen Kopf, um das Kompliment aus feuchten, schwarzen Augen mit langen Wimpern zu erwidern. Euraidd – golden. Eine Stute von der Farbe der Sonne. Dunkler gefärbte Ringe wie Goldmünzen schimmerten an den seidigen Lenden und an Schulter und Bauch. Die Mähne und der Schwanz waren fließend und butterblond, letzterer geflochten mit Bändern aus scharlachroter Seide. Das Geschirr war spanischen Ursprungs wie das Tier und teuer.

»Sie ist wundervoll!« rief Judith und war beeindruckt von dem Wert und der Schönheit dieser hochbeinigen Stute. »Bist du sicher, daß du sie mir schenken willst?«

»Das ist eine besonders alberne Frage«, erwiderte er grinsend. »Wie willst du denn sonst beim Ausreiten Schritt halten mit mir? Dein alter Klepper hat längst das Gnadenbrot verdient.«

»Er hat sich das Herz aus dem Leib gerannt auf der Flucht vor Earl Robert«, verteidigte sie ihr altes Pferd, trat aber zugleich einen Schritt vor, um der Stute die weiche Nase zu streicheln. Die Stute hatte einen weißen Stern zwischen den Augen und zwei kleine Spuren von Sternschnuppen darunter. Sie leckte jetzt Judiths Finger, erhoffte sich einen Leckerbissen, und der Stallmeister brachte einen Apfel zum Vorschein.

Der Stallknecht kam mit Guyons Grauem, gesattelt und zum Ausritt bereit, aus dem Stall.

»Willst du sie ausprobieren?«

»Du solltest nicht deinen Reichtum so offen zur Schau tragen«, tadelte sie ihn, ein kleiner Kummer selbst in ihrer größten Freude.

»Mein Vater ist einer der besten Züchter im ganzen Land. Auch wenn ich noch so verarmt bin, habe ich doch noch Zugang zu gutem Pferdefleisch. Außerdem, du Undankbare, weißt du genau, daß man einem geschenkten Gaul nicht ins Maul schaut.«

Judith schnitt eine Grimasse über die Anspielung und stellte ihren Fuß in seine offene Hand.

Und dann ritten sie weit und breit über die Domäne von Ravenstow. Die Gangart der Stute war glatt wie Seide, ihre Muskeln fließend wie Wasser unter einem Tuch aus goldenem Satin. Ihr Maul war empfindlich auf Judiths leiseste Berührung der Zügel. Sie bewegte sich mühelos vom Schritt zum beschleunigten Trott, zum Kanter und zurück zum Schritt, und Judith empfand nicht den leisesten Ruck, wenn das Tier die Gangart wechselte.

Guyon betrachtete Judiths Sitz im Sattel mit kritischen Augen und stellte fest, daß sie wie alle Fähigkeiten auch diese in sehr kurzer Zeit perfekt gelernt hatte.

»Meine Mutter hat das Reiten gehaßt«, erinnerte er sich, als sie nebeneinander nach Hause ritten. »Sie hat es ertragen, um meines Vaters willen, aber es war eine Vergeudung von guten Pferden. Die besten in England hat er ihr gegeben, und sie wußte es nicht zu schätzen.«

Judith schaute auf das goldene Kraftbündel, das sie unter sich hatte. Es machte Spaß, so glatt dahinzureiten, und es lag so etwas wie Triumph darin, zu wissen, daß man diese Kraft beherrschte.

»Er vermißt sie sehr, nicht wahr?« sagte sie nachdenklich zu den zuckenden Ohren der Stute.

»Meine Mutter war das Licht seines Lebens«, antwortete Guyon nicht ohne einen schmerzlichen Ton in seiner Stimme. »Sicher, sie haben auch bei Gelegenheit gestritten, aber ich erinnere mich vor allem an die Liebe. Sie hätte ihm das Blut ihres Lebens zu trinken gegeben, wenn er sie darum gebeten hätte, und das gleiche galt für ihn.«

Judith kaute an ihrer Unterlippe und konnte sich eine solche Tiefe des Gefühls und Vertrauens nicht vorstellen. Ihre eigenen Eltern hatten ihre Zeit damit verbracht, sich gegenseitig in die tiefste Hölle zu verwünschen und sich einen Teil davon schon auf Erden zu bereiten. Schläge, Prügel, Mißhandlungen, Erniedrigungen, Grausamkeiten ... Sie kannte nur zu gut die wahre Natur der Ehe – oder glaubte sie zu kennen. Sie schaute durch die dichten Wimpern auf ihren Mann und versuchte sich vorzustellen, wie sie sich auf sein Kommando die Venen auftrennte. O nein, dachte sie, ich würde ein Messer nehmen und mich bis zum letzten Blutstropfen verteidigen.

Gleich danach folgte in ihren Gedanken eine Welle des Schuldbewußtseins. Er war so gut gewesen zu ihr, hatte ihre Eigenheiten ertragen, sie mit Geduld und Humor behandelt und reich beschenkt, nicht zuletzt mit diesem wunderschönen Pferd. Sie konnte ihn gut leiden, wußte, daß sie es weitaus besser getroffen hatte als ihre Mutter, aber dennoch konnte sie nicht so einfach ihre Seele an einen anderen Menschen verschenken.

»Du bist sehr still, *cath fach*«, bemerkte er und fühlte ihre Spannung hinter den zusammengepreßten Lippen.

Judith lächelte halb und warf den Kopf in den Nakken. »Dumme Gedanken«, sagte sie und verzog den Mund. »Keinen Penny wert. Glaubst du, sie kann auch galoppieren, ich meine, ist es sicher, wenn man ihr die Zügel frei gibt?« Und ohne auf seine Antwort zu warten, kommandierte sie die Stute mit Händen und Absätzen zu einem plötzlichen, spektakulären Ausbruch. Guyon unterdrückte einen Fluch und gab Arian die Sporen zur Verfolgung quer über die Wiese.

Gänse stoben schnatternd auseinander vor den fliegenden Hufen. Der Schweinehirt, der die Schweine ins Freie getrieben hatte, hielt sich die Hand vor die Augen, um das Licht der Sonne abzuschirmen, und schaute zu, wie die Pferde vorbeiflogen. Auf dem Boden nistende Kiebitze flatterten auf und davon. Eine Amsel schimpfte von einem Baumstumpf aus.

Die goldene Stute galoppierte leicht über das Gelände wie ein Märchentier aus den schwarzen Hügeln, und ihr Schweif sah im Luftstrom aus wie gekämmter Flachs.

Zentimeter für Zentimeter kam der Graue näher; sein Schritt war ein kleines bißchen länger, aber es war ein langsamer Prozeß. Das Gewicht, das er trug, war größer, und die Stute war entschlossen, die Nase vorn zu behalten. Er erreichte ihre Schultern, ihren weit nach vorn gestreckten Hals, und allmählich zog seine Nase mit der ihren gleich.

Judith schaute sich um; die Haarbänder klatschten gegen ihr Gesicht, ihre achatfarbenen Augen funkelten vor Vergnügen und sahen Guyons lachenden Triumph.

»O nein!« schrie sie und erwiderte das Lachen. »Nicht diesmal, Mylord!« Und als sie sich dem Rand der Wiese näherten, beugte sie sich so weit vor, als es der Sattel erlaubte, klammerte sich fest wie eine Äffin, und die Zügel klatschten hart um Euraidds Hals. Irgendwoher fand die Stute eine Extraportion Energie und zog, erleichtert durch Judiths verlagertes Gewicht, wieder eine Länge vor den Hengst, als sie das sumpfige Ende der Wiese erreichten.

Schmutz spritzte von den Vorderläufen der Stute hoch und befleckte ihre goldene Decke mit Lehm, als Judith sie zum Halten brachte und über ihrer geflochtenen Mähne hing, lachend vor Begeisterung.

Guyon hielt mit seinem Hengst neben ihr, daß der Kopf des Grauen zurückgezogen wurde in den Rumpf. Schaum spritzte ihm vom Maul. Die Hufe des Tiers tanzten. Er war viel weniger enttäuscht darüber, besiegt worden zu sein, als sein Herr.

»Das war wundervoll«, keuchte Judith, noch immer

außer Atem, und ihre Augen glänzten wie zwei Münzen, ihr Gesicht war gerötet und von Leben sprühend.

»Und du bist eine Verrückte!« antwortete er halb wütend, halb amüsiert. »Wenn du runtergefallen wärst?«

»Dann hätte ich mir das Genick gebrochen. Aber ich bin nicht runtergefallen, und es war wundervoll. Und wenn du mich noch lange so böse anschaust, werde ich in Zukunft allein reiten.«

»*Coegen*! Du wilder Fratz!« sagte er und mußte trotz allem lachen.

»*Gwrach*!« erwiderte sie und streckte ihm die Zunge heraus.

›Altes Weib‹ hatte noch niemand zu ihm gesagt. Bevor er sich eine passende Antwort ausdenken konnte, setzte Judith ihre Stute wieder in Bewegung, trieb sie durch den Fluß und nach Hause. Aus sicherem Abstand drehte sie sich zu ihm um, wo er noch saß und ihr nachstarrte, sie dabei kopfschüttelnd angrinste.

Auf der Burg gab es Besuch. Im Burghof stand ein Dutzend stämmiger Lastponys, die von einem ebenso stämmigen, schwarzhaarigen Jungen bedient wurden. Er nahm dem vordersten Tier seine Last ab und sprach mit einem mageren, älteren Kumpanen, der etwas ablud, das wie flandrische Stoffballen aussah.

Der Junge hob den Blick, traf sich mit dem von Guyon, der vom Pferd sprang, ein kurzes Wort mit dem Stallknecht sprach und dann auf sie zuging. Judith beobachtete neugierig, wie der Junge lächelnd vor ihnen stand. Er war kräftig gebaut wie eine junge Eiche und dunkel wie die Waliser, mit onyxschwarzen Augen und erstaunlich buschigen Wimpern und Brauen. Sein weiter, ausholender Schritt drückte das

Selbstvertrauen eines Mannes aus, das Flackern der Lider die Unsicherheit des Jungen.

»Ich bin hier mit meinem Großvater«, sagte er in schnellem Walisisch. »Wir haben Stoffe bei uns, die wir gegen Salz tauschen, und wir brauchen neue Ponys; außerdem hat Großvater hier noch andere Dinge zu tun.«

Die Pferdeknechte nahmen die beiden lehmbefleckten Pferde in ihre Obhut.

»Wie geht es deiner Mutter?«

»Sie hat seit zwei Tagen ein hübsches kleines Mädchen«, sagte Rhys; dabei warf er einen Blick auf Judith und fragte sich offenbar, wieviel Walisisch sie verstand. »Es geht ihr gut, und dem Baby auch – nur Eluned ist furchtbar eifersüchtig.«

Bevor Guyon sich eine Antwort ausdenken konnte, kam Madoc selbst aus dem Wohngebäude und schlug mit seiner braunen, gichtigen Hand auf Rhys Schulter.

»Du kleiner Faulpelz! Dachte, du bist inzwischen längst mit dem Abladen fertig!« rief er, aber seine haselnußbraunen Augen lachten, und sein Ton war nachsichtig. »Gott grüße Euch, Lord Guyon. Ich sehe, Ihr habt zur Zeit eine Glückssträhne. Ein schönes, gesundes Baby, und gesegnet mit dem roten Haar Eures Großvaters.« Er lachte. Rhosyns Liaison mit Guyon FitzMiles und das daraus entstandene Kind waren brauchbare Verbindungen im Hinblick auf zukünftigen Profit, auch wenn seine Tochter es, stur, wie sie war, bis aufs Messer abstreiten würde.

Judith öffnete den Mund, um zu sprechen, und schloß ihn dann wieder, weil sie sich selbst nicht traute.

Lächelnd, aber zugleich etwas unsicher, bat Guyon den Händler in die Halle, um die Geschäfte zu besprechen und auf die Gesundheit des Kindes zu trinken. Erst spät fiel es ihm ein, daß er Madoc und Rhys seiner Frau vorstellen sollte.

Master Madoc gab die richtigen Antworten in einem makellosen normannischen Französisch und versteckte seine Neugier und seine Überraschung hinter den tiefliegenden, gesenkten Lidern. Das Mädchen, das da etwas schüchtern lächelte, aber ihre Pflichten als Hausfrau ohne Tadel erfüllte, war keineswegs das schwache, verängstigte Ding, das er aufgrund von Rhosyns Auskunft erwartet hatte. Ihre Achataugen waren kühl, ihre Stimme war klar und fest. Schlank, ja, ohne nennenswerte Kurven, aber von einer gewissen Anmut und sicher auch schlau genug, um die Situation sofort zu durchschauen.

Erst diskutierten er und Guyon die Vorzüge der neuen Schafböcke aus dem Flachland, die Guyon seinen Herden hinzugefügt hatte, und die Wirkung, die sie auf die zukünftige Wolle haben würden.

»Die Vliese werden weißer und die Haare länger. Die flandrischen Spinner schreien geradezu nach Wolle von hoher Qualität. Wenn Gott mir meine Gesundheit erhält, fahre ich nach der Ernte hinüber.«

»Rhosyn hat gesagt, es geht Euch nicht gut.«

Madoc zuckte mit den Schultern. »Ich habe gelegentlich Schwierigkeiten mit dem Atmen, und meine Brust tut weh, aber es kommt nur selten vor, meistens dann, wenn ich mehr getan habe, als ich sollte, oder wenn das Wetter zu kalt wird. Ein paar Jahre noch, dann ist Rhys alt genug, um mir einen großen Teil der Last abzunehmen.« Er lächelte seinen Enkel an, der das Lächeln erwiderte und sein Fleisch mit einem schönen Dolch aus blauem Stahl mit einem geschnitzten Elfenbeinheft zerteilte.

Madoc widmete sich ebenfalls eine Weile seinem Mahl, dann wandte er den Blick auf Guyons junge Frau, die während der vorausgegangenen Konversation ziemlich schweigsam gewesen war. »Mylady, wenn Ihr gestattet, es gibt da eine Sache, die ich gern mit Euch besprechen möchte.«

Judith neigte ihm den Kopf zu. »Master Madoc?«

»Ich glaube, Ihr habt einen Brief an die Witwe von Huw ap Sior geschrieben und ihr die Zobel angeboten, die unter der Hand in Euren Besitz gekommen sind. Sie hat mich gebeten, in dieser Angelegenheit an ihrer Stelle aufzutreten, und ist Euch für Eure Großzügigkeit sehr dankbar.«

»Es hat nichts mit Großzügigkeit zu tun, sondern mit Gerechtigkeit«, sagte Judith und schnitt eine Grimasse. Sie hatte die Zobel weggepackt auf den Boden einer Kommode, eingewickelt in frische Leinwand, und die ursprünglichen, blutbefleckten Tücher, in die sie eingewickelt gewesen waren, hatte sie verbrannt. Allein der Gedanke daran flößte ihr einen Schauer ein.

Guyon schaute sie überrascht und anerkennend an. Er hatte nicht gefragt, was sie mit den Fellen getan hatte, aber angenommen, daß ihr Verschwinden bedeutete, sie habe sie weggeworfen.

Auch Madoc betrachtete sie und fragte sich, ob sie wußte, über welche Macht gegenüber ihren Mitmenschen sie verfügte. Wahrscheinlich nicht; sie war noch sehr jung, und ihre Augen waren unschuldig und ohne jeden Fehl. Eines Tages würden sie ein fabelhaftes Paar sein. Ein schwarzer Leopard und seine goldene Gefährtin. Er mußte lächeln über die Vision.

»Ihr werdet eine Begleitung brauchen«, sagte Guyon. »Zobel werden heutzutage in Blut aufgewogen.«

»Ist Rhys auch deiner?« fragte Judith ein wenig scharf, als sie allein waren in ihrer Schlafkammer.

Madoc und sein Enkel schliefen auf Notbetten unten in der Halle zwischen anderen Gästen, Reisenden, die die Gastfreundschaft einer Nacht suchten.

Guyon kratzte die empfindliche Stelle hinter Melyns aufgestellten Ohren. Die Katze schnurrte und knetete sein Wams mit ekstatisch gespreizten Pfoten.

»Er sieht dir sehr ähnlich.«

»Vor allem wegen der Farben. Sein Vater hatte schwarzes Haar und schwarze Augen. Du bist nicht die erste, die mir da eine Vaterschaft unterschiebt. Ich wollte, es wäre so. Er ist ein feiner Bursche.«

»Du hast immerhin eine Tochter mit dem Blut seiner Mutter«, sagte sie und beobachtete ihn dabei durch zusammengekniffene Lider.

Guyons Finger gruben in dem dicken, cremefarbenen und bronzebraunen Fell der Katze.

»Eine Tochter, die mich nicht einmal als Schatten kennt«, sagte er zurückhaltend.

»Warum hast du mir vorher keinen Ton von dem Kind gesagt?«

»Was hätte das genützt? Sie wird nicht unter meinem Dach aufwachsen. Rhosyn wird ihr einen walisischen Namen geben und sie walisisch erziehen.«

»Und du hast da gar nichts zu bestimmen?« fragte sie ungläubig.

Melyn sprang von seinem Knie und legte sich neben den offenen Kamin, um sich zu putzen. »Was sollte ich tun?« fragte er ein wenig ärgerlich. »Sie aus den Armen ihrer Mutter stehlen und sie nach Ravenstow bringen, um mir Schmerzen zu ersparen, auf Kosten von Rhosyns Haß und einer Blutfehde mit den Walisern?« Er stand auf, ging zur Karaffe und schenkte sich einen Becher Wein ein. »Ich habe alles gesagt, was ich dazu zu sagen habe. Ich habe Rhosyn einmal gebeten, und sie hat abgelehnt.«

»Gehst du morgen zu ihr?«

Er schaute Judith über den Rand des Bechers an. Ihre Miene war zurückhaltend, ihr Gesicht weiß wie Milch, das sture Kinn angehoben, als sei sie zu einer Herausforderung angetreten.

»Wahrscheinlich.«

Judith krallte die Hände zu Klauen und bekämpfte ein völlig neues und beunruhigendes Gefühl; am liebsten hätte sie ganz laut geschrien und ihn nicht fortgelassen in die Arme einer anderen Frau. Sie hätte dieser Frau das Gesicht zerkratzen und sie eine Hure nennen wollen.

»Warum fragst du mich, wenn du es nicht wissen willst?« sagte Guyon und legte ihr den Arm leicht über die Schulter. »Ich kenne Rhosyn seit vielen Jahren, und ihren Vater, seit ich so alt war wie du. Du kannst nicht erwarten, daß ich diese Bindungen aufgebe.«

Sie hatte sich gebückt und in der Kommode gekramt; jetzt hatte sie das Paket mit den Zobelpelzen in der Hand. »Das will ich ja gar nicht, Mylord.« Sie schaute ihn kurz und mutig an, bevor sie den Blick senkte. »Es ist nur, daß du mich am Kopf streichelst, mir wertvolle Geschenke machst und lachst, wenn ich dich amüsiere, aber ich frage mich, ob du in mir mehr siehst als ein Kind, mit dem du zufällig in einem Boot sitzt.« Sie legte das Paket auf die Kommode und stand auf. Das tat auch er, mit einem Stirnrunzeln zwischen den Augenbrauen.

Sie hatte die Lider immer noch gesenkt. Nach einem Augenblick nahm er ihr Kinn auf den Zeigefinger, hob es an und küßte sie zart auf die Lippen. »Komm, *cath fach*, schau mich an.«

Sie öffnete die Lider, und er sah die Tränen in ihren Augen. Sie stieß sich von ihm weg. »Du sollst mich nicht so väterlich behandeln!« zischte sie zwischen zusammengebissenen Zähnen hervor.

Guyon ließ die Hände nach beiden Seiten sinken und atmete tief ein. Dann atmete er sehr langsam die Luft aus. »Wie soll ich dich denn behandeln?« fragte er, und in seiner Stimme lag ein Unterton von Verzweiflung. »Du bist keine Frau, und du bist kein Kind mehr. Du schwankst auf dieser Grenze wie ein Betrunkener. Du lachst und spielst Fingerknöchel mit meinen Nichten und reitest wie die wilde Jagd. Du neckst mich wie eine erfahrene Kokette, aber wenn ich das Angebot in deinem Lächeln annehme, rennst du vor Entsetzen davon. In Gottes Namen, Judith, entscheide dich endlich!« Er schluckte den Rest des Weins und nahm die Karaffe.

Ihr Blick weitete sich. »Wohin gehst du?« fragte sie atemlos.

»Zum Nachdenken«, sagte er mit einem schiefen Grinsen. »Du brauchst nicht auf mich zu warten.«

Der Vorhang fiel hinter ihm. Melyn streckte sich faul, beäugte ihre Herrin aus goldenen Achatschlitzen und setzte sich ihr dann erwartungsvoll zu Füßen. Judith hob sie auf ihren Schoß, begrub ihr Gesicht in dem dichten, weichen Fell und weigerte sich, zu weinen.

In Wirklichkeit kam Guyon sehr wenig zum Nachdenken, denn er ging mit seiner Karaffe in den Wachraum, setzte sich, legte seine Füße auf das Tischgestell und ging bald völlig auf in dem geselligen, vulgären Gespräch seiner Soldaten. Es war lange her, seit er einen Abend auf diese Weise verbracht hatte, und abgesehen davon, daß er die maskulinen, gepfefferten Gespräche liebte, brachte es ihn auch, was die Gerüchte in den Marken betraf, wieder aufs laufende.

Walbert von Seisdons Frau war schon wieder schwanger. Bei einer der Mühlen in Elford war der Mahlstein gebrochen. In den Wäldern an der Grenze von Ravenstow und Wales hatte man die Reste eines gewilderten Rehbocks gefunden. Robert de Belleme hatte einen grauen, flämischen Hengst gekauft, um ihn seinem berühmten Stall hinzuzufügen. Und Robert de Belleme hatte der Witwe von Ralph von Thorneyford die Heirat mit Walter de Lacey vorgeschlagen.

Guyons Kopf fuhr hoch. »Was?«

»Es ist die Wahrheit, Mylord. Meine Schwester hat einen der Männer von Thorneyford geheiratet, und es ist *das* Gespräch oben auf der Burg. Es hat einen regelrechten Aufruhr entfesselt.«

Guyon wischte sich den Mund und stand auf. »Du sagst mir, daß Walter de Lacey Mabel von Thorneyford heiratet?« fragte er.

»Aye, Mylord. Es ist noch nicht allgemein bekannt, aber das wird es in Kürze sein.«

»Stellt euch vor, neben so etwas aufzuwachen!«

»De Lacey wird auch nicht allzu sehr begeistert sein«, sagte einer, ein anderer stöhnte.

De Bec beugt sich nach vorn, um Guyons Becher wieder zu füllen. »Thorneyford ist ein reicher Besitz«, sagte er. »Mabel hatte eine große Mitgift in die Ehe gebracht, und Sir Ralph war ein rechter Knicker.«

Guyon warf ihm einen Blick zu, der mehr sagte als

alle Worte, und trank. »Glaubt ihr, daß er mich zur Hochzeit einlädt?«

»Eher wahrscheinlich zu ihrem Begräbnis«, knurrte de Bec. »Ich fürchte, Mabel wird ihren zweiten Ehemann nicht überleben.«

Guyon tauchte seinen Zeigefinger in eine Pfütze Wein. Der Hauptsitz von Thorneyford lag an der Südwestgrenze von Ravenstow, abgetrennt von Wales durch einen tiefen Verteidigungsgraben. Es gab noch mehr Forts, die Teile des Befestigungswalls von Shrewsbury bildeten, und zusammen mit dem, was de Lacey bereits besaß, machte es ihn zu einem Adeligen von beträchtlichem Stand in den mittleren Marken, was seine Bedrohung gegenüber Guyons Interessen verdreifachte.

Ein Schritt vor und zwei zurück, dachte Guyon und starrte auf die Pfütze des vergossenen Weins. »Dann sollten wir die Patrouillen verstärken«, sagte er zu de Bec. »Ich möchte nicht, daß er seine neu entdeckten Zähne an meinen Grenzen schärft.«

»Glaubt Ihr, daß er das tun würde, M'lord?«

»Kommt darauf an, wieviel Unterstützung er von de Belleme bekommt, und ob er einen Grund findet, einen Krieg vom Zaun zu brechen. Aber wie ich unsere Overlords sehe, wird ein Grund oder eine Ausrede nicht lange auf sich warten lassen.« Er streckte de Bec seinen Becher hin, um ihn sich wieder vollschenken zu lassen. »Glaubt Ihr, de Lacey feiert seine Hochzeit mit einer Eberjagd?«

Seine Stimme war leicht und etwas rauh. De Bec versagte sich klugerweise eine Antwort.

Zwölftes Kapitel

Judith betrachtete sich im sarazenischen Handspiegel und war mit nichts, was sie sah, zufrieden. Ihre Augen hatten dunkle Ränder aus Mangel an Schlaf, und ihr Teint war blaß und hier und da von kleinen Flecken entstellt. Ihre Perioden, in den vergangenen zwei Jahren eine unregelmäßige, kaum beachtete Unannehmlichkeit, schienen sich zu einer regelmäßig alle vier Wochen wiederkehrenden Heimsuchung von Krämpfen und ekelhaften Behinderungen auszuwachsen. Daß es nun eben Evas Fluch war und sogar von der Kirche sanktioniert wurde, schuf da keine Erleichterung, ebenso wenig wie die Information, die ihr von Christen, ihrer vierzehnjährigen, angeheirateten Nichte erteilt wurde – nämlich, daß diese Beschwerden aufhören würden, sobald sie empfangen hätte.

»Ach, ich hätte doch lieber ein Mann werden sollen!« sagte Judith rebellisch.

»Die leben nicht so lang wie wir«, bemerkte Christen. »Und sie sind leicht um den Finger zu wickeln, sobald man den Dreh erst einmal raus hat.«

»Wenn du meinen Vater gekannt hättest, würdest du das nicht sagen.« Judith nahm einen Kamm aus Elfenbein und zog ihn sich durchs Haar. »Sein Heilmittel für alles war ein Bauch voller Wein und Prügel für den gerade zur Verfügung stehenden Sündenbock. Hat dich dein Vater auch geschlagen?«

»Manchmal.« Christen beantwortete die Frage mit einem leichten Achselzucken.

»So, daß du von seinen Ringen geblutet hast?«

Christen machte eine flüchtige Handbewegung. »Das war dein Vater. Meiner war nicht so schlimm. Guyon ist überhaupt ganz anders, und seine Bedürfnisse sind klar zu erkennen, wenn du weißt, wo du schauen mußt.«

»Ach, tatsächlich?« Judith zog die Brauen hoch und wünschte sich, dieses naseweise Kind würde sie in Ruhe lassen. »Und wo muß ich schauen?« fragte sie und schaute das andere Mädchen herausfordernd an.

Christen betrachtete sie nachdenklich. »Guyon liebt es, zu jagen«, sagte sie nach einer Pause. »Frauen, die leicht zu haben sind, langweilen ihn. Du mußt dich winden und wehren und davonlaufen, und wenn er dich fängt, mußt du dich immer noch eine Weile verweigern.«

Judiths Augenbrauen gingen noch mehr nach oben.

»Und natürlich hast du ja auch immer noch diese besondere Methode der Überredung«, fügte Christen wissend hinzu, »daß du unberührt bist.«

»Und das weißt du alles aus Erfahrung?« fragte Judith mit mehr als einer Andeutung von Ärger.

Christen lachte. »Natürlich nicht! Ich habe es von Alais de Clare. Sie war Guyons Trösterin bei Hof, bis ihr Gatte dahintergekommen ist.«

»Ich verstehe«, sagte Judith mit zusammengepreßten Lippen.

»Nein, du verstehst nicht.« Christen kicherte. »Ihr Mann wollte, daß sie mit Prinz Henry anbandelt und nicht ihre Zeit vergeudet an einen kleinen Fisch wie Guyon ... Aber sie mochte Guy einfach lieber, und er sieht ja auch besser aus, und so hat sie sich von ihm überzeugen lassen.«

»Und das hat sie dir, seiner Nichte, so einfach erzählt?« fragte Judith spöttisch.

Christen errötete angesichts des Zorns, der sich in Judiths Stimme und Haltung zeigte. »Ach, es war doch ganz anders«, sagte sie unbehaglich.

»Wenn Guyon mich einem anderen Mann als eine Art Bestechung anbieten würde, würde ich ihm die Hölle heiß machen, das kannst du mir glauben!« zischte Judith, und ihre Augen waren wie Blitze. »Gott steh mir bei, ich hätte sie lieber beide umgebracht, als mich wie ein Stück Fleisch verschachern zu lassen.« Und dann hielt sie die Unterlippe mit den Zähnen fest, weil sie sich daran erinnerte, daß das Verkauftwerden wie ein Stück Fleisch genau im Mittelpunkt ihrer eigenen Ehe gestanden hatte.

»Aber du liebst Guy, und Alais' Ehemann ist fett, alt und ...«

»Daß du dich ja nicht täuschst, was die Liebe betrifft«, unterbrach sie Judith.

Christen starrte sie aus großen, runden Augen an. »Ich glaube nicht, daß Guyon Alais wirklich gemocht hat«, sagte sie besorgt, weil sie befürchtete, Judiths Eifersucht geweckt zu haben, so daß sie danach Guyon Schwierigkeiten machen würde.

Judith betrachtete sich wieder im Spiegel, schnitt dann eine Grimasse, was das Ergebnis nicht besser machte. Bisher hatte sie sich, was diese Dinge betraf, wenig Gedanken gemacht – vielleicht sollte sie das tun, nach dem Gespräch vom vergangenen Abend? Sollte sie vielleicht Guyons Aufmerksamkeit auf diese Weise wachrufen? Das gehörte auch zu den Dingen, die in Muße und vor dem Fall überlegt werden mußten, statt in seiner Gegenwart dann durchzudrehen und in Panik zu geraten.

Christen beobachtete sie während des langen Schweigens mit erschreckter Neugier.

Judiths Blicke trafen sich mit den ihren im Spiegel. »Vielleicht hast du recht«, räumte sie ein und zog wieder die Stirn in Falten. »Ehrlichkeit ist vielleicht die beste Politik, aber eine harte Kruste rutscht besser, wenn man sie zuerst mit Butter und Honig einschmiert ... Ich glaube, ich muß noch sehr viel lernen.« Sie legte den Handspiegel weg und stand auf. »Jetzt muß ich erst einmal den Koch über den Speiseplan informieren, dann überlegen, ob wir eine neue Näherin einstellen sollen, außerdem muß ich den Gewürzschrank und die Wäscheschränke kontrollieren. Master Madoc wollte alle Bestellungen ausführen, die ich für ihn habe ... Und dann«, fügte sie nach einem tiefen Atemzug hinzu, »werde ich über die Frage der Raffinesse nachdenken.«

Christen lächelte, ohne zu wissen, warum, und entschloß sich, in Zukunft bei solchen Themen lieber den Mund zu halten.

In ihrer Kammer schüttelte Alicia das dunkle Witwenkleid aus. Ein Päckchen getrockneten Lavendels und ein zweites mit Rosenblättern fielen heraus, dazu eindeutige Anzeichen von Motten. Sie schüttelte den Kopf und schnalzte ungehalten mit der Zunge, dazu warf sie das Kleid auf das Bett.

»Nehmt Ihr es nicht mit, M'lady?« fragte Agnes und besah sich den Schaden.

Alicia schüttelte den Kopf und betrachtete den halb gepackten Koffer hinter sich. Sie hatte Kleidung genug für ein ganzes Leben auf ihrem Witwensitz, ja sogar zuviel. So bezweifelte sie, daß das rosa Seidenkleid, das sie bei der Hochzeit ihrer Tochter getragen hatte, noch einmal zu Ehren kommen würde, es sei denn, man begrub sie darin.

»Was ist mit diesem Gürtel, M'lady? Soll ich ihn ...« Agnes brach ab, murmelte eine Höflichkeitsfloskel und schaute ihre Herrin verständnislos an.

Alicia wirbelte herum, und ihr Herz schlug wie eine Kriegstrommel, auch der Puls an der Seite ihres Halses.

Miles warf einen Blick auf die Reisekoffer, die offen herumstanden und ihren Inhalt sehen ließen: Kleider und Geschirr, Phiolen und Kämme und Stickereien. Sein Blick erreichte das übersäte Bett und die leeren Kleiderständer, dann kehrte er zurück auf Alicia und nagelte sie fest.

»Wenn es meinetwegen sein sollte«, sagte er, »so besteht dazu keine Notwendigkeit. Ich verlasse die Burg schon morgen vormittag.«

Alicia schüttelte den Kopf; ihr Hals war wie zugeschnürt, und sie konnte nicht sprechen.

Miles warf einen Blick auf Agnes, dann wandte er sich wieder an Alicia. »Ich muß mit Euch reden«, sagte er, und dann, als ihre Augen antworteten, weit aufgerissen und voller Angst: »Ihr könnt mich fesseln lassen, wenn Ihr wollt. Dann braucht Ihr bestimmt keine Angst zu haben.« Er hatte es leichthin gesagt, aber es steckte kein Humor in seinen Worten.

Alicia faltete behutsam den Schleier, den sie in der Hand hatte, und gab nach kurzem Zögern Agnes das Zeichen, sie allein zu lassen. Die Mundwinkel der Zofe zuckten ein wenig, dann ließ sie wieder eine Höflichkeitsfloskel fallen und zog sich hinter den dicken Vorhang zurück.

Miles setzte sich auf das Bett und nahm den Schleier

in die Hand, den Alicia eben so mühsam zusammengelegt hatte. »Als wir das letztemal allein waren, habe ich mich wie ein grüner Junge verhalten«, sagte er. »Es war eine impulsive Handlung, und ich möchte mich dafür entschuldigen.«

Keine Antwort, nur zusammengekniffene Lippen und so krampfhaft verschränkte Finger, daß man das Weiße der Knöchel sehen konnte.

»Alicia, so seht mich doch wenigstens an.«

Müde und gequält hob sie die Lider. Ihre Augen hatten die Farbe vom Gefieder eines Wanderfalken – dunkel und wild ... Und verletzlich.

»Glaubt Ihr, daß es unbemerkt geblieben ist? Um unserer Kinder willen müssen wir wenigstens zu einem Waffenstillstand kommen.«

»Warum wohl, glaubt Ihr, ziehe ich auf meinen Witwensitz?« entgegnete sie.

»Vielleicht, weil Ihr Angst habt?« legte er nahe.

Ihre Mundwinkel zuckten. »Nicht aus den Gründen, die Ihr Euch vorstellt.«

Miles faltete den Schleier auf. Er war aus hauchdünner Gaze, die Stickereien am Rand mit Goldfaden. »Ihr werdet Eure Tochter vermissen«, sagte er leise.

»Sie hat ihr eigenes Leben und wird schneller zur Frau werden, wenn sie mich nicht mehr als Stützpfosten neben sich weiß. Es sieht im Grunde so aus, als ob *ich* demnächst zum Kind werden würde. Es hat sogar schon begonnen. Sie schließt mich aus ihren Gedanken aus, und sie hat einen sehr starken Willen.«

»Ganz und gar nicht der Vater – oder?« sagte er nachdenklich.

Das Schweigen danach ließ ihn aufblicken. Alicias Gesicht hatte die ungesunde Farbe von ungebackener Pastete angenommen. Dann riß sie sich zusammen, lächelte und holte zitternd Atem. »Das würde ich nicht behaupten.« Sie kehrte ihr Gesicht in den Schatten. »Aber es gibt manche Ähnlichkeiten.«

Etwas klang falsch dabei. Die Erinnerung suchte und fand unzusammenhängende Fragmente. Ein Schloß klickte sachte. Ein Kegel paßte und brachte ein anderes Schloß zum Klicken, und schließlich begann das ganze Glockenspiel zu tönen. »Und wer ist ihr Vater?« fragte Miles leise.

Er hörte das Klappern der Perlen ihres Rosenkranzes gegen den Rock, sah das sachte Vibrieren ihrer Schultern. »Das ist meine Sache«, antwortete sie mit rauher Stimme.

»Und meine, wenn es um das Blut meiner Enkel geht.« Er stand auf, ging zu ihr hin und drehte die zitternde Gestalt sachte zu sich her.

»Und wenn ich sage, ein Pferdeknecht oder ein durchreisender Hausierer?« forderte sie ihn heraus.

»Wenn das die Wahrheit wäre, dann hättet Ihr mich nicht verstoßen am Tag der Eberjagd«, folgerte er und bewegte die Fingerspitzen entlang der Kante ihres Unterkiefers.

Alicia zitterte unter seiner leichten Berührung, weil sie wußte, was sie riskierte, wenn sie ihm die Wahrheit gestand.

»Lebt er noch?«

»Ja.«

»Weiß er es?«

»Wahrscheinlich nicht.« Sie zog die Schultern hoch. »Für ihn war es eine Nacht des Vergnügens, ein Spaß, wie man ihn auf dem Weg findet, und der beim Morgengrauen vergessen ist.«

»Und für Euch?« fragte er und beobachtete sie mit großer Aufmerksamkeit.

»Es war in jeder Hinsicht praktisch. Wenn die Färse nicht will, schick sie zu einem anderen Stier.« Sie lachte, und es klang bitter.

Miles ließ sie los, verschränkte die Arme und zog die Stirn in Falten.

»Nicht besonders hübsch, wie? Ich hab' meinem Mann in seinem eigenen Nest Hörner aufgesetzt und ihm das Kind meines Liebhabers untergeschoben.« Und dann: »Ihr seht zuviel, Mylord, oder ich bin in letzter Zeit unvorsichtig geworden.«

»Ich sehe zuviel«, sagte er und lächelte schmerzlich, »weil ich mich für Euch interessiere.«

»Ihr kennt mich nicht einmal«, sagte sie schwach.

»Gut genug, um klar sehen zu können«, entgegnete er, beobachtete sie, versuchte, aus ihrer Miene zu erkennen, von welcher Seite er den Angriff wagen konnte. »Und ich kenne Euch schon lange, seit der Zeit, als Ihr im Alter von Judith wart und Euch gegen den Willen Eures Vaters gestellt habt. In all den Jahren seitdem habe ich Euch aus der Ferne beobachtet, habe Euch aufwachsen und sich verändern sehen.«

»Und mich dennoch begehrt?« fragte sie herausfordernd, und ihre blaue Augen waren feindselig.

Miles erkannte die Falle und umging sie geschickt. »Ich hatte Christen«, sagte er. »In mir war kein Platz, um eine andere Frau zu begehren. Das wißt Ihr.«

Ein Teil der Feindseligkeit verschwand aus ihrem Gesicht, aber sie blieb auf der Hut.

Miles zuckte mit den Schultern. »Ich habe sie vor zwei Jahren verloren. Manchmal kommt es mir vor, als wäre es gestern gewesen. Manchmal plagt mich die Einsamkeit so sehr, daß ich befürchte, verrückt zu werden. Ich habe Frauen in mein Bett genommen, um nicht allein schlafen zu müssen, aber darin liegt kein

Trost von Dauer. Was ich brauche, ist eine Ehefrau, und, wenn Ihr bereit seid, mir zu verzeihen, Euer Jawort.«

Alicia starrte ihn völlig betäubt an. »Aber das ist unmöglich!« sagte sie mit rauher Stimme.

»Die Verzeihung – oder das Jawort? Rannulf Flambard ist imstande, für die richtige Menge Gold ein jedes Wunder zu vollbringen, und ich nehme kein Nein als Antwort von Euch – nicht ohne einen sehr guten, sehr triftigen Grund.«

Alicia setzte sich. Die Knie waren ihr weich geworden. »Ich könnte Euch Gründe nennen, einen nach dem anderen«, sagte sie zitternd.

Miles ließ nicht locker. Für jeden Protest, den sie vorbrachte, hatte er eine Antwort bereit, eine vernünftige Lösung. Er zerstreute ihre Sorgen und Ängste – alle bis auf eine. Sie nannte ihm den Namen von Judiths Vater.

Miles hielt den Atem an, starrte Alicia in allmählichem Begreifen an und ließ die Luft dann sehr langsam aus. Sie sah, wie sein Gehirn diese letzte, entscheidende Verbindung herstellte, sah, wie seine Augen flackerten.

»Ja«, sagte sie rauh. »Er war vierzehn, und ich war achtundzwanzig, und in einer Nacht lehrte er mich alles, wovon Maurice nicht einmal eine blasse Ahnung hatte.«

»Jesus Christus und Heilige Mutter.« Miles fluchte leise und starrte sie an, als ob ihr plötzlich zwei Köpfe gewachsen wären, versuchte zugleich, zu verarbeiten, was sie ihm da eben gestanden hatte.

Sie beobachtete sein Gesicht, wartete auf den Ausdruck der Ablehnung, aber er zeigte sich nicht. Es war eine glatte Maske, hinter der alle möglichen Gedanken lauern konnten. Sie bedeckte ihr Gesicht und wandte sich ab.

Nach einem Moment hatte Miles seine Sinne wieder zur Verfügung. Alicia zitterte so sehr, daß er befürchtete, das Fleisch würde ihr von den Knochen fallen. Er legte eine feste Hand auf ihre Schulter. »Mir ist das egal«, sagte er leise. »Es ist in der Vergangenheit geschehen, und wie ich ihn kenne, ließ er sich auch mit vierzehn nur dann verführen, wenn er es wollte.«

Alicia schluckte, als sie sich daran erinnerte, wie es gewesen war. Sie mit einem halb zu Ende gedachten Plan, und er längst dazu entschlossen.

»Also, willst du mich heiraten?« fragte Miles.

Alicia nahm die Hände langsam vom Gesicht und schaute ihn an. »Wie kannst du das sagen? Ich habe absichtlich einen Plan geschmiedet, um meinen Gatten zu betrügen. Ich bin mit einem Jungen ins Bett gegangen, der eben erst den Stimmbruch hinter sich hatte. Ich ...«

»Du geißelst dich mit deinen Schuldbekenntnissen«, sagte er und nahm ihre Hände in die seinen. »Die Waliser haben ein Sprichwort: *Oer yw'r cariad a ddiffydd ar un chwa o wynt.* Kalt ist die Liebe, die schon ein Windstoß davonträgt. Ich habe Frauen ins Bett genommen wegen des Vergnügens und der Lust, die sie gewähren, und manchmal aus blanker Verzweiflung. Ich halte deine Sünde für geringer.«

Alicias Mund zuckte, und dann zeigte sie ein erstes, schüchternes Lächeln. »Ihr seid ungewöhnlich hartnäckig, Mylord.«

»Das ist das walisische Blut«, stimmte er ihr fröhlich zu.

Sie schüttelte den Kopf und schniefte. »Ich kann Euch keine Antwort geben. Ich bin so verwirrt, daß ich nicht mehr weiß, wo oben und wo unten ist.«

Er streckte die Hand aus, als wollte er sie berühren, ließ sie dann aber wieder sinken, weil er wußte, wieviel auf dem Spiel stand. Es war wie beim Beschleichen eines scheuen Tiers. Leise, langsam, und keine plötzlichen Bewegungen. »Vielleicht solltet Ihr Euch tatsächlich eine Weile auf Euer Witwengut zurückziehen«, sagte er nachdenklich. »Dort könnt Ihr es in Ruhe überlegen.«

Alicia entfernte sich aus seiner beunruhigenden Nähe. Es war klar, daß er sich entschlossen hatte. Sie hatte ihm das schwarze Geheimnis verraten, das auf dem Grund ihrer Seele lag, und er hatte es als nicht in Betracht kommend weggewischt, schätzte sie immer noch so hoch ein, daß er ihr die Ehe anbot. Zum erstenmal fühlte sie sich wieder besser als eine gemeine Hure. Schade, daß es dreißig Jahre zu spät kam.

»Ich nehme an, Ihr verliert nur selten eine Auseinandersetzung«, sagte sie und betrachtete ihn dabei sehr genau.

»Das hängt vom Thema ab«, sagte er mit entwaffnendem Lächeln. »Ich könnte Euch heimgeleiten, wenn Ihr es wünscht. Ich habe geschäftlich zu tun mit dem Hugh of Chester. Er braucht ein kräftiges Kriegsroß für seinen schweren Leib, und ich könnte Euch abholen, wenn ich zurückkehre, sagen wir, in vier Tagen?«

»Und wenn ich nein sage?« Ihr Ton klang scharf, denn sie kam sich vor, als würde sie von ihm manipuliert, in jede Richtung, in die er sie schubsen wollte.

»Dann werde ich mir etwas anderes einfallen lassen müssen, nicht wahr?« entgegnete er und hörte nicht auf zu lächeln.

Dreizehntes Kapitel

Es war ein Glück für Guyon, daß die Reise nach Wales ohne Zwischenfälle verlief, denn er hatte das Gefühl, als ob sein Gehirn auf die doppelte Größe angeschwollen wäre und den Schädel zu sprengen versuchte. Seine Lider waren bleischwer, die Zunge dick und pelzig wie ein Stück Moos, und sein Körper, kein Wunder, zeigte sich äußerst ungeschickt in den Bewegungen. Es war lange her, daß er sich so heftig dem englischen Ale hingegeben hatte. Zusammen mit rotem Anjou-Wein eine tödliche Mischung, und seit den Tagen bei Hof hatte er ohnehin wenig getrunken, so daß sich seine Kapazität auf diese Weise verringert hatte.

Als sie die Wagenburg und das Holzhaus erreicht hatten, war es voller Mittag, und die Sonne schimmerte auf den Kettenpanzern wie Fischschuppen aus Licht. Madoc, in seinem rostbraunen Wams aus Barchent mit Kaninchenfell, war im Gesicht ziegelrot und schwitzte wie ein Schwein auf dem Spieß; dazu kam sein Atem stoßweise aus den bläulichen Lippen.

Guyon band Arian an einen Pfosten im Hof und nahm dann, wobei sich sein Schädel wie gespalten anfühlte, seinen Helm ab, zog sich die Kappe herunter und folgte Madoc in die Hütte.

Eluned lief zu ihrem Großvater und umarmte ihn

mit einer fast verzweifelten Begeisterung, dann sah sie Guyon und ging auf ihn zu. »Mam hat das Baby bekommen«, verkündete sie. Ihre Augen, haselnußbraun wie die von Rhosyn, wirkten besorgt. »Es ist ein Mädchen.« Sie klammerte sich an seinen Arm. »Ich weiß, *anwylyd*«, erwiderte er und küßte sie auf den Kopf.

Die Hebamme, die gerade heiße Brühe in eine Holzschüssel geschöpft hatte, schaute Guyon an. »Eine leichte Geburt«, berichtete sie ihm und nickte dazu. »Das Baby ist nicht groß, aber gesund.« Ihre kleinen Igelaugen zeigten unverhohlene Neugier. Madocs Tochter hatte nie ein Geheimnis aus ihrer Liaison mit einem Lord von den Marken gemacht und auch nicht, wer der Vater ihres Kindes sein würde.

»Kann ich sie sehen?« fragte er auf Walisisch und in unterwürfigem Ton, denn man begegnete diesen Frauen mit großer Ehrfurcht. Allzu oft hing das Leben von Mutter und Kind allein von ihrem Können ab.

»Bringt ihr das hinein, Lord«, sagte sie und streckte ihm die Schüssel mit der Brühe hin. »Und vergeßt nicht, sie ist müde.«

Eluned wollte folgen, aber ihr Großvater hielt sie zurück und bat sie, ihm etwas zum Trinken zu bereiten. Die Hebamme schaute den Alten ein paar Sekunden lang an, murmelte etwas, suchte unter ihren Kräutern und fand eines, das seine Atmung erleichtern würde.

Auf leisen Füßen näherte sich Guyon dem Bett und schob die dünnen Gazevorhänge zur Seite, die Rhosyn von der Welt ausschlossen, stellte dann die Brühe auf die Stellage daneben. Sein Näherkommen bewegte die warme Luft, und Rhosyn hob die Lider. Einen Moment lang glaubte sie, daß sie träume, oder daß das tödliche Kindbettfieber sie erwischt habe und sie daraufhin Halluzinationen erleide. Dann setzte sie sich langsam auf und sagte leise seinen Namen.

»*Cariadferch*«, sagte er, nahm ihre Hand und kniete sich neben sie.

Sie sah, daß er sein Kettenhemd trug, und die Glieder funkelten ein wenig in dem schwachen Licht. Die Uniform des Märkers. Also war er diesmal offiziell jenseits der Grenze.

»Es freut mich, daß du gekommen bist«, sagte sie und war sofort ärgerlich über das verräterische Schwanken in ihrer Stimme.

»Hast du das bezweifelt?«

»Nun, du hast keine Verpflichtung, zu kommen.«

»Es gibt immer eine Verpflichtung, *cariad*.«

»Guy ...«

»Nein«, murmelte er und berührte den feinen, rötlichen Flaum des Babys, bevor er sich ihr zuwandte, die Augen voller Schmerzen. »Ich bin so angekettet wie der Hund da draußen vor der Tür ... Stoß mich nicht hinaus, ohne mir eine Chance zu geben. Hat das Kleine schon einen Namen?«

Rhosyn schüttelte den Kopf.

»Darf ich?«

»Ich ... ich weiß nicht.«

Er nahm ihre Hand. »Warum habe ich den Eindruck, daß du mir nicht traust, *anwylyd*?«

Sie schaute ihm gerade in die schönen, weichen, braunen Augen. »Vielleicht, weil ich dir nicht traue. Die Namensgebung ist eine Sache, die man ein Leben lang bereuen kann.«

»Und was werde ich sonst von ihr haben, Rhosyn? Hier und da ein Blick, ein verstohlenes Treffen. Vom Baby zum Kind und zur Frau in ein paar Augenblicken. Sie gehört dir. Das gestehe ich nicht ohne Schmerzen ein, aber laß mir wenigstens die Freude, ihr den Namen zu geben.«

»Worte waren seit jeher deine tödlichste Waffe«, klagte ihn Rhosyn an und schüttelte den Kopf, die Augen funkelnd von unvergossenen Tränen, aber zugleich hatte sie ein versonnenes, stilles Lächeln auf den Lippen. »Also schön. Ich gestehe dir die Freude zu, ihr einen Namen zu geben.«

Er küßte sie beinahe ehrfurchtsvoll, dann ging er wieder zu der Wiege und warf einen Blick auf seine schlafende Tochter.

»Hast du es deiner Frau gesagt?« wollte Rhosyn wissen und wischte sich die Augen am Bettuch.

Sein Gesicht war im Profil zu ihr. Er zuckte nicht mit der Wimper, zeigte nicht an, daß er ihre Frage gehört hatte. »Judith weiß es«, sagte er dann ohne Betonung.

»Und ist nicht gerade begeistert?«

Er rieb sich die schmerzende Stirn. »Sie entwickelt gewisse besitzergreifende Instinkte«, sagte er vorsichtig. »Das ist manchmal recht unangenehm.«

»Ich habe ihren Brief an Huws Witwe gelesen. Es war nicht der Brief eines Kindes«, sagte Rhosyn nachdenklich. »Kinder werden schnell erwachsen, gerade in diesem Alter. Kann sein, daß du plötzlich eine Frau in den Armen hast.«

Seine Lippen bewegten sich zu etwas, das vielleicht der Beginn eines schiefen Lächelns hätte sein sollen. »Es wäre trotzdem Vergewaltigung«, sagte er lakonisch. »Auf diesem Gebiet ist sie leider noch weit von der Frau entfernt.«

»Vergiß nur nicht, daß sie eine Frau ist«, sagte sie leise und trank dann ihre Fleischbrühe, bevor sie kalt wurde.

»Heulwen«, sagte er nach einiger Zeit. »Wie findest du das?«

Sie stellte die Schüssel ab und schaute ihn überrascht an. »Heulwen?«

»Ich habe dir versprochen, daß sie einen schönen, walisischen Namen bekommt.«

»Ich hätte gedacht, du würdest sie Christen taufen, wie deine Mutter.«

»Ich habe schon eine sehr hübsche Nichte, die den Namen trägt. Nein, nennen wir sie nach meiner walisischen Großmutter, Heulwen uerch Owain. Außerdem entsprechen ihre Farben diesem Namen.«

Rhosyn legte den Kopf zur Seite, überlegte, dann begann sie zu lächeln. »Ja«, sagte sie leise. »Der Name gefällt mir, Guy. Er gefällt mir sogar sehr.«

Und dann war die Hebamme hereingekommen und hatte ihn aus dem Zimmer gescheucht, und Madoc hatte gewartet und ihn an den Tisch gebeten, noch immer kurzatmig, aber mit besserer Gesichtsfarbe und voll selbstzufriedener *Bonhomie*, und Eluned hatte Aufmerksamkeit für sich gefordert. Er hatte sie ihr mit halben Sinnen gewährt und mit der anderen Hälfte Madoc zugelächelt, und dabei hatte er weggepackt, was übrig war und nicht besprochen werden konnte, ohne die Seele zu zerreißen. *Heulwen*. Sonnenschein. Vor seinem inneren Auge standen Wolken.

Das war nun gestern. Heute befanden sie sich auf der Rückreise und hätten längst die Tore von Ravenstow erreicht, wenn nicht Arian ein Hufeisen verloren und dementsprechend gehinkt hätte. Das schöne Wetter hatte mittags umgeschlagen, aus den zarten, fedrigen Wolken des Vormittags war eine schwere, graue Masse geworden. Und dann hatte es zu regnen begonnen.

»Es wäre am besten, wenn wir die Nacht über rasten, Mylord«, sagte Eric und deutete zum Horizont, wo das Grau geschwollen war, mit purpurnem Rand, voll von unabgeregnetem Wasser. »Es ist ein Dorf nicht weit von hier, da gibt es sicher auch einen Hufschmied.«

Guyon blinzelte in den Regen. »Und du glaubst, daß es sicher ist?« sagte Guyon zu seinem Captain und ließ die nassen Zügel durch seine Finger gleiten.

»Nein, wir machen nur halt an dem Alehaus, falls sie eines haben, während sich der Schmied um Arian kümmert, dann ziehen wir gleich weiter. Die Gastfreundschaft von Thorneyfords Land ist so unsicher wie seine neue Lordschaft, und ich reite lieber durch bis Ravenstow, als in Stücke gehackt und in meine eigenen Satteltaschen gepackt zu werden.«

Eric schnitt eine Grimasse dazu. Die Straße nach Chester bei Nacht und in diesem Unwetter war keine herzerfrischende Vorstellung, aber sie waren zu nahe an Thorneyford und an Walter de Lacey, der sich keine Gelegenheit zum Mord entgehen ließe, wenn er wüßte, daß sie in seiner Nähe waren.

Das Dorf war groß genug, daß es nicht nur über einen Schmied, sondern auch über ein anständiges Alehaus verfügte, und während Arian neu beschlagen wurde, begaben sich Guyon und die Männer in das Gasthaus, um sich dort für die noch vor ihnen liegenden, nassen Meilen zu stärken.

Die Wirtin war eine rotgesichtige, adrette Frau in mittleren Jahren, ihr Mann, vom Ansehen verblüffend anglosächsisch und in starkem Kontrast zu ihr, schickte den Sohn hinaus, damit dieser sich um die restlichen Pferde kümmerte.

Außer ihnen gab es nur zwei Gäste in der Stube: ein

junges Paar, das unauffällig in der dunkelsten Ecke des Raums saß und still aß. Das Mädchen hatte den Kopf gehoben bei ihrem Eintreten und die bewaffneten Männer mit weiten, erschreckten Augen betrachtet. Ihr Begleiter war ein einfacher, breitschulteriger Mann, zwischen zwanzig und Guyons Alter. Er schaute sich die Neuankömmlinge an und legte seine linke Hand beschützend auf den Kopf des Mädchens. Die Rechte ließ er hängen, nicht weit von dem Dolch, der in seinem Gürtel steckte.

Guyon, nach einem erstaunten Blick auf die strahlende Schönheit des Mädchens, ignorierte das Paar und setzte sich. Wasser tropfte von seinem Gewand auf den Boden und versickerte in den Ritzen zwischen den Bohlen. Eric ließ sich vorsichtig neben seinem Lord nieder und massierte sich die schmerzenden Knie.

Die Wirtin brachte ihnen Schüsseln mit Hammeleintopf, ziemlich frische Weizenlaibchen und Krüge mit Cidre und Ale; ihre Bedienung war zurückhaltend, aber schnell und tüchtig. »Scheußliche Nacht, wenn man unterwegs ist«, sagte sie zu Guyon. »Wenn Ihr wollt, könnt Ihr hier übernachten.«

Er dankte ihr und schüttelte den Kopf. »Ihr habt hier einen neuen Lord in Thorneyford, und dem möchte ich lieber nicht begegnen.«

»Der ist schlimmer fürs Geschäft als die Pest«, schimpfte der Wirt und stellte eine Schale mit Honigkuchen auf den Tisch. »Das geht jetzt schon los, und Sir Ralph liegt gerade eben erst im Grab. Ich weiß, er hat auch ein Schweinehund sein können, aber nicht so gemein, daß es schlecht war fürs Geschäft. Da sind die Leute oft lieber hier geblieben, als sich oben auf der Burg zu amüsieren, mit ihm und der verrückten Mabel als Gastgeber. Aber jetzt kommen sie erst gar nicht mehr in die Gegend«, schniefte seine Frau. »Und wenn, dann sind sie so wie Ihr: Sie kommen, sie trinken und sind wieder weg, weil sie Angst haben vor Lord Walter und seinen Wegelagerern.« Sie umarmte ihren Busen und stakte zornig davon.

Guyon und Eric tauschten Blicke. Das Paar in der Ecke war mit dem Essen fertig und ging hinaus in den Wolkenbruch, der Mann einen Arm um die schmalen Schultern des Mädchens gelegt.

Einer von Guyons Männern stieß einen leisen, anerkennenden Pfiff aus. »Hübsches Ding«, sagte er und schaute bedauernd zur Tür hin.

»Ihr Vater ist einer von den Dienern, die zu Thorneyford gehören«, half der Wirt und schenkte sich einen Krug Cidre ein, wobei er sich umschaute, ob seine Frau in der Nähe war. »Der Bursche ist ein Jagdgehilfe oben auf der Burg – das heißt, er war es. Er hatte einen Streit mit dem neuen Lord und hat keine andere Möglichkeit gesehen als seine Sachen zu pakken. Ein stolzer Kerl, der junge Brand, und seine Frau ist eine seltene Schönheit. Sir Ralph hat nie etwas für Frauen übrig gehabt. Zu alt und nicht genug Stahl im Schwert, daß er es erst aus der Scheide gezogen hätte, aber Sir Walter ...« Er ließ der Wirkung halber eine Pause entstehen und wischte sich mit der Hand über den Mund. »Nichts, was einen Rock trägt, ist vor ihm sicher, und dann will er es noch nicht einmal normal machen.«

»Ich weiß«, sagte Guyon leise und erinnerte sich an die Schlacht in Wales vom vergangenen Sommer und an die unglücklichen Opfer, von denen manche nicht älter als zehn oder elf waren und im Morgengrauen aus de Laceys Zelt hinausgestoßen wurden ...

»Aber der junge Mann ist der beste Wildhüter, den er hatte. Der neue Lord ist ein Idiot, wenn Ihr mich fragt, ein solches Talent gehen zu lassen, nur wegen ein bißchen Lust. Sicher, ich verstehe schon, warum er in Versuchung geraten ist, aber ...« Er hielt inne, stellte rasch den Krug neben Erics Arm und empfing seine Frau, die den Mund spitzte, aber sicher nicht, um ihm einen Kuß zu geben.

Eric kicherte in seinen Schnurrbart. Guyon schob seine Schüssel beiseite und trank das Ale aus. »Ich bin auf dem Weg zum Schmied«, verkündete er und hatte Mühe, ein ernstes Gesicht zu machen, während der Wirt wie ein Kobold hinter dem Rücken seiner Frau Grimassen schnitt.

»Ich komme mit Euch«, sagte Eric. »Je mehr, desto sicherer ist man in dieser Gegend der Wälder.«

Guyon warf ihm einen amüsierten Blick zu, sah aber, daß der Captain sehr ernst geworden war, und hörte mit dem Grinsen auf.

»Wir brauchen einen guten Jagdmeister auf Ravenstow«, sagte er nachdenklich, während sie die Straße überquerten, die verlassen im regnerischen Abend lag. »Ich habe noch keinen Ersatz für Rannulf finden können. Vielleicht sollte ich nach dem Burschen sehen und ihm ein Angebot machen.« Er warf einen boshaften Blick auf den breitbrüstigen Sachsen, wartete und war nicht enttäuscht.

»Ihr zieht die Gefahr auf Euch, wenn Ihr das tut, Mylord«, warnte Eric. »Ihr habt gehört, was der Gastwirt sagte. Das wäre eine Katastrophe, wie es sie nur selten gibt. Sir Walter will sie nicht gehen lassen, das wißt Ihr inzwischen. Glaubt Ihr nicht, Ihr habt ihn in letzter Zeit oft genug herausgefordert?«

»Und weit und breit kein Eber zu sehen«, scherzte Guyon, als sie die Schmiede erreichten.

Eric holte Luft, um noch weiter zu protestieren, hörte aber auf damit, bevor er begonnen hatte. Nachdem er seit fünfzehn Jahren Guyons persönlicher Leibwächter und Begleiter war, wußte er nur zu gut, daß sein Herr der Teufel in Person sein konnte, wenn ihm nach etwas der Sinn war, wie zum Beispiel die Eskapade mit den Schafen und dem Silber.

Guyon sah, wie sein armer Captain an den Worten kaute, die er sich nicht auszusprechen wagte. »Natürlich bin ich keiner Vernunft zugänglich«, scherzte er und nahm Arians Vorderlauf, um das neue Hufeisen zu prüfen.

»Mylord, davon kann nicht die Rede sein«, entgegnete Eric und war keineswegs besänftigt. Guyon setzte den Lauf des Pferds auf den Boden und bezahlte dem Schmied den Viertelpenny. Während der Mann in die Münze biß, erstarrte er und schaute in das Zwielicht hinter sich.

Eric fuhr herum, die rechte Hand am Schwert. Guyon, der die Hand am Zügel hatte, versteifte sich. Hufe kamen die schlammige Straße entlang, Harnische klapperten. Ein Mann fluchte hundsgemein auf Flämisch, eine Frau stieß einen Schrei aus. Guyon sprach rasch ein paar Worte zum Schmied, nahm die Zügel und führte Arian aus der engen Schmiede hinaus auf die Dorfstraße. An der Marktkreuzung, zwanzig Meter entfernt, hatte eine Gruppe von berittenen Söldnern das junge Paar aus dem Gasthaus umrundet und ließ es nicht weitergehen.

»Ich bin ein freier Mann«, hörte Guyon den jungen Jäger sagen, wütend und in einem stark akzentuierten Französisch. »Ihr habt kein Recht, mich aufzuhalten.«

»Dann geh doch, du bist frei«, lachte einer der Männer und zeigte die Zähne. »Du hast nichts zu bieten, was nicht das hübsche kleine Frauchen ausgleichen könnte. Sie ist eine Dienerin, und Lord Walter will sie zurückhaben.«

»Und zwar auf dem Rücken«, verbesserte jemand und lachte schallend.

»Sie ist keine Dienerin. Ich habe den Freibrief von Lord Ralph, ich kann es beweisen! Er hat sie freigesprochen, als wir heirateten.« Der junge Mann hielt eine Dokumentenröhre aus Kupfer hoch. Der vorderste Flame nahm sie ihm ab, zog das Pergament heraus, das es enthielt, zerriß es einmal und noch einmal und warf es unter die trampelnden Hufe der Pferde.

»Ich sehe keinen Beweis«, sagte er, grinste, und plötzlich funkelte eine Klinge. Das Mädchen schrie auf, als ein Flame nach ihrem Sattel griff. Ihr Mann tastete nach dem Dolch in seinem Gürtel, hielt aber inne, um sich unter dem mörderisch geschwungenen Schwert zu ducken.

»Laßt sie durch«, befahl Guyon, sein eigenes Schwert in der Hand und in überlegener Position, wobei seine Knie Arian befahlen, sich zwischen das Paar und ihre Belästiger zu drängen.

Der Flame maß Guyon und den älteren Mann, der hinter ihm war, mit Blicken. Zwei zu neun, und nur die beiden vordersten bereits aufgesessen – aber der Graue war ein kräftiges Pferd, der Mann, der daraufsaß, konnte mit den Waffen umgehen, und die zwei waren sicher nicht allein. »Mischt Euch nicht in anderer Leute Angelegenheit«, knurrte er.

»Guter Rat«, erwiderte Guyon. »Das gilt auch für Euch. Also laßt die beiden durch.« Ein kurzer Blick verriet, daß die Söldner dabei waren, ihn und Eric einzukreisen. Wenn man die Ohren anstrengte, hörte man Geräusche von der Taverne her.

Der Flame vergeudete keine Zeit mehr mit Worten, sondern machte einen Satz auf Guyon zu, dessen Arm nicht auf die Sicherheit seines Schilds vertraute, sondern auf die seines eigenen Schwerts. Bläulich-weiß sprühten die Funken, und er stellte verbittert fest, daß sein Gegenüber Linkshänder war. Schwert gegen Schwert – das war für jeden Kämpfer ein Alptraum. Wenn man parierte, riskierte man, daß das Schwert zersprang; parierte man nicht, war man tot.

Hinter ihm keuchte Eric, als ihn ein unerwarteter Hieb traf, allerdings nur seinen Kettenpanzer, der verhinderte, daß das Schwert durch den dicken Stoff seiner Hose dringen konnte. Das Mädchen weinte laut. Jemand nahm ihrem Mann den Dolch aus der Hand und fesselte ihm die Hände, wie man einen Hasen für den Tisch präpariert.

Guyon wehrte mit seinem Schild einen Schwerthieb auf seiner linken Seite ab und fühlte, wie das Schwert traf und abglitt. Mit dem Knie befahl er dem Hengst, sich um die Achse zu drehen und sich gegen das Tier des linkshändigen Flamen zu werfen, der ihr Anführer war. Im gleichen Augenblick brachte er sein Schwert zum Einsatz, unerwartet hart und tief. Es klappte beinahe, aber der Söldner war zu erfahren; er hatte im letzten Augenblick den Trick geahnt und begegnete ihm mit einem Seitenhieb. Guyon drehte sich wieder und parierte ihn. Heftiger Schmerz fuhr ihm durch die Hüfte, als ihn das Schwert des Flamen an der Seite traf. Er klammerte sich an den Knauf, drückte das andere Schwert seitwärts, veränderte den Griff und hieb über den Kopf nach dem Flamen. Der verlor den Halt an den Zügeln und sank über den Sattelbaum. Blut lief in breitem Strom durch sein Kettenhemd.

Guyon schwang Arian erneut herum. Die Kugel

eines Morgensterns kratzte dicht an seinem Haar vorüber. Er hämmerte den Schild in die Richtung, aus der er geschwungen worden war, ließ Arian geduckt nach vorn gehen und wurde belohnt durch den Schrei von jemandem, der ohne Pferd war.

»Oxley!«

Guyon hörte mit Erleichterung den Ruf von einem seiner eigenen Männer.

»A moi!« bellte er. Arian stieß um sich, und ein anderes Pferd ließ einen schrillen Schmerzensschrei hören. Der Anführer der Söldner fiel vom Sattel, klatschte in den Schlamm und rührte sich nicht mehr. Sein zweiter Mann sah sich um, stellte fest, daß sie jetzt nicht mehr in der Überzahl waren, und gab das Kommando zum Rückzug.

Der Versuch von einem ihrer Leute, die Gefangenen mitzuschleppen, wurde vereitelt, als Guyon sein Pferd zwischen das des Mädchens und des Flamen trieb. Das Schwert sauste nach unten und durchtrennte Leder, Fleisch und Knochen. Der Söldner kreischte, während drei seiner Finger von den tanzenden Hufen des Grauen in den Schlamm getrampelt wurden. Guyon packte das abgetrennte Ende der Zügel und zog daran. Einer seiner Männer übernahm sie von ihm und brachte die junge Frau in Sicherheit.

Ihr Mann hatte sich von seinem eigenen Sattel zur Seite geworfen und davongerollt; er war zwar aufgeschürft und hatte Prellungen abbekommen, war sonst aber unverletzt; doch er hatte die Hände immer noch hinter dem Rücken gefesselt.

Guyon drehte Arian herum. Das Pferd blutete aus mehreren Wunden an seinem Hals und den Vorderläufen und war immer noch nervös und kampfbereit, so daß Guyon im Sattel bleiben mußte. Blut lief ihm übers Bein – doch das mußte warten. Wie die Dinge standen, war es ausgesprochen unklug, noch länger als nötig in der Gegend zu bleiben. Zweifellos würde in Kürze Verstärkung aus Thorneyford kommen und sich ihnen an die Fersen heften.

Der junge Mann war von seinen Fesseln losgeschnitten worden und umarmte jetzt seine Frau. Guyon trieb Arian neben die beiden, aber nicht zu nah, denn der Hengst war durchaus noch in der Stimmung, anzugreifen. Der Mann hob seine Hand, murmelte etwas und verließ sie, um hinüber zu reiten zu Guyon.

»Paßt auf ihn auf, junger Mann, sonst geht er hoch, wenn Ihr ihm zu nahe kommt.«

Der junge Mann lächelte, und seine ernste Haltung zeigte vielleicht, warum ihn die Frauen attraktiv fanden. »Ich kenne mich mit Pferden aus, Mylord«, sagte er selbstbewußt und stand so stockstill, daß Arian sich an seine Gegenwart gewöhnte und ihn nicht mehr als eine Bedrohung betrachtete. »Wir können Euch nicht genug danken, Mylord. Wir stehen tief in Eurer Schuld. Ja, wir verdanken Euch unser Leben.«

Guyon lächelte düster. »Walter de Lacey ist nicht gerade ein Busenfreund von mir. Ihr schuldet mir gar nichts. Es war mir ein Vergnügen. Aber ich rate Euch, macht Euch auf den Weg, so schnell Ihr könnt. Lord de Lacey neigt dazu, so etwas nicht zu vergessen.«

»Das braucht Ihr mir nicht zu sagen!« rief der junge Mann. »Ich bin ein freier Mensch und arbeite nicht für solche wie ihn. Der alte Sir Ralph war gemein und mürrisch, aber er peitschte seine Untergebenen nicht aus, nur zum Vergnügen, und er nahm auch keine Mädchen ins Bett, wenn sie es nicht wollten.«

Guyon richtete wieder den Blick auf das reizende blonde Mädchen, das besorgt durch den Regen zu ihnen herüberschaute. Sie war etwa im Alter von Judith, sah jetzt aber aus wie eine nervöse Zwölfjährige, genau das Alter, wie es de Lacey besonders bevorzugte.

»Sie ist keine Dienerin, Mylord«, sagte er mit ruhiger Würde. »Ich schwöre es bei meiner Seele.«

»Er hat eine besondere Vorliebe für die Frauen anderer Männer und für Mädchen, die noch keine Frauen sind«, sagte Guyon mit Abscheu. »Ich an Eurer Stelle würde die Reste der Urkunde einsammeln und von einem Schreiber eine Kopie anfertigen lassen. Woher stammt Ihr und Eure Frau?«

»Ich habe Verwandte in Chester, Mylord. Sie nehmen uns auf, bis ich Arbeit finde. Ich dachte, bei Earl Hugh.«

»Es gibt Arbeit näher bei der Hand, in Ravenstow, wenn Ihr das wollt. Ich suche seit letztem Winter einen guten Jagdmeister.«

Der junge Mann überlegte es sich. Guyon FitzMiles suchte einen Jagdmeister, weil Sir Walter in einem Zornanfall bei einer Jagd zu Ehren der Hochzeit der Erbin von Ravenstow den damaligen Jagdmeister nahezu enthauptet hatte; es war dabei angeblich um den Diebstahl eines Pferdes und um einen gebrochenen Eberspeer gegangen.

»Ihr könnt es Euch ja überlegen, während wir reiten«, bot Guyon an und wendete Arian in Richtung auf das Alehaus. »Ravenstow liegt ohnehin auf Eurem Weg, und Ihr tut gut daran, beim Ritt durch das Land von Thorneyford eine bewaffnete Eskorte bei Euch zu haben. Auch könnte ich Euch Earl Hugh empfehlen. Er ist ein persönlicher Freund von mir.«

»Ich danke Euch, Mylord«, sagte Brand, und in seinem Ton mischte sich Dankbarkeit mit Ernst und

Zurückhaltung. Nachdem er wußte, welche Gerüchte über FitzMiles und sein Verhältnis zu den Frauen umgingen, war er erleichtert darüber, daß er Elflin nur beim Vorübergehen kurz zunickte. Dem einen Herrn, der seinen Verstand zwischen den Beinen trug, zu entfliehen, um zum nächsten zu gehen, der die gleichen Gewohnheiten hatte, das wäre wie vom Regen in die Traufe kommen – selbst dann, wenn dieser Mann ihnen beiden das Leben gerettet hatte.

Er bückte sich und hob die Pergamentfetzen vom Boden auf.

Vierzehntes Kapitel

Judith hörte auf damit, sich das Haar zu kämmen, und betrachtete ihre Mutter eingehend. »Ich habe es mir fast gedacht«, sagte sie ohne Überraschung. »Ich dachte, du wärst imstande, das zu tun.«

Es war nicht ganz die Antwort, die Alicia erwartet hatte, als sie ankündigte, daß sie sich auf ihr Witwengut zurückziehen würde, sobald Guyons Vater nach seinen Geschäften mit Hugh von Chester hierher gekommen war und sie dorthin begleiten konnte. Sie war in das Zimmer ihrer Tochter gekommen und auf Tränen vorbereitet gewesen, auf Betteln, sie möge doch bleiben, und war völlig perplex über Judiths kühle Reaktion.

»Ich möchte nicht, daß du denkst, es gefällt mir nicht hier bei dir und Guyon, aber ihr habt euer eigenes Leben zu leben und ich das meine.« Sie kaute an ihrer Lippe und fragte sich, ob sie die Kaltschnäuzigkeit ihrer Tochter noch weiter auf die Probe stellen und ihr verraten sollte, was sie außerdem vorhatte.

Judith legte den Kamm weg, kam zu ihrer Mutter und umarmte sie wortlos. Sie waren jetzt beinahe gleich groß und konnten einander gerade in die Augen sehen, denn Judith war seit dem vergangenen Frühling gewachsen und hatte auch einiges nicht unvorteilhafte Fleisch angesetzt.

Alicia erwiderte die Umarmung. »Natürlich besuche ich dich oft, und du weißt ja, wo du mich findest, wenn einmal ein Notfall eintritt«, sagte sie und fühlte sich schuldig dabei, doch das war nichts Neues; die Schuldgefühle hatten sie zeit ihres Lebens begleitet.

»Du bist hier immer willkommen, das weißt du!« antwortete Judith und küßte sie. »Aber warum redest du so, als hättest du vor, für immer dort zu bleiben?«

»Weil ich es vorhabe.«

Judith hob den Kopf von Alicias Schultern, und ihre Augen waren auf einmal rund und besorgt. »Ist etwas passiert? Etwas, das ich oder Guyon ändern können?«

Alicia streichelte Judiths schimmerndes, lohfarbenes Haar. »Du wirst es verstehen, wenn die Zeit gekommen ist, und mich nicht zu hart verurteilen.«

»Mama?« Judith schaute zu ihr auf und begann nun wirklich, sich Sorgen zu machen. Die Augen ihrer Mutter hielten ihrem Blick nicht stand, und ihre Lider waren rotgerändert wie so oft in diesen Tagen.

Neben dem Feuer machte Melyn einen hohen Katzenbuckel, ging dann an den beiden Frauen vorbei und zur Tür, den Kopf erwartungsvoll schief gelegt. Alicia schniefte und gewann Kontrolle über ihre schwierigen Gefühle. Mutter und Kind. Sie fühlte so etwas wie die Umkehrung davon.

Judith hatte sich versteift, die Augen auf der Katze und der Tür, und ihre Spannung war greifbar.

»Was ist denn?« fragte Alicia.

Der Vorhang teilte sich, und Guyon kam herein – oder ein halb Ertrunkener mit dem Aussehen von Guyon.

»Heilige Mutter Gottes!« rief Alicia.

Wasser tropfte von seinem ganzen Körper, und die Pfützen breiteten sich rasch auf dem Boden aus. Sein

Gang war weit entfernt von den geschmeidigen, tigerähnlichen Bewegungen, als er auf das Feuer zuging. Genau gesagt, er humpelte stark.

»Was ist mit deinem Bein?« fragte Judith und war schon neben ihm.

Er nahm den durchnäßten Umhang ab und reichte ihn ihr. »Ein Schwertarm, der zu langsam war«, antwortet er betrübt.

»Bist du überfallen worden?« fragte sie scharf und richtete den Blick auf die nasse Kniehose und die vom Regen verdünnten Bächlein von Blut, die daran nach unten liefen.

»Schlaues Kind.« Sein Ton war spöttisch. »Hast du einen Schluck Wein?«

Alicia drückte sich davon, blieb noch kurz an der Tür stehen und tauschte einen Blick mit ihrer Tochter. Guyons Laune schien so miserabel zu sein wie das Wetter in dieser Nacht.

Judith holte die Karaffe und eine kleinere Phiole mit Aqua vitae, dazu zwei Becher. »Möchtest du ein Bad?« fragte sie zurückhaltend.

»Sehe ich so aus?« fuhr er sie an. »Mein Gott, bei Elmford wären wir fast ersoffen. Die Pferde mußten bis an den Bauch durchs Wasser, und der Strom war voller Eisschollen.« Er nahm den Wein und kippte ihn hinunter, dann das Aqua vitae, auf das er ein wenig husten mußte. Sein Gesicht war grau bis auf zwei hochrote Punkte an den Wangen.

Sie stellte die Becher weg, brachte ein Leinentuch und kniete sich vor ihn hin, um ihm den Schwertgürtel zu öffnen. »Was ist denn geschehen?«

Das Gewicht glitt von seinen Hüften in ihre Hände, und er seufzte erleichtert. Mit kurzen Worten berichtete er ihr von der Begegnung mit dem Söldnertrupp, seinem Anlaß und seinen mutmaßlichen Folgen.

»Dann ist es also wahr. Ich dachte, es sei nur ein Gerücht, daß de Lacey Mabel heiraten wird«, murmelte sie, als sie den Gürtel wegbrachte und zurückkehrte, um ihm beim Ablegen des Kettenhemds zu helfen. »Mama sagt, sie ist eigentlich gar nicht verrückt. Ihr Mund ist deformiert, so daß sie nicht richtig sprechen kann, und alles kommt einem wie Gebrabbel vor, wenn man sie nicht gut kennt.«

»Ich glaube nicht, daß das ihrem neuen Ehemann auf längere Zeit Kummer machen wird«, sagte Guyon und stellte den Becher ab, damit sie ihm das Kettenhemd über den Kopf ziehen konnte. Seine Haut war kalt und klebrig bei der Berührung. »Ich glaube, ich sehe jetzt erst einmal nach deinem Bein«, sagte sie und begann seine Gamaschen aufzubinden.

»Die Frau des Gastwirts hat es notdürftig verbunden«, sagte er und zuckte mit den Schultern. »Laß es, wie es ist, Judith. Ich bin so müde, daß ich stehend einschlafen könnte. Das letzte, was ich mir jetzt wünsche, ist, daß du an mir herumstichelst mit deinen Nadeln und Scheren.«

»Dann wirst du wenigstens trinken, was ich dir gebe?« fragte sie, aber es war mehr ein Befehl, und sie warf ihm dabei einen strengen Blick zu.

Der Hauch eines Lächelns ergriff seine Lippen. »O Gott«, sagte er. »Was habe ich verbrochen, daß ich so bestraft werde?«

»Du hast mich geheiratet«, erwiderte sie, und auch ihre Lippen kräuselten sich einen Moment, bevor sie ihm das nasse Wams abnahm und dann das klebrige, feuchte Leinenhemd, das er darunter trug.

Guyon beobachtete sie, ein Bild, welches mit dem bleiernen Gewicht schwankte, das auf seinem Schädel lastete, und er fühlte, daß mit Judith eine Veränderung vor sich gegangen sein mußte, war aber nicht in der Lage, sie genauer zu bestimmen. Sie kam zurück mit einer Schaffelldecke und warf sie ihm um die Schultern, dann wandte sie sich ab, um ihm ein Gebräu aus Mohnsamen und Mutterkraut in Wein zu mischen.

»Das ist richtig, das habe ich getan«, sagte er leise und bückte sich, um die Stiefel auszuziehen. Der Raum rings um ihn schwamm vor Wasser. Die Nadeln des Schmerzes in seinem Inneren vereinigten sich zu einem einzigen, tief eindringenden Dolch. Er streckte die Arme aus, um sich an der Kommode festzuhalten, konnte sie aber nicht erreichen.

Judith fuhr herum und lief mit einem Schrei des Entsetzens auf ihn zu. Auf seiner Kniehose breitete sich ein hellroter Fleck aus, und Guyon begann tief und rauh zu atmen. Er war auf den Knien. Sie kniete sich neben ihn und löste ihm die Kniehose.

»Leg dich hin«, kommandierte sie.

»Ich kann doch nicht ...«

»Du sollst dich hinlegen!« fuhr sie ihn an und gab ihm einen nicht allzu behutsamen Rippenstoß. Er folgte, als ob sie ihn mit einem Knüppel geschlagen hätte und nicht mit ihrer Hand.

Als sie ihn endlich ausgezogen hatte, wobei sie sich als sehr tüchtig erwiesen und ihm die größten Schmerzen erspart hatte, preßten sich ihre Lippen zusammen angesichts des wirkungslosen Leinenverbands, der die Blutung nur wenig hatte stoppen können. »Wie lange bist du mit dem da geritten?«

»Fünf oder sechs Stunden«, murmelte er zwischen zusammengebissenen Zähnen.

»Du bist ein Narr!« sagte sie in verächtlichem Ton und verließ ihn kurz, um ein Stück sauberes Leinen zu suchen, das sie zu einem Pflaster faltete und dann hart gegen die immer noch blutenden Ränder der Wunde preßte.

»Ich hatte keine Wahl – nicht mit Walter de Lacey und seiner *Cwmni Annwn* im Nacken, die nach meinem Blut lechzten.«

»Es sieht fast so aus, als hätten sie es bekommen«, sagte sie scharf. »Und vielleicht dein Leben damit.«

»Ich habe schon Schlimmeres überstanden.« Er versuchte zu lächeln, aber es gelang ihm nicht.

»Das bezweifle ich«, sagte sie bedrückt und preßte die Hand gegen das Pflaster. »Du hast mehr Blut verloren als eine gestochene Sau. Man braucht dich ja nur anzusehen.«

»Ich hab' ja gewußt, daß es zuletzt auf Sauen hinausläuft«, sagte er und fiel in eine leichte Bewußtlosigkeit.

Judith geriet um ein Haar in Panik und wollte schon ihre Mutter zu Hilfe rufen. Beinahe – aber nicht ganz. Es gab nichts, was Alicia hätte tun und sie nicht hätte tun können. Außerdem war er *ihr* Mann. »Soviel zum Stichwort Raffinesse«, sagte sie zu sich selbst, blickte hinunter auf ihren nassen, blutigen Nachtmantel, die verschmierten Hände und sah, daß sich der Blutstrom verringert hatte. Also wagte sie es, Guyon für eine Weile zu verlassen, besorgte sich die pulverisierte Schwarzwurzel und frische Bandagen und schickte ihre Zofe Helgund in die Küche nach einer Schüssel mit schimmeligem Brot.

Als sie zu ihm zurückgekehrt war, gab sie erst das Schwarzwurzelpulver in die Wunde und fragte sich dabei mit unterdrücktem, hysterischem Lachen, wie wohl Alais de Clare mit einer derartigen Situation fertiggeworden wäre. Ihr Humor erstarb gänzlich, als sie sich fragte, was Rhosyn uerch Madoc, die Mutter seines Kindes, in diesem Fall getan hätte.

Das Mädchen kam mit dem Brot und wurde für den Abend entlassen. Judith flocht ihr Haar und steckte es mit Haarklammern aus dem Weg, dann machte sie sich an die Arbeit mit Nadel und Faden. Das Schwert des Flamen hatte Guyon an der Innenseite des Schenkels erwischt, wo das Panzerhemd einen Schlitz hatte, um ihm genügend Freiheit beim Reiten zu lassen, ohne das Kettengeflecht, das sein Fleisch hätte schützen können. Es war keine sehr lange Wunde, aber sie war tief, und wäre sie noch eine Handbreit weiter oben gewesen, so hätten sie sich beide keine Gedanken mehr zu machen brauchen über die Frage der ›Raffinesse‹. Während sie nähte, überkam sie wieder der hysterische Drang, zu kichern, denn wie sie da zwischen seinen Schenkeln kniete, hatte sie einen sehr intimen Ausblick auf das, wovor sie sich früher so gefürchtet hatte. Jetzt war es nicht bedrohlich, vor allem deshalb, weil sie es war, die es unter Kontrolle hatte. Ein ernüchternder Gedanke. Sie schluckte das Gefühl fürs Lächerliche hinunter und konzentrierte sich auf das, was sie zu tun hatte.

Nachdem sie die Hauptwunde so gut behandelt hatte, wie sie konnte – denn sie befand sich an einer ungünstigen Stelle, man konnte sie nicht sicher schließen und verbinden –, überprüfte sie seinen Körper nach anderen Verletzungen.

Für einen so dunkelhaarigen und dunkelhäutigen Mann war Guyon erstaunlicherweise nur wenig behaart; nur ein Streifen von dunklem Haar verlief von der Mitte seines Brustbeins nach unten in den dichten Busch zwischen den Schenkeln. Judith war imstande, sein Fleisch aus der Nähe zu betrachten. Es war etwas, das sie nie zuvor getan hatte; bis dahin war sie lieber unwissend geblieben, und er, der ihre Angst vor der Nacktheit fühlte, hatte sich nur sehr selten ganz vor ihr ausgezogen.

Bis dahin wäre sie nicht auf die Idee gekommen, seinen Körper attraktiv zu finden. Eine Quelle von Schmerzen und Brutalität, so hatte sie den Körper ihres Mannes früher betrachtet. Jetzt fuhr sie, fast verwundert, mit dem Finger eine dünne, weiße Linie entlang, die einen Brustmuskel umgrenzte, bis weiter hinauf, unter den Kieferknochen.

Guyon stöhnte und schlug die Augen auf. Judith atmete scharf ein und zog rasch die Hand zurück.

»Cath fach«, sagte er schwach, fand von irgendwo ein Lächeln, und diesmal war sein Ton nicht väterlich-herablassend. »Wie schlimm ist es?«

Sie sah, wie der Puls an seiner Halsschlagader raste, sah, wie ihm der Schweiß über den Kopf lief. »Schlimm genug. Du hast so viel Blut verloren, daß du kaum noch einen Tropfen davon im Körper hast, und du wirst höchstwahrscheinlich Wundfieber bekommen. An dem Schnitt waren Rostflecken zu erkennen. Ich habe die Wunde mit schimmeligem Brot verpackt, aber die Stelle ist schwer zu bandagieren. Es wird lange dauern – wenn du durchkommst –, und das ist kein Scherz. Ich gebe dir den Rat, deine Seele vorzubereiten.«

»Was ist das für ein Trost?« fragte er, versuchte zu lächeln, und kniff statt dessen die Augen zu.

Judith nützte den Augenblick, um ihr Gesicht mit dem Ärmel abzuwischen; er sollte nicht die Tränen in ihren Augen sehen. »Der einzige, den ich dir geben kann«, erwiderte sie tapfer. »Und schlaf mir nicht gleich wieder ein. Erst mußt du das hier trinken.«

Er öffnete die Lider, riß sie dann mühsam und weit auf, als er den randvollen Keramikkrug sah und den Becher, den sie daraus füllte.

»Alles«, sagte sie mit gewisser Befriedigung.

»Du Teufelin – Robert de Belleme hat offenbar nicht das Monopol auf sadistische Quälereien. Was ist es eigentlich?«

»Abgekochtes Wasser, eine Prise Salz und drei Löffel Honig. Der Ersatz für das viele Blut, das du verloren hast.«

»Mir wird bestimmt schlecht davon«, sagte er schwach.

Judith stützte ihn gegen ein Kissen und rammte ihm dann den Becher unter die Nase. »Trink es!« kommandierte sie mit stählerner Stimme, die nicht verriet, daß ihre Knie weich waren wie Gelee.

Etwas wie Überraschung zeigte sich auf seinem totenblassen Gesicht, als er sie anschaute. »Ich bin es ja gar nicht wert, *cath fach*«, sagte er mit rauher Stimme.

»Wenn ich an die Alternativen denke – doch, dann bist du es wert«, antwortete sie und senkte die Lider, weil sie die Tränen nun doch nicht mehr zurückhalten konnte.

Wie Judith befürchtet hatte, schlug das Wundfieber zu und trieb seine Temperatur weit über alle Grenzen hinaus nach oben. Mit dem Fieber schwand sein Bewußtsein. Standfest gab sie ihm, was sie geben konnte, um die Temperatur nach unten zu drücken. Alicia unterstützte sie und löste sie bei der Krankenwache ab.

Während einer seiner wachen Perioden gelang es

ihnen, ihn ins Bett zu legen, und Judith zwang ihn dazu, eine Brühe aus Ochsenblut zu trinken, die seinem Körper Kraft geben sollte, damit er von innen das Fieber und die Schwäche bekämpfen konnte. Er mußte sich daraufhin prompt übergeben, und sie ging weg und weinte in einer dunklen Ecke; dann kam sie wieder und flößte ihm mehr von dem Salz- und Honigwasser ein.

Einmal, als seine Augen fiebrig funkelten wie schwarzes Glas, schaute er durch sie hindurch und sprach in Walisisch, als führe er ein Gespräch. ›Es wäre trotzdem eine Vergewaltigung. Sie ist nicht so sehr Frau.‹ Und ein andermal: ›Sie entwickelt eine besitzergreifende Art und wird allmählich unangenehm.‹

Nach der zweiten Nacht verschlechterte sich sein Zustand. Miles kam beim Morgengrauen geritten und fand seine älteste Enkelin in Tränen aufgelöst, sich um Trost an die Mutter klammernd, und den Pfarrer über die fiebergeplagten Knochen seines Sohnes gebeugt, ihm das Sterbesakrament spendend. Judith, weiß wie eine Grabfigur aus Alabaster, stand gegenüber von Pater Jerome, die Hände verkrampft in das Tuch, mit dem sie Guyon abgewischt hatte, in dem vergeblichen Versuch, den Aufruhr seines Bluts durch Abreibungen mit kaltem Essigwasser zu senken.

»Ich habe getan, was ich konnte«, sagte sie und legte ihre Hand auf seine Schulter. »Es kann natürlich besser werden, aber in diesem Zustand ist sein Herz so geschwächt – es ist möglich, daß es jede Sekunde den Dienst versagt.«

Miles schloß die Augen, öffnete sie wieder und schaute Judith an. »Wie ist es dazu gekommen?«

Sie berichtete es ihm. »Auch Eric wird seinen Arm

eine Weile nicht benützen können. Ich habe kaum mit dem Mädchen und seinem Mann gesprochen, aber er ist zu mir gekommen und hat gesagt, daß sie Guyon ihr Leben verdanken und es nie vergessen werden. Ich brauche Euch nicht zu sagen, daß das für mich in diesem Augenblick ein schwacher Trost ist.«

»Nein«, stimmte Miles düster zu.

Judith neigte den Kopf und kehrte zu ihrer Krankenwache zurück.

Zwei Tage später kam de Bec mit grimmigem Gesicht zu ihr und sagte, daß Walter de Lacey im äußeren Burghof warte.

Sie stellte den Mörser weg, in dem sie Kräuter zerstampft hatte. »Und was kann er wollen?« fragte sie spöttisch, nachdem sie sich davon überzeugt hatte, daß Guyon so gut versorgt war, wie das den Umständen nach möglich war. Sie hatte Helgund gebeten, nicht von seiner Seite zu weichen.

De Bec zog die eulenhaften Brauen hoch. »Mistress, als er unseren neuen Jagdmeister sah, wußte er nicht, ob er an die Decke gehen oder einen Schlaganfall erleiden sollte.«

»Wie schade, daß er sich nicht entscheiden konnte«, sagte Judith scharf.

De Bec räusperte sich.

»Nach dem, was ich hörte, laßt ihr am besten die junge Frau hier heraufbringen, wo Sir Walter sie nicht zu Gesicht bekommt.«

Judith schaute ihn einen Moment lang aus zusammengekniffenen Augen an, dann schickte sie eines der Mädchen aus, das Elflin von Thorneyford in ihre Kammer bringen sollte.

Elflin kam von ihrer Arbeit in der Küche. »Oh, Mylady, bitte schickt mich nicht zu ihm zurück, um

Gottes Liebe flehe ich Euch an. Ich bringe mich lieber um, das schwöre ich Euch.«

Judith schaute auf das flachsblonde Haar. »Steh auf«, sagte sie in neutralem Ton. »Du solltest ihm besser ein Messer in sein schwarzes Herz rammen wollen.« Sie schaute das Mädchen verächtlich an. »Elflin, so ist doch der Name?«

»Ja, M'lady.« Ihre Stimme schwankte und war dünn vor Angst.

»Also dann, Elflin, mach dein Rückgrat steif und hör auf mit dem Geheul. Ich habe keinen Platz für nassen Fisch in meinem Haushalt. Er bekommt dich nicht, das verspreche ich dir. Und jetzt nimm diese Spindel und das Körbchen mit gekämmter Wolle und arbeite daran. Frag Helgund, wenn du etwas nicht weißt.«

In der Halle wartete Walter de Lacey vor dem offenen Kamin. FitzWarren, der Verwalter, hatte ihm einen Becher Wein besorgt, und sie sah mit sinkendem Mut, daß er tief im Gespräch war mit Vater Jerome, einem Mann, der so harmlos war wie ein neugeborenes Baby. Von dem zufriedenen Grinsen auf de Laceys Gesicht erkannte sie, daß er von Guyons schwerer Krankheit erfahren hatte und sich sehr darüber freute.

Judith unterdrückte das Bedürfnis, unhöflich zu sein, bevor man ihr dazu einen Grund geliefert hatte, und begrüßte den ungebetenen Gast mit einer steifen, traditionellen Floskel des Willkommens.

De Laceys Lächeln war arrogant. Er betrachtete seine Fingernägel. »Ich höre mit Bedauern, daß Euer Gatte so schwer verwundet ist, aber er hat ganz allein selbst daran schuld. Er hätte sich nicht auf meinen Ländereien in meine Angelegenheiten mischen sollen.«

Vater Jerome schaute ihn mit gerunzelter Stirn an. »Mylord, wie ich die Sache verstehe, ist er unschuldigen Reisenden zur Hilfe gekommen, die in unberechtigter Weise von Euren Söldnern belästigt wurden.«

»Ein von mir hinausgeworfener Jagdgehilfe und eine davongelaufene Dienstmagd?« De Laceys Lachen war ätzend. »Guyon FitzMiles hat meine Männer davon abgehalten, ihre von mir aufgetragene, gesetzmäßige Pflicht zu tun. Ich bin versucht, ihn um Wiedergutmachung für den Tod meines Captains zu verklagen.«

»Euer ehemaliger Wildhüter ist ein freier Mann, der seine Dienste nach Gutdünken verkaufen kann, und seine Frau ist nicht mehr Eure Dienerin«, sagte Judith und schaute ihn mit Herablassung an.

»Ich besitze das Dokument, das es beweist«, stimmte Vater Jerome zu. »Lord Guyon hat mich gebeten, es niederzuschreiben, bevor ihm die Sinne schwanden.«

»Jeder Schreiber kann ein solches Dokument für einen entsprechenden Preis fälschen«, zischte de Lacey.

Pfarrer Jeromes Glatze färbte sich rosa. »Es gibt genügend Zeugen – ich würde sagen, ganz Thorneyford. Es war eine große Hochzeit mit vielen Gästen, und Ihr könnt nicht die Gültigkeit des Dokuments anfechten, Mylord, auch wenn es zerrissen und von Hufabdrücken beschmiert ist.«

»Also weigert Ihr Euch, sie an mich zu übergeben?« De Lacey neigte seinen Blick auf Judith. Sie war sehr blaß; die sandfarbenen Sommersprossen waren die einzige Farbe in ihrem Gesicht, aber sie begegnete seinen gelben Wolfsaugen mit kalter Überzeugung.

»Es macht mir das größte Vergnügen, Euch diese

beiden, das Mädchen und ihren Mann, zu verweigern, und das gilt auch für die Kompensation für den Captain«, sagte sie durch die nur wenig geöffneten Zähne. »Außerdem schlage ich vor, daß Ihr jetzt Euren Wein austrinkt und diese Burg verlaßt.«

Seine Lider verengten sich. »Ich glaube kaum, daß es sich dein Gatte auf dem Sterbebett leisten kann, mich zu verärgern, *doucette*«, sagte er weich. »Immerhin: Wer weiß, wem diese Ländereien als nächstes gehören werden, und meine Frau ist alt und nicht bei bester Gesundheit. Ich fürchte, ich werde sie in Kürze verlieren.«

»Verrotten sollst du in der Hölle!« zischte Judith.

Er lächelte sie an; seine Zähne waren weiß und standen in voller Zahl hinter den dünnen Lippen. »Es wird mehr Spaß machen, dich zu zähmen als diesen alten Sack voll Knochen, den ich momentan zur Verfügung habe. Meine Kompensation ist also bereits gesichert.«

Pfarrer Jerome stieß einen Laut des Entsetzens aus.

»Wenn Ihr Euch einen verschnittenen Wallach einkauft, ist das Eure Sache«, erwiderte sie. Dann schluckte sie hart und zwang sich zur Disziplin. »Ich fürchte, wir haben nichts auszutauschen als Drohungen und Beleidigungen. Entschuldigt mich, wenn ich Euch nicht auf die Straße bringe. Aber mein Gatte braucht mich.«

Er hob seinen Becher auf sie in einem stummen, spöttischen Toast und musterte sie unverschämt von oben bis unten, als sei sie bereits ein Teil seines Besitzes.

Oben in der Bettkammer brach Judith neben dem Kamin zusammen. Ihre Zähne klapperten, so sehr zitterte sie, und ihre Hände waren wie zwei Marmorblöcke. Die Zofe, Helgund, eine sensible Frau, brachte ein Schafsfell vom Fußende des Betts, legte es ihrer Herrin um die zitternden Schultern und stellte dann auch noch eine Karaffe mit Aqua vitae heraus.

Judith mußte husten wegen des starken Getränks. »Ich werde schon wieder«, versicherte sie dem Mädchen und fand sogar ein Lächeln für sie. »Lord Miles wird wissen wollen, wie die Unterredung verlaufen ist. Habt ihr ihn gesehen?«

»Nicht in letzter Zeit, M'lady. Er ist nicht hier gewesen, während Ihr unten wart.«

»Dann sehe ich in seinem Zimmer nach«, sagte Judith, trank das Aqua vitae aus, schleuderte das Schafsfell fort und ging hinüber, um zuvor noch nach Guyon zu sehen.

Er schlief, und seine Temperatur war nicht mehr so hoch wie zuvor – aber vielleicht war das auch nur Wunschdenken. Sie drehte sich um und sah das zarte Anglosachsen-Mädchen in der Tür stehen, eine Mischung aus Erwartung und Angst auf dem Gesicht.

»Sir Walter ist weg«, sagte Judith. »Ich glaube, du kannst jetzt deinen Gatten suchen.«

»Dank Euch, Mylady!« Elflin legte rasch ihre Arbeit hin und lief hinaus aus dem Zimmer.

Judith verließ den Raum Sekunden später und fast so schnell wie Elflin, ging halb die Treppe hinunter, unterdrückte das Bedürfnis, zu rennen, ging ganz nach unten und über die große Halle, schließlich die Treppe auf der anderen Seite wieder hinauf, wo ihr Schwiegervater wohnte, wenn er hier auf Besuch war.

Sie hörte das Murmeln von Stimmen, als sie näherkam, die eine tief und zögernd, die andere höher, weich, eine Frauenstimme. Dann verstummten beide. Judith zögerte, von einem sechsten Sinn gewarnt, daß sie sich vielleicht räuspern sollte, bevor sie den Raum betrat.

Ganz vorsichtig zupfte sie eine Falte des Vorhangs zur Seite und schaute hinein, um festzustellen, ob sie eintreten oder ihren Besuch auf später verschieben sollte. Letzteres schien gegeben, denn vor dem Kamin standen ihre Mutter und Miles in einer innigen Umarmung, und sie küßten sich, wie sich erst gestern Elflin und Brand in einer liebenden Umarmung geküßt hatten, unten in der Halle.

Judith ließ den Vorhang los, trat zurück und fragte sich, warum sie es nicht schon lange bemerkt hatte. Die Launen ihrer Mutter, die Blicke quer durch die Halle … Was hatte sie gesagt? *Du wirst es verstehen, wenn die Zeit gekommen ist, und sollst mich nicht zu streng kritisieren.* Bestimmt nicht strenger, als Alicia mit sich selbst ins Gericht gegangen war, dachte sie und fragte sich, ob Guyon, der weniger naiv war als sie, es gewußt hatte.

Am Fuß der Treppe traf sie Lady Emma, die gerade nach oben wollte, und versperrte ihr den Weg.

Emmas lebhafte Blicke wurden scharf.

»Ich würde ihn momentan nicht stören«, sagte Judith, und ihre Stimme klang etwas gepreßt. »Er ist anderweitig beschäftigt.«

Emma schaute Judith einen Augenblick lang ins Gesicht. »Mit einer Frau?« fragte sie.

Judith zögerte. »Ja.«

Emma schüttelte den Kopf. »Das war immer seine Methode, den Kummer zu vergessen.« Sie seufzte und drehte sich um, ging mit Judith durch die Halle. »Er kann nicht viel mit Alkohol anfangen, und er ist nicht der Typ, der dann ausgeht und Streit sucht. Ich habe ihn erlebt, wie er ein Pferd halb zu Tode geritten hat, aber eine Frau ist ihm immer der beste Trost gewesen. Nachdem meine Stiefmutter gestorben war, hatte es kaum eine Nacht gegeben, in der er allein schlief … Gott weiß, wieviele dieser Huren und Nutten Guy und ich in dieser Zeit im Haus ertragen mußten!«

Judith errötete. »Momentan ist meine Mutter bei ihm«, sagte sie leise. »Und sie haben noch die Kleider an.«

Emmas Augen wurden rund. Sie blieb stehen und drehte sich um. »Eure Mutter?« Die Vorstellung schien ihr Gehirn zu blockieren.

Judith erwiderte den Blick, bis Emma den ihren abwandte. »Ja, also, tut mir leid, wenn ich unwissentlich beleidigend war, aber in der Vergangenheit ist es oft und oft so gewesen.«

»Jetzt ist aber nicht die Vergangenheit«, sagte Judith und hatte Mühe, die Kälte aus ihrer Erwiderung zu verbannen. Denn wenn auch Emma Guyons Schwester war und er immer davon sprach, daß sie ein Herz aus Gold habe, war es Judith noch nicht gelungen, dieses Gold unter verschiedenen Lagen von scharfem Stahl und Eis zu entdecken.

Fünfzehntes Kapitel

Eine Woche kam und ging. Der Pfarrer kam zweimal und ging. Guyon verharrte auf der schmalen Grenze zwischen Leben und Tod, schwankte und trat schließlich einen Schritt vom Rand zurück. Wieder verging eine Woche. Es gab ein gewaltiges Unwetter: Drei Schafe wurden im Hof vom Blitz erschlagen, und eine Lagerscheune fing Feuer. Der Sheriff kam vorbei, prüfte Brands Freibrief und den seiner Frau, fand ihn gültig und ging wieder. Guyons Temperatur sank auf normale Werte. Er erkannte die Menschen, die an seinem Bett standen, sprach auch mit ihnen, aber er war so schwach und pflegebedürftig wie eine neugeborene Katze, und selbst das Sprechen ermüdete ihn sehr rasch.

Im August erhielten sie die Nachricht, daß Jerusalem an die Kreuzritter gefallen war. Die Menschen im Dorf veranstalteten ein großes Freudenfeuer und feierten zwei Tage lang. Guyon stand zum erstenmal auf, ging drei Schritte und brach wieder zusammen, weil ihm schwindlig war und ihm außerdem jeder Koordinationssinn fehlte. Judith ließ ihn Eisenspäne in Wein einnehmen, gab ihm wieder die ekelhafte Ochsenblut-Brühe und einen Stock als Stütze beim Gehen.

Emma und ihre Töchter verließen die Burg; sie zogen zuerst in Emmas Erblande, dann zurück zum

Hof. Am Ende des Monats brach auch Alicia auf, in ihre eigene Witwendomäne, mit Miles als Eskorte. Der Abschied von Judith geschah unter Tränen, aber danach kehrte ein neuer, ungekannter Frieden auf der Burg ein, und Judith dachte nicht lang über die Ursache nach, sondern hoffte nur, daß er andauern würde.

Gegen Ende September war die Wunde an Guyons Schenkel so weit geheilt, daß nur noch eine rosa Narbe übrigblieb, die man wohl bis an sein Lebensende sehen würde.

Robert de Belleme war in der Normandie und focht einen Privatkrieg gegen einen Nachbarn, der ihn beleidigt hatte; er wurde nicht vor dem kommenden Frühling erwartet. Walter de Lacey hatte einen lokalen, aber nichtsdestoweniger wilden Krieg gegen die Waliser geführt, durch den sie angehalten werden sollten, auf ihrer Seite der Grenze zu bleiben und seine Herden in Ruhe zu lassen. Auch in Ravenstow gab es gelegentliche Überschreitungen der Grenze, aber die Marken blieben hier, dank der Wachsamkeit von Eric und de Bec, relativ sicher.

Draußen spielte der Wind seinen Karneval mit braunem und gelbem Laub. Die Schweine am Waldrand suchten nach Eicheln oder schnupperten nach Fallobst am Rand der Gärten. Auf den Feldern wurde die letzte Ernte eingeholt, oder die Felder wurden für den Winter vorbereitet, und die Frauen und Kinder gingen zum Reisigsammeln, vom Sturm abgebrochene Zweige und Äste, die ihnen in den langen, dunklen Monaten Wärme und Licht spenden würden.

In der großen Schlafkammer schloß Guyon die Augen und bettete den Kopf auf die Vorderarme, eingelullt von Judiths starken Fingern, die seinen Nacken massierten und die steifen Muskeln mit aromatischem

Lorbeeröl aufzulockern versuchten. Er hatte zum erstenmal seit seiner Verletzung wieder auf einem Pferd gesessen und festgestellt, daß zwar die erst kürzlich zusammengewachsene Haut protestierte, er aber insgesamt durchaus gut über die Runden kam, und daher hatte er mehr Zeit im Sattel verbracht, als es ratsam gewesen wäre. »Erst reiten lernen, und kann noch nicht richtig gehen!« hatte ihm Judith verzweifelt vorgeworfen.

Verdrießlich wegen seiner Erschöpfung, hatte er sie angefaucht, daß er kein kleines Kind sei und sehr wohl seine Grenzen kenne.

»Warum überschreitest du sie dann?« hatte sie schlau erwidert, den Kopf in den Nacken geworfen, und erst nach einer Weile weitergearbeitet.

Sie hatte natürlich recht gehabt – wie üblich. Ohne ihre Kenntnisse der Hausmittel und ihre Fürsorge hätte er die ersten Wochen nicht überlebt. In dieser Zeit hatte sie obendrein Walter de Lacey abgeschüttelt, und mit Unterstützung seines Vaters und des Personals der Burg war es ihr gelungen, den Besitz und die Ländereien mit bemerkenswerter Tüchtigkeit in Ordnung zu halten.

Guyons Gedanken trieben dahin. Judiths Hände hatten sich nach unten gearbeitet, zur Fortsetzung des Rückens. Sie hielt einen Moment lang inne, dann kam die kühle Berührung des Kräuteröls und die langsame, wellenförmige Bewegung ihrer kräftigen, aber zarten Finger.

Die lange Abstinenz, der leichte Druck ihrer Hände von oben und der Gegendruck von unten ließen seinen Körper unvermeidlich so reagieren, daß er es nicht mehr kontrollieren konnte. Hitze strömte in seine Lenden.

Judith fühlte die Veränderung. Ganz plötzlich, unter ihren knetenden Handflächen, waren die Muskeln jetzt steif und angespannt.

»Ist etwas nicht in Ordnung, Mylord? Habe ich Euch wehgetan?« Besorgt beugte sie sich über ihn. Die Enden ihrer Zöpfe kitzelten ihn am Rücken.

»Nein«, murmelte Guyon mit erstickter Stimme. »Nein, im Gegenteil, aber ich glaube, du solltest jetzt Schluß machen.«

»Ich war ohnehin fast fertig«, sagte sie, zuckte mit den Schultern und dachte, er wollte in Ruhe gelassen werden, um schlafen zu können. »Dreht Euch um, dann öle ich noch Euer Bein.«

Eine zwanghafte, peinliche Stimme. Judith bekam es mit der Angst zu tun. »Guyon, was ist los?«

Er schloß die Augen und biß die Zähne zusammen, versuchte, auf geistigem Weg das peinliche Glied zum Rückzug zu bewegen. Aber es dachte nicht daran. Das Gefühl ihrer Brüste, warm und rund an seinem Rücken, als sie sich verwirrt über ihn beugte, machte die Dinge nur noch schlimmer. Es war Öl in ein Feuer, das so leicht außer Kontrolle geriet.

Nach einem Moment hob er den Kopf aus den Armen und sagte mit amüsiertem Jammern: »Gar nichts ist los, *cath fach*, nur hast du mich in eine bestimmte Situation gebracht, und wenn ich ihr jetzt freien Lauf lasse, ist das weder für dich gut noch für mich.«

»Was denn für eine Situation?« fragte sie und schaute ihn verständnislos an.

»O Gott, Judith, gib mir den Topf mit der Salbe und geh hinaus.«

»Aber dein Schenkel muß ...« Ihre Stimme verstummte, und ihre Augen wurden riesengroß, als sie ihn plötzlich berührte und dann mit einem Satz wegsprang von ihm. Sie hob den Topf mit Salbe auf, stellte ihn neben das Bett und floh aus dem Raum, in größter Panik.

Guyon warf einen Blick auf den Topf, der neben seinem Kopf stand, und vergrub sich mit einem Stöhnen wieder in die gekreuzten Unterarme.

Als Judith ihren Lauf verlangsamte, begann auch ihr Gehirn wieder normal zu arbeiten. Sie war so töricht gewesen, davonzulaufen! Mehr als je zuvor würde er sie jetzt als Kind einschätzen. Was hatte es für einen Sinn, wenn sie sich das Haar in duftenden Kräuterwässern wusch, bestimmte Punkte ihres Körpers parfümierte und dann vor Entsetzen floh, wenn der Zweck für alle diese Vorbereitungen am Horizont auftauchte?

Und wenn ich geblieben wäre? dachte sie. Und wenn ich zurückgehe?

Der Gedanke und das Dilemma wurden gelöst, weil FitzWarren auftauchte und ihr mitteilte, daß der Lord von Chester hier sei und um Gastfreundschaft für diese Nacht bat – für sich und seine Begleiter.

»Ich habe bereits Lager für die meisten seiner Männer bereitgestellt, aber der Koch meint, wir haben nicht genug Brot und keinen Platz im Ofen, um mehr zu backen, bei all den Vorbereitungen, die er sonst noch treffen muß.«

»Es gibt einen Ofen im Dorf, den kann er benützen«, sagte sie und hatte wieder ein Problem gelöst, während ein anderes von buchstäblich wesentlich größeren Dimensionen der Lösung harrte. Wo, im Namen der Heiligen Jungfrau, sollten sie den gewaltigen Korpus von Earl Hugh unterbringen? Es mußte wohl die große Bettkammer sein, und Guyon konnte die kleine Kammer seines Vaters haben. Sie würde mit einem der Mädchen im Zimmer ihrer Mutter schlafen, auf einer Strohmatratze. Sie schickte eines der Mädchen mit den Neuigkeiten herum und wappnete sich dann mit einem Lächeln, um den Lord von Chester zu begrüßen.

Er war noch riesiger und wuchtiger als in ihrer Erinnerung, und der Friedenskuß, den er ihr auf die Wange drückte, war so warm und klebrig wie ein Topf mit Schweinegrieben. »Gut, gut!« gackerte er mit seiner rauhen, dunklen Stimme. »Ich sehe, die Heirat bekommt Euch.«

Judiths Farbe verdunkelte sich, und der Earl schnalzte vor Entzücken. »Ich erinnere mich noch, als Ihr ein kleines Mädchen mit Zöpfen wart und Eurer Mutter auf den Knien gesessen habt«, erzählte er grinsend, als sie ihn zum offenen Kamin zog und einen Diener bat, ihm den Umhang abzunehmen. »Damals war ich auch noch schlank genug, daß ich Spaß daran hatte, den Weibern hinterherzulaufen.« Und er schlug sich bedauernd auf seinen riesigen Wanst.

»Glaub ihm kein Wort«, sagte Guyon hinter ihm, legte eine Hand leicht auf ihre Schulter und drückte sie dann zart. »Er ist immer noch erschreckend schnell, wenn er will.«

»Schneller als Ihr, wie ich höre«, sagte Earl Hugh, und seine schlauen, blauen Augen blitzten.

»Ich war unbesonnen, und ich habe dafür bezahlt.«

Chester grunzte. »Nicht zum erstenmal. Paß auf ihn auf, Mädchen. Er läuft in Kreisen um Euch herum, und auf einmal seid Ihr ganz verknotet.«

Judiths Lachen war mehr als sarkastisch. »Als ob ich das nicht wüßte!«

Guyon zupfte sie am Zopf. Sie riskierte einen Blick

auf ihn. Sein Blick war ein bißchen zurückhaltend, und seine Mundwinkel zuckten. Was hatte sie erwartet? Eine Erektion, jetzt und hier?

»Seid nicht so sicher, was das Ende betrifft, Hugh.« Er grinste. »Sie erreicht stets das, was sie will.« Er führte den Earl in den kleinen Söller hinter dem Podium. Judith entschuldigte sich wegen Besprechungen mit dem Koch, außerdem mußte sie mit dem Schreiner sprechen, daß er den Gästesessel verstärkte, da Earl Hugh schon bei seinem letzten Besuch beinahe durchgebrochen wäre.

»Ihr habt Euch seit Mon eine Menge Feinde gemacht«, bemerkte Chester, als er und Guyon allein waren. Dabei streckte er seine mächtigen Schultern nach hinten. Er trug einen Kragen aus roh geschnittenen Smaragden, und an seinem dicken Daumen hatte er einen Ring mit einem riesigen Rubin.

»Findet Ihr?« Guyon ließ sich auf einen Polsterstuhl sinken.

»Das wißt ihr selbst verdammt gut«, knurrte der Earl. »Und Ihr seid sicher nicht der Lieblingsneffe von Robert de Belleme, oder? Er hat da ein paar ganz üble Vorstellungen über Eure Beteiligung bei einem Überfall auf der Straße nach Shrewsbury im letzten Frühjahr.«

»Nichts, was er beweisen könnte.«

Earl Hugh nahm eine Karaffe aus dem Schrank, gegen den er lehnte, und betrachtete den schön geschliffenen Kristall und den Lapislazuli – ein byzantinisches Meisterwerk der Handwerkskunst. »Vielleicht, aber hat der Mangel an Beweisen schon jemals einen Montgomery aufgehalten? – Das ist kein Kinderspiel, Guy«, sagte Chester leise.

»Das habe ich auch nicht behauptet.« Guyon legte

sein Bein auf einen Hocker. »Also gut, ich gebe zu, es war töricht, den Zorn von de Belleme zu wecken. Doch zu der Zeit war ich wütend genug auf ihn. Und seit damals bin ich ein Muster an Zurückhaltung.«

»Abgesehen von dieser neuerlichen Eskapade«, sagte der Earl und zeigte auf Guyons Bein. »Oder wolltet Ihr den neuen Lord von Thorneyford mit einer Zurschaustellung von knabenhaftem Übermut begrüßen?«

Chester stellte die Karaffe wieder in den offenen Schrank. Er räusperte sich und sagte: »Er will Ravenstow, Guy ... Und er will Judith.«

Guyon lachte, und es klang sehr humorlos. »Ihr sagt mir nichts, was ich nicht wüßte. Seit meiner Hochzeit fühle ich seinen Dolch in meinem Rücken. Ich weiß, wie nah ich am Feuer bin«, sagte Guyon in das nachdenkliche Schweigen des Earls. »Aber jetzt, wo Jerusalem in die Hände der Christen gefallen ist, wird Onkel Robert seinen Blick auf ein größeres Feld gerichtet haben. Ich wette, er überläßt meine Ermordung den Händen des Schicksals – oder verzichtbaren Werkzeugen wie diesem Walter de Lacey.«

Chester spuckte auf einen Smaragd und polierte ihn mit dem pelzbesetzten Ärmel. Der ältere Bruder des Königs, Robert Curthouse, hatte das Herzogtum der Normandie an Rufus verpfändet, für das Silber, das er gebraucht hatte, um diesen Kreuzzug zu bestreiten, und war damit aufgebrochen. Die christlichen Streitkräfte hatten gesiegt, und in ein paar Wochen würden sie zurück sein und ein unendliches Durcheinander von Scharmützeln in Gang setzen. Rufus würde gewiß nicht freundlich lächeln und ihm die Normandie zurückgeben, auf einem Silbertablett.

»Und de Belleme wird mit seinem Schwert dort stehen, wo es den größten Schaden verursachen kann«, fuhr Guyon fort. »Ich wette fünf Silbermark auf einen Penny, daß in dem Augenblick, wo Robert den Fuß auf normannische Erde setzt, der Earl von Shrewsbury an seine Seite eilen und ihm seine Unterstützung anbieten wird. Ihr wißt, was er von Rufus hält.«

»Und Ihr ebenfalls«, bemerkte Chester trocken.

»Nur daß ich ihm einen Eid geschworen habe, nicht wahr? Das ist der Unterschied. De Belleme gibt keinen Nachttopf auf seine eigenen Verpflichtungen. Ich sehe es so deutlich wie das Gewitter, das sich da über den Höhen von Ledworth zusammenbraut. Bruder Robert kommt aus dem Heiligen Krieg zurück, gehüllt in Ruhm, und fordert die Rückgabe seines Herzogtums. Rufus entgegnet mit Widerspruch und Klagen. De Belleme unterstützt die Seite, die ihm den größten Vorteil bringt, und dann kann es losgehen. Brauchen wir nur noch ein paar Heißsporne bei den Walisern, die über die Grenze kommen, und schon wird es schlimmer als bei der Schlacht der Besoffenen auf dem Jahrmarkt von Smithfield! Und dabei wird sich ein jeder von uns letztlich die Finger verbrennen.«

Die weiße Hündin zu Guyons Füßen hob den Kopf und schnüffelte an seiner Hand. Chester bewunderte gedankenabwesend den schmalen Körper des Tieres, während er über Guyons Worte nachdachte. Stürmisches Wetter lag vor ihnen, und das galt für mindestens die Hälfte der Adeligen im Land. Die einen, die es fühlten, versuchten, alles wetterfest zu machen, die anderen, wie im Fall der mächtigen Clare-Familie, kultivierten in aller Stille den dritten Bruder.

»Und Prinz Henry?« sagte er. »Was ist mit Prinz Henry?«

»Was soll mit ihm sein?« Guyon rieb sich den Schenkel. »Er wird eine Weile zusehen, wie wir brennen, dann wird er selbst den üblichen Zweig ins Feuer werfen, und wenn er genug hat, wird er entweder löschen oder einfach weggehen, je nachdem, wie es ihm günstiger erscheint. Wahrscheinlich wird er auf die Seite von Rufus treten. Er möchte, daß er ihm Edith von Schottland als Braut besorgt, und er möchte, daß Rufus ihn zum Erben des Throns ernennt.«

»Ihr wißt eine ganze Menge für einen, der bis zum Herbst auf dem Krankenbett gelegen hat«, bemerkte Chester ein wenig beunruhigt.

Guyon hob nonchalant die Schultern. »Mein Schwager schreibt Briefe an seine Frau, meine Schwester, und sie zeigt sie mir, damit es uns hier nicht zu langweilig wird.«

»Euer Schwager ... Ah, ja«, sagte der Earl. »Er ist die rechte Hand des Großkämmerers, nicht wahr?«

»So was in der Art. Wir haben alle unsere Wege und Mittel. Weil wir davon sprechen: Steckt hinter Eurem Besuch ein tieferer Anlaß, oder seid Ihr nur gekommen, um Euch meiner Rekonvaleszenz zu versichern?«

»Das kommt ganz darauf an, wie krank Ihr noch seid.« Chester nickte in Richtung auf das hochgelegte Bein.

Guyon schüttelte den Kopf und lachte. »Das verdanke ich alles Judith.« Dann wurde er ernst. »Ich verdanke ihr mein Leben«, gab er zu. »Und mehr als einmal.«

»Ein hübsch aussehendes, junges Ding mit einem gesunden Kopf auf den Schultern. Ihr seid glücklicher als die meisten.«

Guyon verschränkte die Hände hinter dem Kopf. Hübsch aussehend? Nun ja, vielleicht würde sie das einmal, wenn ihr Körper sich noch mehr mit Weiblichkeit füllte, und er konnte ihr Intelligenz nicht abstreiten, aber glücklicher als die meisten? Er dachte an ihre Reaktion vorhin in der Schlafkammer, an den Ausdruck des Entsetzens in ihren Augen, als ob sie auf der Stelle entjungfert werden sollte.

Ein Jahr lang hatte er sich nun zurückgehalten. Die ersten Monate war es nicht schwer gewesen, denn sie hatte eindeutig wie ein Kind ausgesehen, aber die Zeit hatte die Grenze zwischen Kind und Frau verwischt. Er war sich seines körperlichen Verlangens bewußt, und auch der Tatsache, daß er nicht befriedigt werden konnte. Wenn sich auch ihr Körper inzwischen etwas verändert hatte, es war klar, daß sie geistig noch nicht bereit war, sein Fleisch zu empfangen – vielleicht niemals dazu bereit sein würde.

»Worüber wolltet Ihr mit mir sprechen?« fragte er abrupt den Earl.

Chester zog die Brauen hoch angesichts der Schärfe, in der Guyon die Frage gestellt hatte. »Da wo Euer Land an das meine grenzt, auf der Höhe des *Llyn Moel*, gibt es einen blinden Punkt zwischen den Hügeln, und genau dort reiten die Waliser immer wieder hinunter ins Tal, um es zu überfallen. Also ist dort eine Burg vonnöten, und der beste Standort liegt innerhalb Eurer Grenzen. Wenn Ihr es seht, werdet Ihr mir zustimmen.«

»Liegt es auch innerhalb meiner Ausgaben?« fragte Guyon. »Ich kenne den Ort, den Ihr meint. Dieses Frühjahr sind Lord Gruffydds Männer durchgekommen, genau an dieser Stelle, und haben ein paar Herden von uns entführt.«

»Ich bin sicher, wir kommen zu einer freundschaftlichen Abmachung«, sagte Chester mit seinem trügerischen, gütigen Lächeln.

»Es wäre möglich.« Guyon blieb behutsam, legte sich auf nichts fest.

Chesters Lächeln wurde ein sattes Glucksen, und seine Augenbrauen fuhren hinauf und hinunter. »Ich dachte, wir reiten morgen früh hin, vorausgesetzt, Eure Gesundheit und Eure Frau erlauben es. Auf meiner Seite gibt es da ein paar feine Jagdgründe. Ich habe erst kürzlich eine Hütte bauen lassen.«

»Ich könnte vielleicht ein paar Tage frei machen«, antwortete Guyon zurückhaltend. »Vorausgesetzt, es wird nicht auf Wildschwein gejagt.« Sein Blick wandte sich zur Tür. »Ich jage sie nicht mehr zum Vergnügen.«

»Wer tut das denn?« sagte Chester, der die Anspielung nicht verstanden hatte, und begann zu grinsen, als Judith den Raum betrat, gefolgt von einem Mädchen, das eine Karaffe und Becher bei sich hatte.

Sechzehntes Kapitel

London

Pfingsten im Jahr 1100

Der Ruf eines Bootsmanns klang vom Fluß herauf. Judith legte ihre Näharbeit beiseite und ging zum Flügelfenster. Unten fielen die Blütenblätter von den Apfelbäumen im Garten, so grün gefärbt durch das Glas wie die leuchtenden Federn des Papageis, der sie von seinem Käfig aus betrachtete. Da er momentan hoch in Gunsten des Königs stand, konnte Emmas Gatte es sich leisten, sein Geld für so seltene Extravaganzen wie grüne Glasfenster und exotische Vögel auszugeben.

Sie und Guyon waren in London, um am Pfingsttreffen des Hofes teilzunehmen, das in diesem Jahr im neuen Palast von Westminster abgehalten wurde. Das Gebäude war entworfen worden von Rannulf Flambard, der das Geld der Menschen nahm und es im Namen der Krone wieder ausgab. Die Stadt war übervoll, und nur den höchsten Magnaten im Lande wurde ein Schlafplatz in Westminster oder seiner direkten Umgebung gewährt. Die übrigen mußten sehen, wie sie zurechtkamen. Praktischerweise für sie besaß Richard, Guyons Schwager, ein Haus am Strand, nur ein paar Minuten zu Fuß bis zum neuen Palast, und war in der Lage, mit Improvisation, etwas Enge und viel Organisation von seiten Emmas, Judith und Guyon sowie ihr wichtigstes Personal für die Dauer ihres Ausflugs zu beherbergen. Sicher, es gab Unannehmlichkeiten für alle, und sie waren eingeschränkt in ihrem persönlichen Raum, aber glücklicher dran als die meisten ... Wobei ›glücklich‹ ein relativer Begriff war, dachte Judith und schaute über die Schulter auf das Bett in der Ecke des mit einem Vorhang geteilten Raums.

Es war eigentlich Richards und Emmas Schlafgemach, aber sie hatten darauf bestanden, daß sie und Guyon es während ihres Aufenthalts benützen sollten. Ein Entgegenkommen, das sich in Wahrheit als Grausamkeit erwies. In der vergangenen Nacht war Guyon bis in die frühen Morgenstunden aufgeblieben, um sich mit Richard zu unterhalten, und hatte die Ausrede benützt, sie nicht stören zu wollen, wenn er zu ihr ins Bett kam, und deshalb bei den anderen Schläfern auf einem Notbett in der Halle geschlafen.

Judith lehnte den Kopf gegen die Wand und verschränkte die Arme. Seit dem Ereignis in der Schlafkammer in Ravenstow, als sein Körper auf ihre Berührung reagiert hatte und sie daraufhin in Entsetzen geflohen war, hatte er peinlichst jeden körperlichen Kontakt in ihrer Beziehung vermieden.

Den Ausflug mit Earl Hugh hatte er auf zehn Tage ausgedehnt, und bei seiner Rückkehr hatte er erfrischt und erholt ausgesehen von den Tagen der Freiheit. Seine Haut hatte neuen Glanz angenommen und war von der Sonne gebräunt, und sein Verhalten war überschwenglich gewesen, als er die Pläne für die neue Burg diskutierte. Sie war buchstäblich einen Steinwurf von der walisischen Grenze entfernt. *Caermoel*, so hieß die Stelle auf Walisisch, was ›Fort auf einer Klippe‹ bedeutete, und es gab genügend Ruinen in der Runde, die anzeigten, daß eine frühere Zivilisation dort ebenfalls schon Mauern und Befestigungsanlagen gebaut hatte. Es gab Zwergfalken, die auf den moosüberzogenen Felsen nisteten, und Wolfseidechsen unten an der Furt, die den Fluß in Gestalt von großen Felsblöcken überquerte ... Im Westen bildeten die Hügel von Gwynedd einen purpurnen Drachenrücken in der Ferne; im Osten lag die fruchtbare Ebene von Chester.

Der Preis mußte noch ausgehandelt werden, ebenso die Kosten, die ein jeder zu tragen hatte, aber beide Männer waren davon überzeugt, daß mit der Arbeit an dem Projekt im kommenden Frühjahr begonnen werden konnte. Soviel hatte Judith von Guyon erfahren. Auf Umwegen jedoch drang auch an ihr Ohr, daß Earl Hugh nicht nur vorzügliche Küche und Keller geboten hatte in der Jagdhütte, sondern daß auch einige andere leibliche Genüsse für die Gäste zur Verfügung gestanden hatten. Offenbar war das Mädchen, das Guyon sich ausgesucht hatte, gut geübt, reizvoll und willig gewesen, und wahrscheinlich war auch Guyons Begeisterung so grenzenlos gewesen wie die, welche er bei ihr über das Projekt an den Tag gelegt hatte.

Zuerst war Judith verletzt und eifersüchtig gewesen, aber diese Gefühle waren dem Ärger über sich selbst gewichen und zugleich einer Art betrübter Duldung. Wenigstens hatte er seine Erleichterung nicht bei Rhosyn gesucht. Das hätte Judith nur sehr schwer ertragen. Natürlich wußte sie, daß der Ausweg aus dieser Situation allein bei ihr lag, aber sie brachte es nicht fertig, die Hand danach auszustrecken und zuzugreifen. Er nannte sie immer noch *cath fach* und zupfte sie am Zopf, aber die Umarmungen und Küsse waren seltener geworden. Manchmal schaute er sie an in einer

Weise, daß ihr Inneres zu schmelzen schien, und wenn sie dann aufblickte, waren seine Augen nicht auf ihr Gesicht gerichtet.

Er hielt sich mehr bei seinen Männern auf. Es gab Nächte, in denen er gar nicht zu Bett kam. Die leichte, unbeschwerte Kameradschaft der frühen Tage war verschwunden. Der Druck, der auf ihnen lastete, war schwer, das Seil zum Zerreißen gespannt, und es spannte sich jeden Tag noch ein bißchen mehr. Wenn es zerriß ...

Bei diesen niederschlagenden Gedanken brauchte Judith Luft, und sie öffnete die Fenster und schaute hinaus. Die Apfelblüten trieben wie rosafarbener Schnee dahin. Silbernes Lachen erreichte ihr Ohr, und sie sah, wie ein Boot zu der Anlegestelle am unteren Ende des Gartens manövriert wurde, ein privates Flußboot mit buntem Verdeck und Fellen auf den Bänken, wenn die Frühlingsbrise einmal zu kühl sein sollte.

Ursprung des Lachens war eine ungewöhnlich hübsche, junge Frau in einem reich verzierten Pelzumhang. Sie saß auf der nähergelegenen Seite des Boots und lehnte sich an Guyons Schulter. Ihr Haar hatte das Blond frischer Butter, ein schöner Kontrast zu seinem dunklen Umhang, und die Frau beugte sich vor, um ihn spielerisch auf die Lippen zu küssen, bevor er aufstand, um das Boot zu verlassen. Richard, sein Schwager, folgte ihm, machte eine fröhliche Bemerkung und erhielt von der Frau einen gespielten Schlag zur Strafe. Als letzter verließ ein eleganter, schlanker junger Mann das Boot, der sich mit ausgesuchter Höflichkeit verbeugte, um die beringte weiße Hand zu küssen, die ihm die junge Frau darbot.

»Das ist das Privatboot von Prinz Henry«, erklärte

Christen und sah zu, wie es hinaussteuerte in die schnelle, graue Strömung des Flusses. »Er trifft sich gelegentlich immer noch mit Alais.«

»Und das ist Alais de Clare?« Judith verengte die Augen, aber die blonde Gestalt war schon zu weit entfernt, als daß sie sie daraufhin noch einmal genau in Augenschein hätte nehmen können.

»Du brauchst dir keine Gedanken zu machen«, sagte Christen fröhlich. »Sie flirtet aus Gewohnheit, und Guy war nie besonders an ihr interessiert.«

»Es macht mir auch nichts aus«, antwortete Judith wesentlich lässiger, als es der Wahrheit entsprach. »Wer war der junge Mann mit Guyon und Richard?«

Christen errötete und glättete ihr bereits makelloses Kleid. »Das war Simon de Vere, einer der Assistenten von Papa. Er ist der Erbe eines Herrenhauses am Stadtrand, aber Papa glaubt, daß er noch viel höher steigen wird in den Diensten des Königs.« So viel höher, daß Richard hoffte, es könnte zu einer Verbindung zwischen Simon und seiner ältesten Tochter kommen. Christen war der Idee keineswegs abgeneigt, denn Simon war neunzehn Jahre alt, würde einmal sehr reich werden und war bereits jetzt eine anerkannte Persönlichkeit bei Hofe.

Draußen hörte man Männerstimmen in einer jovialen, scherzhaften Konversation, und Christen beeilte sich, ihnen die Tür zu öffnen; dabei wäre sie fast über Cadi gestolpert, die entschlossen war, die erste zu sein.

Richard kam lachend herein und wischte sich die Augen über einen besonders guten Witz, warf dann seinen Umhang achtlos auf eine Kommode.

Der Papagei kreischte beim Eintritt der Männer und hüpfte in seinem Käfig nervös auf und ab. »Du solltest dir auch einen besorgen, Guy, sie sind gute Gesellschaft, wenn deine Frau mal nicht da ist.« Richard grinste, als Guyon neben dem Käfig stehenblieb und das Tier skeptisch betrachtete. »Aber so ist es ja auch mit Alais de Clare, nicht wahr?«

»Die Wahl zwischen den beiden ist schwer«, antwortete Guyon neutral, während er um den Käfig herumging. »Aber ich finde, Alais hat mehr Ähnlichkeit mit einem Kaninchen als mit einem Papagei.«

Richard lachte schallend und nahm den Wein, den ihm seine Tochter brachte.

Guyon schaute sich nach Judith um, die immer noch am offenen Fenster stand. Ihre Miene war leicht mißbilligend. »Wo ist dein Mantel, *cath fach*?«

»Cath fach?« Richard, noch immer lachend, schaute sich um. Vertraut mit Latein, Französisch und Flämisch und sogar mit ein wenig Angelsächsich, war er völlig verloren mit Walisisch, das die Verwandten seiner Frau so häufig benützten.

»Kätzchen«, übersetzte Guyon in demselben, neutralen Ton. »Sie sieht süß aus, aber versuche niemand, sich mit ihr anzulegen, sonst bekommt er die Krallen zu spüren.«

»Ein Kaninchen, ein Papagei oder ein Kätzchen«, überlegte Richard. »Was wäre dir am liebsten?«

»Auf alle Fälle das Kätzchen«, sagte Guyon und lächelte zu seiner Frau hinüber. »Katzen können für sich selbst sorgen.«

Sie schaute ihn an und wandte sich dann ab; dabei bemerkte sie, daß sie errötete. »Wozu brauche ich meinen Mantel?«

»Simons Großvater besitzt ein Haus am Ende der Holbourne Road, und er bietet uns Luft zum Atmen, wenn es uns hier zu eng wird.«

Judith schaute sich in dem Raum um. Christen und Simon hatten sich zurückgezogen und sprachen in steifer, formeller Weise miteinander; dabei achteten sie peinlich genau darauf, einen guten Eindruck bei Richard zu hinterlassen. Heute abend würden Strohmatratzen überall auf dem Boden ausgelegt werden, und man hatte nicht einmal die Möglichkeit, auf den Topf zu gehen, ohne daß das halbe Haus es mitbekam. Außerdem herrschte zwischen ihr und Emma bestenfalls eine lauwarme Toleranz, und die körperliche Nähe, in die sie gezwungen wurden, würde diese Toleranz bis an ihre Grenzen beanspruchen. Also nickte sie Guyon zu und holte ihren Umhang vom Fußende des Betts.

»Hol du auch den deinen, Chris«, sagte Guyon zu seiner Nichte am anderen Ende des Raums. »Ich könnte mir denken, daß auch du Spaß hast an dem kleinen Ausflug. Simons Großvater hat sicher nichts dagegen. Er liebt Gesellschaft.«

»Er wird entzückt sein«, bestätigte Simon, und sein Gesicht strahlte, bevor er sich nachdenklicher an Richard wandte. »Mit Eurer Genehmigung, Sir?«

»Ich weiß nicht. Kann ich dich als Anstandswauwau einsetzen, Guy?« fragte Richard und zog spöttisch eine Augenbraue hoch. »Emma läßt mich in kleine Stücke zerhacken und an diesen verdammten Vogel verfüttern, wenn irgend etwas Unpassendes passieren sollte.«

»Papa!« rief Christen empört, als ob seine Sorge noch niemals irgendeinen Grund gehabt hätte.

»Ich werde Christen mit allem gebotenen Respekt behandeln, Sir«, sagte Simon und unterdrückte das Bedürfnis zu lachen.

Guyon überlegte kurz, betrachtete den bunten

Vogel in seinem Käfig und fragte dann: »Fressen Papageien überhaupt Fleisch?«

Christen gab ihm einen Klaps.

Simons Großvater war ein redseliger, weißhaariger Siebziger, der mit Vergnügen die Gesellschaft willkommen hieß. Er neckte Simon etwas grob mit Christen, pumpte ihn und Guyon nach Neuigkeiten und Skandalen am Hofe aus, schnalzte mit Genuß bei den saftigeren Geschichten und machte scharfe Bemerkungen über die Intelligenz und die Herkunft der Leute, um die es dabei ging. Er bot seinen Gästen Wein und Honigkuchen an. Die Spieltische kamen heraus, und damit ein Satz Würfel und Spielmarken. Er lud Christen zum Spiel ein und warf gelegentlich ein neidisches Auge auf Guyon.

»Als der Prinz zuletzt hier war, haben wir von Euch gesprochen. ›Spiel nie mit einem aus dem Haus Flambard oder mit Guyon FitzMiles‹, hat er gesagt. ›Die ziehen dich schneller aus, als du dich morgens anziehen kannst.‹«

»Das ist nicht wahr!« protestierte Guyon und lachte dazu. »Ich hab' Euch beim letztenmal mindestens ein Lendentuch gelassen.«

Der alte Mann machte eine wegwerfende Geste mit der Hand. »Nein, aber Ihr seid kein so hübscher Anblick am Tisch wie Eure Nichte hier, und ich habe ein starkes Interesse an ihr, wo sie doch vielleicht demnächst einmal zur Familie gehört. Nimm deine hübsche Frau nach oben und zeig ihr die Räume.«

Simon, der nicht die Gelegenheit verpassen wollte, Christens reines, reizvolles Profil zu betrachten, nahm sich einen Stuhl, um sie beim Spiel beobachten zu können.

Judith und Guyon verließen den Raum und gingen die äußere Holztreppe hinauf zu den beiden Räumen, die sich oben befanden.

»Was hat er gemeint mit dem Prinz?« fragte Judith, während Guyon die Außentür öffnete und danach einen schweren Vorhang zur Seite zog.

»Oh, Prinz Henry hält sich manchmal hier auf, oder er hat es getan, bevor der neue Palast fertig war. Manchmal spielt er mit dem alten Walter, um ihm eine Freude zu machen.«

Judith betrachtete den Raum mit neu erwachtem Interesse. Die Wände waren verputzt und mit Fresken versehen: Jagdszenen, Bauern beim Pflügen, bei der Ernte, Frauen beim Tanz, ein Mann, der angelte. Die Farben waren leuchtend und lebhaft. Es gab eine Kohlenpfanne in dem Raum, ein kleines *prie dieu* und in einer Nische in der Wand eine Alabasterstatue der Heiligen Jungfrau. Es gab Stühle, eine schöne Kommode und einen langen Tisch.

»Manchmal hat er auch Besprechungen hier abgehalten«, sagte Guyon und schaute sich ebenfalls um in der vertrauten Umgebung. »Dieser Kratzer an der Tischkante ist die Stelle, wo er die Stiefeln draufgelegt hat, ohne die Sporen abzunehmen.«

»Würfeln, huren, zechen«, sagte sie in scherzhaftem Ton.

»Nicht oft. Für diese Art von Sünden gibt es noch bessere Gelegenheiten auf der Seite von Southwark«, erklärte Guyon und folgte ihr durch den zweiten Vorhang in den etwas kleineren Schlafraum.

»Wo ist das Bett?« fragte sie. »Oder schlafen wir auf diesen Fellen auf dem Boden?«

Guyon atmete tief ein, ließ die Luft leise aus und fand, daß das Wesentliche bereits wieder einmal gesagt war, denn Judiths Rückgrat versteifte sich zusehends. »Henry hat es vermutlich nach Westminster bringen lassen, aber ich nehme an, wir finden ein anderes irgendwo.«

»Eines?« Judith warf ihm einen Blick über die Schulter zu.

»Wie auch immer«, antwortete er, als sei es ihm egal.

Judith überprüfte den Rest des Raums. Die Fenster, wie die bei Richard, waren verglast, und die Wände wie im ersten Raum mit Fresken versehen und beleuchtet. Der Boden war dick mit Binsen und gemahlenem Lavendel bestreut, und in einer Ecke gab es einen Berg von Fellen, die offensichtlich die Bettdecken waren. Ein Bett ... Ihre Gedanken liefen im Kreis und stolperten dabei übereinander.

»Wir können auch bei Richard und Emma bleiben, wenn dir das lieber ist«, sagte er.

Sie schüttelte den Kopf und hielt die Augen stur gesenkt. »Du hast doch gesehen, wie eng es dort hergeht. Emma ist uns sicher nicht dankbar, und außerdem wäre es eine Unhöflichkeit gegenüber Simon und seinem Großvater.«

Guyon betrachtete sie aus leicht verengten Lidern. Sie zitterte zum schnellen Schlag ihres Herzens, und er sah, wie sie mit sich kämpfte und schluckte. Er berührte ihr Gesicht mit den Fingerspitzen. Judith hob die Lider, fühlte sich heiß und schwach und verängstigt, und wünschte sich verzweifelt, sie wären unten geblieben.

»Das ist es, was *sie* lieber hätten. Ich habe *dich* nach deinen Wünschen gefragt«, sagte er höflich.

»Es sind auch die meinen«, sagte Judith. Sie hatte nicht genügend Mut, um den Feigling zu spielen, und hielt ihm stand, als er mit den Fingerspitzen die Linie ihres Kiefers nachzeichnete und sie dann zart nach unten, den Hals entlang, fortsetzte. Ihre Haut prikkelte.

»Hör auf, dich dagegen zu wehren, Judith«, flehte er leise. »Du brauchst keine Angst zu haben. Ich werde dir nicht wehtun. Das weißt du doch – oder du solltest es inzwischen wissen.«

Ein kalter Schauer lief ihr über das Rückgrat und ließ ihren ganzen Körper zittern. Aus dem Finger wurde eine Hand, die nach unten schlüpfte, bis zur Taille, und sie leicht an sich zog. Er strich mit den Lippen über ihre Stirn, ihre Wangen, knabberte an ihren Ohrläppchen. Unwillkürlich begann Judith zu keuchen und empfand die Sensation.

Er leckte die empfindliche Stelle hinter ihrem Ohr, küßte ihren Hals, kehrte zum Gesicht zurück, die Lippen leicht wie Schmetterlinge.

Zögernd begann Judith, die Liebkosungen zu erwidern. Eine Hand glitt hoch, legte sich auf seinen Gürtel, die andere strich über den glatten Stoff an seinem Rücken. Sie kam näher. Seine Hand drückte ein wenig gegen ihre Taille, und er streckte den Daumen aus, als sie wieder nach oben fuhr, um ihre Brustwarzen zu massieren. Sie verhärteten sich augenblicklich, und ein Blitz fuhr von den Brustwarzen in die Lenden, so daß wieder ihr ganzer Körper leicht erschauerte.

Guy zwang sich zur Geduld, was ganz und gar nicht seinem Gefühl entsprach. Sein Körper, der immer wieder zurückgehalten wurde, war jetzt bereit zu einer Entladung. Es war lange her seit den Tagen in Earl Hughs Jagdhütte, aber Judith war so mißtrauisch und so verängstigt, daß jeder falsche Schritt alles wieder zunichte machen würde.

Judiths Lippen teilten sich unter seinem Drängen. Es war nicht wie damals, als Walter de Lacey sie an ihrem Hochzeitstag in der Halle von Ravenstow gepackt hatte. In Guyons Kuß lag keine Gewalt, nicht das Bedürfnis, zu verschlingen und zu zerstören. Was er tat, war viel zarter und zugleich raffinierter, ein langsamer Prozeß, in dem es ihm darum ging, ihre Sinne zu wecken und nicht die seinen auf der Stelle zu befriedigen. Guyon entschloß sich, zu warten und alles so lange wie möglich hinauszuziehen. Sie hatte nicht gewußt, daß so etwas möglich war.

Sie kam sich vor wie eine Ertrinkende; der Felsen, an den sie sich geklammert hatte, gab nach, und sie trieb dahin im köstlichen, warmen Wasser. Ihre Brüste waren steif, ihre Lenden feucht, und sie schmerzten köstlich, ihr ganzer Körper war eine knochenlose Masse, die nur aus stimulierten Nervenenden bestand.

Von unten hörte man schallendes Lachen des alten Mannes und laute Ausrufe seiner beiden Begleiter. Der Zauber zerbrach. Judith zuckte, und Guyons Arme versuchten, sie zu halten. Judith kämpfte sich frei, die Augen groß und weit geöffnet, ein Schluchzen in ihrer Kehle.

Guyon atmete schwer, als ob er eben in voller Rüstung einen Turm hinaufgelaufen wäre. »Du siehst, was geschieht, wenn du ein angestautes Feuer anfachst«, sagte er bedauernd. »Das habe ich schon lange tun wollen.« Dann ging er zum Fenster und schaute hinunter. Es machte kein Vergnügen, Wasser zu trinken, wenn man Lust hatte auf Wein.

Judith verbarg rasch das Gesicht, als Simon hereinkam, breit grinste, einen halb gegessenen Apfel in der Hand. Christen hatte soeben seinen Großvater beim

Spiel geschlagen, mit einem Zug, der sie selbst genauso überrascht hatte wie den alten Mann. »Ist alles in Ordnung?« fragte er, schaute sich im Raum um und aß noch einen Bissen von der Frucht. »Denkt Euch nichts wegen des Bettes. Großvater sagt, er weiß, wo er eines auftreiben kann.«

Er drehte ihr den Rücken zu. Guyon murmelte etwas, dann lachte er ohne Humor.

»Es gehört der Äbtissin von St. Anne«, fügte Simon hinzu. »Es hat eine Federnmatratze und Seidenbezüge und was weiß ich. Es gehörte zu ihrer Aussteuer, aber der Bischof meinte, sie müsse sich davon trennen ... Was ist los, Guy, habe ich etwas Komisches gesagt?«

»Nein«, antwortete Guyon. »Es ist gar nicht komisch. Muß ich beichten, bevor ich mich in das Bett lege?«

»Kommt ganz darauf an, was du darin tun willst«, sagte Simon. Er drehte sich zu Judith um. Sie errötete und schaute drein, als würde sie in Tränen ausbrechen, dann stammelte sie eine Entschuldigung, raffte die Röcke und eilte aus dem Raum.

»Ich hätte nicht gedacht, daß sie so empfindlich ist. Es tut mir leid«, sagte Simon und schaute auf den sich noch bewegenden Vorhang mit einem perplexen Stirnrunzeln.

»Wieviele Ave Marias braucht man, um ein Wunder zu bewirken?« fragte Guyon und stieß sich müde vom Fenster ab. Als er am Tisch angekommen war, trat er ihn mit aller Gewalt um.

Siebzehntes Kapitel

Judith hob den Kelch an. Er war aus gedrehtem, grünem Chalzedon, köstlich geschliffen im englischen Stil. Der Wein war süß-scharf und kalt von dem Brunnenraum, in dem er gekühlt wurde, bevor man ihn zu Tisch brachte.

Die neue Halle des Königs in Westminster glänzte von starken Farben, die Wände waren in kühnen Mustern bemalt, die rot und blau, in Gold oder mattem Schwarz schimmerten. Flaggen aller Art verdeckten die Wände mit ursprünglich heidnischen Farben und Symbolen. Kerzen flackerten und tropften cremefarben und golden, und ihr Licht wurde vom Weißzeug an den Tischen reflektiert. Der gesamte Hochadel von England strahlte wie eine bewegliche, dahinströmende Tapisserie.

Judith trank ihren Wein und beobachtete die durch die Räume treibenden Männer und Frauen – ihren Onkel Arnolf, den Lord von Pembroke, so unangenehm und so häßlich wie eh und je; ihr Onkel mütterlicherseits, William Breteuil, war bei ihm, und sie sprachen freundlich miteinander, obwohl ihre Blicke andeuteten, daß sie einander nicht trauten. Ihr berüchtigster Verwandter, Robert de Belleme, war nicht zu dieser Versammlung gekommen; er hielt selbst Hof in Arundel, bevor er in die Normandie segelte, aber Arnolf, unter anderem, war sein Informant und teilte ihm mit, was sich während seiner Abwesenheit am Hofe ereignet hatte.

Weiter unten in dem großen Saal erkannte sie Gilbert de Clare, den Lord von Tunbridge, der sich mit seinem Bruder Roger und Robert FitzHamon von Gloucester unterhielt; die beiden waren bei ihrer Hochzeit anwesend gewesen. Guyon stand am Rande dieser Gruppe; er war eben aus der Richtung der Garderobe gekommen: groß, schlank und fabelhaft aussehend, in einem granatroten Gewand aus flämischen Tuch, mit Goldfäden bestickt. Diese Tunika, anders als die kurzen oder bis zu den Knien gehenden, für die Probleme des täglichen Lebens in den Marken geeignet, reichte bis zu den Knöcheln. Er war ein Lord von einiger Bedeutung, und wo, wenn nicht bei Hofe, sollte er sich entsprechend kleiden – einschließlich der schweren Ringe an seinen Fingern.

Vor den Tischen präsentierten Gaukler ihre Kunststücke und trugen bunte Kostüme, aus verschiedenfarbigen Stoffen zusammengesetzt, mit Glöckchen daran. Einer von ihnen jonglierte sechs blitzende Messer, während er selbst sich ständig drehte, und fing sie doch immer geschickt am Heft auf.

»Gefällt es Euch?« sagte ihr Hugh von Chester ins Ohr.

Judith zuckte zusammen und fuhr herum. Er war opulent in blaue Seide gekleidet, die locker geschnitten war, um seinen übergroßen Bauch nicht zu beengen. Goldschnüre blinkten auf seinem Brustkasten, und an eine Schulter hatte er eine riesige, runde, walisische Brosche gesteckt.

»Ich freue mich, daß ich hergekommen bin, Mylord«, sagte sie lächelnd. »Aber ich glaube, auf die Dauer ziehe ich die klare, reine Luft der Marken vor.«

Ein älterer Mann, der an der Schulter des Earls aufgetaucht war, starrte sie offen und mit fast erschrockener Neugier an. Chester stellte ihn als Sir Hubert de Caen vor, ein Veteran der Schlacht von Hastings und ehemaliger Berater des Königs William. Judith lächelte und sagte ihm ein paar höfliche Worte.

»Die Lady von Ravenstow?« murmelte er und schaute hinüber zu Guyon, der an einem der Tische stand. »Vergebt mir, wenn ich frage, aber Ihr seid gewiß verwandt mit dem Eroberer?«

»Nun ja«, erwiderte Judith und wunderte sich über seine Frage. »Mein Großvater und König William waren Vettern.«

Er schaute sie enttäuscht an. »Das Band ist nicht enger als das?«

»Leider nein.« Sie warf einen Blick auf Earl Hugh, der mit seinen fleischbeladenen Schultern zuckte und sich wiederholt an die Stirn tippte.

»Es ist seltsam«, fuhr Sir Hubert fort. »Ihr seid das lebende Abbild von Arlette von Falais, der Mutter des Königs. Sie hatte die gleichen Sommersprossen, den gleichen Teint, das gleiche Haar und in ihrer Jugend die gleiche Figur.«

»Ich bedaure, daß ich Euch enttäuschen muß, aber die Lady Arlette gehört nicht zu meiner Blutlinie. Mein Großvater war über die männliche Linie mit König William verwandt.«

»Bemerkenswert«, murmelte Sir Hubert, schüttelte den Kopf und erhob sich steif auf die Füße.

Der Jongleur hätte um ein Haar eines seiner Messer verpaßt, erwischte es aber doch gerade noch. Auf dem Podium brüllte König Rufus vor Lachen über einen Witz, den man ihm erzählt hatte. Hugh von Chester schlenderte mit seinem Begleiter weiter. Judith trank ihren Wein, sah sich nach Guyon um und erstickte fast beim Schlucken, als sie sah, daß Alais de Clare sich an ihn gelehnt hatte, drüben bei den Steinbogen, die das Dach der Halle trugen. Ein blau und goldenes Banner hing in der Luft über ihren Köpfen. Alais hatte ihren Arm besitzergreifend unter den seinen gehakt und ihm das strahlende Gesicht zugewandt. Er neigte den Kopf, um zu hören, was sie zu sagen hatte. Sie kicherte und schickte einen Blick in die Runde, dann stellte sie sich auf Zehenspitzen, um ihm etwas ins Ohr zu flüstern, und ihre Hand ging zwischen den beiden kühn nach unten.

Judith saß wie betäubt da und schaute ein paar Sekunden lang zu. Dann explodierten die Bläschen des Weins in ihrem Kopf zu feurigem Zorn. Sie sprang auf, kippte den restlichen Wein, den sie noch in ihrem Becher hatte, hinunter, ging um den erschreckten Jongleur herum und auf ihren Ehemann samt der schamlosen, die schmollenden Lippen zeigenden Kurtisane zu.

Sie plazierte sich auf die andere Seite von ihm, hielt seinen freien Arm und stellte sich ebenfalls auf Zehenspitzen, aber statt ihm etwas ins Ohr zu flüstern, biß sie ihn heftig in sein Ohrläppchen. Guyon zuckte mit einem unterdrückten Schrei zurück. Judith stand angriffsbereit da. »Danke Gott, daß es nur dein Ohr ist«, sagte sie und schaute von ihm auf die erschrokkene und deutlich ältere Frau. »Ihr müßt Alais sein«, sagte sie süß. »Ich habe schon viel von Euch gehört, eigentlich sogar zu viel, so daß ich weder meine noch Eure Zeit zu vergeuden brauche, oder die meines Mannes«, und dann sagte sie zu Alais de Clare in einem Wachstuben-Angelsächsisch, das sie von kindlichen Eskapaden kannte, genau, was sie ihrer Meinung nach tun konnte.

Guyon stotterte. Alais schaute Judith in entsetztem Erstaunen an. Judith, die den Schock ihrer Rivalin für Gegenwehr hielt, nahm das Eßmesser aus ihrem Gürtel, um damit ihrer langen, weißen Kehle zu drohen. Guyon packte ihr Handgelenk und zog es in stählernem Griff nach unten.

»Ich gehe wohl besser, Guy«, gurrte Alais mit daunenweicher Stimme und tätschelte seinen Arm. »Du kannst mir deine Antwort später geben.« Dabei ignorierte sie Judiths messerscharfe Blicke, ja, sie ignorierte Judith überhaupt und ließ ihn stehen, um sich mit offenem Lächeln einem jungen Ritter aus dem Haushalt des Earls von Chester zuzuwenden.

»Was, um alles in der Welt, glaubst du, daß du da tust?« zischte Guyon sie an und wand ihr das Messer aus der Hand. Sie kämpfte wütend darum, bevor sie seiner größeren Kraft nachgab. »Du bist eine Baronesse aus den Marken und kein Fischweib, und je eher du dir das klarmachst, desto besser.«

»Und sie ist eine aufgeputzte Gossenhure!« spuckte Judith zurück, wobei sich ihre Brüste heftig hoben und senkten. »Vermutlich habt ihr euch wieder einmal für ein Bettabenteuer verabredet.«

»Du hast ja wohl kaum Grund, dich zu beklagen, oder?« erwiderte er.

Einen Moment lang funkelten sie sich an, und die Luft war voller Spannung. Dann stieß Guyon seinen Atem in einem tiefen Seufzer aus. »Ich hatte nicht vor, eine Liaison hinter deinem Rücken zu planen«, sagte er und zupfte an ihrem seidigen Zopf. »Mein Gott, glaubst du, ich hätte nicht genug damit, die Frau zu zähmen, die ich habe, statt mir auch noch mit einem hirnlosen Wesen wie Alais de Clare Ärger zu machen?« Er schnitt eine Grimasse und massierte sein Ohr.

Judith senkte die Lider und schaute auf ihre weichen, goldenen Schuhe. Die Wirkung des Weins ließ jetzt rasch nach. Sie kam sich sehr töricht vor; außerdem war ihr ein bißchen schlecht. »Aber ich dachte ... Christen sagte, daß du und sie ...«

Guyon knurrte. »Ein-, zweimal, nicht öfter. Das erste Mal war ich zu betrunken, das zweite Mal zu verzweifelt; Alais dagegen glaubte, daß sie es geschafft hätte und veranstaltete eine Party, um mit dem ganzen Hof ihre Eroberung zu feiern, bis ihr Mann ihr eins mit der Hand auf den Mund gab und sie Prinz Henry zuschob. Der Prinz hat ein Faible für hirnlose Blondinen.«

»Und du nicht?« fragte sie ihn herausfordernd, den Kopf erhoben.

»Ich habe eine erstaunliche Vorliebe für lohfarbene Teufelinnen«, murmelte er und legte ihr seinen Arm um die schmale Taille, zog sie dabei noch näher zu sich her.

Auf dem Podium lachte William II. Rufus wieder schallend und legte einen dicken Arm um die Schulter des schlanken jungen Mannes, der neben ihm saß. Er hatte dunkles Haar und dunkle Augen, und sein Mund war rot wie frisch angebissene Erdbeeren.

»Sein neuestes Spielzeug«, sagte Guyon mit schiefem Mund. »Er heißt Ernoul und kommt aus Toulouse. Kein Wunder, daß sich Henry zurückgezogen hat. Und ein Glück, daß Anselm von Canterbury nicht da ist; der hätte einen Schlaganfall erlitten.«

»Wer ist dann der Pfaffe, der mit ihm oben auf dem Podium sitzt?« fragte Judith und nahm ihre Hüfte ein wenig von dem schon zu lange andauernden Druck seiner Schenkel.

Guyon tat so, als habe er es nicht bemerkt. »Das ist

Rannulf Flambard, der Bischof von Durham. Er würde nicht einmal mit der Wimper zucken, wenn Rufus eine Ziege hereinführte und vor seinen Augen eine Schwarze Messe feiern würde, vorausgesetzt, es brächte ihm Geld in die Kasse.« Er ließ seinen Blick über das Fest schweifen. Chesters junger Ritter hatte den Arm um Alais' Taille gelegt und schaute mit lachendem Gesicht zu ihm herüber. »Flambard hat diese Halle entworfen. Rufus sagt, sie ist zu groß für einen Raum und zu klein für eine große Halle, aber das ist nun mal seine Art.«

»So wie Ernoul?«

»Genau, so wie Ernoul«, bestätigte er ihr und versuchte, sich nicht vorzustellen, wie es war, wenn man den Arm des Königs um die Schultern drapiert hatte, seinen fauligen Atem roch und heiß an der Wange spürte. Guyon wußte, daß ihm schon nach ein paar Minuten übel werden würde. Aber Ernoul schien es nichts auszumachen. Vielleicht bekam er eine Menge Geld dafür.

Judith überlief ein Schauer. Der königliche Hof war mindestens doppelt so gefährlich und barbarisch wie das Leben in den Marken. Und wie in der Natur waren die schönsten Farben eine Warnung: nicht berühren. O ja, sie wußte, wie man in solchen Dschungeln jagte und sich versteckte, aber es machte sie dennoch nervös. Wenn jeder eine Bestie war, mußte ja wohl auch jemand gefressen werden.

Der Abend setzte sich fort. Der nächste Gang des endlosen Mahles wurde serviert: Dinge, die in anderen Dingen versteckt oder als andere Dinge garniert waren, gefüllt und vergoldet und reich verziert, Dinge, die zum Essen waren und zugleich selbst das große Fest darstellten, das sie feierten. Der Wein wechselte:

Anstelle des kalten, trockenen Anjou gab es jetzt einen schweren, roten Franzosen.

Musiker spielten, ein Spaßmacher erzählte unanständige Witze; ein Schwertschlucker amüsierte diejenigen, denen so etwas gefiel. Der Messerjongleur wagte sich an ein Kunststück, das ihm nicht gelang, und wurde davongetragen, blutend wie ein geschlachtetes Schwein. Rufus machte die Runde bei seinen Vasallen, voller Falschheit und gespielter jovialer *Bonhomie*, aber die Art, wie er sich bemühte, deutete auf sein cholerisches Temperament hin, das in Wahrheit dahinter lag.

Der König war ein vierschrötiger, faßförmiger Mensch mit einem energischen, sanguinischen Gesicht und kurzen, dicken Armen und Beinen. Keiner der Söhne von William dem Eroberer kam der Größe ihres Vaters auch nur nahe, obwohl alle ebenso breit waren und die Neigung hatten, in mittleren Jahren korpulent zu werden.

Mit blühender Gesichtsfarbe und stolzierend wie der Gockel auf dem Hühnerhof, machte er seine Runde und faßte Judith unterm Kinn, als ob sie ein Küchenmädchen wäre. »Und das also ist die Kleine von Maurice FitzRoger, he?«

»Zu Diensten, Sire«, murmelte Judith und senkte die Lider. Seine Finger waren dick und klebrig wie rohe Würstchen, aber sie griffen schmerzhaft ins Fleisch.

»Mageres kleines Ding, wie?« Rufus sprach mit Guyon, als ob Judith taubstumm wäre. »Und noch nichts von einem Bäuchlein zu sehen?«

»Ich habe es nicht eilig, Sire«, erwiderte Guyon mit einem breiten Lächeln. »Ein flacher Acker ist leichter zu bestellen als einer mit einem Hügel mittendrin.«

Rufus brach in schallendes Gelächter aus, und seine wechselnd braunen und grauen Augen verschwanden fast hinter den Schlitzen der Lider.

Judith nahm ihr angespanntes Kinn von seinen Fingern und kam sich vor wie ein Schlachttier auf dem Markt. Rufus öffnete die Augen, und sie starrte ihn direkt und kühl an.

»Großer Gott!« nuckelte er leise. »Genauso hat mich meine Großmutter Arlette angeschaut, wenn sie wütend auf mich war.«

Es war schon das zweite Mal an diesem Abend, daß man sie mit der verstorbenen Gräfin von Conteville verglich, aber es machte ihr nichts aus. »Vielleicht hattet Ihr es nicht anders verdient«, sagte sie.

Einen Moment lang herrschte Stille. Die *Bonhomie* wich. »Du hast eine böse Zunge, mein Kind«, bemerkte er scharf.

»Auf die Zähne müßt Ihr achten, Sire«, wandte Guyon ein und grinste, zeigte das gebissene Ohrläppchen und gab ihr unter dem Tisch einen Fußtritt.

Rufus entschied sich, zu lachen. »Das sehe ich!« sagte er und ging weiter zum nächsten Vasallen, nicht ohne Guyon noch für den nächsten Tag zur Jagd einzuladen.

»Mein Gott, willst du mich ins Exil bringen?« fuhr Guyon sie an und kratzte sich am Kopf.

Judith trank ihren Becher aus. »Ich bin kein Stück Fleisch auf einem Hackbrett, über das man reden und das man begrapschen kann, als hätte ich keinen Mund, keine Ohren und kein Gefühl«, fuhr sie ihn an.

Guyon zuckte mit den Schultern. »Rufus ist nun einmal so. Noch ein Dorn an der verfaulenden Rose dieses Hofes.«

Judith schaute ihn an und verengte die Augen. Ihr

Denkprozeß war jetzt doch stark beeinträchtigt vom Wein, und sie lächelte verschwommen dem Diener zu, der ihren Becher wieder füllte, setzte ihn dann an die Lippen. »Rufus hat immer noch ein gewisses Interesse an dir, nicht wahr?« sagte sie, und dabei schleppte sie undeutlich die Konsonanten.

»Das Interesse wird aber auch alles sein, was er haben kann.« Guyon schaute sie an und zog die Brauen hoch. Wenn sie zuvor schon nicht nüchtern war, so befand sie sich jetzt auf dem besten Weg, sinnlos betrunken zu werden.

»Judith, nicht mehr«, sagte er verständnisvoll und hielt ihre Hand fest, als sie wieder nach dem Becher griff.

»Warum nicht?« protestierte sie. »Jetzt gefällt es mir erst. Am Anfang war es sch-schau-schauderhaft, aber man ge-gewöhnt sich an alles möglische. Alles möglische.«

»Wenn du betrunken bist«, stimmte er ihr zu.

»Wer ist denn betrunken?« gröhlte sie mit lauter Stimme. Köpfe drehten sich nach ihr um. Glücklicherweise entschloß sich der König in diesem Augenblick, den Saal zu verlassen, und während sich die Gäste erhoben und wieder setzten, gelang es Guyon, seine streitsüchtige Frau zu beruhigen. Doch das dauerte nicht lange an. Der Wein in ihrem Blut brachte Rebellion und Aggression hervor. Und nun reagierte er auch auf ihren Mageninhalt, und ihr wurde auf einmal sehr schlecht. Als Guyon sie hochzog auf die Füße, sank sie gegen ihn, die Hand vor dem Mund, und mußte sich sehr konzentrieren, um sich nicht auf der Stelle zu übergeben.

Guyon warf einen Blick auf ihr grünes Gesicht und ging mit ihr hinaus aus dem Saal in die kühle, sternklare und nach Blüten duftende Nacht, wo sie sich heftig erbrach, während er sie mit dem Arm stützte.

»Tut mir leid«, rülpste sie schwach.

»Das sehe ich«, sagte er verzweifelt. »Warum, um alles in der Welt, hast du das getan?« Aber er kannte bereits die bittere Antwort.

Als es vorüber war, nahm er sie in die Arme und brachte sie halb bewußtlos zu der Stelle, wo Eric mit Rhuddem und Euraidd wartete.

»Ich möchte ihren Kopf nicht haben, morgen früh, Mylord«, sagte Eric mit der Vertrautheit, die davon kam, daß sie sich kannten, seit Guyon ein strampelndes Etwas in Lady Christens Armen war. »Mit dem Pferd wird sie ja nun nicht viel anfangen können.«

»Nein.« Guyon gab Judith seinem Captain, während er Rhuddem bestieg, dann streckte er die Arme aus, um sie vor sich auf das Pferd zu nehmen. »Ein Stoßgebet zu Gottes Knochen«, murmelte er und versuchte, sie so in seinen Arm zu nehmen, daß er ihm auf dem Ritt nicht abstarb. »Wenn man sie so ansieht, könnte man denken, sie wiegt nicht mehr als eine Feder.«

Judith stöhnte nur und legte sich gegen ihn wie eine tote Hirschkuh.

Helgund öffnete ihm die Tür und stieß einen Entsetzensschrei aus, als sie Judiths grünes Gesicht sah.

»Zuviel Anjou«, sagte sie, lief zu dem großen, mit vulgärem Scharlach bedeckten Bett, das jetzt in dem Raum stand, und legte sie erst einmal darauf.

Dann beugte sie sich über ihre Mistress und stieß Geräusche wie eine gluckende Henne aus. Ein zweites Mädchen erschien hinter dem Vorhang, wurde scharf von Helgund des Raumes verwiesen und verschwand wieder.

»Ich schlafe unten bei Sir Walter«, sagte Guyon und fühlte zugleich, daß er seltsamerweise nicht gehen wollte. Judith sah so schutzlos aus, so verletzlich; ihre Hände waren so blaß, ihr Profil so rein und ernst. Er wußte, wie sie die Nase hochzog, wenn sie lachte, und daß bei einem ihrer Zähne ein kleiner Zacken fehlte, was daher stammte, daß sie als Kind vom Podium im Saal gefallen war. Und sie hatte sich ganz absichtlich bewußtlos getrunken, um nicht die Intimität des Bettes mit ihm teilen zu müssen.

Helgund deckte sie zu, drehte sich dann zu ihm um, und ihr breites, nordisches Gesicht war faltig vor Sorgen. »Meine Lady ist in letzter Zeit sehr unruhig gewesen«, begann sie.

»Ich weiß, Helgund.« Das gleiche hätte von ihm gesagt werden können, dachte er, und aus ähnlichen Gründen. Er schaute das Mädchen nachdenklich an. Sie war die Nachfolgerin von Agnes, hatte sich eine vertrauensvolle Stellung erworben und wußte dementsprechend sehr viel von dem, was zwischen ihm und Judith vorging – oder nicht vorging.

Helgund erwiderte seinen prüfenden Blick mit halb gesenkten Lidern. »Sie ist wie eine Füchsin vor dem Köder in der Falle, M'lord. Sie will das Fleisch, wagt es aber nicht, danach zu schnappen, weil sie befürchtet, den Preis dafür bezahlen zu müssen.«

Er zog die Brauen zusammen. »Und was bin ich? Das Fleisch – oder der Preis?«

»Beides, M'lord. Sie befürchtet, sich entweder von Euch als Zuchtstute benützen lassen zu müssen oder als Frau mißachtet zu werden. Sie kennt das Gerücht, das über Euch bei Hofe geht: daß Ihr die Jagd mehr schätzt als das Erlegen des Wilds.«

Guyons Brauen waren eine einzige, gerade Linie.

Helgund schluckte, fuhr aber fort. »Es ist nicht ihre Schuld, M'lord. Wenn Ihr gesehen hättet, was Lord Maurice mit ihrer Lady Mutter getan hat, vor uns allen, und da war Mistress Judith erst ein Kleinkind von drei Jahren. Er sagte, er würde ihren Bauch mit genug Samen füllen, daß sie ein Dutzend Kinder bekommen würde, und hat sie vor uns allen ins Bett gezerrt und benützt wie eine Hure ... Das ist nicht nur einmal geschehen, und manchmal war er so in Eile, daß er nicht einmal die Vorhänge zugezogen hat. Wir haben das Kind geschützt, so gut wir konnten, aber ...« Helgund atmete zitternd ein und fiel dann unter seinem starren Blick in Schweigen.

»Gut, Helgund«, sagte er, und seine Stimme war ganz leise; sie strafte den Zorn, der in seinen Augen flackerte, Lügen. »Ich danke dir, daß du es mir gesagt hast. Jetzt sehe ich deutlich die Art von Fußangeln, die sich noch auf meinem Weg befinden. Zuvor bin ich immer nichtsahnend hineingetreten. Geh jetzt in dein Bett. Ich suche das meine auch bald auf.«

Erleichtert, aber von kaltem Schweiß überströmt, verabschiedete sich Helgund für die Nacht und eilte davon.

Guyon atmete tief durch und versuchte, seinen Zorn unter Kontrolle zu bringen. Maurice de Montgomery war bereits tot. Der Wunsch, ihn zu erwürgen, hatte wenig Sinn. Die Waliser waren ihm zuvorgekommen.

»Also dann, *cath fach*«, sagte er leise und strich ihr eine Strähne ihres Haars aus der Stirn, »wie entgehe ich diesen Fußangeln?«

Nie hatte sie aus eigenem Antrieb ein Zeichen der Zuneigung gegeben. Eifersucht, ja, aber das war eine Emotion, die aus Unsicherheit und Mißtrauen entstand. Er allein hatte Annäherungsversuche gemacht, er allein hatte die Grenzen ihrer Fähigkeiten nach und nach erweitert. Heute war sie über diese Grenzen geschritten. Aber heute abend war sie bewußtlos betrunken. Was blieb ihm also? Er scheute zurück vor dem Gedanken und vor den Schmerzen.

»Nos da, cath fach«, murmelte er leise, zupfte sie am Haar und verließ mit gesenktem Kopf den Raum.

Achtzehntes Kapitel

Auf der Kuppe des Hügels ließ Guyon seinen Hengst anhalten und hielt sich die Hand vor die Augen, um zu beobachten, wie der Adlerhabicht in die Lüfte stieg, auf dunklen, kräftigen Schwingen, wie er an Höhe gewann vor dem gleißenden, blauen Himmel, bevor er herunterstieß wie ein gefiederter Stein auf das verzweifelt fliehende, rundliche Rebhuhn.

Prinz Henry, der stolze Besitzer des Habichts, riß triumphierend die Faust in die kühle Luft des Morgens, als das Rebhuhn in einem Wirbel aus Federn taumelte und zwischen den schwarzen Klauen des Habichts geschlagen war. Der Falkner und ein Jäger liefen auf die beiden Vögel zu und trennten sie, wobei der eine mit dem Stolz des Tüchtigen auf Henrys Handgelenk zurückkehrte, der andere auf den Haufen schlapper Körper geworfen wurde, die bereits an diesem Morgen erlegt worden waren. Denn auch der Norwegerfalke des Königs war ein geschickter Jäger.

Henry streichelte die Brust seines Vogels, als er sich gesetzt hatte, die dunklen Flügel geschickt zusammengelegt und gefaltet, und zog ihm die Lederhaube über die scharfen, goldenen Augen. Dann wandte er sich an Guyon.

»Ich höre, deine Frau hat gestern abend einen ziemlichen Eindruck hinterlassen«, bemerkte er lakonisch, und ein Grinsen erwachte in seinen Mundwinkeln.

»Sie ist so viel Wein nicht gewohnt, Mylord«, entschuldigte sich Guyon und setzte sich bequem in den Sattel. Sein Rücken schmerzte, das Ergebnis eines unruhigen Schlafes auf einem unebenen, provisorischen Bett, das außerdem noch in der Zugluft gestanden hatte.

Henry grinste. »Nein, nein, ich meinte nicht diese Sache mit Alais, obwohl ich wünschte, dabeigewesen zu sein. Ich meinte, daß sie alle an meine Großmutter Arlette erinnerte. Der alte Hubert konnte seinen Augen nicht trauen; er glaubte, ein Gespenst gesehen zu haben, und selbst Rufus hat es heute morgen bei der Messe mir gegenüber erwähnt ...«

Guyon zog die steifen Schultern hoch. »Soviel ich weiß, besteht die einzige Blutsverwandtschaft der ihren mit Eurer Familie über ihren Großvater mütterlicherseits, und selbst dann gehört die Gräfin von Conteville ja nicht zu dieser Linie.«

»Sie ist doch die Tochter von Maurice FitzRoger, nicht wahr?« Henry schaute nachdenklich drein. »Wie alt ist sie jetzt, Guy?«

»Sie ist im November dreiundachtzig geboren, Mylord.« Guyon kniff die Augen zu gegen die Sonne, während der Prinz plötzlich eine verschwörerische Miene aufgesetzt hatte, wie er es manchmal tat, wenn er länger mit Gilbert und Roger de Clare beisammengesessen hatte. Stille Wasser waren oft tiefer, als man erahnen konnte.

»Ein Mädchen von siebzehn Jahren, das meiner Großmutter so ähnlich sieht, muß genauer überprüft werden«, sagte Henry und streichelte immer noch seinen Habicht.

»Soll das heißen, Ihr wollt eingeladen werden?« scherzte Guyon mit der Vertrautheit der langen Bekanntschaft und der von Fall zu Fall tiefergehenden Freundschaft.

»Wie hast du das erraten? Nun ja, ich habe früher öfter das Haus gemietet, und wir haben dort beisammen gesessen. Du kannst es mir nicht versagen. Ist dir heute abend recht? Nach der Jagd?«

Guyons Blick verschärfte sich, denn Henrys Interesse war vielleicht ein wenig zu direkt, um ihm angenehm zu sein.

»Ich hab' gewartet, damals«, sagte Henry leise zu dem Vogel, »aber du hast nie einen Zettel geschickt. Vielleicht um so besser.«

»Mylord?«

Henry kehrte wieder in die Gegenwart zurück. Guyons Miene war ausdruckslos, im Gegensatz zu seinen lebhaften Augen. »Meine Güte, Guy! Wenn du ein solches Gesicht machst, ist es möglich, daß ich deine Frau vor deinen Augen verführe – oder, schlimmer noch, hinter deinem Rücken! Ich will sie sehen, das ist alles! Schau! Rufus hat auf einen Hasen angesetzt!« Er wandte sich dem Falkner zu, übergab ihm den Habicht und ließ seinem Pferd die Sporen fühlen.

Guyon folgte langsamer und war sich bewußt, daß im Hintergrund seines Denkens ein Zweifel nagte. Henry konnte einem Esel die Hinterbeine weglügen, wenn es nötig war, mit einem Gesicht, das dabei unschuldig blieb wie der Maiensonnenschein. Guyon glaubte nicht, daß er jetzt log, aber er war sicher, daß er ihm etwas verschwieg. Das Problem mit einem so raffinierten Mann wie Prinz Henry war es, daß man immer genau wissen mußte, worum es sich handelte.

Judith mußte Nachricht gegeben werden, daß sie

hohe Gäste erwartete. Guyon zerbiß einen Fluch zwischen den Zähnen, rief Eric zu sich und schickte ihn mit einer Botschaft zu ihr.

Judith erwachte spät am Vormittag mit allen scheußlichen Nachwirkungen, die Guyon ihr vorausgesagt hatte, und noch einigen dazu. Nach einer halben Stunde in der Garderobe schwor sie einen heiligen Eid, daß sie nie wieder den scheinbar unschuldigen Wein von Anjou trinken würde, dessen Stärke auf so hinterhältige Weise verborgen war. Sie hatte nur so viel trinken wollen, um ihre Angst ein bißchen zu dämpfen; statt dessen hatte sie sich direkt in die Hölle gesoffen. Vom ganzen Abend wußte sie nicht viel mehr, als daß ihr elend gewesen war.

Schwach und mit grünem Gesicht ließ sie sich von Helgund einen Baldriantrunk mixen, um das Durcheinander in ihrem Magen und in ihrem Schädel ein wenig zu beruhigen. Es schmeckte ekelhaft, und sie hatte Mühe, die Mixtur unten zu behalten, denn inzwischen war ihr Magen so übersäuert, daß ihr schon wieder übel wurde. Sie wollte sich wieder hinlegen, sobald die Kräuter ihre Wirkung getan hatten. Und sie saß etwa eine Stunde in ihrem Zimmer, als Eric mit seiner Nachricht eintraf, ein halbes Dutzend gejagte Rebhühner über dem Sattelknauf hängend.

Die nächste halbe Stunde herrschte uneingeschränkte Panik. Judith, deren Kopfschmerzen sich zu einer Migräne titanischen Ausmaßes verstärkt hatten, stand einem Haushalt vor, der an eine besonders unordentliche Ecke in der Hölle erinnerte. Nach dieser Zeit des ersten Schocks schien sich ihre hartnäkkige Vernunft jedoch wieder einzustellen. Das hier war für eine Weile das Haus von Prinz Henry gewesen. Schön und gut, dann sollte die Maschinerie des Prinzen das tun, was sie damals getan hatte. Sie überprüfte ihre fünf Sinne, nahm noch eine Dosis Baldrian in Honigmilch, frisierte sich das Haar, zog sich ein sauberes Kleid an und ging nach unten, um Sir Walter zu besuchen und ihm ihre Zwangslage zu schildern.

Um die Mittagszeit herrschte emsiges Treiben im Küchenschuppen; der Koch, der die Lieblingsgerichte des Prinzen kannte, war mit zwei Dienern zum Markt geschickt worden, um zu holen, was im Haus nicht vorrätig war. Ein Spielmann war engagiert worden, Helgund und Elflin fegten mit Besen und Bienenwachs durchs Haus, um alles zu polieren, und Judith hatte sich zum sündigen Luxus einer heißen Wanne in das Schlafzimmer zurückgezogen, wobei das Wasser mit Rosenöl parfümiert worden war – alles, damit sie Kraft fand für die auf sie zukommende Prüfung.

Während sie im Wasser lag, fragte sie sich, wie sie in der vergangenen Nacht nach Hause gekommen sein mochte und wo Guyon geschlafen hatte, da sie morgens im Bett neben sich keine Spuren hatte entdecken können. Wahrscheinlich unten bei Sir Walter. Dabei kehrte eine Erinnerung zurück – ein Bild: Alais de Clare, die sich an Guyon preßte und ihm etwas ins Ohr flüsterte. Vielleicht hatte er mit ihr eine Federmatratze geteilt, und nicht nur zum Schlafen allein.

Das Wasser schlug kleine Wellen, als sie nach der Seifenschale griff. Mit Entsetzen stellte sie fest, daß sie von wahnsinniger Eifersucht besessen war. Sicher, Alais de Clare würde Guyon geben, was er wollte, ohne zu klagen oder sich zu wehren, wie vermutlich auch viele andere Frauen bei Hof. Sie hatte gesehen, mit welchen Blicken sie ihn bedachten – und wie sie

sie anschauten, mit amüsierter oder feindseliger Herablassung. Dabei standen ihre Gedanken klar und deutlich in den Augen: die Frage, wie lange er ihr wohl noch treu bleiben würde.

Jetzt schaute sie an ihrem Körper entlang, der weiß unter dem Wasser schimmerte, dann auf die mageren sommersprossigen Unterarme, die auf dem Rand der Wanne lagen. Die Vorstellung eines Messers und eines Streits kam vage in ihre Erinnerung und entglitt wieder, als sie sich auf das Hauptproblem konzentrierte. Sie besaß nicht Alais' natürliche Vorzüge eines hübschen Gesichts und einer reifen, kurvenreichen, lüsternen Figur, aber sie hatte zumindest so viel Phantasie, wenn man ihr die Richtung wies, und sie hatte seit jeher das Talent besessen, schnell zu begreifen und zu lernen.

Leise stieß sie einen Fluch aus, dann rief sie laut nach Helgund und ließ sich ein Handtuch bringen.

Prinz Henry schnüffelte und äußerte sein Wohlgefallen, als sie an der Tür des Backhauses vorbeikamen. Volle, köstliche Düfte zogen in seine Nase, außerdem das Geräusch des großen Rührlöffels, mit dem der Koch dem Küchenjungen eine Lektion erteilte, weil er vergessen hatte, im richtigen Augenblick den Spieß zu drehen.

Simons Großvater hoppelte heraus, um die Jagdpartie zu begrüßen, und sein faltiges Gesicht verzog sich zu einem einzigen, großen Lächeln. Henry hielt an, um mit ihm zu sprechen. Guyon warf einen argwöhnischen Blick über die Schulter angesichts der Aktivitäten im Backhaus, dann wieder auf Sir Walter, der ihm zublinzelte.

»Eine einfallsreiche Frau hast du, Guy«, sagte er gackernd, während Guyon Henry über die Treppe ins Haus folgte.

Helgund und Elflin standen an der Seite, ihre Arbeitskleider bedeckt von frischen, schneeweißen Schürzen, das Haar ordentlich frisiert unter den weißen Häubchen. Prinz Henry wandte sich von ihnen ab, ehe ihre nervösen Verbeugungen ihn seekrank machten. Er wurde von Judith begrüßt.

Sie war sehr schlank; er hätte ihre Taille mit dem Nasenriemen seines Pferdes umspannen können. Ihre Brüste waren hoch und klein, die Flanken lang und elegant, und ihre Stimme war klar und angenehm. Die Jahre fielen von ihm ab, und vor ihm stand eine andere Frau, die ihn begrüßte, eine Frau mit Zöpfen und violetten, schrägstehenden Augen. Judith von Ravenstow hatte die schrägstehenden Augen, doch sie waren graubraun, nicht violett, und ihr Haar hatte einen warmen, hellen Bronzeton mit leichtem rötlichem Schimmer.

»Ich hoffe, ich habe Euch keine Umstände gemacht, Lady Judith«, sagte er mit einem Lächeln, als er sie hochhob auf die Füße. Es war nur eine bedeutungslose Geste; Henry hatte längst aufgehört, sich darum zu sorgen, wenn er Menschen in Ungelegenheiten brachte, vorausgesetzt, es paßte zu seinen Wünschen.

Judith stritt die ›Umstände‹ in aufrichtig klingender Weise ab, nahm seinen Umhang und gab ihn Helgund. Guyon gab den seinen direkt dem Mädchen, während er seine Frau von Kopf bis Fuß musterte. Sie trug ein einfaches, cremefarbenes Unterkleid und darüber eine langärmelige Tunika aus rostbrauner Seide, genau das Kastanienbraun von Rhuddems Fell. Goldene, byzantinische Ohrringe hingen an ihren Ohrläppchen, und ein enges Oberteil aus goldenen Gliedern und polierten, ambrafarbenen Rechtecken betonte ihre Taille. Ihr Gesicht war glatt und ruhig, so rätselhaft wie das von Melyn, und zeigte keine Spur von den Exzessen des vergangenen Abends.

»Geflickt und mit Baldrian wiederbelebt«, sagte sie zu ihrem Mann und zeigte ihm ein kleines Lächeln. »Ich habe immer noch genügend Kopfschmerzen, um alle meine Sünden damit abzubüßen, aber ich danke Euch für die Nachricht. Wenigstens hatte ich dadurch Zeit, um alles vorzubereiten.«

»Du hast sie mehr als genutzt«, murmelte er, zupfte sie am Zopf und warf einen Blick auf die weißgedeckten Tische, die feinen Becher und Karaffen, die hohen Wachskerzen in köstlichen Farben, umgeben von frischen Blumen und Grün.

Judith zeigte ihr geheimes Lächeln, und Guyons Finger trennte sich von ihrem Haar, als ob eines der eingeflochtenen Goldbänder ihn gebrannt hätte; sein Blick ging zwischen ihr und Prinz Henry hin und her.

»O mein Gott«, sagte er leise.

»Was ist?«

Guyon schüttelte den Kopf und ging an ihr vorbei hinein in den Raum. Der Prinz machte Judith ein Kompliment für ihre häuslichen Fähigkeiten. Guyon schnippte mit den Fingern auf einen von Sir Walters Dienern, die für den Abend ausgeborgt worden waren. Der Mann bemühte sich, Wein einzuschenken. Guyon beobachtete ihn, ohne ihn wirklich zu sehen. Er brauchte erst einmal Zeit, um den Schock zu verdauen, den er eben erlebt hatte. Und er sagte sich immer wieder, daß es praktisch unmöglich sei. Henry war ja jetzt erst zweiunddreißig.

Dann stellte er sich selbst mit vierzehn vor. Mädchen waren für ihn ein unentdecktes Geheimnis, damals. Fummeln in dunklen Ecken, gestohlene Küsse und Gekicher, flehende Überredungen, das scharfe Auge seiner Mutter auf die jüngeren Mädchen. Und Henry mit vierzehn? Er hatte bereits damals über sexuelle Sicherheit verfügt und über eine Technik, die von der Vertrautheit mit dem Akt stammte.

Der Abend schritt fort, und mit ihm Guyons Zweifel. Die Ähnlichkeiten waren hauchdünn, verschwindend gering; sie lagen hauptsächlich im Lächeln, in der Haltung des Kopfes und den flüchtigen, aber alles bemerkenden Blicken, doch die Haltung des Prinzen verlieh ihnen zusätzliche Glaubwürdigkeit. Er agierte auf zwei Ebenen: An der Oberfläche war er der charmante, anregende Gast, der um keine Phrase oder Geste verlegen war; darunter beobachtete er Judith, was nur diejenigen erkannten, die mit ihm vertraut waren; er skizzierte sie, er prüfte sie Punkt für Punkt und benützte dabei sowohl seine Augen als auch die Kunstgriffe seiner Fragen und Anregungen. Erwärmt durch seine dezente Aufmerksamkeit, reagierte Judith so wie alle Frauen auf Henry reagierten: Sie öffnete sich, wie sich eine Rosenknospe der Sonne öffnet.

Gegen Ende des Abends, als die Männer genug hatten vom Essen und Trinken, ging es in der Konversation um die Vorteile von irischen Hunden zur Wildhatz, während der Spielmann auf seiner Laute *Stella Maris* spielte – bis einer von Henrys Boten erschien und beim Prinzen vorgelassen wurde.

Henry, der aus seiner müßigen Bequemlichkeit gerissen worden war, hörte dem Knienden zu. Seine

Züge blieben leidenschaftslos, aber der Wein im Glas, das er in der Hand hielt, zeigte kleine Wellen, und zwischen dem Kinn und dem Hals färbte sich seine Haut unter den schwarzen Stoppeln dunkelrot.

Sein älterer Bruder Robert, der ruhmbedeckt vom Kreuzzug nach Hause kam, hatte in Sizilien Aufenthalt gemacht und sich eine reiche junge Braut zur Frau genommen, eine Sybil von Conversano, Tochter eines apulischen Contes mit engen normannischen Verbindungen. Der Name war nicht wichtig, der Adelstitel auch nicht, aber der beträchtliche Reichtum der jungen Frau würde ihn nunmehr erst recht in die Lage versetzen, sein verpfändetes Herzogtum von Rufus zurückzukaufen, und diese Hochzeit ließ die Möglichkeit eines Erben mehr als wahrscheinlich werden. Henrys Chance auf die Krone hatte sich damit wesentlich verringert, war jedenfalls damit mehr als unsicher geworden.

Der Bote war am Ende seines Berichts. Schweigen lastete über dem Raum. Keiner schaute den anderen an. Henry hob seinen Becher. »Einen Toast«, sagte er mit seiner leichten, etwas brüchigen Stimme. »Auf meinen Bruder und seine Braut, und auf daß sie sicher in den Hafen finden mögen.«

Becher klirrten. Der Toast wurde in unterdrücktem Ton wiederholt.

»Und was nun?« Earl Hugh faltete die Hände über seinem Bauch, der Körper schlapp, die Augen so scharf wie blaue Glasscherben.

Henry schürzte die Lippen. Er tauschte einen Blick mit Gilbert de Clare. »Rufus wird mich nicht als seinen Erben einsetzen«, sagte er leise, »und Robert hat Hammer und Amboß, um seine eigene Brut ins Leben zu setzen. Ich nehme an, ich muß dem Beispiel meines Vaters folgen.«

Chester wedelte eine Mücke vor seinem Gesicht fort. »Wenn Ihr damit Bürgerkrieg meint, könnt Ihr nicht mit mir rechnen«, sagte er immer noch in freundlichem Ton. »Ich habe genug zu tun mit den Walisern, als daß ich mich mit Erbschaftsproblemen der Krone befassen könnte.«

»Bürgerkrieg?« Henry öffnete seine unschuldigen grauen Augen. »Nun, wer würde mich dabei unterstützen?«

»Ihr habt Freunde, Sire«, sagte Roger de Clare mit leiser Stimme.

»Ich brauche keine Freunde, sondern Gelegenheiten und die richtige Unterstützung ... Würdest du sie mir geben, Guy?« In seinen Augen waren Bitterkeit und Bosheit zugleich zu lesen.

»Ein feudaler Treueschwur ist geheiligt bis zum Tod, Mylord«, erwiderte Guyon nach einem Moment. »Es machte mir große Schmerzen, aber ich müßte Euch von meinen Burgen fernhalten.«

»Genau.« Henry zeigte ein Lächeln. »Großartige Bauten, wenn sie mein wären. Kann ich nichts anbieten, was deinen Sinn mildert?«

Sie schauten sich in die Augen. »Nicht einmal, wenn Ihr mit mir verwandt wärt, Mylord«, sagte Guyon mit großem Nachdruck.

Judith fand, daß das Gespräch lange genug in trübe Gewässer getrieben war, und ließ absichtlich ihren Becher fallen. Sie stieß einen ärgerlichen Schrei aus, machte sich daran, die glitzernden, grünen, teuren Scherben einzusammeln, erwischte dabei versehentlich mit dem Ärmel die Fingerschüssel und kippte sie in den Schoß von Prinz Henry.

Der Prinz stieß einen hohen Ton aus und verstummte im Schock. Earl Hugh stieß ein bellendes

Lachen aus, schlug mit der Hand auf den Tisch und stach sich eine grüne Glasscherbe in den Handballen. Aus dem Gelächter wurde ein Schmerzensgeheul. Judith packte eine Serviette vom Tisch und versuchte, die Blutung damit zu stillen, stieß aber in ihrer Hast einen Kerzenleuchter um und setzte Gilbert de Clares eleganten Pelzkragen in Brand.

Guyon, mit heimlichem Lachen in den Augen, schnappte sich die Wasserkaraffe und duschte seinen Gast mit viel Begeisterung und sehr schlechtem Ziel für einen Mann, der so viel Erfahrung als Krieger hat. Gilberts Jagdhund knurrte und versuchte, Guyon in den Ärmel zu beißen, wurde aber durch einen Fußtritt quer durch den Raum geschleudert. Pandämonium regierte. *Stella Maris* verstummte. Der Sänger verzog sich aus dem Raum, während de Clares mißbrauchter Hund nach seinen Fersen schnappte. Judith flatterte durch den Saal wie ein kopfloses Huhn und schuf mehr Chaos, als sie beseitigte, verband schließlich Chesters Wunde, wenn auch ungeschickt, mit der Serviette, schaute sich dann in all der Zerstörung um und schlug sich die Hände vors Gesicht. Es sah aus, als ob sie schluchzte; jedenfalls zuckten ihre Schultern entsprechend.

Guyon warf einen strengen Blick auf seine Frau, mußte aber achtgeben, daß er nicht hinausprustete, bückte sich schließlich und hob einen Teller auf, um die Kontrolle wiederzugewinnen. »Ich schlage vor, Madam«, sagte er streng und mit erstickter Stimme, »Ihr besorgt jetzt erst einmal meinem Lord, dem Prinzen, frische Kleidung.«

Es dauerte nicht lange, bis Judith wieder auftauchte, wobei ihre Schultern immer noch zuckten, und Prinz Henry ein Wams und eine Kniehose reichte.

Henry zog die Brauen zusammen und war nicht ganz so auf die Komödie hereingefallen, als es sein Ausdruck nahelegte.

»Macht Euch um Himmels willen keine Vorwürfe, Lady Judith«, sagte er großmütig. »Solche kleinen Unglücke geschehen eben hier und da.«

Von da an verlief der Rest des Abends in Gelächter und gutmütigen Scherzen.

Beim Aufbruch schwang sich auch Prinz Henry in dem mit Fackeln erhellten Hof auf sein Pferd; das schwarze Haar fiel ihm in die breite Stirn, und die grauen Augen glänzten noch von der Erinnerung an einen guten Witz. »Du hast ungewöhnliches Glück mit deiner Frau, Guy«, bemerkte er und schaute über die Schulter zurück, wo sie unter der Tür stand, von hinten als Silhouette beleuchtet und unerreichbar wie eine Statue. Das Wams, das ihm Judith gegeben hatte, reichte bis fast zu den Fingerspitzen in der neuen Mode des Hofes, und die Hose, auch wenn sie zu lang war, hatte Judith mit den Gamaschen auf attraktive Weise hochgebunden.

»Ich weiß, Mylord«, antwortete Guyon nachdenklich. »Obwohl, wie ihr gesehen habt, die meisten ihrer Tricks einen Stachel im Schwanz haben.«

Henry kicherte. »Kein Wunder, wenn man unter dem Zeichen des Skorpions geboren ist«, sagte er.

Guyon blickte hoch und schaute ihn nachdrücklich an.

Henry beugte sich über den Sattelknauf und sagte anzüglich: »Empfehlt mich Alicia, wenn Ihr sie das nächste Mal seht. Und bestellt ihr, ich bin sehr zufrieden.«

Das Pferd wurde unruhig und machte einen Satz vorwärts. Guyon trat zurück und sah zu, wie der glänzende Braune, ein Hengst aus der Zucht seines Vaters, aus dem Hof trabte. Gilbert de Clare folgte auf seinem scheckigen Wallach, seinen Bruder im Schlepptau, und zuletzt kamen Earl Hugh und sein Leibwächter.

»Was war das für ein Gequassel darüber, daß irgendwer mit irgendwem verwandt sein soll?«

»Gar nichts«, antwortete Guyon und war sich bewußt, daß Hugh d'Avrenches fast nie etwas entging. »Ein privater Scherz. Ich weiß nicht, ob ich ihn verstanden habe. Außerdem – und interessanter – finde ich, daß Henry den de Clares anscheinend sehr nahe steht. Auch da hat es das eine oder andere Wort gegeben, das nicht alle hören sollten.«

»Haltet einfach die Nase raus, Guy. Judith hatte ganz recht, als sie in dem Moment, sobald es brenzlig wurde, den Becher fallen ließ. Was das Auge nicht sieht und das Ohr nicht hört, kann einem keinen Ärger machen.«

»O ja«, bestätigte ihm Guyon ein wenig bitter. »In der Kunst der Diplomatie bin ich nicht unbedingt ein Experte.«

Guyon schaute ihm nach, und ein Stirnrunzeln zog seine Brauen zusammen, dann ging er zu den Stallungen, um ein leichtes Hinken an Rhuddems rechter Hinterhand zu überprüfen, das vielleicht schlimmer wurde, wenn er das Pferd morgen auf der Jagd ritt.

Als Guyon schließlich in die Schlafkammer kam, nachdem er bei Rhuddem keine Verletzung hatte entdecken können, fand er Judith auf dem Bett sitzend, wo sie ihre Fingernägel feilte. Das Kerzenlicht ließ einen goldenen Halo hinter ihrem Kopf entstehen. Sie blickte auf, zeigte ihm ein etwas bemühtes Lächeln und ging barfuß zur anderen Seite des Raums, um ihm Wein einzuschenken.

Er nahm den Kelch aus ihrer Hand, und sein Ausdruck zeigte, daß er in Gedanken woanders war. Er betrachtete das schön gearbeitete Glas und schien erst jetzt allmählich zu Sinnen zu kommen, denn auf einmal kehrte sein Blick zurück, und er konzentrierte sich darauf, seine Frau anzusehen.

»Was ist los?« wollte sie wissen. »Warum starrst du mich so an?«

Kein Zweifel, es war da. Man konnte es sehen, wenn man es wußte. Die Mienen, die gelegentlichen Manierismen und kleinen Gewohnheiten, so, wie das Haar ihrer Brauen nach vorne ragte. »Nichts«, sagte er tonlos und fragte sich, ob sein Vater es wußte. Vielleicht. Wenn es zu einem allgemeinen Skandal wurde, wären die Folgen verheerend. Sie war nicht die Tochter von Maurice von Ravenstow, daher gehörte die Baronie auch nicht ihr, kraft Geburtsrechts, wie man gedacht hatte, sondern ihren Montgomery-Onkeln: Robert de Belleme, Arnolf und Roger. Ihm war auf einmal sehr kalt geworden.

»Guy?« Judith berührte seinen Arm, und als er sich nicht bewegte, auch seine Stirn. Sie war feucht, und der olivfarbene Teint zeigte deutlich einen gelblichen Ton.

»Was ist geschehen? Hat sich Prinz Henry von mir beleidigt gefühlt? Hat er bemerkt, daß ich …«

»Prinz Henry?« Er lachte kurz. »Nein, Prinz Henry hat sich keineswegs beleidigt gefühlt. Wie hätte er auch?« Im Gegenteil, es war alles nach seinem Sinn. Guyon starrte auf den Kelch in seiner Hand, stellte ihn ab und ging dann ruhelos zu den Läden. Der Riegel war nicht eingehakt, und er stieß die Läden auf. Der Geruch nach Weißdorn war stark und süß. Er sah die Blüten schimmern, unten im Garten. Eine Brise erfaßte sein Haar und bewegte eine der Tapisserien.

»Ist es etwas so Schreckliches, daß du es mir nicht sagen kannst?« fragte Judith. »Gehen wir dem Ruin entgegen?«

Guyon nahm seine ganze Erfindungsgabe zusammen, und nach einer Weile wandte er sich zu ihr. »Ich kann es dir nicht sagen, Liebes«, murmelte er. »Nenne es ein politisches Geheimnis, wenn du so willst, oder einfach Diskretion. Es ist ein Geheimnis, das mir anvertraut wurde, und lieber würde ich sterben, als es zu verraten.« Er küßte ihre sommersprossige Stirn und zupfte wieder an einer Strähne ihres Haars.

»Und ist es wichtig, daß du es niemandem verrätst? Nicht einmal mir?«

Er trank seinen Wein, trank ihn aus und schaute über den Rand des Kelchs hinweg auf sie. »Ganz besonders dir nicht, *cath fach*«, sagte er, stellte den Kelch ab und ging zum Vorhang.

»Wohin gehst du?«

»Hinunter zu Walter. In einem Alkoven hat man ein Notbett für mich aufgebaut, und es wird schon spät.« Er nahm seinen Umhang.

»Aber das Bett ...« Sie deutete nach hinten, und das Herz schlug ihr im Halse. »Es ist groß genug.«

»Nicht für uns beide«, entgegnete er mit Überzeugung.

»O doch, das ist es ...« Sie atmete tief ein und riß die Augen dazu auf.

Guyon schaute ihren gespielten Mut an, und ihm drehte sich fast das Herz um. »Als ich den Vertrag unterschrieb, da habe ich dich nicht gewollt, *cath fach*. Jetzt will ich dich. Wenn es nur um die Lust ginge, die könnte ich mir anderswo besorgen. Aber da es nicht so ist, schlafe ich lieber unten.«

Judith schluckte, doch der Klumpen in ihrer Kehle wollte nicht weichen.

»Nos da, fy anwylyd«, sagte er zu ihr mit einem schiefen Lächeln und, den Umhang über der Schulter, schnappte mit den Fingern nach Cadi. »Schlaf gut, Liebste.«

Sie wartete, bis er beinahe den Vorhang erreicht hatte, kämpfte und kämpfte, bis sie schließlich die Stimme über den Klumpen in der Kehle hinausgezwungen hatte.

»Guyon!« krächzte sie und streckte ihm ihre Hand entgegen. Er drehte sich um. Sie räusperte sich. »Bevor du gehst, kannst du mir noch mit meinem Kleid helfen? Ich habe Helgund schon ins Bett geschickt, und es wäre wirklich schade, sie zu wecken wegen eines verknoteten Bandes an meinem Rükken.«

Guyon zögerte einen Moment, dann legte er den Umhang hin. Sie ging zu ihm und zeigte ihm das Band, das sich verknotet hatte.

»Ich bin doch keine Zofe«, knurrte er und beugte sich über den Knoten. »Vielleicht solltest du doch Helgund rufen, oder du schläfst einfach im Mieder.«

»Das wäre zu warm, und ich habe die arme Helgund den ganzen Tag über genug umhergejagt. Laß sie schlafen.«

Er drehte sie zum Licht, weil er besser sehen wollte, was er da tat, und stellte bald fest, daß die Aufgabe unlösbar war. Ungeduldig langte er nach dem Messer an seiner Hüfte und zog es heraus. »Ich muß das Band abschneiden. Wie konntest du es nur so festziehen, Judith!«

Die Klinge zupfte am Material, und dabei wurde Judith zu ihm hergezogen. Sie leistete keinen Widerstand, im Gegenteil, sie schmolz zu ihm hin. Die Klinge glitt glatt durch den Knoten, und das Mieder fiel, hing nur noch an ihren Schultern und an einem hauchdünnen Faden.

Guyon schluckte. Seine Kehle war trocken. Er wußte, wenn er nicht sofort seinen Umhang nahm und verschwand, würde er etwas sehr Törichtes tun. »In Gottes Namen, Judith«, sagte er mit rauher Stimme, »glaubst du, daß ich aus Stein bin?«

Sie hob den Blick und schaute ihn aus unschuldigen Augen an, war aber voll entschlossen. »Ich weiß es nicht. Zeig es mir«, kommandierte sie und legte ihre Arme um seinen Hals, wozu sie sich auf die Zehenspitzen stellen mußte. »Ich will es wissen.«

Das Mieder fiel auf den Boden, und ihr Oberkörper war nackt. Guyon schloß die Augen. Das war reine Lust, sagte er sich, und keine Liebe. Außerdem: Wenn schon der beste Wein geboten wurde, mußte man ihn langsam trinken, auf der Zunge genießen und nicht in einem einzigen Schluck hinunterkippen. Sehr schwierig, wenn man am Verdursten war.

»Ja nun, *cath fach*«, sagte er leise, »ich weiß nicht, ob das der richtige Augenblick ist, einfach so, eiskalt und so – so zweckgebunden.«

»Guyon, ich ...«

Er legte seinen Finger auf ihre Lippen, nahm ihre eisige Hand in die seine, führte sie zum Bett und setzte sie darauf, dann suchte er nach ihrem Schlafmantel, fand ihn und gab ihn ihr. »Zieh ihn an«, sagte er. »Nackt bist du mir eine zu große Verführung.«

Tränen standen in Judiths Augen, aber sie tat, worum er gebeten hatte, um ihre Glieder unter Kontrolle zu zwingen. »Du sagst, du bist nicht sicher«, schniefte sie. »Aber ich bin es. Ich habe Zeit genug gehabt zum Nachdenken, und wenn ich noch mehr nachdenken sollte, werde ich verrückt, ich schwöre es dir.«

Guyon schüttelte den Kopf, hin und her gerissen von seinen Gefühlen: Zweifel und Verlangen, Zurückhaltung und Bedürfnis. »Ich weiß nicht einmal, ob ich es dir zeigen kann«, sagte er. *»Ich kenne nicht die Grenzen meiner Beherrschung.«*

Judith errötete und glättete eine Falte in ihrer Überdecke. »Es muß ja nicht kalt sein«, bot sie zitternd an. »Wir haben doch eine ganze Nacht dafür Zeit.«

Er lachte und wandte sich ab. »Du hast blindes Vertrauen in mich, nicht wahr?«

»Was gäbe es sonst für mich?«

Er verschränkte die Arme, setzte sich auf die Bettkante und betrachtete sie lange und mit düsterer Miene.

Judith überlegte die ganze Zeit, um etwas zu sagen, was das Gewicht seines dunklen Starrens verringern könnte. »Du hast noch nicht dein Nachtgebet gesagt«, erinnerte sie ihn und zwang sich zum Lächeln.

Guyon stieß die Luft aus in einem langen Seufzer. »Ich habe auch noch kein Ave Marie gesagt«, erwiderte er, aber nach kurzem Zögern öffnete er dann seine Arme und legte sie um ihre Schultern, zog sie zuletzt in die roten Schatten der Vorhänge des Himmelbetts.

Zuerst, geschlagen von der Ungeheuerlichkeit dessen, was sie getan hatte, reagierte Judith nur dadurch, daß sie sich wie in einem Kälteschock ungeschickt an ihn drückte, mit beschleunigter, vor Angst flacher Atmung. Er hielt sie, er streichelte sie sachte, wie er Melyn oder Cadi gestreichelt hätte, redete auf sie ein, lauter triviale Dinge, wie sie ihm in den Kopf kamen, und seine Worte waren ein angenehmer, murmelnder Fluß.

Nach und nach beruhigte sich Judith und fing an, sich zu entspannen, gestattete den lüsternen, angenehmen Gefühlen Eingang durch die Barrieren der Taubheit, die sie selbst errichtet hatte und die sie gefangen hielten. Erst verließ die Starre ihren Körper, dann auch die Kälte. Sie kuschelte sich an ihn, streckte die Arme aus, legte sie um seinen Hals. Er strich mit seinen Lippen sachte über ihre Schläfe, die Wangen, drückte zarte Küsse auf den Kiefer, bis er ihr Ohrläppchen erreicht hatte, hielt dort inne, um damit zu spielen, leckte dann die kleine, empfindliche Höhlung dahinter.

Judith begann zu keuchen, drückte sich noch mehr an ihn, und ein seltsames Gefühl machte sich in ihrer Magengrube breit. Zögernd leckte sie seinen Hals, da, wo das Wams offenstand, streckte den Arm noch ein bißchen weiter, damit ihre Hand nicht den Stoff, sondern die Haare an seinem Halsansatz berührten. Seine Hand hielt an ihrer Taille inne, und wieder war das Gefühl in ihrem Magen zu verspüren, breitete sich an den Innenseiten ihrer Schenkel aus. Sie schmeckte seine Haut.

Als seine Hand zum erstenmal unter ihren Nachtmantel glitt, versteifte sie sich – mehr aus Überraschung und nicht aus Angst, aber Guyon hielt augenblicklich inne und tat so, als wollte er sie zurückziehen. Sie grub ihre Finger in seinen Nacken, zog ihn zu sich herunter und hob ihr Gesicht an. »Zeig es mir«, sagte sie wieder, die Augen verengt vor Konzentration. »Ich will es wissen.« Mit sachtem Druck auf ihre Taille zog er sie herunter und über sich, bis sie auf ihm lag und ihr Haar alle beide wie ein Vorhang bedeckte in seiner leuchtenden Dichte. »Jetzt bist du es, die bestimmt, *cath fach*«, sagte er weich. »Jetzt kannst du mit mir tun, was du willst.«

Judith warf die losen Strähnen nach hinten und schaute ihn an. Ihre beschleunigte Atmung war nicht mehr ein Zeichen von Panik, sondern von zunehmender Erregung. Die Finger seiner anderen Hand beschrieben immer noch abwechselnd langsame Kreise um ihre Brustwarzen, was warme Schauer durch ihren Körper schickte, und wenn sie sich der Länge nach gegen ihn preßte, konnte sie ihn dick und hart an ihrer Hüfte und ihrem Bauch fühlen, fühlte aber auch und wesentlich unangenehmer den kalten Druck seiner Gürtelschließe und des Messerhefts an ihrem Blinddarm. Langsam ließ sie beide Hände auf die Gürtelschließe gleiten, öffnete sie, und der Gürtel teilte sich. In der ganzen Zeit verließ sein Blick nicht einen Moment lang ihre Augen, ihr Gesicht.

Er ging in die Brücke, so daß sie den Gürtel unter ihm hervorziehen und mit lautem Pochen auf den Boden fallen lassen konnte. Die Hitze seiner Erektion preßte sich gegen ihre Schenkel, war aber seltsamerweise keine Bedrohung mehr. Sie rieb sich verführerisch gegen ihn, beobachtete den Ausdruck von schmerzvollem Entzücken auf seinem Gesicht, und ihre eigene Sensation verstärkte sich mit dem Wissen, daß sie ihn so erregen konnte.

Er zog sie wieder nach unten, Lippen ersetzten die Finger, die sich damit beschäftigten, ihr den Nachtmantel von den Schultern zu streifen. Judith stieß leise Schreie aus über die verstärkten Gefühle und schlängelte sich zu ihm hin, suchte den Kern dieses Zitterns, diesen gefühlvollen Druck zwischen ihren Schenkeln zu stillen.

»Warte noch«, sagte Guyon atemlos und schob sie auf die Seite, so daß er sich aufsetzen und seinen Wams über den Kopf ziehen konnte, dann das Hemd.

Judith ließ ihre Blicke anerkennend über seinen Brustkorb und die Schultern schweifen, die Muskeln, die in einem Leben des Krieges entwickelt und geübt worden waren, dafür auch mehrere weiße und rosa Narben aufwiesen. Jetzt saßen sie einander gegenüber auf dem Bett, Gesicht an Gesicht. Guyon umarmte wieder ihre Taille und zog sie zu sich her, Fleisch an Fleisch. Seine Finger fuhren durch ihr Haar und über ihre duftende Haut. Er begrub seine Lippen an ihrer Kehle, in dem weißen Tal zwischen ihren Brüsten, fand die Kordel ihres Nachtmantels, löste sie mit den Zähnen und zog sie dann wieder hinunter zu sich, wobei seine Hände ihre hübschen, runden Hinterbakken umfaßten und er sie damit erneut an sich drückte.

Judith schnurrte und rieb sich an ihm wie eine Katze. Sie küßte seinen Hals und seine Brust, folgte der Haarlinie, die in der Mitte seines Brustbeins begann und über die schmalen quer untereinander angeordneten Muskelstränge verlief, über den flachen Bauch, wobei ihre Brüste leicht über seine Haut strichen. Er stöhnte leise, verstärkte den Griff um ihren Körper, und sie suchte die Schnur seiner Kniehose, hörte aber nicht auf, an seinem Körperhaar zu knabbern, während sie sie löste.

Plötzlich schlang er die Arme um sie und rollte sie unter sich. »Jesus!« rief er laut, »was kann ich dir noch zeigen?«

Judith hatte aufgeschrien, als er sie herumgerissen hatte. Die Stiche der Lust, die von ihren Lenden ausgingen, ließen nach, denn jetzt war ein Unterton von wilder Gewalt in seiner Stimme, die Andeutung dessen, was er jetzt tun würde, und sie wußte nicht, wie sie damit fertig werden sollte. »Du tust mir weh!« schluchzte sie und versteifte sich in seinen Armen.

Guyon hielt inne und stützte sich auf die Ellbogen, um auf sie hinunterzuschauen, während er sich wieder unter Kontrolle brachte. »Judith, es tut mir leid«, murmelte er und strich ihr eine Strähne aus dem Gesicht. »Ich hatte nur nicht gedacht, daß du so schnell lernen würdest. Du hast mich überholt.«

Sie schluckte, rieb sich den Handrücken über die Augen und schaute ihn zurückhaltend an.

Jetzt liebkoste er sie wieder sachte, streichelte ihren Körper, vor allem die besonders empfindlichen Zonen, die Brustwarzen, ihre Schenkel, die kleine Knospe in ihrer Spalte. Judith wand sich vor Lust, drückte sich gegen ihn, neckte ihn und ließ seine wissenden Finger gewähren. Sie preßte ihren Leib gegen seine Hand und bog sich nach hinten, um den Druck zu verstärken.

Glatt und geschickt wie eine Lanze im Kampf drang Guyons Glied in ihren Körper ein und hielt sie fest. Seine Hüften preßten nach unten, aber ohne den Druck zu verstärken. Ihr geöffnetes Fleisch umschloß ihn wieder, und nach und nach kam sie ihm mit den Hüften entgegen. Durch die Bewegung wurde er tiefer in sie gesogen, und ihre Muskeln zogen sich unwillkürlich um seinen Schaft zusammen. Eine noch kühnere Sensation als alles vorherige breitete sich zwischen ihren Beinen aus und ließ nach. Sie suchte nach der Quelle und stieß sich gegen ihn in einer Bewegung, die älter war als die Zeit. Guyon riß den Kopf zurück, die Augen geschlossen, und sein Atem kam stoßweise, war fast ein Stöhnen. Wieder war sie es, die die Bewegungen machte, und ihr eigenes Vergnügen wurde dadurch verstärkt, daß sie das seine verstärkte, bis sie sich beide in einem langsamen Kontrapunkt bewegten.

Guyon ergriff ihre Hüften und hielt sie still, keuchte, sie solle aufhören, aber Judith kämpfte gegen das Zurückgehaltenwerden, suchte verzweifelt nach der Reibung, dort, wo sie sie brauchte.

»Judith, ich kann nicht mehr ...«

Ihre Fingernägel klammerten sich vor verzweifeltem Verlangen in seinen Rücken, und sie bog sich weit nach hinten, damit er bis zum Äußersten in sie eindringen konnte. Er fühlte die kleinen Konvulsionen entlang seines Glieds, und mit einem Schrei der Erleichterung gab er die Kontrolle auf und erlebte die köstlichen Erschütterungen der Klimax.

Erst allmählich wurde Judith des Gewichts gewahr, das auf ihr lag, jetzt nicht mehr durch die Ellbogen gestützt, bemerkte sein starkes Atmen, und wie sich sein Körper gegen den ihren preßte. Das Vergnügen zeigte sich noch in seinen Ausläufern, sterbenden Zuckungen, die eine Wiederholung versprachen. Sie ließ die Hand über seinen schweißnassen Brustkorb gleiten und rutschte ein wenig zur Seite, weil sie sich unangenehm beengt fühlte durch sein Gewicht.

Guyon seufzte und murmelte Unverständliches, dann hob er den Kopf und schaute ihr in die Augen.

»Du preßt mich ganz platt«, beklagte sie sich atemlos und unterdrückte das Bedürfnis, zu kichern, als sich Enttäuschung in seiner Miene zeigte.

»Hab' ich dir wehgetan? Ich dachte ...« Er verengte die Augen und betrachtete sie. Sicher, man hätte das Kratzen ihrer Klauen mißverstehen können, vielleicht auch die gedämpften Schreie, aber nicht das Zittern und Beben im Inneren ihres Körpers.

Judith legte sich auf ihn und wand sich. »Es ist besser, als sich betrinken«, räumte sie ein und kicherte jetzt wirklich. »Bestimmt.«

»Ich sollte dich das nächste Mal mittendrin fragen, nicht nachher«, erklärte er trocken.

»Das nächste Mal? Du meinst, wir müssen das alles noch einmal tun?« Sie riß die Augen auf in gespieltem Entsetzen. »Wo ist die Nesselsalbe?«

»Für meinen Rücken, meinst du? Du mußt ihn in Fetzen gerissen haben.«

»Sei doch nicht so empfindlich«, erwiderte sie schnell, streckte die Zunge heraus und fuhr mit ihrer Spitze über seinen Hals. Dazu bewegten sich ihre Hüften verführerisch.

Guyon lachte. »Dann bin also ich derjenige, der Übung nötig hat«, sagte er und zog sie zu sich herunter.

Judith erwachte beim Blöken einer Herde von Schafen, die in die Stadt getrieben wurde, und dem scharfen Pfeifen des Schäfers, der seine Hunde kommandierte. Es waren Geräusche, mit denen sie aufgewachsen war und die sie jetzt an die grünen Marken im Sommer erinnerte; zugleich weckten sie ihre Sehnsucht, wieder zu Hause zu sein und die Stadt zu verlassen.

Sie fühlte eine warme Last auf ihrem Körper – Guyons Arm, die Finger entspannt, die Kurve ihrer einen Brust nachzeichnend. Er schlief noch fest, ausgebreitet auf dem Bauch, und hatte sich nicht bewegt seit ihrer letzten Vereinigung vor dem Morgengrauen. Ihre Mundwinkel zuckten. Es war ihre Schuld gewesen. Sie hatte ihm gesagt, daß es besser sei, als sich zu betrinken. Das war es in der Tat, aber wie bei Wein konnte man süchtig werden danach.

Sie hörte Sir Walter mit dem Schäfer sprechen, und

zugleich begann einer der Hunde fürchterlich zu bellen. Noch nicht in der Stimmung, diese zufriedene Stimmung zu stören, kuschelte sie sich wieder in Guyons Umarmung und schloß die Augen.

Als Guyon schließlich aufwachte und seine Lider aufschlug, war es mitten am Vormittag, hell und warm, und die Jäger waren längst davongezogen in die Wälder. Er warf einen Blick auf die schlafende Unschuld neben sich ... Von wegen Unschuld! Guter Gott! Im Vergleich zu diesem im Schlaf versunkenen, unschuldigen kleinen Mädchen waren Rhosyn und sogar die unwahrscheinliche Alais de Clare ahnungslose Novizinnen. Wie oft waren sie beisammengewesen in dieser Nacht? Mindestens viermal. Von wegen Vergewaltigung! Dieses Mädchen hatte sich davor gefürchtet, vergewaltigt zu werden. Er mußte ein Lachen unterdrücken.

Sachte berührte er eine Strähne ihres Haars und schaute sie an. Sie waren einen weiten Weg miteinander gegangen bis zu diesem Tag, nicht immer auf derselben Straße, hatten sich aber immer wieder an einem Kreuzweg getroffen. Die Enkelin von William dem Eroberer mit dem Wikingerblut von Herzog Rollo und dem der lohfarbenen Falaise in den Adern.

Im Licht dessen, was er in der vergangenen Nacht erlebt hatte, mußte er erst recht über ihre wirklichen Eltern nachdenken. Er fragte sich, was Alicia dazu getrieben haben mochte, mit einem Jungen zu kopulieren, der halb so alt war wie sie und über doppelt so viele Erfahrungen verfügte. Wahrscheinlich würde er es nie erfahren, und es gab auch gute Gründe, das Wissen streng geheim zu halten, nicht nur wegen der Verletzlichkeiten auf seiner Seite.

Als ob sie seine Gedanken erraten konnte, streckte sich Judith, öffnete die Augen und gähnte.

»*Bore da, cath fach*«, begrüßte er sie und küßte sie leicht auf die Lippen.

»Du hast die Jagd verpaßt«, sagte sie mit schläfrigem Lächeln.

»Nein, habe ich nicht«, widersprach er ihr grinsend. »Ich hatte nur nicht geahnt, daß ich die Beute sein sollte.«

Judith errötete. »Macht nichts. Ich kann mir bessere Möglichkeiten vorstellen, den Tag zu verbringen, als mit Pfeil und Bogen auf ein Reh oder einen Hirsch anzulegen. Außerdem käme ich heute ohnehin auf kein Pferd.«

Ihre Röte vertiefte sich und breitete sich auf den Hals und die Schultern aus. »Bist du böse mit mir wegen gestern abend, Guy?«

»Welchen Teil des Abends meinst du denn?« neckte er sie. »Den Moment, als du Prinz Henrys Männlichkeit mit einer Schüssel Wasser abgekühlt hast – oder als du die meine bis auf den letzten Rest konsumiertest?«

Judith biß sich auf die Lippe. Ihre Augen waren brillant wie Topase. »Es war wie wenn man diesen gelben Wein trinkt: ich habe nicht mehr aufhören können«, entschuldigte sie sich. »Guyon, es tut mir leid.«

»Zwei Nächte nacheinander betrunken!« scherzte er vorwurfsvoll. »Was mache ich nur mit dir? Nein, sag es mir nicht, dazu habe ich jetzt nicht die Kraft. Und bitte mich nicht, es dir gleich wieder zu demonstrieren, auch wenn du es gerne wissen willst.«

Judith hämmerte ihm mit den Fäusten auf die Brust und die Rippen, und er jaulte. »Vorsicht!« warnte er sie. »Aber wenn du zufrieden warst, war es die Mühe durchaus wert. Ich habe nichts dagegen, auf diese Weise zu sterben – nur laß es uns nicht immer viermal pro Nacht tun!«

Sie warf ihm einen Seitenblick zu. »Dann ist wenigstens nichts mehr übrig von dir für Alais de Clare«, bemerkte sie, wobei ihr spitzer Ton von früher zurückkehrte. Dazu schüttelte sie das Haar nach hinten. Die Sonne schickte einen Strahl über ihre Schulter, vergoldete den Schopf und erhellte ihre Augen mit kleinen Funken von Katzengold.

»Ich will keine Alais de Clare«, antwortete Guyon und streckte sich faul. »Warum soll ich mich mit Schlacke zufriedengeben, wenn ich reines Gold haben kann?«

Judith schaute ihn an. Seine Augen hatten dunkle Ringe, und auf seiner Haut waren hier und da die Kratzer ihrer Fingernägel zu erkennen. »Ich träume«, sagte sie nachdenklich. »Eines Tages wache ich auf, allein, und merke, daß ich das Opfer einer Illusion gewesen bin.«

»Was ist aus dem blinden Vertrauen der vergangenen Nacht geworden?« Er zupfte an ihrem Haar. »Reicht dir das auf einmal nicht mehr?«

»Das ist es nicht, Guy«, antwortete sie mit gefurchter Stirn. »Im Gegenteil. Ich habe zuviel davon. Es kann einfach nicht wahr sein.«

»Du bist aber auch nie zufrieden, wie?« Er legte den Arm um sie. »Was soll ich denn noch tun? Einen heiligen Eid schwören? Oder einen Bluteid? Den haben wir bereits hinter uns.«

Judith schüttelte den Kopf. »Aber diesmal habe ich das Blut gegeben«, sagte sie leise und wandte sich dem Bettuch zu, das ebenso getrocknete Blutflecken aufwies wie die Innenseite ihrer Schenkel.

»Vertraust du mir?« Er küßte ihre Schulter. »Vertraue mir, Judith.«

Sie fühlte seine Lippen, die lächelten in Erinnerung. Ihre eigenen Lippen bebten ein wenig. »Hat dir Rhosyn getraut?«

Das hatte er nicht erwartet. Er setzte sich auf und murmelte etwas, das sie nicht verstehen konnte. »Du weißt wirklich genau, wo die empfindlichen Stellen sind«, sagte er.

Judith senkte ihre Lider. Guyon schlang die Hände um die hochgestellten Knie und schaute sie genau an. »Rhosyn war gar nicht bereit, mir zu vertrauen«, sagte er nach ein paar Sekunden. »Wir waren nie in dieser Weise miteinander verbunden. Es wäre zu gefährlich gewesen, und Rhosyn war diejenige, die es erkannte, wenn ich es nicht sah.«

Judith betrachtete ihn ernst. »Guyon, ich kann dir nicht meine Seele geben.«

»Die will ich auch nicht«, sagte er leise. »So etwas vertraut man nicht dem Besitz eines anderen an. Behalte sie für dich, *cath fach*. Ich verstehe viel mehr, als du glaubst.«

Judith blinzelte ihn an und rieb sich mit dem Unterarm die Augen. Von draußen hörte sie Elflin mit Helgund reden, und es klang so, als würde Ale oder Milch in ein Gefäß gegossen. Cadi an der Tür jaulte. Judith legte den Arm um Guyon und küßte ihn, als sei der Kuß ein Talisman. »Ich glaube jedenfalls, daß du imstande bist, notfalls durch ein Dornengestrüpp zu kriechen«, sagte sie.

Er erwiderte die Umarmung und zog sich dann zurück, um aus den weggeworfenen Haufen auf dem Fußboden etwas zum Anziehen zu finden. »Was, glaubst du, werde ich jetzt tun?« fragte er mit einem nachdenklichen Lächeln. »Du bist das dornigste Dikkicht, das ich jemals gesehen habe.« Er beugte sich über das Bett und küßte sie warm auf die Lippen und auf die lange, weiße Kehle. »Und zugleich die süßeste Rose.«

»Aber es gibt eben nicht das eine ohne das andere«, stimmte sie ihm ernst zu, und ihre eigenen Worte klangen in ihrem Kopf wie eine Prophezeiung.

Guyon stand auf, schloß seinen Gürtel und ging zur Tür. »Ich schicke dir Helgund herein«, sagte er, kraulte Cadis Kopf und hob das Mieder auf, das er nur mit dem Messer hatte aufschneiden können. »Aber das hast du absichtlich gemacht, oder?« Er warf ihr das Mieder auf das Bett.

Judith lehnte sich gegen die Kissen und lächelte verschmitzt, genau wie ihr wirklicher Vater.

Neunzehntes Kapitel

Im August des Jahres 1100

Donner grollte in der Ferne, wo der Himmel purpurn war wie zerstampfte Trauben. Auf dem Wehrgang strengte Judith die Augen an, um in diese Ferne zu schauen. Blitze zuckten zur Erde. Die Bäume waren leuchtend grün, und der Stein der Schartenbacke, an der sie lehnte, war ein sattes, warmes Gold. Die meisten der Verteidigungsbauten von Caermoel waren noch aus Holz, aber die Außenmauer von doppelt dikkem Sandstein war fast komplett, ebenso das Torhaus mit dem Fallgitter und den Winden für dieses und für die Zugbrücke.

Der Bote war noch innerhalb der letzten Stunde des Sonnenscheins angekommen und hatte die Nachricht gebracht, daß Guyon vor dem Einfall der Nacht ankommen würde und daß die Vergeltung für den letzten Überfall der Waliser erfolgreich gewesen war. Sie hatte alles für die Ankunft vorbereitet, Nahrung, Wärme und Bequemlichkeit, und war dann nach oben gelaufen, um Ausschau zu halten nach seiner Rückkehr.

Es war fünf Tage her, seit die jungen Männer in ihrem heißen Blut durch die Lücke eingedrungen waren, um Vieh und Getreide zu stehlen von den fruchtbaren, reichen Ebenen auf der anderen Seite der Grenze. Fünf Tage, seit Alarm geschlagen worden war und Guyon rasch seine Truppen gesammelt hatte und ausgeritten war, in Verfolgung einer wertvollen Milchherde, drei flämischen Stuten mit Fohlen an der Seite, die ihm gehörten, und dem Inhalt eines großen Kornspeichers aus dem Besitz von Earl Hugh.

Sie schaute hinunter, weil Melyn mit hoch aufgerecktem Schweif um ihren Rock strich und kläglich miaute, bevor sie an ihr hochkletterte und sich auf ihre Schultern setzte, offenbar ohne das Unwetter zu erkennen, das von Süden mit aufkommendem Wind herantrieb.

Ein Ruf auf der anderen Seite der Mauer, und sie strengte ihre Augen in diese Richtung an; gleich danach lächelte sie, ihr Herz begann schneller zu schlagen, und sie drehte sich um und lief über die Treppe hinunter in den Hof.

Die Ausläufer des Gewitters trafen ein, als die Männer vom Pferd stiegen. Der Donner erschütterte den Himmel und zeigte die gezackten Fänge seiner weißgoldenen Blitze. Mehrere Kühe muhten unruhig, als sie in eine Ecke des Hofes getrieben wurden, wo sie bleiben mußten, bis man die jeweilige Eignerschaft hatte feststellen können. Ein Pferdeknecht nahm sich der drei Stuten und ihrer Fohlen an, und ein zorniger, walisischer Ponyhengst schlug mit gefährlichen, kleinen Hufen um sich.

Guyon beendete sein Gespräch mit dem Stallmeister und sah Judith, die auf ihn zugerannt kam, das Gesicht strahlend vor Wiedersehensfreude. Sie bewegte sich unaffektiert, fast wie ein Mann, aber ihr Kleid formte dabei ihre schlanken Rundungen nach und zeigte sie ganz als Frau. Die zeitbedingten Veränderungen ihres Geistes und Körpers brachten ihn immer wieder ins Staunen. Vor einem Jahr noch hätte sie ihn ernst und mit düsterem Blick begrüßt und wäre außerhalb seiner Reichweite stehengeblieben, als ob sie einen Schlag erwartete. Sechs Monate später hätten sie sich gar nicht angeblickt, hätten die Köpfe gesenkt, um den Hunger und die gespannte Angst zu verhüllen. Und jetzt warf sie sich ihm lachend in die Arme, zog seinen Kopf herunter und küßte ihn. Melyn sprang von ihrem Platz und ging mit erhobenem Kopf auf das Quartier zu.

»Es waren doch nur fünf Tage!« Guyon lachte und freute sich über die Wärme der Begrüßung. »Was wirst du tun, wenn es einmal vierzig sind?«

Judith lockerte die Umarmung und errötete; sie war sich der amüsierten Blicke seiner Männer bewußt. »Dann nehme ich mir einen Liebhaber«, erwiderte sie schlagfertig. »Ich habe dir eine Wanne vorbereitet, und danach steht die Mahlzeit bereit. Wie ist es dir ergangen?«

Guyon folgte ihr, zog den Kopf ein und beschleunigte seine Schritte, als der Regen sich verstärkte. »Wir haben zurückgeholt, was unser war, und auch ein bißchen was von ihrem Besitz. Die kommen nicht mehr zu uns herüber – jedenfalls nicht so bald.«

»Es sei denn, sie kommen *en masse*«, bemerkte Judith, als sie das Holzhaus im Innenhof erreichten, das ihr privates Quartier sein mußte, bis die Mauern und Türme rings umher nach oben gezogen waren. »Könnten wir einem vollen Anschlag der Waliser widerstehen, nicht nur einem Scharmützel mit ein paar heißblütigen jungen Männern?«

»Wahrscheinlich, aber ich würde es momentan noch nicht erproben wollen. Ist hier alles ruhig gewesen?«

»Könnte man sagen, ja. Madoc kam vor zwei Tagen

mit Rhys und einem entfernten Verwandten aus Bristol, der ihm beim Geschäft hilft. Sie brachten den neuen Schafbock, um den du Madoc gebeten hattest. Er sagt, Heulwen kann jetzt schon gehen, plappert neunzehn aufs Dutzend und hinterläßt bereits jetzt überall, wo sie auftaucht, gebrochene Herzen. Ich nehme an, er wollte dich erinnern an die Verbindung.«

»Das habe ich kaum nötig«, sagte er sehr leise. »Hat er auch Rhosyn erwähnt?«

»Nur, daß es ihr gut geht und sie ihre Grüße sendet. Ich nehme an, er hätte es mir verschwiegen, wenn sie ihm mehr bestellt hätte für dich.« Sie waren an der Schlafkammer angelangt. Er öffnete die Tür, und sie gingen hinein. Drinnen stand die Badewanne mit heißem Wasser bereit.

»Was könnte es da sonst noch geben?« Guyon umarmte sie und drückte ihre Taille. »Du läßt mir weder die Neigung noch die Energie, um mit anderen Frauen zu spielen. – Was ist das?« Er nahm den Briefbeschwerer aus poliertem Achat weg und den Brief vom Tisch.

»Von meiner Mutter«, sagte Judith und schenkte ihm Glühwein ein. »Sie fragt, wann wir einmal unseren Horst verlassen und ihr einen Besuch abstatten.«

Guyon trank den Wein und küßte Judiths Hand. »Irgendwann zwischen dem Michaelstag und dem Martinstag«, erwiderte er und schaute nachdenklich drein, während er trank. »Ich muß ohnehin ein Wort mit ihr sprechen.«

»Worüber denn, Guy?«

Er warf das Pergament auf den Tisch und trank den Wein aus. »Nichts. Eine kleinere Einzelheit im Zusammenhang mit deiner Erbschaft.«

Judith preßte die Lippen zusammen, als sie seinen

beiläufigen Ton erkannte. Guyon sagte ihr nicht die ganze Wahrheit. Sie wußte es, erkannte es an seinem Blick. Sie bekam etwas von der verzuckerten Kruste, und ansonsten verschwieg er ihr, was er zu verschweigen wünschte.

»Was für eine kleinere Einzelheit?« forderte sie ihn jetzt heraus und hatte immer noch den Gürtel in der Hand, an dem sein Schwert und sein Dolch befestigt waren.

»Eine Sache, die vor allem die Privatangelegenheit deiner Mutter ist. Wenn sie es dir sagen will, wird sie es tun«, antwortete er gelassener, als er war.

»Ich wundere mich, daß dir das Gehirn nicht platzt mit all den kleinen Einzelheiten, die du mir nicht gestehen kannst, aus Angst, irgendein Versprechen zu verletzten!« fuhr sie ihn an.

»Ich auch.« Guyon schaute sie betrübt an. »Judith, ich möchte nicht streiten.«

»Das liegt ganz bei dir«, erwiderte sie kalt und legte seinen Schwertgürtel beiseite.

»Ich möchte etwas ganz anderes.«

»Ja?«

Er drückte seine Lippen auf die ihren.

Judith kämpfte kurz, um ihr Gewissen zu beruhigen, dann gab sie sich dem Vergnügen hin. Drei Monate der intensiven, erfindungsreichen Unterweisungen hatten ihr viele der reizvollen und neuen Tricks beigebracht, und nun war sie darauf bedacht, sie in der bestmöglichen Weise einzusetzen. Er versucht, mich abzulenken, dachte sie, mich die Probleme vergessen zu machen, und – mein Gott, es gelingt ihm fast jedesmal. Der scharfe Geruch nach Pferd und Schweiß schärfte ihr Verlangen, ebenso wie das liebkosende Knabbern seiner Lippen und die Stoppeln seiner Wangen, die erfahrenen Bewegungen seiner Hand.

»Guy, was ist mit dem Bad?« fragte sie etwas atemlos und wölbte ihm zugleich verführerisch den Leib entgegen, um ihn zu empfangen.

»Das kann warten«, murmelte er. »Ich nicht«, und er drang ein in heiße, klebrige Seide, hielt noch einen langen Moment inne, um die Sensation zu spüren, wenn er ganz tief vorstieß, bis zum innersten Kern.

Blitze zuckten, der Regen rauschte herunter. Auf dem Hof schwang sich Simon de Vere aus dem Sattel seines zitternden, erschöpften Pferds. Er war so lange unterwegs gewesen, daß ihm die Beine fast den Dienst versagten und der Pferdeknecht ihm helfen mußte, damit er nicht in den Schmutz fiel.

»Lord Guyon ist ... äh ... beschäftigt«, sagte de Bec zu dem jungen Mann, als er ihn hinauf in die Halle führte. »Setzt Euch erst einmal und erholt Euch von dem Ritt.«

»Er wird nicht zu beschäftigt sein, um diese Nachricht zu empfangen«, sagte Simon, fuhr sich mit den Fingern durch das regennasse Haar und wischte sich einen Tropfen vom Ende seiner Nase. »Der König ist tot, getötet im New Forest, und Prinz Henry beansprucht die Krone für sich. Ich habe mein Pferd fast totgeritten, um so schnell wie möglich hierher zu kommen.«

De Becs buschige Brauen gingen nach oben. »Gott sei uns gnädig«, sagte er und bekreuzigte sich. »Hier, setzt Euch erst einmal nah ans Feuer. Du, Mädchen, bring Essen und Trinken für Sir Simon und sag Mistress Helgund, sie soll Mylord und Mylady holen.«

Guyon leckte schläfrig ihren Hals und ihre Schulter, fühlte, daß auch sie den Höhepunkt erlebt hatte, aber durchaus weiterspielen wollte. So etwas brauchte seine Zeit und Zeit hatten sie mehr als genug. Ihr Verhalten sagte mehr, als ihre Stimme sagen konnte.

Judith schaute ihn von der Seite an, und der Schweiß trocknete auf ihrem Körper. Draußen grollte der Donner, und hier und da blinkte ein Blitz durch eine Ritze der Läden. »Da fällt mir gerade ein«, sagte sie, »als Madoc hier war, hat er mir noch etwas erzählt. Mabel von Thorneyford soll ein Kind tragen.«

Guyons Lider waren geschlossen gewesen. Jetzt riß er sie auf, stützte sich auf einen Ellbogen und schaute sie an. »Unmöglich! Sie ist neunzig, Judith!«

Sie lachte über den Ausdruck des Entsetzens auf seinem Gesicht. »Nicht ganz. Sie ist meines Wissens nur ein paar Jahre älter als Mama. Achtundvierzig oder so. Sicher, ich weiß, das ist alt, um noch ein Kind zu bekommen, aber nicht unmöglich.«

»Und ich habe Walter de Lacey immer für einen Feigling gehalten!« murmelte Guyon. Dazu traten Falten auf seine Stirn. Er fragte sich, was geschehen würde, wenn diese Art von Gottes Gnade auch Alicia zukäme. Selbst wenn sie und sein Vater die Genehmigung zur Ehe erhielten, es wäre eine teuflische Arbeit, die verwirrten Blutlinien auseinanderzuhalten.

Es klopfte an der Tür, und Helgunds Stimme kam von draußen. »Mylord, Mylady, Ihr werdet in der Halle verlangt. Es gibt Neuigkeiten aus Winchester.«

Guyon stöhnte und fluchte. Judith kletterte aus dem Bett und zog sich in aller Hast ihr Nachtgewand an. »Kann es nicht warten?« zischte sie und kam sich vor, als wenn sie von einer Dienerin beim Kopulieren im Stroh angetroffen worden wäre.

»Es ist Simon de Vere, Mylady. Er sagt, der König ist tot!«

»Was?« Judith fuhr herum zu Guyon. Er fluchte wieder und langte nach seiner quer durchs Zimmer geschleuderten Kleidung.

»Sir Michael schickt mich, Euch und Lord Guyon zu holen, Mylady. Mehr weiß ich auch nicht.«

»Schon gut, Helgund. Danke.«

Schweigen. Judith ließ Bad und Nachtmantel und suchte nach ihrem Mieder. »Wenn Rufus tot ist, wer wird an seiner Stelle König?«

»Was meinst du denn?« zischte Guyon, weil es eine so naheliegende Frage war. »Laß lieber einen der Burschen meine Rüstung herrichten, denn ich werde sie brauchen.« Er zog sich Kniehose, Hemd und Wams an, fuhr sich mit einem ihrer Kämme durchs Haar und stampfte dann knurrend hinaus. Judith starrte ihm hinterdrein; ihre Augen verengten sich, und heiße Worte füllten ihren Mund. Sie kühlten unausgesprochen. Er war müde gewesen, als er nach Hause gekommen war, und die Energie, die er zwischen den Laken verbraucht hatte, zehrte ebenso an seinen Vorräten. Kein Wunder, daß er unwirsch war, wenn er statt in Ruhe ein paar Stunden schlafen zu können eine so ernste Nachricht empfing. Sie seufzte schwer, ließ die Hände sinken und rief nach Helgund, damit sie ihr beim Ankleiden half.

»Es war ein Unfall«, sagte Simon, den Richard am Morgen der Beisetzung von Winchester hergeschickt hatte. »Ein Jagdunfall, am vergangenen Donnerstagabend. Walter Tirel hat auf einen Hirschen geschossen und traf den König in die Brust. Er war augenblicklich tot. Prinz Henry war bei der Jagdgesellschaft, aber nicht in der Nähe der Todesszene. Er fuhr direkt nach

Winchester, um den Thronschatz zu sichern. Er soll vom Bischof in London gekrönt werden. Er behauptet das Recht der Porphyrogenitur*) vor Robert.« Simon rieb sich die blutunterlaufenen Augen. »Er erwartet Euren Feudaleid, so bald Ihr dazu in der Lage seid.«

Guyon preßte mit den Handrücken gegen seine Augen. Es war zu spät, noch in dieser Nacht aufzubrechen, aber es mußten Vorbereitungen getroffen werden für den folgenden Tag, und Reiter vorausgeschickt werden, die die Übernachtungsplätze organisierten. Die Strecke von Caermoel nach London war ein guter Sechstageritt, den man nicht ohne Vorbereitung unternehmen konnte.

»Ich selbst und Richard waren vermutlich die letzten, die ihn lebendig gesehen haben, außer der Jagdgesellschaft, natürlich«, fügte Simon hinzu, aus einem Zwang des Schocks heraus, sich alles vom Herzen zu reden. »Ich kann es immer noch nicht glauben. Wenn er doch nur im Bett geblieben wäre und nicht Clares Vorschlag aufgegriffen hätte, zur Jagd zu gehen – er wäre noch am Leben.«

»Gilbert von Tunbridge?« fragte Judith.

»Ja, und sein Bruder. Der König hatte Magenschmerzen am Morgen, also hat er die Jagd zunächst abgesagt. Gegen Mittag aber waren die Schmerzen weg. Nach dem Essen sagte de Clare, er würde sich ganz gern den Schädel klären lassen durch einen Ritt, um zu sehen, was es ihm bringe, und ich fand schon damals, daß er nicht von der Jagd sprach und daß sein Kopf nie klarer gewesen war als in diesem Augen-

---

* griech. ›im Porphyrsaal geboren‹, Bezeichnung von byzantinischen Fürstensöhnen, deren Vater zur Zeit ihrer Geburt den Herrscherpurpur trug.

blick.« Simon biß die Zähne zusammen und attakkierte sein Essen, um nicht sehen zu lassen, daß ihm die Tränen kamen. Rufus hatte seine Schwächen, aber er war nie ungerecht gewesen zu ihm, und auch Richard war, wie Simon berichtete, offen zu Tränen gerührt über diesen verfrühten Tod.

»Wollt Ihr sagen, daß er ermordet worden ist?« fragte de Bec scharf.

»Ich sage gar nichts dazu.« Simon schaute auf die anderen. »Tirel ist aus dem Land geflohen, nicht ohne sein Unschuldsbekenntnis wie eine Staubwolke hinter sich herzuziehen. Er sagt, er sei überhaupt nicht in der Nähe des Königs gewesen, und außerdem sei es nicht sein Pfeil, der den Tod hervorgerufen hätte.«

»Und die de Clares sind seine Schwäger.« Judiths Stimme war so farblos wie ihr Gesicht.

»Ich vermute, die Untersuchung wird die Wahrheit ans Licht bringen«, sagte de Bec, der die Beine ausstreckte, bis er damit Cadis weißen Körper berührte.

»Was für eine Untersuchung?« fragte Simon verbittert. »Henry wird keine veranstalten.«

Guyon hörte zu essen auf und starrte Simon an. Nach einer Pause fuhr er fort zu kauen, langsam, wie in Gedanken versunken. »Wer hat sonst noch an dieser Jagd teilgenommen, Simon?«

»Rannulf des Aix en Louvent, der Onkel Eurer Ladyschaft, William Breteuil, Gilbert de Laigle und William de Monfichet.« Simon schüttelte den Kopf. »Er muß verrückt gewesen sein. Ebenso gut hätte er mit einem Rudel Wölfe ausreiten können. Sie ließen sich nicht einmal so viel Zeit, um den Leichnam auf anständige Weise zurückzubringen ins Jagdhaus, sondern ritten augenblicklich zum Königsschatz in Winchester. Richard und ich haben uns um den Toten gekümmert und ihn ordentlich aufgebahrt für die Rückkehr nach Winchester. Es ist nicht richtig, sage ich ...« Er trank hastig einen Schluck und ballte die Hand zur Faust. »Jedenfalls, Henry hat Anspruch auf die Krone erhoben, und Ihr solltet Euch beeilen und Eure Gefolgschaft beschwören.«

Judith erhob sich von der Bank; ihre Augen waren ausdruckslos, und ohne Entschuldigung oder Erklärung entfernte sie sich wie eine Schlafwandlerin von den Männern. Keiner achtete sonderlich darauf. Guyon bedachte sie mit einem überraschten Seitenblick, aber seine Gedanken waren beschäftigt mit der Fülle von Nachrichten, die Simon überbracht hatte, ihren Folgerungen und der Frage, was nun getan werden mußte. Die Situation mit den Walisern war momentan einigermaßen stabil und konnte vorübergehend unbeaufsichtigt bleiben. Henry, ganz gleich, ob er seine Seele befleckt hatte oder nicht, besaß die Eigenschaften eines starken Monarchen. Außerdem stand dann Guyon – vorausgesetzt, daß Henry nicht extrem töricht oder verräterisch handelte – in allerhöchsten Gunsten, solange Henry König blieb.

»Wenn Robert Courthouse das zu hören bekommt, wird es ein Freudenfeuer geben«, bemerkte er düster und rieb die Hände aneinander, als fühlte er die Schwielen seiner Haut dort, wo er erst vor kurzem Schwert und Schild getragen hatte.

»Und de Belleme wird Fackeln anzünden zur Feier des Ereignisses, wie damals im Jahre siebenundsiebzig«, fügte de Bec hinzu.

»O ja. Wir werden uns sehr dafür einsetzen müssen, wenn wir erreichen wollen, daß Henry die Krone behält – ganz gleich, wie er sie erreicht hat. Courthouse hat ungefähr so viel Kontrolle über Robert de

Belleme wie ein totes Huhn über seine Gliedmaßen. Ihr habt gesehen, was er in der Normandie getan hat. Gott bewahre ihn davor, seinen Segen auch auf unsere Länder auszudehnen.«

»Soll ich die Wachen an der Grenze unserer Ländereien zu Thorneyford verstärken? Dort ist es in letzter Zeit sehr ruhig gewesen.«

»Es kann nicht schaden, aber das darf nicht zur Folge haben, daß unsere Grenzen anderswo zu schwach kontrolliert werden.« Guyon schob seinen Teller weg und rief nach einem Schreiber, um die Nachricht über die Veränderungen an seine Vasallen weitergeben zu können.

Judith nahm Guyons Schwertgürtel und überprüfte den Streifen Wildleder, ohne ihn recht zu sehen: die eingelegten, goldenen Leoparden oder das Geflecht aus Goldfäden, das die Schnalle zierte. Das Schwert lag in seiner Scheide auf dem Bett. Sie ließ es von einem der jungen Burschen im Haus reinigen und ölen, denn es war in letzter Zeit recht häufig im Einsatz gewesen gegen die Waliser. Das Schärfen der beiden Schneiden überließ sie Guyon selbst. Sie hätte es auch tun können, war durchaus dazu in der Lage, aber das Gefühl in ihren Händen hätte ihr Angst gemacht – bei den Vorstellungen, was sie damit tun konnte.

Vorsichtig ließ sie sich auf das Bett nieder und schaute auf die zerwühlten Laken, erinnerte sich an eine warme Frühlingsnacht und an das Gelächter hochgeborener Männer, die in einem kerzenerhellten Raum feierten, dabei den Wein aus grünen Glaskelchen tranken, feierten und dennoch nichts anderes als Mord im Sinn hatten. Der Prinz und die de Clare-

Brüder hatten an der fatalen Jagdpartie teilgenommen, und Walter Tirel war mit Gilberts und Rogers Schwester verheiratet.

Malwood, die königliche Jagdhütte, war nur sechzehn Meilen von Winchester, dem Sitz des Königsschatzes, entfernt. Tirel war geflohen, und aller Augen hatten in dessen Richtung geblickt und dabei die Männer übersehen, die nicht geflohen, sondern zurückgeblieben waren. Und Guyon wußte es, hatte es seit jenem Abend im Mai gewußt. Sie erinnerte sich, wie er in die Bettkammer gekommen war, nachdem die Gäste davongeritten waren, mit wächsernem Gesicht, die Augen in sich versunken, und als sie ihn gefragt hatte, war er ihr ausgewichen. Was hatte er gesagt? Ein Vertrauen, das er nicht brechen durfte, gerade nicht ihr gegenüber. Lieber würde er sterben. Und wenn er es wußte, war er auch in irgendeiner Form daran beteiligt. Er war lange genug mit dem Prinzen befreundet, und seine Abneigung gegenüber Rufus und dessen Annäherungsversuche waren kein Geheimnis.

Judith biß sich auf die Lippen. Das zerwühlte Bett erinnerte sie nur allzu deutlich an diese erste Nacht, nur daß es jetzt keine liebenswerte Erinnerung war, sondern eine obszöne. Er hatte den Tod eines Mannes geplant und hatte sich anschließend mit ihr im Bett vergnügt. Es war eine Gewalttat gewesen. Ihr war übel, und sie wünschte, man hätte die Badewanne noch nicht entfernt – dann hätte sie seine Berührung abwaschen können. Sein Samen war tief in ihrem Körper. Sie schlug die Hand vor den Mund, um sich nicht übergeben zu müssen.

Guyon kam herein, streckte sich und gähnte. »Ich könnte eine Woche lang schlafen«, klagte er, als er die

Tür geschlossen hatte. »Aber ich fürchte, ein paar Stunden müssen reichen. Ich habe nie gewußt, daß Richard so sehr an Rufus gehangen hat. Natürlich muß er jetzt auch um seine Position bei Hofe fürchten.« Er nahm die Scheide seines Schwerts, prüfte sie geistesabwesend und streckte dann die Hand nach dem Schwertgürtel aus. Sie warf ihn auf das Bett, rieb sich die Arme, als seien sie kalt bis ins Mark, und drehte ihm den Rücken zu.

Guyon schaute sie nur kurz an und beschäftigte sich dann damit, die kleinen Riemen zu befestigen. »Morgen nachmittag machen wir halt in Ravenstow. Es ist sicherer, wenn wir dich auf unserem Weg nach Süden dorthin begleiten. Ich glaube zwar nicht, daß die Waliser einen Überfall auf Caermoel wagen, aber man kann nicht wissen, wie sie auf diese Neuigkeiten reagieren. Ich habe schon mit Elflin und Helgund gesprochen wegen des Packens.«

Judith antwortete nichts, weil sie ihrer Stimme nicht traute. Guyon legte den Gürtel weg, und sein Argwohn steigerte sich, denn bisher hatte keine seiner Bemerkungen eine Antwort hervorgerufen, und sie hatte seit den frühen Tagen ihrer Hochzeit nie wieder so abweisend bei ihm im Zimmer gestanden.

»Judith?« fragte er leise.

Die Nachtkerze warf zitternde Schatten gegen die Wände. Melyn sprang nach einer Motte, fing sie geschickt mit den Pfoten und trug sie triumphierend in eine Ecke, um sie zu verzehren.

»Es geht nicht anders. Ich komme heim, sobald ich kann«, fügte er hinzu, und dann, als ihm klar wurde, daß sie ihn in die Defensive gedrängt hatte, ohne auch nur ein Wort zu sagen, preßte er die Lippen zusammen und begann sich auszuziehen.

»Reiß dir nur kein Bein aus!« fuhr sie ihn an. »Bleib, so lange du Lust hast.«

Guyon zog sich das Hemd aus und fluchte, weil sich das Leinen an der Hose verfing. Er fragte sich, ob es vielleicht wieder die Zeit ihrer Tage war. Schließlich kam er hinter sie und legte eine Hand auf ihre Schulter. »Judith, Liebste, was ist? Sag es mir.«

Sie wich zurück von ihm und drehte sich dann in einer einzigen Bewegung um. »Rufus ist ermordet worden, nicht wahr?« fuhr sie ihn an, das Kinn nach oben gereckt.

Guyon zuckte mit den Schultern, und seine Miene war völlig perplex. »Ja, vermutlich.«

»Ach, spiel doch nicht den Unschuldigen mit mir, Guyon, du weißt ganz genau, was da vor sich gegangen ist!« spuckte sie ihm entgegen.

»Judith, du machst dich lächerlich!« Er streckte den Arm nach ihr aus. Sie entwich. »Ich bin dem König und dem Hof seit über drei Monaten nicht nahe gewesen, und Henry weiß genau, daß das, was de Clare für ihn tun würde, bei mir ausgeschlossen ist!«

»Wirklich? Du hast allen Grund gehabt, Rufus abstoßend zu finden, und du bist seit deiner Jugendzeit mit Henry befreundet.«

»O mein Gott, Judith, wofür hältst du mich?« Jetzt war seine Stimme ein entrüstetes Knurren, zugleich erfüllt von Verzweiflung. »Ich hatte nichts übrig für Rufus und seine privaten Gewohnheiten, aber das wäre kaum ein Grund gewesen, seinen Tod zu planen oder meine Ehre zu beflecken.«

»Dann sag mir, was dir Prinz Henry gesagt hat, als er zu Pfingsten bei uns gegessen hat«, forderte sie ihn auf.

Sie sah es: Wie er mit den Lidern zuckte, wie sich

die Muskeln auf seinen Wangen anspannten, wie sein Gesicht sich verdunkelte und seine Augen weit öffneten. »Er hat mir gar nichts gesagt«, antwortete er tonlos.

»Lügner!« schrie sie ihn an. »Es ist noch keine drei Monate her. Glaubst du, ich bin so verzaubert von deinem Charme, daß ich das Gedächtnis dabei verliere? Du hast gesagt, es sei etwas, das du mir nicht verraten könntest, ein politisches Geheimnis, das dir anvertraut sei und bei dem du lieber sterben würdest, als es zu brechen. Du hattest kalten Schweiß auf der Stirn.«

»Das alles hatte nichts, aber auch gar nichts mit dem Tod von Rufus zu tun.«

»Was war es dann?« Ihre Lippen verzogen sich zu einem spöttischen Lächeln. »Was könnte noch geheimer sein als der Plan, einen König zu ermorden?«

Der Ausdruck der Unschuld auf Guyons Gesicht wurde plötzlich sehr düster. »Ich werde es dir nicht sagen, Judith. Es ist nicht meine Sache, und vielleicht würde es mehr Schaden anrichten als nützen.«

Sie schaute ihn triumphierend und besiegt zugleich an. »Ich hätte gedacht, dir fällt eine bessere Antwort ein«, sagte sie wütend.

Er packte sie an den Schultern und schüttelte sie. »Judith, ich schwöre dir bei meiner Seele ... Bei der Seele meiner Mutter schwöre ich dir, daß das, was da vielleicht gegen Rufus geplant worden ist, nicht das geringste mit mir zu tun hat. Ich kann dir nicht mehr geben als mein Wort. Das, was mich von deinem absurden Verdacht befreien würde, kann ich nicht sagen. Es würde nur die Lasten und die Schuld auf Schultern laden, die sie noch schwerer tragen können als ich.«

»Du tust mir weh«, sagte sie dumpf.

Er fluchte und lockerte seinen Griff, aber nur, um

daraus eine Umarmung zu machen. Er zog sie zu sich her. »Judith, was soll ich nur tun, wenn du mir nie vertraust?«

Sie stand zitternd in seinen Armen, hin und her gerissen vom Zweifel. Und sie haßte es, eine Entscheidung treffen zu müssen. Er war geschickt mit Wörtern, konnte sie zu seinen Gunsten formulieren, konnte jeden davon überzeugen, daß Schwarz Weiß war, wenn man ihm die Gelegenheit dazu gab. »Und wenn du mein Vertrauen mißbrauchst?« fragte sie. »Beweise mir, daß ich im Unrecht bin.«

»Wie sollte ich?« Er schaute sie aufgewühlt an. »Wenn ich dein Vertrauen bestätige, breche ich das von jemand anderem.«

Sie schaute ihn gnadenlos an. »Und welches ist dir wichtiger?«

Er ließ sie los, setzte sich auf das Bett und fuhr sich mit den Händen durchs Haar. »Ich weiß es nicht. Weder das eine noch das andere. Ich kann es nicht abwägen. Und ich schwöre dir noch einmal, daß es nichts, aber auch nicht das geringste zu tun hat mit einem eventuellen Plan, Rufus zu ermorden.« Er schaute zu ihr hinüber und stieß die Luft aus in einem etwas ungeduldigen Seufzer. »Es ist spät. Kommst du jetzt zu Bett, oder bleibst du die ganze Nacht hier stehen und starrst mich vorwurfsvoll an?« Er streckte ihr die Hand entgegen.

Sie warf einen Blick auf seine Finger, war sich bewußt, wie sie sich fühlen würde, wenn sie über ihre Haut glitten, wußte, wie sie die Zügel zu halten verstanden oder das Schwert, kannte ihre gefühlvolle Kraft und alle ihre geheimen Fähigkeiten.

»Weder noch«, sagte sie und verließ den Raum.

Zwanzigstes Kapitel

Rhosyn schaute auf die Schüsseln mit gesalzenen Bohnen, die auf dem Tisch standen, das Ergebnis einer langen Arbeit am Morgen, dann mit Verwünschungen auf ihre geröteten Hände. Sie waren rauh vom gemahlenen Salz, und die kleinen Risse und Schnitte, die sie vom Schnitzeln der Bohnen bekommen hatte, machten sich äußerst schmerzhaft bemerkbar.

»Schon fertig?« fragte Heulwen und strahlte sie an. Rhosyn lächelte und hob ihre jüngste Tochter hoch, setzte sie auf den Tisch. Heulwen war ein stämmiges kleines Energiebündel, strotzend vor Gesundheit mit ihren rotgoldenen Locken und den riesigen, aquamarinfarbenen Augen, Erbschaft ihres normannischen Urgroßvaters – laut Madoc, der behauptete, ihn gekannt zu haben. Die Erbschaft ihres normannischen Vaters war ihre Fähigkeit, bei sämtlichen Vertretern des anderen Geschlechts warme Zuneigung und Schmeicheleien zu wecken. Rhosyn hatte Guyon seit den Tagen nach Heulwens Geburt nicht mehr gesehen. Aber über Madoc wurden Nachrichten getauscht. Die Handelsbeziehung war geblieben, aber die anderen, flüchtigen Bande, die sie und Guyon mehr oder weniger vier Jahre aneinander gefesselt hatten, waren vom Winde verweht, und übrig geblieben war dieses warme, lebendige, köstlich gesponnene Band.

»Alles erledigt«, bestätigte sie, nahm die Kleine um die Hüfte, verließ die Küche und ging über den weidenbewachsenen Hof hinüber zur Halle. Nach zehn Schritten hielt sie so abrupt inne, als ob man sie mit dem Ochsenhammer geschlagen hätte.

Eluned sprang an Guyons Steigbügel hoch, und sein kastanienbrauner Renner trat ruhelos von einem Lauf auf den anderen und rollte das Weiße seiner Augen. Dahinter sah sie Eric und die Männer der Wache. Guyon beugte sich über den Schwertknauf, eine mit Kettenhandschuh bedeckte Hand am Schenkel, die andere an den Zügeln, und sprach mit Eluned. Sie warf ihren Kopf rebellisch in den Nacken, trat aber nach einem Moment zur Seite. Er sprach wieder, lächelte, und Rhosyns Herz begann zu pochen und zu flattern. Als ob es nichts ausmachte, ob sie ihn erst vor einer Woche gesehen hätte, ging sie auf ihn zu, einen herzlichen Gruß auf den Lippen.

Guyon sprang vom Pferd und hielt Rhuddem an der Führleine. Rhosyn sah, daß seine Kleidung mit Staub gepudert war, und daß die Wangenknochen und seine Nasenbrücke von der Spätsommersonne verbrannt worden waren. »Dürfen wir um die Gastfreundschaft eines Trunks bitten?« fragte er. »Und um Wasser für die Pferde?«

»Du weißt, daß du willkommen bist, wann immer du dich zu kommen entschließt«, erwiderte sie und fühlte, wie ihr Gesicht sich unter seinem Blick erwärmte. Die leuchtenden, braunen Augen richteten sich auf Heulwen, die sich aus den Armen ihrer Mutter befreien wollte.

»Ich hab' es nicht gewußt«, murmelte er und übergab Rhuddem an einen seiner Männer. »Es ist schon so viel Zeit vergangen, und viel Wasser ist unter unseren Brücken hindurchgeflossen. Wo ist Madoc?«

»Unterwegs mit Rhys und Prys, meinem Vetter zweiten Grades, nach Bristol, aber wir erwarten ihn jeden Tag zurück. Wolltest du ihn insbesondere sehen?«

»Wir brauchen Wein, und er sollte mir zwei flämische Stuten besorgen. Ich brauche etwas mehr Knochen in meiner Zucht. Geht es Madoc gut?«

»Er arbeitet zu schwer, aber ebenso gut könnte ich eine Mauer mit dem Kopf einrennen wie ihn davon zurückhalten. Er atmet pfeifend und hat auch immer Schmerzen im Arm, aber er gibt es einfach nicht auf.« Sie drehte sich um, ging voraus in den *hafod*, das Holzhaus mit dem großen Wohnraum. »Ich höre, er hat erst kürzlich mit deiner Frau gesprochen.«

»Ja.«

Rhosyn entging nicht der Mangel an Betonung, und sie schaute ihn erstaunt an. Ihr Vater hatte berichtet, daß Judith geradezu gestrahlt hätte vor Zufriedenheit, geliebt zu werden und in Sicherheit zu leben. Guyon war seit über einem Jahr nicht hiergewesen. Sie hatte angenommen, er würde nie mehr wiederkommen, und nach dem Bericht des Vaters geschlossen, daß die Zufriedenheit gegenseitig sein müsse.

»Du wirst groß, *cariad*«, sagte Guyon zu Eluned, während er sich setzte und sie auf ihn hinunterschaute, mit ernsten Haselnußaugen. Das Halsband aus geschnitzten Elfenbeinblüten, das er ihr einmal gegeben hatte, lag blaß und glänzend auf der dunklen Wolle ihres Kleides. »Und so hübsch wie deine Mutter.«

»Bin ich hübscher als deine Frau?« forderte sie ihn heraus.

»Ist ein Apfel hübscher als eine Birne?« konterte er und zog sie zu sich her, küßte sie leicht auf die Wange, und seine Augen trafen sich mit Rhosyns besorgtem Blick über der schmalen Schulter des Kinds. »Das kann niemand beantworten, *cariad*.«

Heulwen, von ihrer Mutter losgerissen, watschelte auf ihn zu, verlor aber das Gleichgewicht und fiel auf das Hinterteil. Unbeirrt stand sie wieder auf und hielt sich an Guyons Gamaschen fest.

»Da«, sagte sie und lächelte ihn entwaffnend an. Es war das walisische Wort für Vater.

»Das sagt sie zu jedem«, fügte Rhosyn schnell hinzu und errötete dabei. Guyon blickte von dem einnehmenden Kind mit dem Feuerhaar auf seine Mutter, die sich auf die Lippe biß und versuchte, ihren Gleichmut in seiner Gegenwart wiederzugewinnen. Es war ein Fehler gewesen, herzukommen, dachte er, ein Fehler, entstanden aus seinem häuslichen Kummer, und er bewegte sich rastlos, als würde er in Kürze wieder gehen.

Rhosyn war auf den Füßen, bevor er aus dem Gedanken Wirklichkeit machen konnte. »Ich möchte dir etwas zeigen«, sagte sie mit gezwungener Fröhlichkeit. »Hast du einen Moment Zeit?«

Er wirkte etwas überrascht. »Natürlich.«

»Eluned, paß für mich auf Heulwen auf.«

Eluned schnitt eine Schnute, wagte es aber nicht, der Mutter den Wunsch zu versagen.

Guyon zog eine Augenbraue hoch, als sie ihn in ihren Privatraum führte, versagte sich aber die lockere Bemerkung, die ihm auf der Zunge lag. Vieles hatte sich verändert seit damals. Ob zum Besseren, konnte er nicht sagen. Rhosyn nahm einen Schlüssel von dem Bund, der an ihrem Gürtel hing, und warf ihm über die Schulter einen Blick zu. »Wir haben gehört, daß du jetzt in den Marken noch eine Burg gebaut hast – direkt an der Grenze nach Nordwales.«

»Um die Grenze gegen die Überfälle von Lord Gruffydd zu schützen. Es hat wenig Sinn, gute Wolle zu züchten, wenn sie dann in die Wälder und Berge verschwindet.«

»Manchmal glaube ich, ihr Normannen würdet die ganze Welt auffressen, wenn ihr könntet.«

»Ach, ein Bissen hier und ein Bissen da«, antwortete er und wollte sich nicht in eine Diskussion hineinziehen lassen. »Was wolltest du mir zeigen?«

Sie bückte sich, öffnete eine große Eichentruhe und holte aus ihren Tiefen ein Stück Stoff heraus. »Was hältst du davon? Mein Vater hat den Ballen auf der letzten Reise in Flandern gekauft, von einem italienischen Händler, der ihm eine Gefälligkeit schuldig war.«

Sie breitete den Stoff auf dem Bett aus. Er hatte die reichen Rost- und Ambrafarben von Herbstblättern. Die Berührung war weich und dick zugleich, wie sonnengewärmtes Moos oder Katzenfell. Guyon, der noch nie solchen Stoff gesehen hatte, setzte sich auf das Bett und versuchte zu erraten, was Rhosyn ihm damit in Wirklichkeit zeigen wollte.

»Das ist alles eine Frage der Schur«, murmelte er und strich über den Ballen.

Sie schaute auf seine schlanken Finger und auf den Stoff. »Es ist ein ganz besonderes Können, das man dazu braucht, und nicht viele besitzen es. Mein Vater dachte, es in Winchester zu verkaufen, bei der nächsten Versammlung des Hofes.«

»Die nächste Versammlung in London findet im November statt«, sagte Guyon. »Was soll eine flämische Elle davon kosten?«

Ihre grüngoldenen Augen trafen seine braunen, und die Blicke der beiden vergruben sich ineinander.

Die seinen zuckten in den Winkeln. Sie nannte einen Betrag. Er lachte und antwortete mit einer wesentlich niedrigeren Summe.

»Was geschieht denn im November?«

»König Henry heiratet Edith von Schottland. Judith mag Herbstfarben.«

»Euer neuer König heiratet?«

»Es war schon eine Weile im Gespräch, bevor Rufus gestorben ist. Ich glaube, sie haben sich nur ein- oder zweimal gesehen. Aber immerhin öfter als Judith und ich.«

Rhosyn schaute ihn von der Seite an. »Ist sie noch ein Kind, Guy?«

»Weder Kind noch Jungfrau, aber empfindlich wie mundgeblasenes Glas.« Seine Stirn runzelte sich. »Weiß Gott, Rhos, einmal glaube ich, daß ich sie habe, und dann entwischt sie mir mit einer einzigen Wende ihrer Launen, und wir sind wieder da, wo alles angefangen hat.«

»Ich weiß, was du meinst«, sagte sie mit schmerzlichem Lächeln, dann nannte sie eine etwas niedrigere Summe.

Seine Stirn war wieder glatt. »Für den Preis bekomme ich zwei Ellen Seidendamast.«

»Aber Seidendamast ist nicht so selten.«

»Und du bist einfach unbezahlbar!« Er warf ihr einen Blick zu aus halbgeschlossenen Lidern und machte ein neues Angebot. Sie kam mit einer Entgegnung. Er tat so, als überlege er, bevor er sprach.

Rhosyn begann den Stoffballen wieder zusammenzufalten.

»Ich bin nicht einmal sicher, ob ich ihn wirklich will«, fügte er leise hinzu. »Judith denkt sicher, ich biete ihr das Geschenk, um ihr die Versöhnung zu versüßen. Wir haben gestritten, bevor ich losgeritten bin, und ich konnte mich nur mit meinem Wort verteidigen. Das war ihr offenbar nicht gut genug.«

Rhosyn erhob sich und starrte ihn an. Er senkte rasch den Blick, aber nicht rasch genug, und wurde von ihr dabei beobachtet. »Und ist es eine Versüßung?« fragte sie kalt. »Kaufst du es nur, weil du sie anders nicht für dich gewinnst?«

»Nein, ich glaube nicht.« Er kaute an seiner Unterlippe. »Die Hochzeit des Königs bringt sie in die königlichen Kreise. Henrys neue Königin wird gefeiert von den Ehefrauen und Töchtern des englischen Adels, und Judith muß sich entsprechend ihrem Rang kleiden. Es ist ein praktischer Luxus, vermute ich.« Und dann hellte sich seine Miene auf, und seine Augen funkelten teuflisch. »Da Judith es bei Hofe tragen wird, unter all den anderen Frauen der beneidenswert reichen Männer, die ihre Männer danach zu Tod plagen werden, um auch ein solches Kleid zu bekommen, solltest du eigentlich großzügiger sein bei deinem Handel mit mir.«

Rhosyn konnte nicht umhin, zu lachen. »Guyon, du Gauner!« rief sie und gab ihm einen Klaps.

Er grinste sie an. Ihr Herz schmolz, aber sie ließ es sich nicht anmerken. »Also gut, treffen wir uns in der Mitte.«

»Wie immer«, sagte er, und seine Mundwinkel zuckten. Dann stand er auf.

Sie hatte vergessen, wie groß er war, und mit der Rüstung, die er trug, wirkte er doppelt so breit wie sonst. Ihr hungriger Körper vibrierte. Ihre Gedanken, kalt und klar, registrierten es und verhinderten, daß sie sich zum Narren machte. Ihre Zeit war vorbei. Draußen in der Halle konnte sie seine Männer hören und Heulwens fröhliches Krähen, das ein Lachen war. Sie bewegte sich in Richtung auf die Geräusche der Vernunft.

»Robert de Belleme ist wieder in den Marken«, warnte er sie und nahm ihren Arm, als sie hinausgingen. »Sag es deinem Vater, falls er es noch nicht weiß. Und er ist bei sehr schlechter Laune. Mit Henry kann man bei weitem nicht so leicht umspringen wie mit Rufus, daher wird er seinen Zorn an denen auslassen, die sich am wenigsten verteidigen können. Also paß gut auf dich auf, und auf die Kinder, und erinnere dich, was ich dir über eine Eskorte gesagt habe, falls du einmal die Absicht hast, zu reisen.«

»Wie könnte ich es vergessen, wenn du es mir immer wieder unter die Nase hältst?« sagte sie und verdrehte die Augen gen Himmel. »Guyon, ich bin nicht verblödet.«

Er drückte sacht ihre Taille. »Nein, *cariad*, aber ich.« Er zeigte ihr ein entschuldigendes Lächeln und dachte an Judith.

Einundzwanzigstes Kapitel

London

November 1100

Alicia stieß einen leisen Fluch aus, als sie sich unabsichtlich mit der Sticknadel stach – zum drittenmal innerhalb von ebensoviel Minuten. Dann bat sie Agnes, die Kerzen anzuzünden. Sie schaute hinüber zur Kohlenpfanne, wo ihre Tochter saß, die Schulter gegen die Wand gelehnt, die Augen auf das tiefer werdende Grau gerichtet, regenverdunkeltes Licht, das nur schwach durch das dicke Fensterglas drang.

Es war Alicias Aufmerksamkeit nicht entgangen, daß ihre Tochter und Guyon kaum miteinander sprachen in diesen Tagen. Judith benahm sich, als wäre ihr allein schon sein Anblick zuwider; sie ließ ihn nicht so nahe zu sich, daß er ihr eine Hand auf die Schulter hätte legen können, und versagte ihm sogar jeglichen Augenkontakt. Manchmal, wenn er sich abwandte, schaute sie ihn an, und ihre Augen waren erfüllt von Befremdung und dem schmerzvollen Blick einer tödlichen Verletzung. Alicias einzige Folgerung daraus war, daß Guyon die Ehe endlich vollzogen und daß Judith darauf schlecht reagiert hatte, aber das erklärte nicht all die anderen Spannungen, die sie in ihrer Umgebung fühlte. Es schien, als habe Judith echten und berechtigten Kummer. Und Guyon verteidigte sich wie ein Mann, dem die Hände hinter dem Rücken gebunden waren, verzweifelt, aber völlig wirkungslos.

Gelegentlich sah sie seinen Zorn aufbrausen in den Augen, sah, wie er ausgelöscht wurde durch Judiths kalte Verachtung und seine eiserne Selbstbeherrschung.

Seit Henry ihm an seinem Hochzeitstag die Grafenwürde erteilt hatte, war Judith besonders bösartig gewesen, und ihr Verhalten ging zum Teil sogar über die Grenzen des Vernünftigen hinaus. Sie hatte Guyon die Verleihungsurkunde aus der Hand gerissen und vor den Augen von Miles und ihr selbst zerrissen, ihm die Fetzen dann wie einen Fehdehandschuh vor die Füße geschleudert.

»Bring das deiner walisischen Hure!« hatte sie ihn angefaucht, und ihre Augen hatten vor Tränen gefunkelt. »Glaube nicht, daß ich auch noch meine Finger in Blut tauche!«

Kein Wunder, daß er es daraufhin vorzog, sich nicht bei ihr blicken zu lassen und statt dessen König Henry in Westminster zu beraten. Seine Frau, die mit ihm der Königin ihre Aufwartung hätte machen sollen, hatte Kopfschmerzen vorgeschützt und sich geweigert, zu kommen, und jetzt saß sie zitternd auf der Fensterbank und starrte blinden Auges in die Ferne.

»Komm herüber in die Wärme, Liebes«, lud Alicia sie ein und schaute sie besorgt an. »Wenn es dort Zugluft gibt, holst du dir eine Erkältung.«

Sie schüttelte wortlos den Kopf. Alicia steckte die Nadel wieder in den Stoff, diesmal vorsichtiger, legte ihre Handarbeit beiseite und ging hinüber zum Fenster. Sie umarmte ihre Tochter, beruhigte sie, streichelte ihr das Haar, und dann zog sie sie zur Kohlenpfanne hin und schickte die ebenfalls tief besorgte Agnes weg, mit der Bitte, noch mehr Holzkohle zu besorgen.

»Und jetzt«, sagte sie, als der Vorhang hinter ihr gefallen war, »sag mir, was ist bloß zwischen dich und Guyon gekommen? Kann es nicht wieder gutgemacht werden? Geht es nur um deinen und seinen Stolz? Oder um eine andere Frau?«

Judith schüttelte den Kopf und schneuzte sich in das Leinentuch, das Alicia ihr gereicht hatte. »Das wäre leicht in Ordnung zu bringen«, sagte sie zitternd. »Nein, Mama, es ist eine Sache des Vertrauens. Er schaut mir ins Gesicht und lügt mich an. Ich kann das nicht ertragen.«

»Die meisten Männer lügen bei der einen oder anderen Gelegenheit«, sagte Alicia betrübt. »Bist du sicher, daß du nicht aus einem Maulwurfshügel ein Gebirge machst?«

Judith ließ die Hand mit dem Taschentuch in den Schoß sinken und drehte es zu einem Strick. Ihr Kinn zitterte. »Ja, ich bin sicher. Es ist etwas, das will er mir nicht sagen. Ich habe ihn immer und immer wieder gefragt, aber er weicht aus, er geht hinaus, wenn ich darauf bestehe, und das Dumme dabei ist, Mama, wenn er es zugäbe, wenn er mir ins Gesicht sagte, was ich bereits weiß, dann, glaube ich, würde ich auf der Stelle sterben.«

»Judith, ich habe keine Ahnung, was du meinst.« Alicia schaute sie scharf an, fühlte sich immer unwohler und war sich bewußt, daß es dabei um mehr ging als um ein Mißverständnis zweier Liebender oder einen eifersüchtigen Streit.

Ihre Tochter senkte den Kopf und begann wieder zu weinen und zu zittern. Durch Tränen, ein wenig unzusammenhängend, aber zuletzt doch verständlich, bekam Alicia die Geschichte zu hören, und ihre eigene Miene wurde so entsetzt und verzweifelt, wie es die von Judith gewesen war, als sie vorhin an dem regennassen Fenster gesessen hatte. Sie schlug sich die Hand vor den Mund und fühlte sich nicht nur unwohl, sondern ausgesprochen elend.

»Mama, was soll ich denn tun?« schluchzte Judith in heftigen Stößen.

Alicia stand auf und ging mit steifen Schritten zur Karaffe. Sie war fast leer, aber Alicia goß die letzten Tropfen in einen Becher und kippte den Wein, ohne auf das Sediment zu achten, hinunter. »Guyon ist unschuldig«, sagte sie abrupt. »Die Schuld liegt allein bei mir. Lege sie an meine Tür, Kind, nicht an die seine.«

Judith riß den Kopf hoch und starrte über die Schatten der Kerzen hinweg auf ihre Mutter, einen Ausdruck tiefster Verwirrung auf ihrem tränenverschmierten Gesicht.

»Ja, du hast ein Recht, es zu wissen, aber nicht von deinem Ehemann, der nur durch Zufall darüber gestolpert ist.« Ihre Atmung hatte sich beschleunigt und war zugleich flach geworden. Ihr war schwindlig, und sie faßte nach der hohen Lehne ihres Handarbeitsstuhls. Nicht in ihren wildesten Alpträumen hatte sie gedacht, daß es einmal so kommen würde, so plötzlich, ohne jede Vorbereitung. *Was soll ich ihr jetzt sagen? Mutter Gottes, hilf mir …*

»Judith …« Die Kehle schnürte sich ihr zu. Sie schluckte hart, hob dann das Kinn und preßte die Worte heraus, als verbrannten sie ihr die Zunge. »Judith, Maurice de Montgomery ist nicht dein Vater … Ich hätte es dir seit langem sagen sollen, aber es war nie der richtige Zeitpunkt dafür … Und jetzt, fürchte ich, ist es zu spät.«

Judith schaute sie verständnislos an, betrachtete die

mit sich kämpfende Mutter, als hätte sie plötzlich zwei Köpfe, oder als wären ihr Flügel gewachsen.

Alicia legte die Hand auf ihre Brust und wußte nicht, was mehr flatterte: ihr Herz oder die Finger. »Ich weiß, es ist schwer für dich, das zu verstehen, aber wenn Maurice jemals dahintergekommen wäre ...«

»Und wer ist es dann?« unterbrach Judith sie hart.

»Judith, ich ...« Die Hand, die eben noch an ihrem Herzen gelegen hatte, streckte sich jetzt ihrer Tochter entgegen.

Judith sprang auf, achtete nicht darauf. »Wer, Mama?« fragte sie nun fordernd, mit wildem Ausdruck auf dem Gesicht.

Alicia machte eine kleine, verschreckte Geste. »Henry ... Prinz Henry ... Der König.«

»Das ist nicht möglich. Er ist jetzt nicht viel älter als Guy!«

»Auch mit vierzehn war er kein Neuling in der Sache«, antwortete Alicia erschöpft und wußte, daß dieses Geständnis mehr war, als ihre Kraft erlaubte. »Er wußte mehr als eine Frau, die schon seit zwölf Jahren verheiratet war.« Sie ließ einen Moment lang den Kopf hängen, hob ihn dann wieder, um die Blicke ihrer entsetzten und wütenden Tochter zu erwidern und die Schuld zu empfinden, die sie hinunterzog ins Dunkel der Hölle.

»Aber warum, Mama, warum?«

Der Zorn in Judiths Augen und in ihrer Stimme versengte Alicia wie ein loderndes Feuer. Sie biß auf ihre Unterlippe, um das Bedürfnis, laut loszuheulen, zu unterdrücken, und packte den Stuhl so fest, daß sich die Schnitzereien in ihre Haut eingruben.

»Warum?« fragte Judith noch einmal ohne Gnade

und wischte sich mit dem Ärmel über die Augen, bevor sie sie brennend vor zorniger Anklage wieder auf ihre Mutter richtete.

»Maurice hat mir den Vorwurf gemacht, unfruchtbar zu sein. Jeden Monat, wenn ich meine Blutungen bekam, hat er mich geschlagen, und in den Zeiten dazwischen hat er mich benützt, als ob ich ein Hund gewesen wäre – nein, denn selbst eine Hündin läßt sich nur besteigen, wenn sie dazu bereit ist, und ich bin vergewaltigt worden – für nichts! Maurice hatte mehr Mätressen und Gelegenheitshuren, als ich mich erinnern kann, aber keine von ihnen wurde schwanger, es sei denn vom Samen eines anderen Mannes. Er war unfähig, Kinder zu zeugen.«

Sie senkte den Blick. Ein schwaches, bitteres Lächeln der Erinnerung verzog ihren Mund. »Der Prinz kam vorbei, auf einer Jagd. Maurice war fort. Ich hatte die Reste eines blauen Auges und Blutergüsse an meinen Armen, und seine derzeitige Hure spielte die Herrin des Hauses. Es machte mir nichts, daß Henry so jung war. Ich hatte Maurice so über, daß ich mich einem leprösen Bettler ergeben hätte, nur um endlich ein Kind zu bekommen und meinem sogenannten Mann das gemeine Maul zu stopfen. Wir hatten eine gemeinsame Nacht und einen gemeinsamen Vormittag, und dabei bist du gezeugt worden. Eine Zeitlang war es danach besser mit Maurice. Er hat mich nicht geschlagen oder mißbraucht, aus Angst, ich könnte eine Fehlgeburt erleiden, aber nachdem du geboren warst, eine Tochter, wurde alles noch schlimmer. Er wollte, daß ich noch einmal schwanger werde, und als es nicht gelang, wurde ich wieder geschlagen, mehr als je zuvor.«

Judiths Stimme brach. »Mama, warum hast du mir das nicht gesagt?« fragte sie.

Alicia biß sich auf die Lippe. »Ich hatte es immer vor, wirklich, aber es war nie die richtige Zeit, und ich wußte ja, wie sehr du Maurice gehaßt hast. Ich fürchtete, du würdest es ihm ins Gesicht schleudern, wenn er einmal zu weit ging.«

»Und Guyon weiß die Wahrheit über meinen Ursprung?«

»Nicht alles davon«, sagte Alicia und beobachtete sie aus verengten Augen. Judiths Miene war unergründlich, aber sie ballte die Hände an den Seiten, und so sehr sie sich wünschte, den Graben zu überwinden und ihre Mutter zu umarmen, war die Angst vor einer Zurückweisung größer und fesselte sie an Ort und Stelle. »Vielleicht kennt er Henrys Version der Sache ... Ich war nicht einmal sicher, bis du davon sprachst, daß Henry von deiner Existenz wußte.«

»Es hat Bemerkungen bei Hof gegeben über meine Ähnlichkeit mit Arlette von Falais«, sagte Judith tonlos, während sich der Zwang, es zu verstehen, mit dem Bedürfnis, loszuschlagen, vermischte. Ihre Ehe zerstört durch dieses dunkle Geheimnis aus der Vergangenheit – der Vergangenheit ihrer Mutter! Sie erinnerte sich an alles, was sie in ihrem Schmerz Guyon an den Kopf geworfen hatte, und sie wußte nicht, ob diese Wunden jemals wieder geheilt werden konnten. Der Schmerz ergriff sie in einer fast körperlichen Weise, so, wie einen die Liebe ergreift ... »Mama!« Sie hielt inne und schaute sich um.

Cadi kam herein und schüttelte sich; dabei spritzte die Hündin Wasser um sich. Regentropfen funkelten wie Kristalle auf Guyons pelzbesetztem Mantel, und sein Haar begann sich an den nassen Enden in Locken aufzuringeln. Ein braunes Blatt klebte auf dem Oberleder von einem seiner Stiefel. Er hatte eine Pergamentrolle in der Hand, und sein Ausdruck war zuerst verständnislos, dann wachsam, als er die beiden Frauen anschaute und die Spannung fühlte.

Alicia stieß einen leisen, erleichterten Keuchlaut aus, ließ die Stuhllehne los und verlor das Bewußtsein. Guyon war nicht schnell genug zur Stelle, und sie schlug hart mit dem Kopf auf die Kohlenpfanne auf.

Judith stand bewegungslos da, konnte keinen Muskel, keinen Knochen und keinen Nerv bewegen. Guyon beugte sich über Alicia und fühlte nach dem Puls an ihrer Halsschlagader. Er war stetig – im Rhythmus mit dem Blut, das aus der Kopfwunde in ihr dunkles Haar schoß. Er fluchte und drückte die Bewußtlose an sich, hob sie ein wenig an, damit das Blut nicht mehr so stark ausdrang.

»Judith, um Himmels willen, steh nicht da wie ein geprelltes Schaf. Geh und hol deine Medizinen ... Lauf schon, verdammt, bevor sie uns verblutet!«

Die drohende Schärfe in seiner Stimme setzte sie in Bewegung. Sie nahm sich das nächste erreichbare Ding, das geeignet war, die Blutung zu stillen – die so mühevoll bearbeitete Stickerei ihrer Mutter –, warf es Guyon zu und lief dann los, um ihre Heilmittel zu holen.

Danach arbeitete sie verbissen und schnell, und verdarb dabei ihren wunderschönen, neuen Samtspenzer. Ihre Befehle an Guyon waren knapp und autoritativ, und er tat, worum sie ihn bat, ohne sich zu beklagen oder über ihren Ton zu beschweren. Als sie fertig war, lehnte sie sich zurück und betrachtete ihre Arbeit. Es war nicht so glatt und ordentlich, wie es hätte sein sollen, aber das Licht war schlecht, und sie hatte schnell arbeiten müssen. Es machte nichts. Alicias Haar würde die Narbe verdecken.

Ihre Mutter war immer noch bewußtlos und würde es wohl auch noch eine Weile bleiben. Ihre Gesichtsfarbe jedoch war einigermaßen gut, die Atmung und der Herzschlag blieben stetig, und die Pupillen reagierten auf das Licht der Kerze. Nach und nach zogen sie sie aus bis aufs Mieder, und Guyon trug sie zu dem großen Bett mit den roten Vorhängen und legte sie darauf. Dann blickten sie gemeinsam auf sie hinunter, schauten sich dann an, und langsam ging Judith auf Guyon zu, in seine weit geöffneten Arme, und legte ihren Kopf an seine Brust.

»Ich verstehe, warum du es mir nicht hast sagen wollen«, begann sie mit kleiner Stimme. »Guyon, ich weiß, es ist unpassend, aber es tut mir wirklich unendlich leid.«

»Hat sie es dir also gesagt? Ich wollte schon mit ihr darüber reden, aber Henry hat mir zuviele Aufgaben zugewiesen, als daß ich in den letzten Tagen auch nur einen Moment Muße gehabt hätte; außerdem konnte ich die Atmosphäre in diesem Haus nicht länger als zum Wechseln meiner Kleidung ertragen. Jedesmal, wenn du mich angeschaut hast, hatte ich das Gefühl, daß du mir einen Dolch in die Brust stößt.«

»Guy ...«

Er schaute hinunter auf ihre geschickten, jetzt blutverklebten Finger, die nach dem dunklen Stoff seines Überhangs griffen. »Still, Liebes, wir haben alle unsere Fehler gemacht und auch dafür bezahlt.« Er schnitt eine Grimasse. Vielleicht bezahlten sie immer noch dafür.

Sie hob den Blick zu ihm. »Glaubst du, daß mich Henry offen anerkennen wird?«

»Herr im Himmel, ich hoffe, daß er vernünftiger ist!« sagte Guyon, den schon die Vorstellung entsetzte. »Die Bosheit hat ihn dazu getrieben, es mir zu gestehen. Er liebt es, die Menschen wie Puppen an Fäden zu lenken und sie nach seiner Melodie tanzen zu lassen. Aber wenn er dich offiziell als sein Kind anerkennt – was, glaubst du, wird Robert de Belleme tun? Abgesehen von der Beleidigung seiner Familie durch den Ehebruch deiner Mutter, würde er als erstes dein Erbrecht anzweifeln. Dann besitzt du Ländereien, die nicht wirklich dir gehören. Wenn deine Onkel dahinterkämen, hätten wir Krieg, darüber gibt es keinen Zweifel.«

»Aber sie könnten doch nicht ... Nicht, wenn Henry ...«

»De Belleme unterstützt Robert Courthouse als Anwärter auf die Krone, genau wie mehr als die Hälfte der anderen Adeligen. Ich habe Briefe bei mir, noch als Rohentwürfe, in denen er sich an den niedrigen Adel wendet, an die Lehensnehmer und meine Vasallen. Er bereitet sich auf einen Krieg vor, in dem er hofft, vom einfachen Volk unterstützt zu werden, weil er nicht weiß, wieviele von den lächelnden Gesichtern an seiner Tafel auch Courthouse zulächeln. Wenn Courthouse mit de Belleme als seine rechte Hand zu den Waffen ruft, dann gnade uns Gott.«

Judith schauderte. »Guyon, mach mir nicht Angst!« keuchte sie, und ihre Zähne begannen zu klappern, nicht nur, weil die Kohlenpfanne fast leer war.

»Unser beider Leben ist ein einziges Elend gewesen in den letzten drei Monaten, nur weil du gedacht hast, ich hätte dich belogen«, sagte er, ging mit ihr zur Kohlenpfanne und gab Holzkohle nach aus dem Becken darunter.

»Ich weiß«, sagte sie mit leiser Stimme und massierte sich die Arme. »Aber ich habe es nicht wirklich so gemeint. Und ich bin lieber tot als noch einmal so unglücklich.«

Er erhob sich, klopfte sich Kohlenstaub von den Händen und schaute sie nachdenklich an. »Also bin ich unschuldig, *cath fach*, aber was ist mit Henry? Rufus war sein eigener Bruder.«

Judith überlegte, und ihre Augen verengten sich. »Ich fühle nicht, daß Henry mein Vater ist«, sagte sie nach einem Moment. »Ich weiß es, weil man es mir gesagt hat, und selbst jetzt noch kann ich es kaum glauben. Außerdem hat Papa – ich meine Lord Maurice – mindestens ebenso schlimme Verbrechen begangen.«

»Aber du hast dir Sorgen gemacht, weil du gedacht hast, daß ich irgendwie in der Sache drinnenstecken könnte?« Er schaute sie eingehend an und hielt den Atem zurück.

»Das war etwas anderes.« Im Licht der Kohlenpfanne und der Kerzen sah ihr Teint rosig und golden aus. »Ich ... ich liebe die beiden anderen nicht so, wie ich dich liebe.« Sie schien immer noch gegen die Worte zu kämpfen, die sie ausgesprochen hatte. Rosen und Dornen. Man konnte nicht die einen haben, ohne die anderen zu riskieren.

»M'lady, ich bringe die Holzkohle ...« Agnes hielt an der Schwelle inne, den Korb an ihren umfangreichen Busen gedrückt, und starrte mit großen Augen auf Guyon und Judith, die sich ihr zugewandt hatten. Judiths schöner Samtspenzer war blutbefleckt, Guyons Gewand wies ebenfalls Flecke auf, und hinter ihnen lag Alicia auf dem Bett und hatte nichts als das weiße Mieder an.

Guyon, der inzwischen seine Erfahrungen gesammelt hatte, war schnell genug bei der alten Dienerin und fing sie nach dem ersten Schwanken auf. Er setzte sie in einen Sessel und ließ sie die Stirn mit einem Taschentuch abtupfen, während er ihr erklärte, was geschehen war.

»Soll ich eine Wanne füllen, M'lady?« Agnes, schon fast wieder erholt, stand auf und ging zu ihrer schlafenden Herrin hin.

Judith seufzte bedauernd. »Nein, Agnes. Sie braucht Ruhe und Erholung, und das Durcheinander mit der Wanne und dem Auffüllen macht zuviel Geräusch. Morgen vielleicht. Vorläufig muß ich mich mit Waschen begnügen.«

»Wie lange wird es dauern, bis sich deine Mutter wieder erholt hat?« fragte Guyon.

»Ich weiß es nicht. Ihre Farbe ist gut, aber sie liegt in tiefer Ohnmacht und wird beim Schlafen beobachtet werden müssen.«

»Kann man das Agnes überlassen? Und Helgund, damit sie sie ablöst?«

»Ja, aber ...«

»Gut. Dann zieh deinen Mantel an.«

»Aber Guy, ich kann doch nicht einfach weggehen und dies alles ... oh!« Sie brach ab, um den Mantel zu fangen, den er ihr zuwarf.

»Such dir noch was anderes zum Anziehen und bring es mit.«

Sie starrte ihn an, oder eher seinen Rücken, denn er hatte sich umgedreht und kramte in seinem eigenen Kleiderschrank nach einem ordentlichen Wams. »Guy, wohin gehen wir?«

»Warte und laß dich überraschen. Ich habe dir schon öfters gesagt, wie es mit dem geschenkten Gaul ist.«

»Guy?«

»Vertraust du mir?« Seine Miene war eine Mischung aus Lachen und Spannung. »Vertraust du mir endlich, Judith?« Er legte seinen Arm um ihre Taille und zog sie zu sich her, so nahe es die Kleidungsstücke über ihren Armen erlaubten, und küßte sie in einer Weise, daß Agnes in die entfernteste Ecke des Raumes verschwand und an einem Hustenanfall fast erstickte.

»Ich weiß nicht, ob ich soll«, murmelte Judith und betrachtete ihn durch halbgeschlossene Augen. »Was erwartet mich, wenn ich dir vertraue?«

»Ein schlimmeres Schicksal als der Tod«, scherzte er, drapierte ihr den Mantel um die Schultern und steckte ihn mit der Nadel zu.

Sie schaute ihn ernst an. Eine Flamme schoß ihr durchs Blut, die sich dann beruhigte zu einem stetigen, warmen Pulsieren. Ihre Lippen zuckten erst, dann öffneten sie sich, und ihre Blicke tanzten. Sie würde alles andere später überdenken. Dieser Augenblick gehörte ihr und Guyon allein.

»Zeig es mir«, sagte sie, und in ihrer Stimme lag glückliches Lachen. »Ich will es wissen.«

Judith saß neben Alicia, als sie erwachte; ihre Finger stachen eine Nadel in ein Tuch, das sie für Guyon bestickte, und ihre Haltung war die einer bescheidenen, häuslichen Zufriedenheit. Noch nie zuvor war sie in einem Southwark-Badehaus gewesen, hatte sogar heftig protestiert, als sie ihr Ziel erfuhr, aber Guyon hatte sie gegen ihren Protest grinsend durch die Tür geschleppt, und von da an war es für sie zu interessant gewesen, als daß sie noch hätte gehen wollen.

Wenn man ein Southwark-Badehaus erwähnte,

zogen die meisten Leute die Augenbrauen hoch und lachten heimlich hinter dem Rücken, verzogen die Lippen zu einem Katzenarsch und schüttelten die Köpfe. Sicher waren auch viele derartige Etablissements einer solchen Bewertung würdig, aber Guyons spezielle Wahl, die, wie sie vermutete, aus langer Erfahrung stammte, schien für solche Kundschaften gedacht zu sein, die reich genug waren, um Privatsphäre und Diskretion bezahlen zu können. Sie hatte dort einige Leute getroffen, die sie vom Hof kannte, zwei von ihnen allein, ein dritter mit einem bildhübschen Mädchen, das sicherlich nicht seine Frau war.

Sie und Guyon hatten sich erst in einer riesigen Wanne gemeinsam gewärmt und gereinigt und dazu gelben Anjou-Wein getrunken – nicht in großen Mengen freilich. Sie hatten ›Schwimmende Tische‹ gespielt und andere, weniger intellektuelle Spiele, deretwegen man die Southwark-Dampfbäder kannte und die Lippen schürzte, was zugegebenermaßen der Sache einen besonderen Reiz verlieh.

»Immerhin«, hatte sie Guyon geneckt, als sie von einem mürrischen, schwarzgekleideten Fährmann zurückgefahren wurden über die Themse, »kann nicht jede Mutter ihrem Erstgeborenen sagen, daß er in einem Bordell gezeugt wurde.«

»Ich glaube kaum, daß jede Mutter ihrem Erstgeborenen so etwas würde sagen wollen«, hatte er spöttisch erwidert.

Ihre Lippen zuckten, auch jetzt noch, in der Erinnerung. Sie unterdrückte ein Kichern und biß den Faden ab. Dabei bemerkte sie, daß Alicia sie anschaute.

»Mama?« Einen Moment lang war sie erschrocken, erholte sich aber rasch und beugte sich vor. »Wie geht es dir?«

»Es ist, als ob mein Schädel zerquetscht worden wäre«, sagte Alicia schwach und nahm die Hand hoch zu ihrem bandagierten Kopf. »Was ist denn geschehen?«

»Du bist ohnmächtig geworden und mit dem Kopf gegen die Kohlenpfanne geschlagen.«

Vom Zimmer nebenan, gedämpft durch den schweren Vorhang, kam das beruhigende Geräusch von männlichen Stimmen im Gespräch. Alicia setzte sich auf, dann legte sie sich mit einem Seufzer wieder zurück.

Judith drückte sie auf die Kissen. »Ich habe die Wunde rasch nähen müssen«, entschuldigte sie sich. »Es ist nicht meine beste Arbeit.«

Alicia betrachtete ihre Tochter. »Judith, wie lange bin ich bewußtlos gewesen?«

»Ein paar Stunden, Mama. Mach dir keine Sorgen darüber.«

»Ich glaube, mich zu erinnern, daß ich sehr wohl Grund zur Sorge habe.«

Judith schüttelte den Kopf in wortloser Verneinung.

Die Stimme ihrer Mutter war klein und scheu. »Dann haßt du mich also nicht?«

»Dich hassen?« Judith schaute sie erstaunt an. »Mama, aber natürlich nicht!«

Alicias Lippen zitterten. Judith beugte sich über sie und umarmte sie impulsiv. Dann drückte sie ihr die Hand. »Mama, lassen wir die Sache ruhen. Sie hat schon genug Kummer verursacht. Ich glaube, wenn ich Zeit zum Nachdenken habe, werde ich deine Gründe verstehen.«

»Und ist alles wieder gut zwischen dir und Guyon?«

»Ja, Mama«, sagte sie und errötete; dabei kämpfte ihre Stimme mit einem Lachen. Ihre Mutter mochte ihren Mann mit einem Vierzehnjährigen betrogen haben, aber sie wäre entsetzt gewesen über das, was ihre Tochter noch vor zwei Stunden getan hatte – und wo!

Alicia schaute sie zweifelnd an. Judith war mit den Gedanken anderswo, und die gesenkten Lider konnten ein Versuch sein, die Tränen zu verbergen. »Bist du sicher?«

»Sehr sicher, Mama.« Judith brachte sich unter Kontrolle, hob dann den Blick und zeigte ihrer Mutter ein strahlendes Lächeln, in dem immer noch eine Andeutung von geheimer Ironie lag. »Miles drückt sich schon eine ganze Weile draußen herum wie ein Kater voller Flöhe. Ich schicke ihn dir hinein.« Und ohne auf Alicias Jawort zu warten, ging sie hinaus auf den Korridor und verschwand, nachdem sie Miles zu ihrer Mutter hineinkomplimentiert hatte.

Zweiundzwanzigstes Kapitel

Guyon lehnte den Kopf gegen die hohe, gepolsterte Lehne des Sessels, schloß die Augen und war in Minuten eingeschlafen. Es war eine Fähigkeit, die er aus der Notwendigkeit entwickelt hatte, seit dem letzten Pfingstfest. Er konnte sogar im Sattel sitzend dösen, obwohl das natürlich alles andere als sicher war. Von der Geburt an ans Reiten gewöhnt, wäre er bestimmt nicht aus dem Sattel gefallen, aber es bestand immerhin die Gefahr eines walisischen Überfalls oder eines Überraschungsangriffs von einem der Vasallen de Bellemes.

Er wurde von allen Seiten bedrängt. Henry brauchte Männer, Geld und Unterstützung, die Guyon finden oder anderen abschwatzen mußte. Courthouse drohte jenseits des Kanals, war vielleicht inzwischen schon auf See; de Belleme und sein Wolfspack standen bereit, jeden Augenblick loszuschlagen, sobald es politisch ratsam war, und um das Maß vollzumachen, war Earl Hughs gewaltiger Körper unter der Anstrengung und den Aufregungen zusammengebrochen und lag gelähmt und dem Tode nahe in einem normannischen Kloster. Sein Erbe war ein Kind, und die Waliser warteten bereits gierig an der Grenze. Inzwischen hatten ein paar Scharmützel die etwas fließenden Grenzen der Grafschaft in Aufregung versetzt. Die Garnison in Caermoel hatte schon zwei Überfälle in dieser Woche erlebt und zurückgeschlagen.

Guyon tat sein bestes, aber er fürchtete, daß es nicht reichte. Es war ein schlimmes Jahr bisher, und es hatte nicht viel gegeben, um das gähnende schwarze Maul von Bellemes Ehrgeiz und Habgier in Zaum zu halten. Im Januar hatte Mabel von Thorneyford einem gesunden Sohn das Leben geschenkt, und Mutter und Kind hatten gegen alle Erwartungen überlebt. De Lacey hatte die Taufe seines Sohnes zum Vorwand genommen, einen Kriegsrat einzuberufen, unter dem Vorsitz des Earls von Shrewsbury, der mit seinen blassen Augen dem König frech die Stirn bot und seinen Verrat so öffentlich plante, daß das allein schon eine Beleidigung höchsten Grades war. Und Henry, der sich nicht einmal der Unterstützung der Hälfte des Adels sicher sein konnte, mußte zusehen und es schlucken.

Im Februar war Rannulf Flambard aus der Haft im Tower von London entkommen und in die Normandie geeilt, so schnell ihn seine Sandalen trugen, um dort die Sache von Robert Courthouse zu vertreten. Flambard war ein redestarker Prälat, der es fertigbrachte, Blut aus einem Stein zu reden, und der dieses Blut dann auch noch auf vorzügliche Weise zu verwalten wußte. Wäre Henry ein Mensch gewesen, der leicht in Panik geriet, dann hätte er sicherlich durchgedreht. Aber so musterte er weiterhin in aller Ruhe die Quellen und Unterstützungen, die ihm noch zur Verfügung standen, und versuchte, daraus eine wirkungsvolle Kampfeinheit zu bilden. Wirkungsvoll? Guyon hatte geholfen, einige von ihnen auf das vorzubereiten, was ihnen bevorstand. Er hatte sich vor allem um die

Bauern und Dorfbewohner gekümmert, angeblich das Rückgrat der englischen Armee. Sie hatten nicht den Hauch einer Chance gegen Männer, für die der Krieg der Beruf war – die *Cwmni Annwn*, die Wilde Jagd der Normandie und von Flandern, bezahlt dafür, daß sie das Feuer aus der Hölle holten und auf der Erde ausbreiteten.

Das Geräusch von Wein, der glucksend aus einer Karaffe geschenkt wurde, und das Gewicht von Cadi, die auf seinen Füßen lag und jetzt beim Eintreten seines Vaters mit dem Schweif auf den Boden klopfte, ließ seine Lider hochfahren.

»Geh zu Bett«, riet ihm Miles und schenkte ihm noch einen Becher ein. »Alicia hat mir gesagt, daß du so müde aussiehst. Ich weiß, sie übertreibt gern, aber diesmal würde ich sagen, sie hat recht.«

Guyon nahm den Becher, den man ihm reichte, und schaute auf das Muster an der Kante des Glases. »Ich kann nicht. Ich habe hier nur halt gemacht, weil es praktisch war, um die Pferde zu tränken, eine Mahlzeit zu mir zu nehmen und nicht damit rechnen zu müssen, daß man mir dabei einen Dolch in den Rükken stößt. Ich muß morgen abend in Stafford sein.«

»Du brennst aus, wenn du so weitermachst«, warnte ihn Miles.

Guyon hielt sich die freie Hand über die Augen. »Glaubst du, das wüßte ich nicht?« fragte er mit Nachdruck.

»Roll dich wenigstens eine Stunde in deinen Mantel.«

Guyon nahm die Hand weg und lächelte seinen Vater an. »Wer übertreibt jetzt? Übrigens wollte ich das gerade tun, auch ohne deine Anweisung – vorausgesetzt, ich kann mich darauf verlassen, daß du mich aufweckst. Ich muß erst Quatford und Bridgenorth und zuletzt Shrewsbury umgehen. In einem so ungastlichen Land möchte ich nicht im Sattel einschlafen.«

Miles setzte sich in den gegenüberstehenden Sessel. »Gibt es noch Neuigkeiten aus dem Süden?« fragte er.

Guyon schüttelte den Kopf und zog seine Füße unter dem Gewicht von Cadi hervor. »Es kommen keine Neuigkeiten, nur Kommandos.«

»Aber es gibt doch noch mehr Reserven als diejenigen, die du aufbringen kannst?«

»Klar, nur nicht in den Marken. De Belleme ist auf der Seite von Courthouse; Mortimer sitzt auf dem Zaun und grinst. Earl Hugh ist tot oder so gut wie tot, und Arnolf von Pembroke ist ein Montgomery. Fitz-Hamon, Warwick und Bigod machen die Arbeit anderswo. Wer also ist noch da außer mir?« Er schnitt ein schlaues Gesicht und trank den Wein. »Ich kann nicht mehr lange weitermachen. Hast du gemerkt, woher der Wind weht auf den Zinnen? Er weht schon seit drei Tagen ungünstig für uns. Wenn Courthouse jetzt nicht übersetzt, dann kommt er nie mehr.«

»Die Königin wird jetzt jeden Tag ins Wochenbett gehen, nicht wahr?« murmelte Miles.

»Im nächsten Monat. Sie ist in Winchester, zusammen mit dem Schatz der Krone.« Guyons Worte waren tonlos. »Seine Frau, sein Erbe und sein Geld. Ich wüßte, was ich täte, wenn ich Courthouse wäre.« Er trank den Wein aus und stellte den Becher ab. »Henry nimmt an, er landet in der Nähe von Hastings. Nützlich und symbolisch.«

Miles knurrte. »Glaubst du wirklich, daß sie gegeneinander kämpfen? Ich hatte immer den Eindruck, daß Courthouse seinen Bruder Henry behandelt wie ein lästiges, kleines Anhängsel: hier und da einen Klaps, aber keine schweren Prügel.«

Guyon zuckte mit den Schultern und verschränkte die Arme. »Wenn sich Flambard und de Belleme da einmischen, dann wird es zu einem Kampf kommen, aber wie du sagst, es wäre gegen Roberts Natur. Er hatte immer eine weiche Stelle für Henry, den kleinen Bruder, und er ist so sehr darauf aus, ein *preux chevalier* zu sein, daß sie ihn verdammt lange überreden müßten, wenn er anders reagieren sollte. Doch es sind beides Männer, die es verstehen, jemanden zu überzeugen ...«

»Ja«, stimmte Miles ihm zu, und sein Ausdruck war deutlicher, als es diese eine Silbe sein konnte. Er schaute sich um im großen Raum der soliden, rechteckigen Burg, die er in den letzten dreißig Jahren in Ashdyke auf- und ausgebaut hatte. Er war auf den Krieg vorbereitet, denn wenn man an der walisischen Grenze lebte, war das ein Dauerzustand. Allerdings war ein Scharmützel mit den Walisern nicht das gleiche, als wenn man Männern wie Walter de Lacey und Roger Mortimer Widerstand bieten mußte.

»Und Judith kommt zurecht?«

Guyons Gesicht wurde weich. »Besser als ich«, sagte er mit einem Funken Humor. »Sie ist ein vorzüglicher Quartiermeister und eine erstklassige Aufseherin der Burg. Wenn sich ihr ein Widerstand in den Weg stellt, gleitet sie elegant darüber hinweg. Manchmal habe ich gute Lust, sie mitzunehmen; sie lernt so schnell. Wenn ich denke, wie sie vor zwei Jahren war, als wir heirateten: ein mageres, verängstigtes Kind, und heute hält sie die Zügel einer Grafschaft in den Händen und kontrolliert alles, daß ich mich manchmal frage, ob ich träume. Und dann schaut sie mich an, lächelt, und ich weiß, es ist kein Traum.«

»Das Blut drängt ans Licht«, sagte Miles mit einem schwachen Lächeln.

Guyon lächelte etwas säuerlich. »O ja, das Blut will heraus«, stimmte er zu und schloß wieder die Augen.

»Aber sie zeigt noch nicht, daß sie schwanger ist?« fragte Miles zögernd. »Alicia macht sich schon Gedanken ...«

Guyons Brauen gingen hoch, nachdem sich seine Lider geöffnet hatten. »Judiths Gründe dafür können doch wohl kaum die Sorgen ihrer Mutter sein, oder? Schließlich habe ich meinen Wert als Zuchthengst ja schon bewiesen, auch wenn das Ergebnis in beiden Fällen eine Tochter war.«

»Das habe ich nicht gemeint«, entschuldigte sich Miles. »Aber deine Ländereien und Titel sind wesentlich bedeutsamer als die meinen, Judith hat königliches Blut in den Adern ...«

»... und es wäre doch zu schade, wenn daraus keine Ernte einzubringen wäre«, beendete Guyon den Satz in seinem Sinne, wobei sein Ton spöttisch klang.

»Na ja, so ist es doch«, verteidigte sich Miles und massierte sich den Hals. »Außerdem wäre Alicia überaus glücklich, mit Enkeln gesegnet zu sein. Sie fürchtet, daß als Strafe für ihre eigenen Sünden Judith mit der Unfähigkeit zur Empfängnis bezahlen muß.«

»Vollkommene Idiotie«, murmelte Guyon verächtlich. »Sag ihr, ich teile das Kinderkriegen nach günstigen Gelegenheiten ein. Ich kann übrigens die Versuche an den Fingern einer Hand abzählen, die wir seit Ostern hatten, und meistens war ich dabei so müde, daß ich schon weg war, als ich den Kopf auf das Kissen legte. Abgesehen davon sind momentan keine sicheren Zeiten, um ein Kind in die Welt zu setzen. Ich möchte nicht sehen, wie einer meiner Söhne im Gefängnis von Shrewsbury umkommt. Weiß Gott, ich mache mir schon genug Sorgen um Rhosyn und Heulwen.«

Guyons Unterlippe zog sich zusammen, als empfinde er Schmerzen. Er atmete tief ein und versuchte, sich unter Kontrolle zu bringen, bevor er sagte: »Judith ist noch ein kleines Mädchen, auch wenn es manchmal nicht so aussieht. Wem würde es nützen, wenn ich mich in dieser Richtung besonders engagieren würde?« Er zog die Schultern hoch, bis er einigermaßen bequem in dem Sessel lag, und schloß wieder die Augen. »Entschuldige mich. Ich bin sehr müde.«

»Du hast recht, es würde gar nichts nützen«, sagte Miles und ließ ihn schlafen.

Guyon erwachte erschreckt, weil ihn jemand heftig an der Schulter packte und schüttelte. Einen Moment lang war er so steif, daß er sich nicht bewegen konnte, und als er es dann versuchte, waren seine Füße völlig taub, da, wo der Hund gelegen hatte.

»Was 's los?« fragte er groggy, die Augen noch voller Schlaf. »Zeit zum Gehen?« Und dann, die Pupillen allmählich auf ihn gerichtet: »Warum trägst du deine Rüstung?«

»Henrys Bote ist gerade auf einem halbtoten Pferd hier angekommen. Courthouse ist gelandet, und nicht in Pevensey, wie alle erwarteten.«

»Was? Wo denn?« Guyon schubste Cadi von seinen Füßen, stieß sich aus dem Sessel hoch und begann automatisch, wenngleich noch etwas unsicher auf den Beinen, die Rüstung anzulegen, die ihm Eric bereithielt.

»In Portsmouth«, sagte Miles grimmig. »Man hat ein paar englische Seeleute überredet, Courthouse und seine Schiffe in den Hafen zu lotsen.«

»Dann ist die Straße nach Winchester also offen?«

»Ja.«

Guyon fluchte, als er seinen Schwertgürtel nahm und die Schlaufen knüpfte. *Die Königin, der Erbe, der Schatz*.

Alicia huschte besorgt im Hintergrund herum und sah aus, als würde sie im nächsten Moment in Tränen ausbrechen. Guyon suchte nach seinen Sporen und fand sie auf einem Spieltisch. »Kümmere dich um Cadi für mich«, sagte er zu ihr. »Ich kann sie diesmal nicht mitnehmen.«

Alicia nickte ihm geistesabwesend zu, aber ihre Augen waren auf Miles gerichtet. Vielleicht sah sie ihn ja zum letztenmal. Guyon schaute vom einen zum anderen. »Ich treffe dich dann unten«, murmelte er seinem Vater zu, küßte Alicia auf die Wange, mußte kurz an Judith denken und verließ dann den Raum, Eric im Schlepptau.

Alicia schluchzte ein wenig und warf sich dann in Miles eisenstrotzende Arme. Er glättete ihre glänzenden schwarzen Zöpfe und begrub sein Gesicht an ihrem weißen Hals. Der Schwertknauf geriet zwischen sie, stieß sie unterhalb der Rippen. Er hätte ebenso gut in ihr Herz eindringen können, mit der anderen Seite voraus.

Dreiundzwanzigstes Kapitel

Wäre Robert de Belleme der Mann gewesen, der sich das Haar ausrauft und das Gewand zerreißt, der brüllt und flucht, dann hätte er es wohl getan. Diejenigen, welche ihn näher kannten, sahen die deutlichen Zeichen seiner Erregtheit und entschlossen sich, ihm aus dem Weg zu gehen, ehe es zu spät war. Die anderen glaubten, einen Skorpion an seinem gefährlichen, giftspritzenden Schwanz erwischt zu haben.

Jetzt, als sich die Truppen an den Aufbruch machten, saß er in seinem Zelt und starrte ausdruckslos auf die Wand aus grobem Segeltuch. An seiner fleischigen Wange zuckte ein Muskel. Seine Hände hatten sich zu Fäusten geballt. Nach einem Moment blickte er nach unten auf das schmutzige Gelb seiner Knöchel, bewegte sie, löste die Finger und legte die Hände mit dem Rücken nach oben auf seine Schenkel.

Er hatte sich, bildlich gesprochen, sein Pferd ausgesucht, hatte es gefüttert, aus der eigenen Hand, hatte ihm gut zugeredet und es mit sanfter Überredung zum Wassertrog geführt. Es hatte die Nüstern hineingesteckt, und im letzten Augenblick hatte es sich geweigert, das Wasser zu trinken, weil es nicht so kristallklar war, wie der Gaul sich das vorgestellt hatte. Eigentlich hätte er sein Schwert nehmen und die Bestie zu Hundefutter zerhacken sollen.

Vor dem Zelt hörte er Walter de Lacey und einen anderen seiner Vasallen miteinander scherzen, etwas über die Kind-Hure, die derzeit de Laceys Zelt bewohnte. Ein roter Nebel trieb vor seinen Augen. Sie lachten über ein Weibstück, wo Monate sorgfältiger Planung und harter Arbeit sich zuletzt auffaserten wie die Spindel auf einem Webstuhl, der in die falsche Richtung arbeitete. Er schluckte und versuchte, sich unter Kontrolle zu bringen. Was konnte er schon erwarten von diesen Narren? Als er sicher war, daß ihm das Temperament nicht durchging, stand er auf und stakte zielbewußt ins Freie.

»Stehen denn noch nicht diese anderen Zelte dort unten?« brüllte er.

»Beinahe, M'lord«, antwortete ein Sergeant nervös.

Er schob ihn beiseite und schnippte mit den Fingern in Richtung auf den Soldaten, der seinen Hengst hielt. De Lacey und der andere Mann hörten auf zu lachen, und tauschten warnende Blicke. Er würdigte sie keines Blickes, obwohl er wußte, daß sie Teil seiner persönlichen Eskorte waren, die mit ihm reiten sollte zur Unterzeichnung des Friedensabkommens zwischen den Brüdern. Friedensabkommen! Ha! Für Robert Courthouse war es so viel wert, daß er sich ebensogut damit den Hintern abwischen konnte.

Das Pferd wurde gebracht, ein tänzelnder, seidiger Rappe. De Belleme stieg auf und schnallte die Zügel enger. Das Sonnenlicht wurde von seinem Ring reflektiert, in dessen Mitte ein großer Amethyst saß.

»Wenn Ihr dann mit dem Geplauder fertig seid, Gentlemen«, sagte er eisig, und seine blassen Augen waren so hart und scharf wie Glasscherben.

De Lacey räusperte sich, murmelte eine Entschuldigung und nahm die Zügel seines Braunen von dem jungen Burschen, der sie gehalten hatte.

Der König und sein Bruder saßen nebeneinander an einem langen, mit weißem Leinen gedeckten Tisch. Guyon, der weiter unten am Tisch saß, beobachtete die Banner, die in der warmen Brise wehten, und verengte die Augen vor der Helligkeit der Sonne. Dahinter und davor hatten sich zwei Armeen versammelt, die eine bestehend aus Landbesitzern englischer Grafschaften, die Henry loyal geblieben waren, die andere aus Normannen und Flamen, die von den Vasallen und Untertanen von Männern wie Robert de Belleme, Arnolf von Pembroke und Ivo Grantmesnil aufgestellt oder angeheuert worden waren.

Der Geruch so vieler Leiber, vorwiegend ungewaschener, war der eines Abfallhaufens, und für ihre Sprache galt das gleiche. Die Engländer beleidigten die Normannen, weil das ihre traditionelle Lieblingsbeschäftigung war. Und die Normannen fluchten, weil ihr Führer beschlossen hatte, Frieden zu schließen mit seinem Bruder, wo es doch eine krasse Idiotie war, so etwas zu tun. Es wäre viel besser gewesen, gegeneinander zu kämpfen.

Guyon und Miles hatten mit ihren Truppen Winchester am Abend des Tages nach dem Eintreffen des Boten erreicht; man hatte sie kurzzeitig versehentlich für den Feind gehalten und beinahe ein Scharmützel gegen sie eröffnet. Guyon hatte seinen Namen den Männern an der Mauer entgegengebrüllt, seinen Schild gezeigt, und nachdem man den Captain der Wache geholt hatte, der noch dabei war, seine Hose zu schließen, und sich beschwerte, daß man nicht einmal mehr in Ruhe pissen könne, wurden sie eingelassen, um die Nacht dort verbringen zu dürfen.

Die Armee von Courthouse war an Winchester vorbeigezogen, hatte ihnen der Captain mitgeteilt, die zynischen Blicke voll Mißtrauen. *Vorbeigezogen!* Guyon warf einen kurzen Blick auf den bärtigen, stämmigen Robert Courthouse. Welcher Mann würde einen solchen Preis ausschlagen, wenn er ihn nur noch zu nehmen brauchte? Ein Narr, der unfähig zum Regieren war, antwortete er sich selbst.

Courthouse lebte in einer Welt kavaliershafter Irrealität, in einem gemalten, einem wunderschönen Stundenbuch. Das war auch der Grund, weshalb er nie Geld hatte. Er warf es ständig zum Fenster hinaus für prächtige Rüstungen und Uniformen, für eine goldene Schale. Es war eine Geste der Ritterlichkeit, die völlig fehlplaziert erschien, wenn er erklärte, er könne schließlich nicht so brutal sein und die Königin stören, wo sie doch so nahe an ihrer Zeit war.

Robert de Belleme, der ohne weiteres so brutal hätte sein können und noch viel mehr, knirschte mit den Zähnen und riß sich im Geiste, wenn auch nicht körperlich, das Haar aus über die Unfähigkeit von Courthouse, vernünftig zu handeln, oder wenigstens seine Vernunft an andere zu delegieren und seinen Zorn auf Henry zu bewahren. Von der glühenden Entschlossenheit, die ihn während des Kreuzzugs ins Heilige Land beherrscht hatte, war nicht ein Fünkchen übriggeblieben.

Courthouse hatte nur allzu willig den Überredungskünsten von Henry gelauscht, die natürlich dessen stärkste Waffe war. Courthouse' Entschlossenheit, Krieg zu führen gegen seinen Bruder, hatte sich bedeutend abgekühlt seit ihrer ersten, verärgerten

Eruption, und außerdem gebrach es ihm zur Zeit an Mitteln. Eigentlich brauchte er nur etwas Geld, um seine Ausgaben zu decken und zurückgehen zu können in die Normandie, wo er erst einmal warten wollte, bis sich der Staub gelegt hatte. Und in diesem Punkt war Henry äußerst entgegenkommend. Das alles sollte hier diskutiert werden, und jetzt ging es um die Summe, die jährlich an Courthouse bezahlt werden sollte, dafür, daß er Henry die Rechte auf die Krone nicht streitig machte. Und was, dachte Guyon, hatte ein Versprechen für Henry jemals bedeutet? Sobald Courthouse vom englischen Boden verschwunden war, würde die Bereitschaft zur Zahlung der Summen rasch nachlassen. Henry spielte brillant und verstand es, die Menschen zu manipulieren, namentlich die Mitglieder seiner eigenen Familie. Courthouse wäre nicht einmal in der Lage gewesen, einen Klumpen Lehm zu manipulieren, geschweige, ihn in die Form eines Königreichs zu bringen.

Guyon beobachtete die Versammlung. Grantmesnil, de Belleme und Roger de Poitou waren eingetroffen; sie schwangen ihre dunklen Umhänge, sahen aus wie ein Trio böser Zauberer, und ihre Anhänger drängten sich hinter ihnen, darunter natürlich Walter de Lacey. Der Lord von Shrewsbury trug den neuen Samt in einer dunklen, blutroten Farbe, die ihn selbst noch dunkler erscheinen ließ. Dies galt auch für die bläulich-schwarzen Bartstoppeln, die er sich ein paar Tage lang hatte stehen lassen. Gegen das viele Dunkel wirkten seine Augen besonders hell, blaß und kalt, und erstachen einen jeden, den er fixierte, mit ihrem Blick.

Als dieser Blick auf ihn traf, erwiderte Guyon ihn gelassen und wappnete sich in Gedanken gegen die

Bosheit, die de Lacey ausdrückte, durch die Erinnerung an ihre letzte Begegnung und den lohnenden Anblick von de Belleme und Sir Walter auf der Straße mitten in einer Herde blökender und stinkender Schafe. Seine Mundwinkel zuckten, und er senkte rasch den Blick, um ihm nicht direkt ins Gesicht zu grinsen. Als er es wagte, den Kopf wieder zu heben, hatte sich der Earl an FitzHamon gewandt, mit seinem bösen Blick, während Walter de Lacey ihn, Guyon, ins Auge gefaßt hatte.

Diesmal brauchte sich Guyon nicht zurückzuhalten und lachte ihm offen ins Gesicht.

De Lacey versteifte sich, und seine Rechte zuckte in Richtung auf sein Schwert, nur daß er keines bei sich trug. Keiner kam bewaffnet zu einer Besprechung beim König. Jetzt wußte er nicht, was er mit seiner Faust machen sollte, und steckte sie in seinen Gürtel, hakte den Daumen ein und blieb so, bis er das selbstmörderische Verlangen überwunden hatte, über den Tisch zu springen und den Earl von Ravenstow mit bloßen Händen zu erwürgen.

Die jährliche Summe, die Henry seinem Bruder bereitstellen wollte, wurde auf dreitausend Silbermark festgelegt. Robert lächelte und schien überaus befriedigt zu sein. Henrys Lächeln war eher bedauernd, aber mit einer geheimen Unterströmung, die Guyon sehr wohl erkannte. Judith schaute ihn so an, wenn eine Sache nicht ganz in ihrem Sinne gelaufen war, sie aber beabsichtigte, dies im Laufe der Zeit zu korrigieren. Courthouse würde vielleicht in diesem und auch im nächsten Jahr seine Zahlung bekommen, aber sobald Henry sein Königreich sicher im Griff hatte, würde er zweifellos einen Weg finden, um die Vereinbarung umgehen zu können.

Zwölf Barone von jeder Gruppe ratifizierten den Vertrag. Guyon setzte seinen Namen neben das Kreuz von Warwick und den Daumenabdruck von Meulan. Robert de Belleme unterschrieb mit sarkastischem Schwung und spuckte dann ins Gras. Henry und Robert umarmten sich. Die Umarmung von Courthouse war herzlich und aufrichtig, Henrys dagegen eine blasse Imitation. Herzlichkeit war bei Henry vorbehalten für diejenigen, die ihm nicht seine Krone streitig machen wollten, und wurde in diesen Tagen nur sehr selten vergeben. Er hatte sich in die Aufgabe verliebt, das Land zu regieren, und das ließ wenig Raum für andere, zärtlichere Emotionen.

Guyon erhielt einen Becher Wein und ein Stück Brot vom Captain seines Vaters, während sich die Männer rings um ihn daran machten, die Lastpferde zu beladen. Henry kam auf ihn zu und suchte sich sorgfältig einen Weg um die Lagerfeuer und die Haufen von Gepäck. FitzHamon war bei ihm, und die Sonne spiegelte sich in seiner rosigen, mit Sommersprossen besetzten Glatze.

Guyon verbeugte sich, den Mund voller Brot. Miles tauchte aus dem Zelt auf, holte Luft, um etwas zu sagen, erschrak und erwies dem König ebenfalls seine Reverenz.

Guyon schluckte hastig. »Frühstück, Sire?« fragte er mit einem Hauch von Humor. Das Brot war etwas altbacken, und der Wein war warm und klebte am Gaumen. Es war alles, was übriggeblieben war, denn sie machten sich daran, abzureisen.

Henry zeigte eine ablehnende Geste und kam gleich zur Sache. Er konnte ausweichen und mäandern wie ein Gebirgsfluß im Frühling, doch dazu war jetzt weder die Zeit noch die Notwendigkeit. »Ich muß de

Belleme, seine Brüder und ihre Anhänger etwas in die Schranken weisen«, sagte er gepreßt, »und dabei brauche ich deine Hilfe, Guy, und auch die von Euch, Miles.«

»Wenn es in meiner Macht liegt, Sire«, antwortete Miles höflich, den Blick jedoch voller Argwohn.

Guyon schaute hinüber zu FitzHamon, doch dessen Gesicht war völlig ausdruckslos. Dabei sank ihm das Herz. Alles, was er wollte, war nach Hause reiten, den Kopf sechs Monate zwischen den Kissen begraben, die Welt ausschließen, schlafen und das Vergnügen einer Badewanne wiederentdecken, mit Judith, die dabei duftend und weich in seinen Armen lag. Judith, die immerhin Henrys Tochter war. »Sire?«

»Ich habe den Fiskus seit dem letzten Herbst Beweise gegen Surrey und Grantmesnil sammeln lassen, aber ich brauche mehr Informationen über de Belleme und seine Brüder. Es muß viel grundlegende Arbeit getan werden in den Marken, und bis ich so weit bin, daß ich die Schlinge auswerfe, möchte ich vermeiden, daß meine Beute erkennt, wie eng ich sie ziehen werde.«

»Ihr wollt, daß wir für Euch spionieren?« Das kam von Miles, und es klang scharf.

Henry zupfte sich an seiner stumpfen Nase. Miles, von Geburt halb walisisch, war einer der wertvollsten Kundschafter seines Vaters gewesen, ein Meister in der Kunst der Ermittlung, eine der Stützen der normannischen Armee während der berüchtigten Schlacht im Norden, in den neunundsechzigern. »Natürlich nicht persönlich«, sagte er mit einem schüchternen Lächeln. »Ich möchte keinen von Euch an die sadistischen Vergnügungen des Herrn von Shrewsbury verlieren, aber ich bin sicher, Miles, Ihr habt noch Kontakte aus den alten Zeiten, zu Männern, denen Ihr vertrauen könnt.«

»Damit ich sie mißbrauche?« fragte Miles mit stiller Verachtung.

»Seid doch nicht so widerspenstig, Miles«, sagte FitzHamon freundlich. »Jemand muß die Männer aufstellen und die Informationen sammeln. Wäre es Euch vielleicht lieber, wenn de Belleme noch weitere dreißig Jahre an unseren Grenzen lauert wie ein räudiger Wolf?«

Miles stieß einen Laut des Mißvergnügens aus. »Ein Messer im Dunkeln würde genauso gut funktionieren«, sagte er, »und das wäre vermutlich leichter zu bekommen.«

Henry schüttelte den Kopf. »Daran habe ich auch schon gedacht, aber es würde nicht viel nützen«, sagte er bedauernd. »Wenn Robert de Belleme tot ist, geht das Land an seinen Sohn oder an einen seiner Brüder. Wenn er dagegen wegen finanzieller Verfehlungen seines Lehens enthoben würde, fielen die Ländereien und Besitztümer direkt an die Krone.«

»Doch zuvor muß man eine solche Verfehlung entdecken«, murmelte Guyon, der zu begreifen begann. Seine Mundwinkel verzogen sich. »Und dann kommt es zum Krieg.«

FitzHamon zuckte mit den Schultern. »Man kann keinen Wein machen, ohne die Trauben zu treten, und zum Krieg kommt es zuletzt doch – so oder so.«

»Blut – und Wein, beides ist rot, nicht wahr?« sagte Miles neutral, mit ausdrucksloser Miene.

»Ich bin sicher, Ihr seid lieber ein Treter als eine Traube«, erwiderte Henry und zeigte seine Zähne in einer Grimasse dessen, was Amüsement sein sollte. »Überlegt es Euch. Wenn Ihr Euch dafür entscheidet, laßt es mich wissen oder schickt einen Boten zu Beaumais in Shrewsbury. Ihr kennt ihn doch, oder?«

»Aber Beaumais ist doch …« sagte Miles.

Henrys Lächeln war katzenhaft und hochzufrieden. »Ja, er ist Justitiar in Bellemes Haushalt und seit einem Jahr in meinen Diensten. Wenn Ihr diese Aufgabe übernehmen wollt, werdet Ihr eng mit ihm zusammenarbeiten.«

Miles schluckte und starrte Henry an; die Haare standen ihm in die Höhe. Guyon, der die raffinierten Methoden seines Herrschers eher gewohnt war, zeigte ihm ein Hätte-ich-wissen-müssen-Gesicht. Henry lachte aufrichtig und gab ihm einen Klaps auf die Schulter. »Überleg es dir«, wiederholte er. »Wir reden später noch darüber.«

»Werdet Ihr tun, was er verlangt?« fragte FitzHamon, als er sich aufmachte, um Henry über das Lager zu folgen.

»Ich glaube, wir haben keine andere Wahl«, murmelte Guyon. »Es nützt nicht viel, ihm die Stirn zu zeigen.«

»Das würde ihn nicht daran hindern, ein Bastard zu sein wie sein Vater«, bemerkte Miles wesentlich ungnädiger. »Bei William war es eine Sache der Geburt. Bei ihm ist es ein Geschenk der Natur.«

»Deshalb ist er der König, und Courthouse ist es nicht«, sagte Guyon und ging zu seinem Pferd.

Vierundzwanzigstes Kapitel

Im Sommer des Jahres 1102

Rhosyn zügelte ihr Pferd und ließ die Lederriemen dann schlapp in ihren geschickten Fingern hängen, so daß die alte Gwennol das staubige Gras am Straßenrand fressen konnte. Dahinter, mit Steigungen und Senken, schnitt sich die Straße durch Felder und Wälder, vorbei an mächtigen Forts – die Horste von Robert de Belleme in den Marken –, bis sie Shrewsbury erreichte, geschützt in der Windung des Severn. Hinter ihr, an derselben Straße, lagen Wales und die Sicherheit, soweit in diesen Tagen noch irgend etwas als sicher bezeichnet werden konnte. Guyon hatte recht, Robert de Belleme und seine Vasallen hatten die Grenzregion der Marken zu einer Hölle gemacht für diejenigen, die ihren Lebensunterhalt mit Reisen und Handel verdienten. Der Krieg im Süden, wo König Henry seinen aufständischsten Earl auf die Knie zwingen wollte, schickte beunruhigende Gerüchte in den Norden. Wenn Arundel unter dem Ansturm der königlichen Streitkräfte fiel, würde der Sturm auch hierher getrieben in das Herz von Bellemes Besitztümern, und dann würde der Krieg wie ein Blitz das Land spalten, auf dem sie ritt.

Sie überlegte sich, ob sie die linke Abzweigung nehmen sollte, und sofort flatterten die kalten Samtflügel in ihrem Magen. Das geschah immer, wenn sie an

Guyon dachte, und nicht nur wegen dem, was einmal zwischen ihnen gewesen war. Er würde wütend sein, wenn er erkannte, daß sie es gewagt hatte, die Grenze zu überschreiten mit nur einem Viehtreiber und seiner Herde, Schafe, die für den Markt bestimmt waren, als Begleitung und Schutz.

Ihr Vater war in Flandern gewesen, als sein Herz schließlich den Willen zum Weiterschlagen aufgegeben hatte, und er war in einem Hostel auf der Straße nach Brügge gestorben. Prys war von Bristol aus hinübergesegelt, um den Toten zur Beerdigung heimzuholen. Sie würden ihn betrauern, und wenn die Zeit gekommen war, würden sie heiraten. Rhosyn biß sich in die Unterlippe und bedauerte jetzt schon den Impuls, der sie getrieben hatte, von ihrem *hafod* aus zu den verlockenden Farben des Sommermarkts in Ravenstow zu fahren. Es gab Dinge, die sie brauchte, sagte sie sich, Dinge für die Beerdigung und für ihre Hochzeit. Das, was sie am notwendigsten brauchte, konnte sie nicht haben. Und zu wissen, daß der Wunsch allein schon unvernünftig war, erleichterte nicht den Schmerz.

»Warum haben wir angehalten, Mam?«

Rhosyn drehte sich zu ihrer Tochter um, und die feinen Fältchen um ihre Augen vertieften sich zu einem sich selbst verspottenden Lächeln. »Ich frage mich schon, warum wir überhaupt hergekommen sind.«

»Jetzt ist es zu spät«, erklärte Twm säuerlich und näherte sich von hinten; die Lastenponys klingelten hinter ihm.

»Freut Guyon sich denn nicht, wenn er uns sieht?« Eluned schaute erst ihre Mutter an, dann Heulwen, die in ihrem Körbchen vor Twm schlief.

»Wahrscheinlich nicht«, gestand Rhosyn betrübt.

»Aber er ist möglicherweise auch gar nicht da, nicht solange im Süden Krieg ist.«

»Und seine Frau – ist sie da?« fragte Rhys und dachte an das mürrische, katzenartige Mädchen, das er mehrmals gesehen hatte bei seinen Handelsbesuchen mit dem Großvater. Er mochte sie. Unter ihrer mürrischen Art schlummerte ein Sinn für Humor und ein echtes Interesse an den Menschen, gleich, welchen Standes.

»Vielleicht.« Rhosyns Finger zupften an den Zügeln, und Gwennol hob den Kopf und machte einen Schritt zurück. Guyons Frau. Wie würde sie reagieren auf ihren Besuch in Ravenstow, und was, in Gottes Namen, sollte sie zu ihr sagen, wenn sie sich begegneten? Weder Kind noch Jungfrau, hatte Guyon gesagt, aber so empfindlich wie mundgeblasenes Glas, und dabei hatte er einen Ausdruck im Gesicht gehabt, den sie noch nie an ihm bemerkt hatte.

»Ich will sie nicht sehen«, murmelte Eluned und verengte die haselnußbraunen Augen. »Sie ist wahrscheinlich ein hochnäsiges normannisches Luder mit langen Fingernägeln und einem Gesicht wie eine Hexe.«

»Jetzt aber genug damit!« zischte Rhosyn ihre Tochter an. »Wem auch immer wir begegnen und was auch immer geschieht, du erinnerst dich gefälligst an die Manieren, die ich dir beigebracht habe, und wirst meinem Namen und dem deines Großvaters keine Schande machen. Ist das klar?«

»Ja, Mam«, sagte Eluned ungeduldig und schaute sie mit gefurchter Stirn an.

Euraidds Ohren stellten sich erwartungsvoll auf, und als die Zügel gelockert wurden und die Sporen kommandierten, fiel die Stute glatt vom Schritt in einen flüssigen Trott. Einige der Dorfbewohner hielten in ihrer Feldarbeit inne und schirmten die Sonne von ihren Augen mit den Händen ab, als die Gräfin von Ravenstow, golden auf ihrer Stute, die Kante des Hügels erreicht hatte und mit ihrer Eskorte hinter sich den Abstieg in das kleine, saubere Städtchen begann, das sicher hinter seinen römischen Steinmauern lag.

Der Sommermarkt war in vollem Gange, die Buden laut und belebt, trotz oder vielleicht sogar wegen der Unruhe des Krieges, die das ganze Land überzog. Die Händler und die Bauern mußten sich ihren Lebensunterhalt verdienen, und obwohl der Earl abwesend war, bei der Belagerung von Arundel, waren die Ländereien des Grafen von Ravenstow noch sicherer als viele andere.

Es gab Stände mit Bohnen, Brot und Süßgebäck. Gewürzverkäufer riefen ihre Besonderheiten aus. Einer der Wachleute aus der Burg ließ sich einen Zahn ziehen, und die Bemühungen des schwitzenden Chirurgen wurden mit gruseligem Vergnügen von einer kritischen Menge begutachtet. Ein Bär vollführte seine Kunststücke: er tapste in plumpen Kreisen zu der Musik eines verstimmten Dudelsacks, der gespielt wurde von einem Mann mit einem Bauch, so dick, daß er als zusätzlicher Dudelsack hätte benützt werden können. Ein braunhäutiges Mädchen tanzte, und an seinen Armbändern klimperten kleine Glöckchen.

Vieh, das zum Verkauf stand, muhte, blökte und wieherte. Frauen hatten Körbe voll mit eigenen Produkten bei sich, die sie tauschen oder verkaufen wollten: Kirschen und Wurzeln, Gemüse, Butter und

Käse. Der Töpfer war da mit seinen grünglasierten Waren, der Salzhändler, der Schuster und die anderen Handwerker der Stadt.

Judith brachte ihre Pflicht hinter sich bei den ihr bekannten Händlern und Stadtbewohnern, blieb stehen, um zu sprechen, zu lächeln oder zu diskutieren, und sie beruhigte sie, was die Auswirkungen des Krieges betraf, bevor sie ihre Einkäufe tätigte.

Und da war noch eine Frau, die gerade mit großer Aufmerksamkeit ein Stoffband begutachtete. Ein kleines Kind hing ihr an den Röcken und schaute aus runden, strahlenden, tiefblauen Augen zu Judith empor. Ein größeres Mädchen war an der anderen Seite der Frau und trat von einem Fuß auf den anderen. Sie hatte schwarzes Haar und haselnußbraune Augen, und sie bewegte sich so schnell und so elegant wie ein Rehkitz. De Bec, der hinter Judith geblieben war, stieß einen unterdrückten Fluch aus.

»Was ist?« fragte Judith und drehte sich halb um. In diesem Moment kam der junge Rhys zu der Gruppe und mischte sich unter sie. Die enge Beziehung war nicht zu verkennen. Sie zeigten alle Variationen der gleichen, stumpfen Nasen, und auch ihr Haar wuchs in ähnlicher Weise.

»Heulwen, dewch yno«, sagte die Mutter geistesabwesend, als ihr rothaariges Jüngstes sich aus der Sicherheit ihrer Röcke begab und auf Judith zulief.

Judiths Magen sackte ganz nach unten, als das Kind sie anlächelte. Sie schlug sich die Hand vor den Mund und hatte Mühe, nicht ohnmächtig zu werden oder sich übergeben zu müssen. Guyons Mätresse, Guyons Tochter, hier im Herzen seiner Grafschaft. Hier, wo sie sich unangreifbar gefühlt hatte.

Was konnte sie tun? Kämpfen? Sich zurückziehen

wie eine Katze, die ihre Rivalin entdeckt hat? Judith schluckte das Erbrochene, das ihr in die Kehle gestiegen war, und hob ihr Kinn ein Stück an. Sie hatte jetzt sein Vertrauen, sie verwaltete seine Grafschaft. Alles, was diese Frau hatte, waren die Bande der Vergangenheit – und dieses Kind. »Heulwen«, sagte sie etwas unsicher und lächelte dazu.

Rhys wandte den Kopf, und seine dunklen Augen wurden groß. Rhosyn drehte sich ihr ebenfalls zu, das Band immer noch in ihren hübschen Fingern, und ihr Ausdruck war erst überrascht, dann besorgt. Es war ein angenehmes Gesicht mit glänzenden, hochgewölbten Brauen und vollen, herbstlich gefärbten Augen. Hübsch, aber nicht hinreißend schön, und in ihren Augenwinkeln und am Hals zeigten sich erste Altersfalten.

»Ich bin Judith von Ravenstow, Guys Frau«, stellte sich Judith mit einer Gelassenheit vor, die nichts verriet von den Emotionen in ihrem Inneren. »Wenn Ihr ihn besuchen wolltet, dann, fürchte ich, muß ich Euch enttäuschen. Er liegt mit dem König vor Arundel.«

Heulwen lächelte Judith vertraulich an und kuschelte sich dann an ihre Mutter, drückte das Gesicht in die weiten, staubigen Röcke. Rhosyn schaute die Frau an, die sich nun vor ihr aufbaute. Ohne Judiths Erklärung hätte sie niemals die Vorstellung mit der Wirklichkeit in Verbindung gebracht. Das hier war eine bildhübsche, junge Frau, so schlank und gerade wie ein Kornhalm in ihrem goldenen Wollkleid und ohne den leisesten Hinweis auf Empfindlichkeit im Verhalten.

»Ich freue mich, Euch kennenzulernen«, erwiderte sie in vorzüglichem, nur ganz leicht akzentuiertem Französisch, das lediglich durch den rauhen Unterton ihrer Stimme ein wenig getrübt wurde. »Ihr seid ganz anders, als ich es mir vorgestellt habe.«

Golden und grau funkelte der Gürtel polierter Achate um Judiths schlanke Taille. Golden und grau, kühl wie die Steine, hielten ihre Augen die von Rhosyn fest. »Das gilt auch für Euch.«

Rhosyn schluckte. »Ich bin nicht gekommen, um Guyon zu einem Streitpunkt zwischen uns zu machen«, sagte sie und verteidigte sich gegen Judiths Blick, der etwas von der Sonne im Winter hatte: strahlend, aber eiskalt.

»Dennoch seid Ihr hier, und ich glaube nicht, daß Ihr gekommen seid, weil Ihr Euch für einen Jahrmarktstand interessiert oder den Bären tanzen sehen wollt.«

»Nein, ein bißchen mehr steckt natürlich dahinter«, räumte Rhosyn ein. »Ein Teil davon ist geschäftlich. Ich habe die Gewürze bei mir, die Ihr bei meinem Vater bei seinem letzten Besuch bestellt habt, und ich selbst brauchte ein paar Bänder und Verzierungen für ein neues Kleid ...« Sie atmete zitternd ein. »Mein Vater ist im vergangenen Monat nach Flandern gefahren und dort gestorben. Prys ist gerade da, um ihn nach Hause zu bringen. Ich hatte gehofft, Guyon um eine Eskorte nach Wales bitten zu können – er hatte mir früher einmal ein solches Angebot gemacht –, und ich dachte, er sollte wissen, daß mein Vater nicht mehr lebt ... Und das eine oder andere.« Dann verstummte sie.

»Dann halte ich es für das beste, Ihr kommt herauf auf die Burg«, erklärte Judith hölzern. »Wir werden miteinander abrechnen müssen, und Ihr braucht einen Platz, wo Ihr schlafen könnt. Das mit Eurem Vater tut mir leid. Wir waren Freunde geworden.« Sie fragte sich, was sie tun würde, wenn Guyon unerwartet nach Hause käme und sein Interesse auf Rhosyn und ihre kleine, entzückende Tochter lenken würde. Es war ein Bereich, den sie bisher ausgespart hatten. Judith hatte nie gefragt bis auf das Übliche, Oberflächliche, und er hatte selten Auskünfte angeboten: Sie umgingen beide das, was ihnen vielleicht doch zuviel Schmerzen bereiten würde. Jetzt, viel zu spät, sah sie ein, daß das ein Fehler gewesen war.

Die Spannung zwischen den zwei Frauen blieb eine deutlich fühlbare Realität, obwohl Judith ihr Interesse weit genug auf das Geschäftliche richtete und die Preise mit Rhosyn aushandelte, die ihrerseits heftig auf die Herausforderungen reagierte, als sie Judiths Geschicklichkeit im Handeln erkannt hatte. Die beiden Frauen waren dabei zu zweit, zusammen mit dem kleinen Mädchen.

»Eluned hat ihren Vater verloren und nun auch ihren Großvater«, seufzte Rhosyn, »und dieses neue Baby hat die Sache nicht gerade einfacher gemacht. Sie ist eine Verbindung mit Guyon, auf die ich gut und gern hätte verzichten können.« Dabei strich sie der Kleinen sachte über das rotblonde Haar und lächelte. »Die Farben hat sie von Guyons Großvater, Renard de Rouen. Er hat ein walisisches Mädchen geheiratet, die Tochter des alten Lords Owain, Heulwen. Mein Vater war bei ihrer Hochzeit, natürlich selbst noch ein kleiner Junge.«

Judith schwieg, und Rhosyn schaute von ihrer schläfrigen Tochter hoch. »Vielleicht ist es besser, wenn Ihr mir jetzt meine Eskorte gebt«, schlug sie voller Würde vor.

»Nein, ich bitte Euch, bleibt über Nacht. Es ist

schon zu spät, um noch nach Wales aufzubrechen. Ihr würdet Euer Heim nicht vor Einbruch der Dunkelheit erreichen. Außerdem sind wir mit unseren Geschäften noch nicht fertig. Könnt Ihr mir noch mehr Samt besorgen? Mein letztes Kleid ist in London ruiniert worden.«

Ein paar späte Schwalben pflügten die hyazintische Luft, und ihre Schreie waren scharf wie Nadeln in dem blauen Samt des Himmels.

»Ihr habt das Zeug, ihn zu halten«, sagte Rhosyn unvermittelt und sah nun das Versprechen in ihr. Das war nicht nur eine unberührte Jungfrau, die sich zu einer höchst attraktiven Frau ausgewachsen hatte, von bester Erziehung und normannisch mit all den häuslichen und gesellschaftlichen Fähigkeiten, die es bei einem Mann von der hohen Stellung Guyons brauchte, sondern auch ein Mädchen, die unter dem kultivierten Firnis immer noch eine Halbwilde war, ein Kind der Wälder, zu selbständig, um es festzuhalten oder in einen Käfig sperren zu können. Guyon würde es mit ihr niemals langweilig werden.

Judith schaute auf ihre Hände. »Wenn uns ein gemeinsames Leben gegönnt ist«, sagte sie mit einer Andeutung von Bitterkeit. »Seit dem letzten Martinstag habe ich ihn so gut wie gar nicht gesehen. Entweder er ist beim König, oder er kümmert sich um die Angelegenheiten des Königs, und wenn er zu Hause ist, dann nur, um zu essen und zu schlafen, und seine Laune ist miserabel – aber ich nehme an, er hat allen Grund dazu. Es gibt noch keine Garantie dafür, daß Henry diesen Krieg gewinnt. Und de Belleme weiß, wer hinter den Herausforderungen steht, denen er sich ausgesetzt sieht.«

Rhosyn lehnte sich neben sie, und sie beobachtete

die Schwalben. Ein Schauder der Angst lief ihr über das Rückgrat. »Ist er in ernsthafter Gefahr?« fragte sie, und ihre Augen wurden besorgt.

»Ich habe noch niemals eine Zeit erlebt, in der mein Lord nicht in ernsthafter Gefahr gewesen wäre«, entgegnete Judith mit einem zurückhaltenden Lächeln. »Und wenn nicht von außen, dann durch seine eigene Natur.«

Die Wache wechselte, Speere kratzten auf Stein, die Männer tauschten Scherze. Schafe wurden von den umgebenden Feldern hereingetrieben in den Hof, wo sie am nächsten Morgen geschlachtet werden sollten. Judith beugte sich hinunter.

»Es war töricht von mir, herzukommen«, sagte Rhosyn mit weicher Stimme und so leise, daß Judith die Ohren spitzen mußte, um sie überhaupt zu hören. »Aber ich … ich wollte Euch einmal sehen. Es war wie ein Zwang. Ich gebe es zu, das war mindestens der halbe Grund, weshalb ich hergekommen bin.«

Judith war überrascht. Sie starrte sie an. »Ich würde es als einen sehr gefährlichen Zwang bezeichnen«, sagte sie zuletzt.

Rhosyn schnitt eine Grimasse. »Glaubt Ihr, ich hätte mir das nicht hundertmal gesagt?« Sie zeigte ein trauriges Lächeln. »Aber es war wie ein schmerzender Zahn: Er nagte an mir und nagte an mir, und schließlich mußte er gezogen werden. Ich mußte es wissen. Jetzt weiß ich es, und ich bin froh, daß ich es hinter mir habe, doch das ist nicht der einzige persönliche Grund, weshalb ich hier bin.« Sie holte tief Luft und richtete den Blick auf den Horizont, wo die Sonne am Untergehen war. »Prys, mein Vetter zweiten Grades, der in Bristol lebt und mit dem wir enge geschäftliche Beziehungen pflegen, hat mich gebeten, ihn zu heiraten, und ich habe ihm das Jawort gegeben.«

»Meine Gratulation«, sagte Judith und war zu wachsam, um etwas mehr Wärme in den Glückwunsch zu legen. »Wann findet die Hochzeit denn statt?«

»Das wissen wir nicht genau. Aber ich nehme an, noch vor Weihnachten. Zuvor müssen wir meinen Vater begraben und eine angemessene Trauerzeit beachten, und außerdem müssen wir das Geschäft in Ordnung bringen.« Sie drückte den Handballen gegen den rauhen Stein. »Ich kenne Prys, seit wir Kinder waren, und Rhys und Eluned mögen ihn gern ... Aber es geht mir vor allem um Heulwen, versteht Ihr? Sie ist schließlich Guyons Tochter, und ich fand, nach allem, was zwischen uns gewesen ist, sollte er Bescheid wissen über meinen Entschluß. Prys hat keine Erben. Vielleicht werde ich ihm Kinder bringen, aber er ist bereit, Rhys, Eluned und Heulwen als seine eigenen Kinder anzuerkennen und die Mädchen mit angemessenem Heiratsgut auszustatten, wenn sie erst ins entsprechende Alter gekommen sind.«

»Ich glaube kaum, daß Euch da Guyon im Weg stehen wird«, sagte Judith langsam, nachdem sie eine Weile nachgedacht hatte.

»Ich auch nicht.« Rhosyn blinzelte und biß sich auf die Lippe. »*Adeiniog pob chwant.* Kein Verlangen währt ewig. Die Sache ist vorbei, zumindest für ihn. Wir hatten nie genug Gemeinsamkeiten, daß es für mehr als ein trockenes Grasfeuer gereicht hätte. Ich wünschte ...« Rhosyn schüttelte den Kopf und wandte sich ab.

Judith zögerte. »Und was wird mit Heulwen? Werdet Ihr ihr sagen, wie es um ihre Herkunft steht, wenn sie erst etwas älter geworden ist?«

Rhosyn betrachtete Judith neugierig und fühlte eine gewisse Erneuerung der Spannung in ihrer Haltung zueinander. »Natürlich. Bei ihr wird die Farbe ihrer Haut und ihres Haars Fragen und Bemerkungen hervorrufen, lange bevor sie es wirklich kapieren wird. Ich möchte nicht, daß sie einem jeden dänischen Seemann hinterherschaut, der in Bristol an Land geht, und sich fragt, ob sie vielleicht seine Tochter ist. Sie wird es von mir erfahren, sobald sie alt genug ist, um es verstehen zu können. Ich möchte nicht, daß sie mich eines Tages dafür haßt.«

Judith stieß den Atem aus, den sie angehalten hatte. »Ihr seid sehr weise«, sagte sie zitternd. »Ich wollte, meine Mutter hätte mehr von Eurer Klugheit besessen.« Sie schaute hinunter, als die Zugbrücke unter dem Klirren der Ketten für die Nacht hochgezogen wurde.

»Ich hoffe, Guyon wird uns dennoch gelegentlich besuchen«, fügte Rhosyn hinzu und fragte sich, was Judith wohl mit ihrer letzten Bemerkung gemeint haben mochte, wagte aber nicht, ihr tatsächlich diese Frage zu stellen.

»Heulwen wird immer seine Erstgeborene sein«, sagte Judith und hatte sich wieder voll und ganz unter Kontrolle. »Es wäre falsch, ihn dabei zu behindern. So weit gestatte ich Euch ein Eindringen in meinen Bereich, aber alles andere geht auf Eure eigene Gefahr.«

Rhosyn schaute Judith mit offenem Mund an. In ihren seltsamen, steinfarbenen Augen lag deutlich die Herausforderung, aber zugleich ein Zwinkern des Vergnügens, so, als stehe sie neben sich und beobachte sich mit einem gewissen Abstand.

Vom inneren Hof ertönte das Hornzeichen zum Abendessen, und jemand applaudierte ironisch.

»Gehen wir hinunter?« fragte Judith und bot ihren Arm an.

Rhosyn lächelte und nahm ihn.

Rhosyn ritt am nächsten Morgen auf einer sonnenpolierten Straße davon, begleitet von einer Eskorte von acht Sergeanten von Ravenstow und ihrem Diener Twm. Die Ponyhufe warfen Echos beim Ritt über die Planken der Zugbrücke. Sie schaute zurück über die schwankenden, beladenen Lasttiere zu der Stelle, wo Judith stand, zwischen Brücke und Fallgitter, einen Arm hochgehalten, um die Sonne abzuschirmen, den anderen winkend. Rhosyn erwiderte kurz den Gruß und wandte sich dann um im Sattel, so daß sie wie ihr Pferd in Richtung Wales schaute.

Mittags hielten sie, um die Pferde zu tränken und ein paar kalte Happen aus Brot, Käse und gebratenem Geflügel zu essen. Heulwen aß wie üblich nur den Käse und machte mit allem übrigen eine fürchterliche Schweinerei. Eluned dagegen aß so zierlich wie ein Reh, betrachtete kurz ihre Mutter, schluckte hinunter und sagte: »Er war gezwungen, sie zu heiraten, nicht wahr, Mam?«

Rhosyn hob den Kopf, und die Sorge stand deutlich auf ihrer Stirn. Eluned war tags zuvor ungewöhnlich still gewesen, ein tief in Gedanken versunkenes Kind, das auch keiner Liebkosung zugänglich gewesen war. »Zunächst ja«, antwortete sie vorsichtig.

»Er liebt sie nicht.« Eluned strich mit den Fingern über das Elfenbeinhalsband, das er ihr geschenkt hatte.

Rhosyn biß sich auf die Unterlippe. Die Augen des Kindes waren wie ihre eigenen: haselnuß-grün-golden und voller Schmerzen. Man wurde erwachsen und lernte es zu verbergen – das war der einzige Unterschied. »Das kannst du nicht sagen, Eluned«, antwortete sie leise. »Du möchtest, daß es die Wahrheit ist. Aber es ist nicht die Wahrheit. Du solltest den beiden viel Freude miteinander wünschen, nicht, daß zwischen ihnen Zwietracht herrscht.«

»Sie ist häßlich!« Jetzt streckte sie die volle Unterlippe nach vorn.

»Eluned!«

Heulwen hustete, und Rhosyn rettete mechanisch das halbgekaute Stück Hühnchen aus dem Hals des Säuglings; ihre Aufmerksamkeit war jedoch ganz auf die älteste Tochter gerichtet.

»Ich hasse sie; sie ist eine normannische Hure. Guyon gehört zu uns, nicht zu ihr!«

Rhosyns Hand schoß vor und verpaßte Eluned eine kräftige Ohrfeige. Eluned hielt den Atem an. Die Männer schauten hoch von ihrem Haferkuchen und dem Ale. Eluned schlug sich die Hand vors Gesicht, starrte ihre Mutter in tiefster Verachtung an, wirbelte herum und floh zwischen den erschreckten Männern hindurch in das Dickicht der Brombeerbüsche und in den Wald.

»Nein, Mam, laß sie ruhig«, sagte Rhys und hielt Rhosyn am Arm fest, die sich gerade an die Verfolgung machen wollte. »Sie hinterläßt eine Spur, die sogar ein Blinder finden könnte. Ich glaube auch nicht, daß sie sehr weit läuft.«

Rhosyn gab nach, mit einem kleinen, erschöpften Seufzer. »Ich hatte nicht gewußt, daß es bei ihr so tief sitzt. Sie hat immer gesagt, daß sie Guyon heiraten will. Ich habe das für ein Kinderspiel gehalten.«

»Sie wahrscheinlich auch«, bemerkte Rhys mit

einem trockenen Sarkasmus, der weit über seine Jahre hinausging.

Rhosyn setzte sich wieder auf die ausgebreiteten Felle, um ihr Mahl zu beenden, schaute aber alle paar Sekunden auf den Waldrand.

Rhys beobachtete sie noch eine Minute lang, dann stieß er einen sehr erwachsen klingenden Seufzer aus und nahm seinen Gürtel. »Also schön, Mam, ich suche sie.«

Ein dankbares, besorgtes Lächeln huschte über ihr Gesicht.

Heulwen rieb sich die Augen und begann zu jammern und zu klagen. Rhosyn lenkte sich vom Problem Eluned ab und überredete ihr jüngstes Kind, ein bißchen unter den Fellen zu schlafen.

Zwei Grünfinken hüpften über die Lichtung, und die Schreie, die sie ausstießen, waren deutlicher Alarm. Ein Pferd wieherte, warf den Kopf zurück und stellte die Ohren auf. Einer der Männer stellte seinen Becher ab und ging zu dem unruhigen Tier hin.

Die Geräusche von etwas, das blindlings durch das Unterholz kracht, waren jetzt deutlich zu hören, dann folgte ein erschöpfter Schrei. Rhosyn war auf den Füßen, erfüllt von einer furchtbaren Ahnung. Sie bedeckte Heulwen, die inzwischen schlief, mit einem weiteren Fell und schleppte einen toten Ast, der in der Nähe lag, davor hin, um das schlafende Kind so gut wie möglich zu schützen.

Schwerter kratzten aus den Scheiden, Schilde wurden ergriffen und fluchend in Position gebracht. Rhosyn war wie gelähmt vor Entsetzen, als ihr Sohn auf sie zutaumelte, sich an den Bäumen stützte, seine Tunika von Blut getränkt.

»Rhys!« schrie sie und lief auf ihn zu. Ein junger Sergeant, Erics Bruder, zog sie zurück.

Der Junge schaute in die Richtung ihrer Stimme, aber seine Augen waren blind, und aus seinem Mund kam Blut. »Mam!« keuchte er mit Blasen auf den Lippen, erstickend. »Die *Chwmni Annwn*!«

»Rhys!« schrie sie noch einmal und riß sich frei, stolperte, wurde gehalten von ihren Röcken, die sich an den Zweigen verfingen. Er war tot. Sie sah die Öffnung in seiner Kleidung, wo ein Schwert eingedrungen war, und das Blut war heiß und dunkel an ihren Händen.

Gebeugt über ihren Sohn, hörte sie nicht die entsetzten Warnungsschreie ihrer Begleiter, sah nicht die Reiter der wilden Jagd, die sich durch die Bäume näherten und der Blutspur bis zu ihrem Endpunkt folgten.

De Laceys Renner beugte sich die Senke hinunter, und die Gefolgsleute und Söldner zügelten ihre Rösser, um Schritt zu halten. Sie näherten sich einer Wegkreuzung, wo sich eine der traditionellen Handelsstraßen mit der römischen Straße nach Shrewsbury kreuzte. Die erstere überquerte zwei Besitztümer von Ravenstow, verlief entlang der Grenze des Thorneyford-Besitzes, überquerte dort den Wasserlauf und die Grenze nach Wales und verlief weiter gegen Llangollen. Die Lastponys benützten sie regelmäßig. Wolle und Kohle, Eisen, Kupfer und Blei kamen aus Wales, Korn, Stoffe und Luxusgüter wurden in die entgegengesetzte Richtung transportiert.

Heute nacht würden sie in Thorneyford bleiben und es für die Belagerung vorbereiten. Arundel war verloren, und damit der Nachschub aus der Normandie und aus Flandern. De Belleme hatte sich zurückgezogen bis nach Shrewsbury. De Lacey streckte die Hand nach dem Weinschlauch aus, nahm ihn ungeduldig von Hakon, dem Captain seiner Wache, zog den Stöpsel heraus und schluckte mehrere warme, säuerliche Mundvoll des Weins, bevor er den letzten ausspuckte. Sein Magen war die ganze Woche über schon angegriffen. Es hatte nichts zu tun mit der Angst, sagte er sich, aber die Belagerungsrationen und der Mangel an Schlaf waren dazu angetan, den Magen eines jeden Mannes anzugreifen.

»Ich hätte die Sache schon damals bei der Eberjagd beenden sollen«, sagte de Lacey, nachdem er den Weinschlauch zugekorkt und zurückgegeben hatte. Sein Pferd, das am Kauen war, zuckte nicht mit den Ohren, sondern wandte sie nach vorn in Richtung auf die Straße. De Lacey erstarrte, und seine Hand war augenblicklich am Schwertknauf.

»Gott im Himmel, ein Weib!« rief einer der Ritter, und seine Lippen teilten sich in einem breiten Grinsen.

De Lacey blickte hinunter auf das Kind, das keuchend und schluchzend aus dem Wald herausgebrochen war auf die Straße. An ihrem blauen Kleid hingen Zweige und Gestrüpp, ihre schönen Züge waren mit Baumrinde verschmiert und verzerrt von wilder Emotion. De Lacey vergaß die Unannehmlichkeiten. Seine Hoden zogen sich zusammen, sein Penis begann zu schwellen und sich zu verlängern. Das Herz schlug ihm in der Kehle.

»Laß sie, Giles, sie gehört mir!« krähte er, und seine Stimme kippte um vor Lust. Unschuldige, vorpubertäre Mädchen waren seine besondere Vorliebe: Blüten, die erst noch aufgehen mußten, mit engen, duftenden Knospen.

»Wo mag die her sein?«

»Finden wir es doch heraus, oder?« Er zeigte ein dünnes, grausames Lächeln und brachte den Braunen in Bewegung.

Eluned sah sie kommen, das vorderste Pferd sehr schnell, und der Mann, der fast quer darüber lag, mit einem Grinsen, das zu einem Wolf gepaßt hätte. Die Sonne funkelte an seinem Kettenhemd und der Rüstung. Sie sah sehr deutlich den roten Edelstein, der im Mittelpunkt seines Schilds befestigt war, und die dekorativen Quasten an den kniehohen Stiefeln.

Sie schrie und wirbelte herum, um den ganzen Weg zurückzulaufen, den sie gekommen war, und aus ihrem Kummer, ihrem Zorn war jetzt nackte Angst geworden.

Walter de Lacey war ein hervorragender Reiter. Der Braune drehte und wand sich geschickt zwischen den Bäumen. Eluned schlug einen Haken auf die Seite, aber das gleiche tat das Pferd und brachte damit seinen Reiter parallel zu ihr. De Lacey beugte sich über den Sattel und hob sie herauf, wobei seine Finger sich an ihrem ledernen Strumpfgürtel festhielten. Eluned keuchte und wehrte sich, aber sie konnte sehr wenig tun, außer sich zu winden wie ein Fisch auf dem Trokkenen.

De Lacey bewunderte die kleinen, schmalen Kurven ihrer Hinterbacken, pfirsichrund, als sie sich wand und wehrte. Das Elfenbeinhalsband schimmerte in der Sonne. Einfach, aber teuer. Das Kind flehte auf walisisch, und ihr Kleid war gutes, flämisches Tuch. Händler, taxierte er, und keine Armen.

»Hakon, nimm sie, aber Pfoten weg!« kommandierte er seinem Captain. »Ich wette, wo die herkommt, gibt es noch mehr zu holen.«

Hakon nahm das Mädchen auf seinen Sattel. Sie versuchte, ihn zu beißen, und er fluchte, aber statt ihr eine Ohrfeige zu geben, erinnerte er sich an de Laceys Anweisung, nahm seinen Umhang ab, wickelte sie darin ein, und sie war hilflos wie eine Raupe im Kokon.

Er war ganz und gar nicht vorbereitet auf Rhys Überfall oder auf das Messer, das sich in seinen Arm bohrte, und daher ließ er das Bündel mit wütendem Heulen einfach los.

»Eluned, lauf!« schrie Rhys und zog sein Messer aus dem Fleisch, um noch einmal zuzustechen.

Sie war benommen vom Sturz, kam aber wieder auf die Füße und versuchte davonzulaufen, wie er es befohlen hatte. Wieder schlossen sich harte Hände um ihren Gürtel und hoben sie hoch. Ihr war schlecht. Hakon, der heftig blutete, wand Rhys das Messer aus der Hand, rammte es ihm tief in den Körper und beförderte ihn dann mit einem Tritt in das Unterholz des Waldes.

Rhys rollte herum, erhob sich und begann, benommen vom Blutverlust, durch die Bäume davonzutaumeln.

De Lacey lächelte und hielt sich absichtlich ein paar Minuten lang zurück, wobei er Eluneds Hinterbacken streichelte. »Das ist noch etwas viel Besseres als die Eberjagd«, sagte er leise.

Fünfundzwanzigstes Kapitel

Kurze Zeit nachdem Rhosyn und ihre Eskorte ausgeritten waren, holte sich Judith ihren Umhang und verließ Ravenstow mit ihrer eigenen Eskorte, um einen der Lehensherren der Grafschaft zu besuchen. Der Herr der kleinen, zu Dank verpflichteten Burg in Farnden war erst kürzlich gestorben, und sie hatte seinem Sohn, dem Erben des Lehens und seiner militärischen Verpflichtungen, versprochen, daß sie an einer Messe in der dortigen Kirche für die Seele seines Vaters teilnehmen würde, bevor der Sohn hinausritt, um Guyons Leute zu unterstützen. Außerdem waren die Gebräuche und Rechte der neuen Lehensherrschaft festzulegen und der Eid der Lehenstreue zu erneuern.

Thomas D'Alberin war ein angenehmer, wenngleich nicht besonders gescheiter junger Mann. Von schlichtem Aussehen und Gemüt, kannte er seine Pflichten gegenüber dem Feudalherren, war bereit, sie stoisch und auch gut zu erfüllen, selbst wenn ihm die Phantasie oder der Ehrgeiz fehlte, um auch nur einen Handstreich mehr zu tun, als man es von dem unbedeutenden Lord eines kleineren Besitzes erwartete. Doch das war keineswegs ein Grund, ihn zu mißachten. Der Nagel eines Hufeisens war ebenso wichtig wie das Pferd, und Judith schenkte ihm ehrliche Aufmerksamkeit für die Zeit ihres Besuchs.

Die Messe wurde in der winzigen anglosächsischen Kirche gefeiert, und an ihr nahmen alle Bewohner der Burg und die Dorfbewohner von einer gewissen Autorität teil. Es wurden Almosen ausgegeben und Brot. Das Essen wurde im Freien, im Obstgarten eingenommen, die Tische breiteten sich unter dem üppigen Sommergrün der Bäume und ihrer noch harten, grünen Früchte aus. Es war sehr angenehm und der extreme Gegensatz zu den Kriegshandlungen im Süden, ein Kontrast, der bei Judith einen Kloß in der Kehle verursachte und ihr Tränen in die Augen trieb, so daß sie dem besorgten Sir Thomas versichern mußte, daß es nichts mit ihm zu tun habe und daß hier alles wunderbar in Ordnung sei.

Am frühen Nachmittag, zur Zeit der Mittagsoffizien, als sie ihre Vorhaben erledigt hatte, verabschiedete sie sich von Sir Thomas und machte sich auf den Nachhauseweg. Den Blick auf die fast noch im Zenit stehende Sonne, nahm de Bec die Abkürzung über die Handelsstraße und durch den Wald, um auf diese Weise schneller die direkte Straße zu erreichen.

Der Tag war heiß, die grüne Waldluft feucht und schwer zu atmen. Die Korsage klebte Judith am Körper. Unter dem Schleier juckte die Haut ihres Gesichts, als ob ein ganzer Schwarm Mücken sich dort versteckt hätte. Immer wieder lief ihr ein Bächlein Schweiß zwischen den Brüsten oder am Rücken hinunter, und ihre Hüften waren gerötet von der ständigen Reibung des Sattels. Sie dachte mit Sehnsucht an eine erfrischende Wanne mit kühlem Wasser, an ein loses Seidenkleid und einen Becher Wein, der in der Kühle der Burgquelle gelagert wurde.

Zwei Tauben klatschten an ihnen vorbei, und eine Drossel schalt mit lauter Stimme. Als ihnen ein Buntspecht folgte und ebenfalls Alarm schlug, nahm de Bec, der bis dahin entspannt dahingeritten war, eine wachsamere Stellung ein; er hatte die eine Hand schon fast am Schild, die andere frei für den Knauf des Schwerts. Das waren keine Vögel gewesen, die sich von ihrem Näherkommen hätten aufscheuchen lassen. Sie mußten zuvor schon von etwas anderem gestört worden sein. Dieser Streifen Waldgebiet lag innerhalb von Guyons Jurisdiktion, aber an seinem nordwestlichen Rand befand sich ein Graben, der die walisische Grenze markierte, und die aufrecht stehenden Steine an der Südwestseite waren die Grenzmarkierungen zwischen Ravenstow und Thorneyford. Es waren letztere, deretwegen de Bec leise Verwünschungen murmelte, sein Schwert zog und seinen Männern befahl, einen engen Kreis um Judith zu bilden.

Ein Pferd kam durch die Bäume vor ihnen. Sowohl Judith als auch de Bec erkannten den schönen Fuchs auf den ersten Blick, denn er stammte aus Guyons eigener Züchtung und gehörte Erics jüngerem Bruder Godric, der Rhosyns Eskorte geleitet hatte. Eine kalte Hand umschloß Judiths Herz, denn obwohl Godric im Sattel saß, lag er ganz vornübergebeugt, hielt sich am Sattelknauf fest und antwortete nicht auf ihre Rufe. Das Pferd riß den weiß gefleckten Kopf hoch und bahnte sich einen Weg durch das Unterholz zu ihnen.

De Bec beugte sich vor und nahm die Zügel in seine Hand, die im Kettenhandschuh steckte. »Godric, was ist geschehen, Mann?«

Der junge Ritter hob die Augen, blieb aber nach vorn gebeugt. »De Lacey«, krächzte er in stark akzentuiertem Anglo-Französisch. »Er ist über uns hergefallen ... Zu viele. Wir hatten keine Chance ... Ich hab' das Baby da gerettet.« Er schwankte, das Gesicht eine graue Maske des Todes. Gegen seine Brust gedrückt, zur Sicherheit noch innerhalb seines Umhangs festgebunden, begann Heulwen zu weinen und sich zu befreien, ihr Gesicht so rot wie die Locken auf ihrem Kopf.

Ein anderer Ritter band das Kind los und hob es aus Godrics Umhang, dann stieß er einen entsetzten Fluch aus, als er sah, daß die Kleine von Kopf bis Fuß blutbeschmiert war.

»Es ist nicht ihr Blut, es ist meines«, erklärte Godric mit rauher Stimme, rutschte aus dem Sattel und brach augenblicklich bewußtlos zusammen. Judith sprang ebenfalls vom Pferd und war mit ein paar Schritten bei ihm, bückte sich neben den jungen Sergeant und überprüfte seine Verletzungen. Er hatte einen bösen Stich in die Körpermitte abbekommen. Soweit sie erkennen konnte, war aber kein inneres Organ verletzt; dennoch war die Wunde tief und hatte stark geblutet. Sie hob sein Kettenhemd und das Wams, riß das Hemd herunter, machte Streifen daraus und bandagierte damit die Wunde notdürftig, bevor sie genäht werden konnte. Zwei von ihren Begleitern bauten eine Tragbahre aus Ästen und Pferdedecken.

Heulwen schluchzte und schrie in gebrochenem Walisisch nach ihrer Mutter. Glücklicherweise hatte der Wachmann, der sie hielt, selbst fünf Kinder und wußte mit den wetterwendischen Launen kleiner Würmer umzugehen. Er sprach außerdem fließend Walisisch und redete leise in dieser Sprache auf Heulwen ein, bis sie sich einigermaßen beruhigt hatte und nur noch gelegentlich schluchzte, unterbrochen von einem Schluckauf.

Godrics Lider zuckten. Judith legte eine Hand auf seine Stirn. »Ruht Euch jetzt aus«, versuchte sie ihn zu trösten. »Die Hilfe ist zur Stelle.«

»Mistress, wir haben nichts tun können«, brachte er mit Mühe heraus, und sein Kehlkopf arbeitete schwer. Sie hielt ihm einen Weinschlauch an die Lippen, und er trank zuckend einen Schluck von dem warmen, nach Gerbsäure schmeckenden Wein. »De Lacey war uns im Verhältnis vier zu eins überlegen. Das Kind hier hat unter ein paar Fellen geschlafen. Sie haben es übersehen, und mich hielten sie für tot ... Dancer ist davongelaufen, während die Männer wüteten, aber er ist zurückgekommen, als ich ihn gerufen habe.« Er biß die Zähne zusammen und stöhnte vor Schmerzen, die ihm Judith ohne Medizin nicht stillen konnte.

»Wie weit von hier, Sohn?« De Becs Augenbrauen zogen sich zusammen.

»Nicht mehr als eine Meile ... Gleich neben der Straße. Wir hatten Rast gemacht, um zu essen, und sie kamen aus den Wäldern und haben uns überfallen.« Er schloß die Augen und schluckte; in seine Gedanken hatten sich Bilder eingebrannt, die für immer Spuren auf seiner Seele hinterlassen würden.

»Sind sie Euch gefolgt?« De Bec schaute sich nach allen Seiten um.

»Nein, Sir. Ich habe dagelegen wie tot, und sie hielten mich auch dafür. Ich hörte de Lacey sagen, es sei weniger ergiebig gewesen, als er gedacht hatte, und sie machten sich jetzt besser auf den Weg ... Sie wollten nach Thorneyford. Das Kind und ich, wir beiden haben als einzige überlebt ... Das andere kleine Mädchen ... O mein Gott, sie haben sie mit sich geschleppt!« Sein Gesicht nahm einen grünlichen Ton an. Judith mußte selbst ihr Entsetzen niederkämpfen und legte dann wieder beruhigend ihre Hand auf seine Stirn.

»Liegt still, Godric«, sagte sie sanft und hob dann

den Kopf, um de Becs granitenem Blick zu begegnen. Sie konnten sie nicht mit ihren eigenen Truppen verfolgen, und der Überfall lag mehr als drei Stunden zurück. De Lacey mußte inzwischen sicher in seiner Burg sein.

»Man muß die Toten nach Ravenstow bringen«, sagte sie. Die Kälte von Schock und Angst und das Wissen um das, was noch getan werden mußte, ließ in ihr eine Übelkeit entstehen, doch sie wollte es nicht zeigen. »Am besten nehmen wir sie jetzt gleich mit uns, bevor die Wölfe und die Füchse über sie herfallen.«

De Bec schaute nicht auf ihr Gesicht, sondern auf das Klopfen des Pulses an ihrer Halsschlagader und auf die zuckenden Bewegungen, wenn sie schluckte. »Mistress, es ist kein Anblick, den man einer Lady zumuten kann, und Godric und das Kind sollten ohnehin so schnell wie möglich nach Ravenstow gebracht werden.«

Judith überlegte einen Moment, dann nickte sie kurz, aber mit offensichtlicher Erleichterung. Es war nichts zu gewinnen, wenn sie selbst Zeuge dieses Schlachtfelds wurde. De Bec konnte die Einzelheiten für Guyon und den Sheriff notieren. Es war nachher noch schlimm genug, wenn man die Toten waschen und anständig aufbahren mußte – und bei der Abfassung eines Berichts für Guyon. Was würde sie ihm schreiben? Wie würde sie es ihm beibringen, wenn er zurückkam? Es brachte nichts, jetzt darüber nachzudenken, aber es mußte getan werden, genau wie das Aufbahren, und das alles stand unter ihrer Verantwortung.

Die Wirklichkeit war dann bedeutend schlimmer, als Judith oder irgendein Mensch es sich hätte vorstellen können. Sie nähte Godrics Wunde, verband sie mit Schimmelbrot und betäubte ihn dann mit Mohnsirup, damit er fürs erste schlafen konnte. Heulwen weinte nach ihrer Mutter und nach Eluned, aber abgesehen davon, daß die Kleine völlig verstört war, schien sie keine Schäden abbekommen zu haben.

Judiths Prüfung begann erst, als de Bec zurückkam. Sein Gesicht hatte dieselbe Farbe wie sein Bart und seine Augen, und sein Ausdruck war so steinern, als wäre er selbst einer von den zehn Toten gewesen, die man in Umhänge eingewickelt und wie das Wild nach einer Jagd auf die Rücken mehrerer von Thomas d'Alberin geborgter Lastenponys gebunden hatte. Die Männer, die mit de Bec ritten, hatten alle den gleichen Ausdruck im Gesicht, und als man die Toten dann in die Kapelle brachte, begriff Judith sehr schnell, warum. Die Scheußlichkeit unter Rhosyns Umhang hatte keinerlei Ähnlichkeit mehr mit der schönen Frau, die sie gestern erst kennengelernt hatte. Ihr Geist war entwichen, und ihre sterbliche Hülle war so schauerlich entstellt, daß man nur mit Mühe feststellen konnte, ob es sich dabei um ein menschliches Wesen gehandelt hatte.

Judith schlug sich die Hand vor den Mund und kam eben noch bis zu einem Abfalleimer, wo sie sich übergab, bis sie glaubte, sich die Seele aus dem Leib gespien zu haben. Das, was de Lacey hier angerichtet hatte, war nicht nur Mord – es war eine Entweihung des menschlichen Wesens, wider alle Natur.

De Bec berührte sachte ihren Ellbogen, reichte ihr wortlos einen kleinen Hornbecher mit Whisky und wartete, bis sie ihn hustend und keuchend ob der ungewohnten Stärke des Alkohols hinuntergewürgt hatte.

Zitternd lehnte sich Judith gegen den in Eisen gekleideten Mann. »Das ist kein Mensch, das ist der Teufel!« Sie zitterte am ganzen Körper.

De Bec legte einen kettenbewehrten Arm um ihre zuckenden Schultern und fühlte so etwas wie väterliche Beschützerinstinkte. »Habt Ihr schon einen Boten zu Lord Guyon geschickt?« dröhnte seine tiefe Stimme. »Er muß hier sein und das alles mit eigenen Augen sehen.«

Judith schüttelte den Kopf. »Ich weiß nicht, was ich ihm schreiben soll«, sagte sie. »Und ich weiß auch nicht, ob er noch bei Arundel ist.«

»Schreibt ihm nur, daß er schnell hier gebraucht wird. Der Bote wird ihn früher oder später finden. Ich kann auch FitzWalter für euch schreiben lassen.«

Judith schniefte und fühlte, wie sie allmählich Kraft gewann; dann machte sie sich von ihm los. »Nein«, sagte sie entschlossen. »Ich schreibe selbst. Ich war nur einen Moment lang feige.« Sie schaute ihn an, und ein schwaches Lächeln zeigte sich auf ihren Lippen. »Ihr fühlt Euch an, so sicher wie ein Felsblock, und Ihr seid auch einer.«

De Becs Augen begannen zu strahlen. Er blinzelte mehrmals schnell nacheinander. Er hatte Judith seit dem Tag ihrer Geburt als seine Tochter angesehen, hatte miterlebt, wie sie gegen ihre Ängste und Zweifel angekämpft und wie sie sie besiegt hatte mit ihrem eisernen Willen. Es war fast nicht zu glauben, daß in einer so zarten Gestalt so viel Kraft schlummerte.

Dann schaute er ihr nach, wie sie zu den Greueln in der Kapelle zurückkehrte und mit dem Priester sprach. Ihr Gesicht war so blaß, daß jede Sommersprosse wie ein goldenes Mal hervorstach. Dabei wirkte sie so gefaßt, daß er sich dachte: Wenn ich schon ein Felsblock bin, dann ist sie so unverwüstlich und stark wie der beste Stahl, aus dem man Schwerter macht.

Sechsundzwanzigstes Kapitel

Guyon rutschte hin und her auf seinem Hochsattel und lockerte die Zügel, damit Arian sich seinen Weg zwischen den Bäumen suchen konnte. Das Licht des Nachmittags war golden und grün wie der beste französische Wein und so mild und warm wie frischgemolkene Milch. Einzelne Sonnenflecken und Blätterschatten fielen auf den Trupp von Männern, die mit gleichbleibender Eile in Richtung Ravenstow ritten und sich auf einen Krieg in den Marken gefaßt machten.

Arundel war erobert und de Belleme jetzt wirkungsvoll von seinem Nachschub vom Kontinent abgeschnitten. Jetzt beabsichtigte der König, mit seiner Armee an der Kette düsterer Forts in Shropshire entlangzuziehen und eines nach dem anderen zu schleifen, und Guyon kehrte nach Ravenstow zurück, um ihn in diesem Bemühen zu unterstützen.

Als sie aus dem Wald ins Ödland kamen, richteten sich aller Augen auf die leuchtenden, weißen Sandsteinmauern der riesigen Burg, die den Felsenhügel von Ravenstow dominierte.

Guyons Blick auf diese Burg, das Zentrum seiner Grafschaft, war bewundernd und bedauernd zugleich. Sie war der Entwurf von de Belleme und folgte dem System, das der Earl von Shrewsbury auch bei anderen Burgen und Forts angewendet hatte und das sie zu fast uneinnehmbaren Festungen machte. Weiß Gott, Arundel war eine Nuß, die nur sehr schwer hatte geknackt werden können.

Ein Kuhhirt brüllte Guyon und seinen Soldaten Schmähworte zu und schlug seinem Vieh mit einer Gerte auf die Rücken, damit es in Bewegung blieb. Sein Hund lief herüber, um die Reiter zu beschnüffeln, wurde aber scharf zurückgepfiffen. An der Mühle lud der Müller Mehlsäcke auf einen der von Ochsen gezogenen Karren, hielt inne, um sich die Braue zu wischen und die Stirnlocke zum Gruß der vorüberziehenden Soldaten zu berühren, und regte seinen verblödeten Sohn zu einer ähnlichen Geste des Respekts an. Seine Frau hörte auf damit, einen Kittel auf einem Stein im Wasserlauf mit einem Holz zu schlagen, und nickte höflich und mit Anteilnahme. Sie faßte dann nach dem Rosenkranz, hob ihn an und küßte das Kreuz, das daran hing.

Guyon warf einen Blick auf die Frau und wunderte sich wieder einmal, wie schnell die Nachricht eines bevorstehenden Krieges sich ausbreitete. Er glaubte zwar nicht, daß de Belleme sich anschickte, Ravenstow zu überfallen – er hatte genug damit zu tun, seine eigenen Befestigungen zu verstärken –, aber die Waliser standen immer bereit, und de Belleme hatte einige walisische Vasallen, die nichts lieber getan hätten, als die feindlichen Burgen in den Marken zu überfallen und auf deren Kosten ihre Speisekammern und den Holzvorrat für den Winter zu ergänzen.

Die Zugbrücke war herabgelassen, um ihnen Eintritt zu gewähren, das gähnende Maul des Fallgitters dahinter bleckte seine Zähne, schwarz wie ein Höllenloch. Guyon schüttelte die Zügel und ließ Arian in einen leichten Trott verfallen, und bald danach fanden sie sich im späten Sonnenschein des Burghofes wieder.

Eine Frau gab Zweige auf eine riesige Kohlenpfanne, das Mädchen neben ihr rupfte ein Huhn, das für den Topf bestimmt war. Die Frau blickte hoch zu den Männern, gab dem Mädchen einen Stoß mit dem Ellbogen und bekreuzigte sich ebenfalls, die Augen voller Mitleid auf Guyon gerichtet, bevor sie hinüberschaute zum Hauptgebäude, wo Judith herausgelaufen kam.

Cadi bellte und sprang fröhlich auf Guyon und die Gruppe zu, um sie zu begrüßen; dabei peitschte ihre Rute die Luft vor Freude. Guyon stieg vom Pferd und übergab die Zügel einem Stallknecht. Der junge Mann sagte nichts und schaute über die breiten, lederbekleideten Schultern hinweg auf Judith, senkte dann den Kopf und führte den Grauen in seinen Stall.

Guyon blickte seiner Frau entgegen, wie sie auf ihn zugerannt kam, und fühlte, wie sich seine Stimmung hob. Ihr Haar fing das restliche Sonnenlicht und glühte wie geschmolzene Bronze; ihr Gesicht war gerötet vom Laufen.

Und dann schaute sie ihn an, und seine Bewunderung erstarb, sobald er den Ausdruck ihrer Augen und ihres Mundes erkannt hatte.

»Rhosyn ist tot«, sagte sie ohne lange Einleitung. »Ich habe mir lange überlegt, wie ich es dir beibringen soll, aber ich glaube, ich kann dir die Nachricht nicht erleichtern.«

Er schaute sie verständnislos an. Die Sonne wärmte ihm den Nacken, aber ihm war plötzlich am ganzen Leib eiskalt geworden.

»Sie sind auf unserem Land, auf der Handelsstraße nach Llangollen, überfallen worden, gestern mittag.

Ich habe ihr eine Eskorte mitgegeben, aber die Männer wurden alle getötet, bis auf Erics Bruder. Pfarrer Jerome ist in der Kapelle, um für sie zu beten ...« Sie stotterte und konnte nicht weitersprechen, weil sie nicht wußte, wie. »Guyon, komm erst einmal rein, und ich erzähle dir den Rest.« Sie hielt ihn am Ärmel. »Heulwen ist in Sicherheit. Erics Bruder Godric hat sie gerettet. Sie sind die beiden einzigen, die den Anschlag überlebt haben ...«

Er ließ sich führen. Die meisten ihrer Worte spülten wie die Brandung über ihn hinweg und ließen nur die Worte *Rhosyn ist tot* unauslöschlich in seinem Bewußtsein zurück.

Judith gab ihm Wein, versetzte ihn ordentlich mit Whisky und schenkte sich selbst einen tüchtigen Becher ein. Guyon setzte sich mechanisch, warf einen Blick auf den Becher, schob ihn zur Seite und hob seine Augen mit dem Ausdruck völliger Verständnislosigkeit auf sie.

»Sag mir das alles noch einmal«, befahl er. »Ich weiß nicht, was du da eben gesagt hast.«

Sie schluckte ihren Wein mit Whisky in einem Zug und wiederholte die Schreckensnachricht. Während des ganzen Berichts änderte sich seine Miene nicht, aber als sie zu Ende war, neigte er den Kopf, vergrub ihn in seine schlanken, sehnigen Hände und murmelte etwas ganz leise in die Handflächen. Judith biß sich auf die Lippe, streckte die Hand aus, um seine Schulter zu berühren, zog sie aber wieder zurück. Ihr fehlten die Worte. Normale, gesellschaftliche Beileidsbezeugungen paßten nicht zu gemeiner Vergewaltigung und Menschenschlächterei. »Es tut mir leid, Guy«, sagte sie elend. »Es tut mir wirklich leid.«

Er gab keine Antwort.

»Wenigstens ist dir Heulwen geblieben.«

Er schien das zu überlegen. Dazu machte er die Augen frei. Sie waren ausdruckslos und dunkel wie die eines Toten. »Ja«, stimmte er tonlos zu durch Lippen, die steif waren wie die einer Totenmaske, »wenigstens ist mir Heulwen geblieben.« Und dann begann er aberwitzig zu lachen, schüttelte den Kopf und begrub ihn in seinen Händen.

Nach langer Zeit stand er auf und ging in die Kapelle.

Dort schaute er auf die Reihe von zugedeckten Holzkisten, zehn an der Zahl, die vor dem Altar standen. Pfarrer Jerome blieb besorgt im Hintergrund. Er fühlte sich nicht in der Lage, den in seiner Trauer erstarrten jungen Earl zu trösten. Schließlich versuchte er es doch: »Eine schreckliche Sache«, sagte er. »Aber jetzt haben sie ihren Frieden.«

Guyon zog eines der Laken zurück und schaute in das Gesicht von Herluin FitzSimon, eines vielversprechenden jungen Mannes aus dem Oxley-Besitz, der mit ihm im Krieg gegen die Waliser gekämpft hatte und sicher eines Tages, in seinen mittleren Jahren, der Captain einer Garnison geworden wäre. Das alles jetzt vergeudet durch die Schneide eines Schwerts.

»Sie haben ihren Frieden, meint Ihr?« fragte Guyon eisig und deckte den toten Soldaten wieder zu.

Pfarrer Jerome verlor den Mut. »Ihr dürft das nicht bezweifeln, mein Sohn«, sagte er und streckte ihm eine tröstende Hand entgegen.

Guyon trat zur Seite. »Es wäre mir lieber, wenn Ihr mich allein lassen würdet.«

Der Priester zögerte, aber eine sanfte Hand berührte seinen Arm. »Es ist besser, Ihr geht, Hochwürden«, sagte Judith. Inzwischen hatte Guyon das nächste Leichentuch angehoben. Er starrte hinunter auf Rhys. Man hatte dem Jungen Silberpennys auf die Lider gelegt, weil sie nicht unten bleiben wollten und sein entsetzter Ausdruck Judiths Blut hatte gefrieren lassen.

»Die gefühlvolle Judith«, sagte er, und es klang wie eine Beleidigung.

Guyon schluckte. »Wo ist Eluned?« fragte er.

»De Lacey hat sie mitgenommen.«

Guyon brauchte sich nicht lange vorzustellen, was de Lacey mit dem Kind tun würde. Er wußte es.

Judith und der Pfarrer, die gemeinsam die Kapelle verlassen wollten, wurden beiseite gestoßen von einem jungen Mann mit wilden, wahnwitzigen Blikken.

»Wo ist sie?« fragte er mit rauher Stimme, und sein Französisch war mit einem starken, walisischen Akzent durchsetzt – so stark, daß Judith ihn erst einen Moment anschaute, ohne zu begreifen. »Wo ist sie, *meine* Rhosyn?«

»*Eure* ...« Judith begann zu verstehen. »Dann seid Ihr Prys ...«

»Ich bin hinübergefahren, um ihren toten Vater zur Beerdigung abzuholen, und jetzt sagt man mir, daß ich zwei beerdigen muß, und den Jungen ...« Die wilden Augen auf Guyon gerichtet, mit offener Anklage: »Hättet Ihr sie nicht in Ruhe lassen können? Wenn Ihr nicht wärt, dann wäre sie noch am Leben, jawohl, und wäre meine Frau!«

Guyon zuckte zusammen, als seine Seele noch diesen unerwarteten, brutalen Schlag verkraften mußte. »Ich habe nicht gewußt, daß sie nach Ravenstow kommt«, verteidigte er sich. »Ich hätte sie davon abgehalten. Weiß Gott, ich hätte sie gewarnt.«

»Aber was, zum Teufel, hat sie überhaupt in Ravenstow zu suchen gehabt?«

»Sie ist hergekommen, um uns zu Eurer Hochzeit einzuladen«, sagte Judith und versuchte, die Funken der Spannung zu löschen, die durch die Luft flogen. »Und um über Heulwens Zukunft zu reden.« Es war nicht die ganze Wahrheit, aber sie fühlte keine Schuld, das zurückzuhalten, was besser nicht gesagt wurde.

»Weder das eine noch das andere war so wichtig!« zischte Prys. Er deutete auf die zwei Reihen Toter, und dabei kam Guyon zu einer Erkenntnis, daß der junge Waliser sich ebensolche Vorwürfe machte wie er selbst, denn auch er war nicht hiergewesen, um das zu verhindern.

Prys trat an ihm und an Judith vorbei. »Welcher Sarg ist es?« fragte er. Judith öffnete den Mund, um zu sagen, er solle Rhosyn nicht ansehen, aber Guyon hielt sie davor zurück und deutete auf das erste Leichentuch. »Walter de Lacey ist dafür verantwortlich«, sagte er leise. »Ich werde Thorneyford abreißen, Stein für Stein, und werde daraus ein großes Grabmal für diese Opfer bauen.«

Der junge Mann zog das Tuch zurück und fiel auf die Knie. »Ah, Rhosyn, *cariad*, nein!« schrie er entsetzt. Pfarrer Jerome kam herbei und legte ihm tröstend einen Arm um die Schulter.

Nach einem Moment, der sich in die Ewigkeit auszudehnen schien, deckte der Pfarrer den Leichnam behutsam wieder zu. Prys zitterte und bekreuzigte sich, eine blinde, automatische Geste. Dann erhob er sich auf die Füße und starrte Guyon an.

»Ich bin Kaufmann«, sagte er, und seine Stimme schwankte von ungeweinten Tränen. »Ich trage ein Schwert zu meinem Schutz, aber ich bin nicht gut in der Handhabung, habe es nie richtig gelernt ...«

Judith atmete scharf ein und dachte einen verrückten Augenblick lang, der Waliser würde Guyon herausfordern. Guyon mußte das gleiche gedacht haben, denn sie fühlte, wie er neben ihr erstarrte, wie sich alle seine Muskeln anspannten.

»Ihr sollt mir beibringen, wie man damit kämpft. Wenn Ihr nach Thorneyford marschiert, komme ich mit Euch. Sie haben mir draußen auch von Eluned erzählt. Rhosyn kann nun nichts Schlimmeres mehr angetan werden, sie hat es hinter sich ... Aber Gott allein weiß, was das Kind alles zu erdulden hat ...« Er würgte, wandte sich ab, lief hinaus und übergab sich.

Guyon preßte die Lippen zusammen und mußte sich sehr beherrschen, um sich nicht ebenfalls zu übergeben. »Ihr seid in unserem Trupp willkommen«, sagte er, als er wieder sprechen konnte. »Ich borge Euch eine Rüstung aus meiner Waffenkammer. Und ich zeige Euch, wie man mit dem Schwert umgeht.«

Die Kapelle war kalt und fast ganz dunkel. Die Kerzen auf dem Altar und um die Särge bildeten Lichtpunkte in der Dunkelheit der frühen Dämmerung. Guyon starrte auf die Flammen, bis sein Blick unscharf wurde, und wiederholte die lateinischen Worte, die er seit der Kinderzeit auswendig konnte. Immer und immer wieder hatte er sich glauben gemacht, daß es nur ein Traum war, nichts als ein Alptraum, aus dem er schwitzend und erleichtert aufwachen würde. *Ave Maria, gratia plena ...* Aber er brauchte nur dieses Stück Leinen anzuheben, und wußte, es war kein Traum.

Die Kerzen flackerten im Zugwind. Eine sanfte Hand berührte seine Schulter, und er fuhr hoch und herum, erschreckt von seiner Frau, einen unterdrückten Fluch auf den Lippen.

»Guyon, komm jetzt mit«, bat sie ihn leise. »Es ist Abend, und wenn du die Männer führen willst, mußt du ausgeruht sein. Prys ist schon vor einer Stunde schlafen gegangen.« Sie reichte ihm seinen Umhang, und er sah, daß sie ebenfalls einen Umhang trug, aber nicht den goldenen vom Tag zuvor.

»Ich habe dir eine Wanne vorbereiten lassen. Du mußt vor Kälte steif sein.«

Er schwieg und starrte sie an. Die Worte ›gefühlvolle Judith‹ kamen ihm wieder in den Sinn, und plötzlich wurde ihm bewußt, wie erschöpft er war, und wie die Kälte über die Knie in seinen Körper eingedrungen war.

Wie ein Schlafwandler folgte er ihr nach oben ins Schlafgemach, ließ sich von ihr wie ein folgsamer Hund über die Treppen führen. Sie schickte die Zofen mit einer Handbewegung fort, und als der Vorhang hinter der letzten gefallen war, kniete sie sich vor ihn, um ihm den Schwertgürtel zu lösen.

Er war noch immer wie ein Schlafwandler, der plötzlich erwachte. »Jesus, Judith«, sagte er in gebrochenem Flüstern und zog sie an sich. Sie wurde so hart gegen sein Kettenhemd gedrückt, daß sie kaum atmen konnte, hätte aber für nichts auf der Welt auf die Umarmung verzichtet, weil sie den Kontakt ebenso nötig hatte wie Guyon.

»Ich habe sie am Tag, bevor es geschehen ist, erst kennengelernt«, sagte sie gegen seine Brust, und das Metall war kalt an ihren Lippen. »Sicher war ich eifersüchtig, aber sie – sie war so ehrlich, und sie hat das einfach nicht verdient!«

»Judith, Liebste, hör auf!« flehte Guyon mit rauher

Stimme, küßte ihr nasses Gesicht, und seine Augen waren voller Tränen wie die ihren.

»Aber ich kann nicht!« schluchzte sie. »Seit dieser Nacht in Southwark haben wir keinen Augenblick mehr für uns gehabt, der nicht erfüllt gewesen wäre von Angst und Erschöpfung, von Krieg und Tod!« Sie hatte die Hände zu Fäusten geballt.

Schließlich machte sie sich frei, trat einen Schritt zurück und schaute ihn an. »Ich wollte ruhig sein und stark, wenn du nach Hause kämst«, warf sie sich wütend vor. »Und statt dessen heule und kreische ich wie eine Harpyie. Die Wanne wird kalt, und du hast immer noch einen Teil deiner Rüstung an.«

»Vergiß die Wanne, *fy cath fach*«, sagte er durch klappernde Zähne, und sein ganzer Körper zitterte vor Kälte, der verspäteten Reaktion auf den Schock und seiner Müdigkeit. »Ich habe nun so lange ohne den menschlichen Komfort gelebt, also kommt es auf einen Tag und eine Nacht auch nicht mehr an. Hilf mir nur beim Ablegen der Rüstung, und dann komm zu Bett.«

Judith betrachtete ihn, fragte sich, ob sie ihn überreden sollte, einen Bissen zu essen, und entschied sich dagegen, nicht zuletzt, weil sie seinem Widerstand keine Energie mehr entgegenzusetzen hatte. Die Schlacht konnte wieder aufgenommen werden, nachdem sie beide ein wenig geschlafen hatten.

»Judith«, bettelte er und streckte die Hand nach ihr aus. Sie betrachtete die vom Schüttelfrost erfaßten, schmalen Finger, und mit einem leisen Schrei erwiderte sie die Umarmung, blieb einen Moment lang in seinen Armen stehen und machte sich dann daran, ihm die Rüstung abzunehmen.

Siebenundzwanzigstes Kapitel

Das Morgengrauen am Horizont war tatsächlich ein gestreiftes Grau; wenig später kam ein cremefarbener Ton und dann das Grau von Austernschalen dazu; schließlich liefen die Farben ineinander wie bei italienischem Marmor. Rauch von den Kochfeuern stach in die Nasen und mischte sich in der Luft. Fetter Schinkenspeck bruzzelte in den Pfannen. Ein Wagen mit frischen Laiben Brot wurde in das Lager gekarrt; es stammte vom Bäcker aus dem Dorf. Die Männer hörten die Messe, und ihre Bäuche knurrten.

Guyon öffnete die Augen und sah, wie das Katapult wieder einen Felsblock gegen Thorneyfords äußere Mauer schmetterte. Man hörte das Krachen von Stein, der gegen Stein splitterte, und einen hohen Schrei von der anderen Seite.

»Es ist sehr schade, so schöne, neue Verteidigungsanlagen niederreißen zu müssen«, murmelte Eric an seiner Seite.

»Hast du einen besseren Vorschlag?« knurrte Guyon. »Wenn nicht, dann frag diese verdammten Bergleute, die gerade beim Frühstück sitzen, warum sie mit ihrem Graben so lange brauchen, und schaff mir einen Schluck Wein, ehe meine Kehle austrocknet.«

Lord Guyon war in letzter Zeit sehr schwierig gewesen. Nachdem es ihm bisher nicht gelungen war, de Lacey in die Hand zu bekommen, ließ er seine schlechte Laune an seiner Umgebung aus. Natürlich waren alle von seinen Leuten empört über das, was Rhosyn und der Eskorte geschehen war. Kriegsopfer waren eine Sache, aber die bestialische Zerstückelung von Frauen und Kindern eine andere, vor allem, wenn die Opfer Menschen waren, mit denen man Gesellschaft gepflogen und angenommen hatte, man würde sie noch oft treffen.

Nachdem er den Vormann der Bergleute gefunden hatte, der gerade die Arbeit unterbrochen hatte, um selbst zu frühstücken, gab Eric ihm Guyons Frage weiter.

Der kleine Mann wischte sich mit seiner dreckigen Hand über den Mund und schnitt eine Grimasse. »Wir arbeiten die ganze Nacht, so schnell wir können. Was erwartet er – ein Wunder?«

Sie gruben einen Tunnel bis zu einer Stelle unter der Burghofmauer und stützten die Grube mit hölzernen Bohlen. Wenn der Tunnel fertig war, würde man ihn mit trockenem Holz und pechgetränkten Lappen füllen, dazu mit Blasen voller Schweinefett, und würde ihn in Brand setzen. Wenn die Stützen abbrannten, gab der Boden nach, und die Mauern würden einstürzen; in diesem Fall ein beträchtlicher Teil der inneren Burgmauer. Dai ap Owain und die Männer, die buchstäblich unter ihm arbeiteten, verdienten sich bei dieser schmutzigen und schwierigen Arbeit einen Shilling pro Tag, die gleiche Summe, die ein voll ausgestatteter Ritter erwarten konnte.

»Und was sage ich ihm, Dai?«

»Sag ihm, wir sind fertig bei Tagesanbruch und brauchen dann noch mehr Öl und Holz, weil der Tunnel länger ist, als wir dachten.«

Eric schaute ihn zweifelnd an. »Nicht früher?« fragte er und stellte sich Guyons Verärgerung vor.

»Wenn Mylord sich so etwas in den Kopf setzt, dann soll er doch runterkommen und selber graben.«

Erich zog sich zurück. »Also bei Tagesanbruch«, sagte er zu Guyon, »und sie brauchen noch Reisig und Öl. Ich kümmere mich darum.« Er verschwand, ehe ihn Guyon mit einer giftigen Bemerkung verärgern konnte.

Bis zum Vormittag war aus dem ersten grauen Morgenlicht eine kräftige blaue Hitze geworden, und die Pfeile, die zwischen Belagerern und Belagerten hin und her flogen, waren wie harte, schwarze Schäfte, die aus einem wolkenlosen Himmel regneten. Guyon warf einen Blick auf seine Pfeilschützen. Die Hälfte hatte ihre Bogen beiseite gelegt und ihre Kurzschwerter und die Rundschilde für den direkten Angriff bereitgemacht. Das war die Stille vor dem Sturm, ein Moment allerhöchster Spannung, wie das Seil eines Katapults. Guyons Finger zupften an den Zügeln von Arian. Er ließ sie bewußt locker, und als der Hengst tänzelte, beruhigte er ihn mit weichen Worten und einer Hand am glatten, seidigen Hals.

Es hatte einen Monat gedauert, um so weit zu kommen, und es war nicht ohne Schwierigkeiten abgelaufen. Walter de Lacey war vielleicht ein Narr, was die Politik betraf, ein Kinderschänder und ein pervertierter Mörder, aber er war auch ein erfahrener Soldat und Kriegstaktiker. Ihre Belagerungsgeräte waren im Zuge eines mutigen nächtlichen Überfalls sabotiert worden, ein Versuch, die Burg mit Leitern einzunehmen, hatte kläglich geendet. Und für jeden Versuch hatten sie mit Blut bezahlt.

Guyon rieb sich die schwitzenden Hände an seiner Hose. Nichts hatte er sich so sehr im Leben gewünscht, als Thorneyford einzunehmen, hier und jetzt, und seine Besetzer einzeln in Stücke zu zerreißen. Dabei brauchte und wollte er auch gar nicht an Eluned denken. Das würde sein Gleichgewicht gefährlich stören, während es bisher einigermaßen gehalten hatte.

Drüben an den Wasserfässern kühlten sich zwei Bergleute die schweißüberströmten Körper ab. Guyon hatte nie einen Mann dieses Handwerks erlebt, der wesentlich größer als einsfünfzig gewesen wäre. Ja, sogar Dai, ihr Vormann, stellte sich gern auf eine Kiste oder einen Stein, damit er mit Guyon in Augenhöhe sprechen konnte. Wild, mutig und unabhängig, sah Dai keinen Grund, auf sich herabschauen zu lassen, nur weil es ihm an einem Fuß in der Länge fehlte, und die Männer, die ihn kannten, hatten es sich seit langem abgewöhnt, ihn deshalb von oben herab zu behandeln.

Er war jetzt an der Grube und überwachte das Feuer, das seit etwa einer halben Stunde brannte. Guyon richtete seinen hungrigen Blick auf die Abwehrmechanismen von Thorneyford, und an seiner Wange zuckte ein Muskel. Die Steinmauer war an die Stelle einer Holzpalisade gekommen, als vor etwa zehn Jahren die Überfälle der Waliser besonders wild geworden waren. Man hatte praktisch das Original-Befestigungswerk in Stein nachgebaut. Thorneyford hatte nicht die beeindruckende Größe von Ravenstow – nur wenige Burgen konnten das von sich behaupten –, aber es war sicherlich stark genug, um die Waliser abzuschrecken und auch ein paar Wochen lang einer entschlossenen, fachmännischen Belagerung Widerstand zu leisten.

»Jetzt ist es gleich so weit«, lispelte Dai ap Owain, der unbemerkt neben Guyon getreten war.

Guyon stieß einen leisen, triumphierenden Fluch aus und signalisierte seinen Captains, die Plätze einzunehmen und ihre Männer bereit zu halten.

Er schaute über die Schulter. Godric bewachte seinen Rücken, sein Fuchs tänzelte so nervös wie sein Reiter, der bereit war, loszuschlagen. Neben Godric saß Prys ap Adda, mit gezücktem Schwert, und wenn er behauptete, ungeschickt mit dieser Waffe umzugehen, so konnte ihm Guyon das keineswegs bestätigen. Wenn er von Jugend auf trainiert worden wäre, dann hätte er, Guyon, ihm sicher nicht im Schwertkampf das Wasser reichen können.

Ein dumpfes Grollen wie ein entferntes Gewitter wurde nach und nach lauter, und der Boden begann sich zu bewegen. Die äußere Mauer des Burghofs brach zusammen und ließ lose Steine und Mörtel über den Hof fliegen. Rauch und dicker, braungoldener Staub stiegen nach oben und umwölkten die Sicht. Jemand, von einem fallenden Stein getroffen, stieß einen dünnen Schrei aus.

»Das geht ganz prächtig für Euch!« keuchte Dai vor Begeisterung.

Guyon hörte ihm nicht zu. »Vorwärts!« brüllte er und preschte mit Arian auf die Lücke in der Mauer zu.

Er, Godric und Prys drangen gemeinsam durch das weit offene Loch in den Burghof ein.

»Ravenstow á moi!« brüllte Guyon, und die Männer seiner Gruppe trennten sich von den anderen und kamen so nahe wie möglich zu ihm her. »Den Rammbock!« brüllte Guyon, und der Befehl wurde rasch weitergegeben. Der riesige Eichenstamm mit der verstärkten Eisenspitze wurde von fünfzehn Mann getra-

gen. Guyon sprang vom Pferd und nahm seinen Platz ein.

»Vor!« kommandierte er, und die Ramme krachte gegen das Tor, wurde aber zurückgeschleudert. »Zurück! ... Heben ... Vor!« Und der Rhythmus wurde schneller und echote im ganzen Hof. Sehr zur Freude seiner Männer stimmte Guyon in englischer Sprache ein wildes Soldatenlied an, in dem es um die Entjungferung eines schwierigen Mädchens ging.

Ein Schwert traf auf ein Schild, als Prys einen Verteidiger niedermachte. Ein Pfeil krachte in den Rammbock, dicht neben Guyons Schulter. Einen Moment später zischte ein zweiter an seinem Ohr vorbei.

»Schnappt den Pfeilschützen!« unterbrach er wütend seinen Gesang. »Bevor er mich erwischt. Keine Pause, nicht aufhören! Zurück ... Heben ... Und wieder vor!«

Der polierte Kopf des riesigen Eichenbalkens donnerte gegen die soliden Planken des Tors. Guyon begann zu schwitzen von der Anstrengung. Hinter und um ihn hatten viele von den schwächeren Gegnern bereits aufgegeben, und Erics Männer konnten um so wirkungsvoller gegen die weniger werdenden vorgehen, die noch zum Kämpfen bereit waren.

»Lord Guyon!« keucht der Soldat neben ihm. Sonnenlicht funkelte auf seinem Helm, als er mit dem Kopf in Richtung des Tors nickte. Guyon schaute erst ihn an, dann ihr Ziel, stand auf und hob die Hand. Die Männer legten den Rammbock nieder und starrten mit ihrem Lord auf die oberflächlich gesplitterten, ansonsten aber intakten Torflügel. Guyon hob sein Schild, wischte sich mit der Hand über die Unterlippe und kommandierte dann die besten Bogenschützen voraus auf das Tor zu, während die beiden großen, dicken Flügel sich nach innen öffneten.

Ein mürrisch dreinschauender Angelsachse im einfachen Lederwams stand im Tor; das grau-strähnige Haar fiel ihm auf die Schulter, und blaue Tätowierungen schmückten seinen Hals und seine Handgelenke. Er war waffenlos, hatte nicht einmal ein Eßmesser bei sich, und hinter ihm, wie der Inhalt eines fast geleerten Weinschlauchs, duckten sich die Männer, die die restlichen Bewohner der Burg zu sein schienen.

»Mylord, wir ergeben uns und diese Burg Eurer Gnade«, sagte er formell, und die Augen verrieten die Angst, die seine entschlossene Stimme zu verbergen versuchte.

Guyon sagte nichts zu dem Mann im Tor, deutete aber den Männern rings um sich selbst an, sie sollten sich hineinbegeben und strategisch wichtige Stellungen einnehmen.

»Es ist kein Trick, Mylord«, sagte der Mann am Tor mit Würde. »Ich öffne Euch lieber jetzt und erspare uns und Euch das Leben guter Männer, statt bis zum letzten Tropfen Blut für einen wie Lord Walter zu kämpfen. Wenn das Verrat sein soll, kann ich nichts daran ändern.« Er hob stolz den Kopf. In der Menge hinter ihm war beistimmendes Murmeln zu hören.

»Und wo befindet sich Lord Walter?« fragte Guyon mit harter Stimme.

»Er ist in den frühen Morgenstunden über die westliche Mauer entkommen, und seine Wache ist bei ihm. Ich bin Wulfwin, der Stellvertreter der Burgwache und ehemalige Leibwächter für Lord Ralph. Es befindet sich niemand von höherer Autorität hier. Ihr habt den Mann, den Lord Walter als seinen Stellvertreter hiergelassen hat, beim ersten Angriff getötet.« Der Anglosachse zuckte mit den Schultern. »Lord Walter wußte, daß er diese Burg nicht halten konnte, nicht ohne Unterstützung von außen. Er hat alles getan, um sie zu erhalten, aber nachdem die Streitkräfte des Königs bis Wenlock Edge vorgestoßen sind, bezweifle auch ich, daß er Unterstützung erhalten wird, es sei denn aus Wales.«

Guyons Schwerthand zuckte. »Eric«, sagte er über die Schulter, seine Stimme weich und ein bißchen rauh, »finde heraus, wer in der letzten Nacht auf der Westseite Wache hatte, und bring ihn zu mir.«

Eric bestätigte den Befehl, und ein kalter Strom lief durch seinen Arm und das Rückgrat hinunter, als ob es frei daläge.

Guyon wandte seine Aufmerksamkeit wieder dem Mann von der Burgwache zu. »Was ist mit dem Kind?«

Der Mann schüttelte den Kopf. »Der Sohn des Earls ist hier, Mylord, aber es geht ihm nicht gut, gar nicht gut. Er und seine Mutter leiden beide an der roten Ruhr und werden vermutlich auch daran sterben.«

Guyon starrte ihn verständnislos an. In seinen Gedanken gab es nur ein Kind, seine Eluned, aber für den Angelsachsen ging es natürlich um de Laceys Erben. »Ich meine nicht den Jungen«, sagte er, »sondern das walisische Mädchen.«

Der Mann lutschte an seinen Zähnen. »Mylord, das Mädchen ist tot«, sagte er mit besorgtem Stirnrunzeln. »Der Earl hat sie in der ersten Nacht hergebracht. Nachdem er sein Vergnügen mit dem Mädchen hatte, ist es der Kleinen gelungen, ihm zu entkommen, und sie ist vom Wehrgang gesprungen.« Er schaute auf die Gesichter der anderen, die sein Körper verbarg. »Nick war dort; er hat versucht, sie festzuhalten, aber er kam zu spät.«

Der junge Mann, der Nick hieß, nickte ein paarmal, teils wegen der Erinnerung, teils wegen des Ausdrucks auf Guyons Gesicht.

»Wir haben sie im Garten nahe der Kirche begraben«, fuhr der grauhaarige Anglosachse fort. »Lord Walter meinte, wir sollten sie in den Burggraben werfen, aber das haben wir nicht fertiggebracht. Lady Mabel hat uns ein Laken gegeben, daß wir die Tote einwickeln konnten ... Wir haben getan, was wir konnten, Lord.«

Guyon biß sich in die Innenseite seiner Wange und zwang sich, vernünftig zu denken. »Dafür habt meinen Dank«, bestätigte er dem Alten. »Ich werde es Euch nicht vergessen.«

Schließlich teilte sich die Menge, um Guyon durchzulassen, und er ging quer über den Hof und über die Treppe hinein ins Hauptgebäude, nicht mehr im Eilschritt des Kriegers, sondern mit schweren Schritten, als seien die Sporen, die an seinen Fersen klirrten, aus Blei. Es war alles unnütz. De Lacey schuldete ihm immer noch Leben und Freiheit. Die Burg mußte geräumt und inspiziert und gegen mögliche Gegenangriffe gesichert werden; außerdem war ein Bericht an König Henry fällig, zu dem er stoßen mußte, sobald hier alles erledigt war. Nun war es eben nicht erledigt und würde es vielleicht niemals sein.

In den Binsen auf dem Boden, nur ein paar Meter von der Stelle entfernt, wo er stand, spielte eines der Kinder der Dienerschaft mit einer Strohpuppe, und seine Aufmerksamkeit war ausschließlich darauf gerichtet, das grob geschneiderte Kleid mit einem Halsband zu dekorieren – einem Halsband mit kleinen, zierlichen Gänseblümchen aus Elfenbein.

Guyon legte sein Gesicht auf die Hände und weinte.

Achtundzwanzigstes Kapitel

Als Judith in Thorneyford eintraf, aufgrund einer dringenden Botschaft ihres Mannes, war es Sonnenuntergang des zweiten Tages und noch eine Menge zu tun, um die schlimmsten Schäden der Bergleute und ihres Tunnels zu beheben.

Im äußeren Burghof, der Szene der größten Zerstörungen, brannten die Kochfeuer wie üblich, versorgt von Dienerinnen der Burg oder den Frauen von Soldaten, und der Geruch nach Brot und Gemüsesuppe wehte verführerisch im Abendwind. Judith lenkte Euraidd zwischen den Feuern hindurch. Eine Fledermaus zog ihre Kreise, dicht über den Köpfen, um die Insekten zu fangen, die durch die Feuer angelockt wurden. Zerbrochene Pfeile und Lanzen waren auf dem Boden verstreut, zusammen mit Mauerteilen der vorderen Befestigung.

Ein Pferdeknecht hielt ihre Stute, und Guyon selbst kam aus den Schatten, um sie aus dem Sattel zu heben. Seine Lider waren schwer und staubumrandet. Schweiß und der Staub der Schlacht hatte sich in den Falten seiner Haut festgesetzt, aber jetzt erkannte sie den Hauch eines Lächelns, bevor er sich heruntergebeugte und ihr einen stoppeligen Kuß gab.

»Du bist schnell vorangekommen, *cath fach*«, bewunderte er sie. »Ich hatte nicht vor morgen mittag mit dir gerechnet.«

»Was sein muß, muß sein«, antwortete sie leichthin, und ihre Blicke waren voller Sorgen.

Das Lächeln verschwand. »Ja«, stimmte er ihr tonlos zu. »Was sein muß ...«

Judith schaute ihn nachdenklich an. Sein Brief hatte sie über den Sieg in Kenntnis gesetzt und sie gebeten, schnell herzukommen. Sonst hatte nicht viel daringestanden, und seine Schrift war groß und manchmal fast unleserlich gewesen, so daß sie den Boten von seinem Mahl zurückholte und sich von ihm versichern ließ, daß Guyon nicht verletzt war. Nach dem ersten Schrecken hatte sie dann den Mann über Informationen ausgehorcht, die nicht in dem Brief standen.

»Das mit Eluned tut mir so leid, Guy«, sagte sie leise und drückte seinen Arm.

Guyon machte eine schuldbewußte Geste. Er hatte vor der Vorstellung gestanden, daß er einfach nicht mehr weitermachen konnte, und ein verzweifeltes Bedürfnis nach Judiths resoluter, mutiger Gegenwart gehabt, und trotz seiner Kürze und seines Gekrakels war der Brief direkt vom Herzen gekommen. Hätte er nachgedacht während des Schreibens, dann hätte er sie bestimmt lieber auf Ravenstow gelassen, als sie hierher zu holen in die Trümmer eines Schlachtfelds – aber gestern hatte er wenig Zeit zum Nachdenken gehabt.

»Ich schätze, es war das beste«, sagte er, als sie den inneren Hof betraten. »Wenn man eine Blüte auf diese Weise zertritt, ist sie nicht mehr zu retten. Hätte ich nur ...«

»Guyon, nein!« Sie stellte sich auf die Zehenspitzen und preßte die Handfläche gegen seine Lippen. »Du mußt dir keine Schuld vorwerfen, da, wo du keine hast. Rhosyn hätte die Handelsstraße viel ungenierter benützt, wenn du ihr nicht diese Warnung hättest zukommen lassen. Du hast versucht, sie und ihre Kinder zu schützen, und ich habe das auch getan, mit der Eskorte.«

»Aber es war nicht genug.«

Die Stoppeln kitzelten auf ihrer Hand, als sich seine Lippen bewegten. Judith schaute ihn mit zusammengekniffenen Augen an. »Wann hast du zuletzt gegessen und geschlafen?«

Guyon mußte fast schielen, um ihrem Blick zu begegnen, und er nahm ihre Hand in die seinen. »Wenn man dich hört, könnte man denken, es ist meine Mutter«, sagte er mit der Andeutung eines Lächelns.

»Die ganz offensichtlich eine vernünftige Frau war«, erwiderte sie geschickt. Dazu zog sie die Brauen zusammen. »Warum hast du mich kommen lassen, wenn du nicht willst, daß ich mich um dich kümmere?«

»Weil ...« Er atmete scharf ein, als wollte er seine Gedanken ändern, dann hielt er inne und schaute sie an, fuhr sich zugleich mit der einen Hand geistesabwesend durch das Haar, das dringend geschnitten werden mußte. »Ach, vergiß es, Judith ... Weil du das aufreizendste, sturste und tüchtigste Frauenzimmer bist, das ich jemals das Pech hatte kennenzulernen!«

Sie brach in Gelächter aus. »Ist das als Kompliment oder als Beleidigung gedacht?«

»Um ehrlich zu sein, ich weiß es nicht!« Auch seine Lippen deuteten jetzt ein Lächeln an. »Ich weiß nur eines, *cath fach*: daß ich dich brauche, wie ich nie zuvor im Leben etwas gebraucht habe.«

Judith hielt die Luft an und kam ins Taumeln. Er

roch scharf nach Pferd und Schweiß und Rauch. Seine Rüstung hätte von allein stehen können, so stark waren die gemischten Gerüche. »Ich hätte dich auch fragen können, wann du dich zuletzt gewaschen hast«, ergänzte sie mit spöttischem Ernst.

Er gab ihr einen Klaps aufs Hinterteil. Sie stieß einen Schrei aus, schaute sich um und sah Eric, der sie durch eine ähnliche Maske aus Schmutz angrinste. Sie wandte sich wieder ihrem Mann zu und massierte sich die Hinterbacken. »Und warum brauchst du mich im Besonderen?« fragte sie spitzbübisch. »Abgesehen vom Naheliegenden.«

Daraufhin grinste er, schüttelte den Kopf über ihre ungenierte Art und wurde rasch wieder nüchtern, als sie weitergingen. »Abgesehen vom Naheliegenden, *cath fach*, brauche ich dich, um Ordnung in dieses Chaos hier zu bringen, so daß wir mehr als kalte Gemüsesuppe und Trockenfleisch auf den Tisch bekommen. Die Dienerinnen wissen nicht mehr, was oben und was unten ist, und Lady Mabel ist nicht imstande, sie zu organisieren. Ich habe nicht die Zeit dazu.«

»Lady Mabel ist hier?«

»Mit ihrem Sohn.« Ein Stirnrunzeln zog seine Brauen über der Nase zusammen. »Sie leiden beide unter der verdammten roten Ruhr. Sieh nach ihnen, wenn du willst, aber ich schätze, es liegt jetzt in Gottes Hand.«

Es war etwas in seinem Ton, eine Schärfe, die Judith veranlaßte, ihn mit Neugier anzuschauen. Er blieb am Fuß der Treppe zum Wohngebäude stehen und stützte sich auf den Knauf seines Schwerts, als wollte er es in der Scheide halten.

»Was wird aus ihnen, wenn sie überleben, Guy?«

Er folgte ihrem Blick auf seine geballte Faust und nahm sie langsam vom Schwertknauf, ehe er ihr antwortete, und sein beiläufiges Achselzucken strafte das Flattern seiner Nasenlöcher und das Pulsieren seiner Halsschlagader Lügen. »Die Ländereien werden eingezogen, weil de Lacey gegen seinen König rebelliert hat; sie gehörten ihm ohnehin nur durch das Eherecht. Ich nehme an, der Junge wird sie eines Tages erben, wenn er alt genug dazu ist, und in der Zwischenzeit wird Henry einen Verwalter benennen. Der beste Platz für Lady Mabel ist meines Erachtens das Kloster.«

»Und de Lacey?« fragte sie leise.

»Für den bleibt immer noch die Hölle!« zischte er. »Die Abrechnung ist aufgeschoben, aber nicht aufgehoben.«

Judith fand Lady Mabel und das Kind in einer Kammer, die von der Halle aus zu betreten war. Der Boden war mit frischen Binsen bedeckt, das Bett mit sauberem Leinen frisch überzogen, aber die Luft war erfüllt vom typischen Gestank einer Darmkrankheit. Judith ging zu den Läden und stieß sie auf, woraufhin kühle, kobaltblaue Luft in den Raum eindrang. Helgund schwor, daß die Nachtluft schlecht war für die Lungen, aber Judith hatte oft genug unter freiem Himmel geschlafen, um solchem Aberglauben irgendwelche Bedeutung einzuräumen. Außerdem roch die Nachtluft angenehmer als die menschlichen Ausdünstungen in diesem Raum.

Geräusche drangen aus dem Burghof herauf; das gemütliche Rabauken zweier Sergeants, das fremde, walisische Singen am Feuer der Bergleute, das Wiehern eines nervösen Schlachtrosses.

Die Frau im Bett warf sich unruhig hin und her und stöhnte. Judith ging zu ihr hin und legte eine Hand auf ihre heiße Stirn. Mabel von Thorneyford hob die tiefliegenden Lider und versuchte, Judith in den Blick zu bekommen, stöhnte wieder, und die Lider fielen ihr vor Schmerzen zu. Ihr Kopf rollte auf dem Kissen hin und her, und ein Schauer schüttelte ihren erschöpften Körper. Auf den abgezehrten Wangen waren rote Fiebermale zu sehen, und sie atmete schwer. Nur noch eine Frage der Zeit, dachte Judith – und einer sehr kurz bemessenen.

Das Kind in der Krippe war wach und munter. Als sie vor den Jungen hintrat, schaute er ihr in die Augen und folgte von da an jeder ihrer Bewegungen. Es waren die Augen seines Vaters, dunkelbraun in der Farbe, ein Ton, der von dem dichten Haar wiederholt wurde. Er hatte die Knie bis an die Brust hochgezogen und jammerte heftig. Judith bückte sich und hob ihn heraus. Seine Haut war heiß, aber nicht so heiß wie die seiner Mutter, und soweit Judith das beurteilen konnte, war seine Situation keineswegs aussichtslos.

»Armes, kleines Wurm«, murmelte Helgund, als sie Judiths Körbchen mit Medikamenten abstellte. »Was mag der für ein Leben haben, nach diesem Beginn?« Sie schaute dem Kind ins Gesicht und bekreuzigte sich, als sie die deutliche Ähnlichkeit mit seinem Vater erkannte.

»Jedenfalls ein besseres als im anderen Falle«, antwortete Judith, während sie ihn wieder in die Krippe legte und dann ein beruhigendes Elixier zur Linderung von Mabels Schmerzen mischte. »Eine Mutter, die nicht sprechen kann und die ihn niemals gewollt hat, und ein Vater, der gelogen und betrogen, gemordet und geschlachtet hat, mit einer speziellen, perversen Vorliebe für ganz junge Mädchen. Was ist das für ein Vorbild für ein heranwachsendes Kind? Jedenfalls hat er jetzt eine Chance, Begriffe wie Ehre und Anstand kennenzulernen.«

»Vielleicht habt Ihr recht, M'lady«, sagte Helgund, dennoch blieb ihre Stirn gefurcht. »Aber ich glaube, daß Wölfe immer wieder Wölfe zeugen.«

»Er ist nur zur Hälfte Wolf«, sagte Judith leise »Auf der Seite seiner Mutter gibt es gutes Blut. Komm, hilf mir, sie hochheben, und dann hol den Pfarrer.«

»Es gibt also keine Hoffnung mehr?«

Judith schüttelte den Kopf. »Es sind einige hier in der Burg von der Krankheit befallen. Ich nehme an, das Wasser ist schuld daran, aber nur die Schwächsten stehen es nicht durch. Guyon hat die hiesigen Diener an die Arbeit geschickt, daß sie den Brunnenschacht reinigen.«

»Ich frage mich, warum Ihr die Läden aufgelassen habt, M'lady.«

»Und warum, meinst du?«

»Damit ihre Seele frei fliegen kann.«

Judith sagte nichts dazu. Sollte Helgund glauben, daß sie dem alten Brauch nachhing; es ersparte ihr, sich eine Lektion über die Schädlichkeit der frischen Nachtluft anhören zu müssen. Mabel hustete und verschluckte sich an der bitteren Medizin; der größte Teil davon lief ihr über das Kinn.

Das Kind wurde erfolgreicher als seine Mutter in den Schlaf gebracht; danach wechselte man das Bettzeug. Im Gegensatz zu Heulwen war der Junge nur schwer zum Lachen zu bringen, und strahlte nicht ein Jota von ihrem Charme aus. Sein Blick war stets ernst, fast alt ... Aber Heulwen, dachte sie, und die Kehle schnürte sich ihr zu, hat ihr Leben lang nur Liebe und Zuneigung gekannt, während es bei diesem Kind sicher nicht der Fall gewesen war. Mabel hatte ihn nicht gemocht, sagten die Zofen, und ihn der Amme überlassen, die ein halbblödes Mädchen aus dem Dorf war, mehr interessiert am Essen auf der Burg und an den Aufmerksamkeiten von einem der Pferdeknechte als an dem Kind, das sie betreuen sollte.

Judith blinzelte die Tränen fort und setzte sich neben die Krippe, glättete dem Kind das dichte Haar und streichelte es, bis seine Lider wieder zugefallen waren und seine Atmung leicht und lang wurde. Dann stand sie auf, überließ den Kleinen Helgund und ging in ihr Schlafgemach, um ihrem Ehemann eine ähnliche Pflege zukommen zu lassen.

Guyon stieg in die Wanne und zischte leise durch die Zähne, als das heiße Wasser die kleinen Schnitte und Kratzer fand, die er selbst völlig vergessen oder übersehen hatte. Langsam ließ er sich in das mit Kräutertinkturen getränkte Wasser sinken, bis es an seine Schultern reichte. Er lehnte sich zurück und schloß die Augen.

Umwölkte Visionen tanzten vor seinen dunklen Lidern. Der Tod von Eluned, wie er ihn sich vorstellte, und die Wirklichkeit des kleinen Erdhügels im Garten hinter dem Friedhof. Rhosyns verwüsteter Körper. Heulwen, die voller Entsetzen nach ihrer Mutter rief. Heulwen, die ihn anlächelte, durch die dichten Wimpern, genau wie Rhosyn es getan hatte. Er schluckte und fluchte, öffnete die Augen und bewegte sich ruckartig im Wasser nach vorn. Judith stieß unwillkürlich einen Schrei aus und hätte beinahe ihr Körbchen mit den Heilmitteln fallengelassen.

»Was ist los?« Sie schaute sich um, als rechne sie damit, daß sie im nächsten Moment vom Feind überfallen werden würde.

Guyon schüttelte den Kopf. »Nichts«, sagte er und langte nach der Seifenschale.

Judith schaute ihn skeptisch an und stellte dann das Körbchen ab. »Seltsames Verhalten für nichts«, bemerkte sie. »Du hast einen scheußlichen Kratzer an der Schulter. Laß mich ihn behandeln, bevor du dich anziehst.«

Seine Lippen verzogen sich leicht. »Jawohl, Madam.«

Sie bückte sich, suchte in seinem Gepäck nach etwas, das er anziehen konnte, und klickte mit der Zunge in Verwunderung darüber, wie ein Mann innerhalb eines Monats ohne weibliche Hilfe seine Garderobe verdrecken und ramponieren konnte.

»Was ist mit Lady Mabel und dem Jungen?« fragte er viel zu beiläufig, als daß es ihm Judith abgenommen hätte.

Judith schaute sich um, ein paar Gemaschen in der Hand. »Lady Mabel wird sterben«, sagte sie, »vermutlich noch vor dem kommenden Morgen. Das Kind hat eine Chance zum Überleben.«

Danach herrschte langes Schweigen. Judith kam herüber, und er blickte kurz auf zu ihr, dann wandte er sich düster ab und schaute ins Leere. »Weißt du, Judith«, gestand er leise, »als sie mir sagten, daß Eluned tot war und daß sich der Junge und seine Mutter noch hier befanden in der Burg, in meiner Macht, da habe ich einen Moment lang gedacht, ich bringe sie beide um.« Er schluckte hart. »Der kleine Junge ... Er sieht seinem Vater so ähnlich ... Ich hatte mein Schwert aus der Scheide gezogen und stand über ihm ... Und dann habe ich mich gefragt, worin der Unterschied besteht zwischen mir und Walter de Lacey.«

Judith kniete neben der Wanne, ob unabsichtlich oder weil ihre Beine weich geworden waren, konnte sie selbst nicht sagen. Sie berührte seinen angespannten Schwertarm. »Der Unterschied besteht darin, daß du kein Vergnügen daran gehabt hättest, Guy. Das ist es, was dich von de Lacey unterscheidet.«

»Glaubst du?«

»Du hast es ja auch nicht getan, selbst wenn du es wirklich gewünscht hättest«, erwiderte sie ruhig, während sich ihr Inneres vor Angst umdrehte.

Sie schüttelte ihn an der Schulter. Es war die Seite mit der Verletzung, und er zuckte zusammen. »Guy, schau mich an.«

Er wandte ihr den Kopf zu.

»Man hätte es dir nicht zum Vorwurf machen können«, sagte sie langsam und deutlich.

»Nein«, stimmte er ihr tonlos zu, und sein Blick richtete sich wieder in das dunkle Nichts.

»Also schön, im Namen der Heiligen Jungfrau!« Judith, erschrocken und zornig zugleich, stand auf. »Mach ruhig so weiter, wate in diesem Sumpf, bis du in deinem eigenen Schuldgefühl steckenbleibst und untergehst. Aber erwarte nicht, daß ich dir auf diesem Weg folge!« Sie eilte zur Karaffe und suchte nach einem Becher oder Glas.

Guyon schloß die Augen und lehnte den Kopf wieder gegen den Rand der Wanne. »Judith, laß es sein. Ich will nicht streiten mit dir – nicht jetzt.«

»Und das ist erst die Hälfte des Problems«, diagnostizierte sie mit beißender Schärfe. »Du bist so müde, daß deine Sinne dir kaum noch gehorchen. Du brauchst jetzt erst einmal Zeit zum Ausruhen und Erholen.«

Er lächelte schief. »Es gibt Dinge, die sein müssen, und andere, die müssen noch viel dringender sein, *cath fach*. Henry braucht meinen Bericht, und er braucht mich. Meine eigenen Bedürfnisse müssen warten.«

»Du würdest in diesem Zustand völlig nutzlos sein für ihn.«

»Hör auf, mich zu quälen, Judith. Ich schaffe das schon.«

»Und du hast die Nerven, mich als stur zu bezeichnen!« erwiderte sie, die Hände in die Seiten gestemmt. Als er nichts darauf antwortete, verengte sie die Augen, und mit entschlossen zusammengepreßten Lippen streckte sie die Hand nach dem Fläschchen mit Mohnsirup in ihrem Körbchen aus und gab eine tüchtige Portion davon in seinen Wein. Dann kippte sie noch ein halbes Glas Whisky dazu, gerade, als er wieder herschaute.

Zurück an der Wanne, gab sie ihm den gewürzten Wein. »Weil wir von Bedürfnissen sprechen«, sagte sie und änderte die Richtung ihrer Attacke. »Die Männer wollen in Kürze zur Ernte freigelassen werden.«

»Soweit notwendig«, stimmte er ihr zu. »Ich werde Söldner anheuern, die sie ersetzen. Ich schicke jemanden nach Ravenstow zum Tresor.« Er trank einen Schluck von dem Wein und hustete über die Schärfe des Whiskys.

»Trink es aus!« kommandierte sie und befürchtete, daß er den Geschmack des Opiums erkennen könnte.

»Kann ich es wagen?« fragte er. »Als du mir zuletzt einen Becher unter die Nase geschoben und mich so kommandiert hast, warst du gerade noch der Folter entkommen.«

Judith fühlte, wie sie errötete. »Dabei hab' ich dir das Leben gerettet, nicht wahr?«

»Ja, das hast du, *cath fach*.« Er schaute sie prüfend an. »Warum bist du denn auf einmal so rot geworden?«

»Das ist die Sommerhitze«, erklärte sie als Ausrede. »Ich bringe dir etwas zum Essen.« Sie murmelte es atemlos und lief zur Tür.

Guyon schüttelte den Kopf und tauchte wieder unter das Wasser. Ihr Abgang war allzu abrupt gewesen, um natürlich zu sein, und die Erklärung für ihr Erröten war nicht viel besser. Zorn breitete sich in seinen Nervenenden aus, ein unangenehmer Zorn, der seine Müdigkeit noch verstärkte. War es möglich, daß sie seinen Wein nicht nur mit Whisky versetzt hatte?

Judith kehrte zurück mit einem Tablett beladen mit kaltem Truthahnbraten und hellem Hefebrot, einer neuen Flasche Wein und einer Entschuldigung für ihr etwas abruptes Verhalten von vorhin.

»Du meine Güte, Guy, du hättest inzwischen zu Bett gehen sollen«, beklagte sie sich und befürchtete, daß sie nun zwei Männer von der Wache holen mußte, die ihn aus dem kühler werdenden Wasser hievten und ins Bett legten, ohne daß das Bett klatschnaß wurde. Sie verschränkte die Arme, zog die Brauen zusammen – und stieß einen Schrei aus, als Guyon in der Wanne aufstand, sie packte und nach unten zog.

»Und du solltest aufhören, mir den Wein zu vergiften, du Hexe!« zischte er, während sie versuchte, seinem harten Griff zu entkommen.

»Das hab' ich nicht, Guy, ehrlich.«

»Willst du leugnen, daß in dem Wein Mohnsirup war?«

»Nur so viel, damit du fest und gesund schlafen kannst. Du hast es nötig.«

»Aber du hast es heimlich getan.«

»Nur zu deinem Besten.«

»Ah, ja, mein Bestes«, sagte er glatt. »Und dazu gibst du mir Schlafmohn wie einem Baby, das ruhig gehalten werden soll.«

»Guyon, bitte, du tust mir weh!«

»Ich sollte dich verprügeln, ja, bis du nicht mehr weißt, wo oben und unten ist«, knurrte er, aber er ließ sie dann doch los. Ihr Kleid war klatschnaß auf der Vorderseite, und auf dem Boden standen Wasserpfützen. »Mach das nie wieder, das rate ich dir!«

Judith nahm ihren Mut in beide Hände und baute sich hinter ihnen wie hinter einem Schild auf. »Das nächstemal achte ich nur besser darauf, daß du es nicht merkst«, gab sie ihm zurück. »Meine Schuld war es, daß ich in meiner Hast keine Zeit hatte, den Geschmack zu übertönen.«

Guyon stieg jetzt aus der Wanne, mit einem Schwall von abgekühltem Wasser. »Wage es – auf deine Gefahr«, sagte er mit dicker Zunge.

»Ist das eine Drohung oder ein Versprechen?« fragte sie mit frechem Selbstvertrauen, das sie in Wirklichkeit überhaupt nicht fühlte. »Wirst du mir jetzt das Kleid aufbändeln? Es ist naß, und ich erkälte mich.«

»Selbst schuld. Hol eines deiner Mädchen.«

»Kann ich nicht. Helgund sitzt bei Mabel und dem Kind, und wenn du Elflin so anstarrst, wirst du sie erschrecken, ganz zu schweigen davon, was Brand dazu sagen wird, wenn er glaubt, daß du seiner Frau unsittliche Avancen gemacht hast.«

»Was?« Guyon wußte, daß sie ihn an der Nase herumführte, wollte sie aber dabei zunächst nicht hindern.

»Nun, wenn ich Elflin kommen lasse, und die sieht dich in diesem Zustand – Gott allein weiß, was sie sich denken wird. Du weißt, sie hat vor allen Männern Angst mit Ausnahme von Brand.«

»In diesem Zustand ...« Guyon folgte der Richtung ihres Blicks, dann drehte er ihr rasch den Rücken zu. Sie lachte schallend. Er wandte sich langsam wieder um. Ihre Augen wirkten unschuldig und groß, und ihre Blicke wichen nicht von ihm, auch nicht, während sie das Mieder löste und den Rock aufband.

»Soll ich mich vielleicht nicht darum kümmern?« fragte sie herausfordernd. »Oder läßt du mich wenigstens näher an dich hin, damit ich dich abtrocknen kann?«

»Judith!« Guyon verschluckte sich fast, mußte dann aber selbst lachen. Noch vor einer halben Stunde war er so deprimiert und krank in der Seele gewesen, daß er sich am liebsten hingelegt hätte und gestorben wäre. Jetzt strömte wieder Energie durch seinen Körper. »Was mache ich bloß mit dir?«

»Vielleicht versuchst du, mir ein Kind zu machen«, schlug sie vor und schaute ihn provozierend durch die Wimpern an. »Frauen werden angeblich verträglicher und weicher, wenn sie geboren haben. Öffnest du mir jetzt das Kleid auf meinem Rücken, Guy?«

Er langte an die Schleife, zog sie auf und die Bändchen aus den Ösen. »Du bist nichts als ein Flittchen, weißt du das? Und das bei dieser Sommerhitze!«

Sie stieg aus dem nassen Kleid und warf sich in seine Umarmung, schlag ihre Arme um seinen Hals, und seine Lippen trafen sich mit den ihren. Dann zog sie das bereits geöffnete Mieder nach unten. »Diesmal habe ich vorgesorgt«, sagte sie gegen seine Lippen. »Ich habe es nicht extra fest zugeknotet.«

»Damit habe ich auch nicht gerechnet«, erwiderte er, als ihr nackter Körper mit dem seinen verschmolz.

Neunundzwanzigstes Kapitel

Guyon bewegte sich, nachdem ein Lichtstrahl über seine Lider geglitten war, und öffnete sie vorsichtig. Die Schlafkammer lag im Halbdunkel, und ein versprengter Sonnenstrahl war durch einen Riß im Fensterladen eingedrungen. Er bewegte den Kopf und sah die Staubpartikel in dem scharf gebündelten Licht. Er brauchte einen Moment, bis er wußte, wo er war, und warum. Dann kam das vertraute Gefühl eines kalten Steins, der ihm in die Gedärme sank, ein Gefühl, das augenblicklich aufgelöst wurde durch das Bewußtwerden von Judiths warmem Körper, der sich an seine Seite kuschelte. Sie schlief mit der unschuldigen Hingegebenheit eines Kätzchens – und das war ja auch ihr walisischer Kosename. Ein unschuldiges Kätzchen – schwer zu glauben, in der raffinierten Verführung der Nächte.

Mit einem Lächeln kam ihm zum Bewußtsein, daß dies das erste Mal in drei Tagen war, daß er am Morgen und nicht erst am Mittag aufwachte. Die letzten drei Tage waren für ihn wie Szenen aus einem fernen, illuminierten Stundenbuch gewesen, und er hatte als Analphabet, der er in Wirklichkeit nicht war, nur umblättern und die Bilder ansehen können. Er erinnerte sich, in der Halle gegessen und mit Leuten gesprochen zu haben, obwohl er nicht mehr sagen konnte, mit wem er diese Gespräche geführt, und was er gegessen hatte. Er erinnerte sich auch, hinausgegangen zu sein und die Reparaturarbeiten an der äußeren Mauer beaufsichtigt zu haben, aber Judith hatte ihn mit irgendeiner raffinierten Ausrede zu sich gerufen – und das hatte jedesmal unweigerlich im Bett geendet, wo sie ihn zweifellos durch unfaire Mittel festzuhalten verstand.

Lady Mabel war noch in der ersten Nacht gestorben. Gott schenke ihrer Seele die Ruhe, dachte er, die sie auf Erden nicht gefunden hatte. Judith hatte geweint, obwohl sie selbst vermutete, daß es eher Tränen der Erleichterung waren als besondere Trauer um diese Tote. Der Junge lebte noch. Sein Fieber war zurückgegangen, und er hatte auch kein Blut mehr im Stuhl – das jedenfalls hatte ihm Judith berichtet. Sie hielt ihm den Kleinen fern, und er selbst hatte nicht das Bedürfnis, ihn zu sehen.

Jetzt schaute er wieder hinunter auf seine Frau und mußte an den Zwischenfall mit dem allzu heftig gewürzten Wein denken. Judith hatte es danach tränenreich bereut, obwohl er nicht sicher war, ob sie es ernst gemeint hatte. Mach mir ein Kind, hatte sie gesagt. Er war nicht sicher, ob er sich Judith mütterlich und weich vorstellen konnte. Es lag nicht in ihrer Natur, wenigstens jetzt noch nicht. Ein Wurf Kätzchen machte Katzen nicht kätzischer. Meistens stimmte das Gegenteil.

Ein Hornruf unterbrach seine Gedanken, ein Jagdhorn, aber die Töne kamen nicht in der Folge, die die Hunde zur Treibjagd riefen, sondern schnitten sich wie Blitze durch sein Wohlgefühl, rissen ihn im Bett hoch und ließen ihn augenblicklich nach seinem Schwert langen. Im selben Moment schob Michel de

Bec ohne vorherige Ankündigung den Vorhang beiseite und betrat den Raum.

»Mylord, es ist de Lacey«, sagte er kurz und bündig. »Er hat leichtes Belagerungszeug bei sich und eine Armee von Walisern hinter sich, und er ist im Begriff, die Mauern zu stürmen.«

Guyon wurde grau. »De Lacey?« wiederholte er. Neben ihm setzte sich Judith auf, hielt sich das Bettlaken vor die Brust, und ihre Augen füllten sich mit schläfriger Verwirrung.

De Bec wischte sich mit der Hand über den Bart und sah elend aus. »Wir haben sie nicht eher bemerkt. Bei Morgengrauen herrschte dicker Nebel, und sie haben sich unter einer Schafsherde versteckt, die sie zur Burg getrieben haben.«

»Schafe?« Guyon warf seinem Burgvogt einen Blick zu. »Schafe?« wiederholte er und stieß ein bitteres Lachen aus über die Ironie der Situation. Dann schleuderte er die Bettlaken beiseite.

»Hölle und Verderben, Michel!« explodierte er. »Erst lassen wir den Kerl über die Mauer entkommen, ohne daß es jemand von uns bemerkt, und dann kehrt er auch noch auf dieselbe Weise zurück! Gott im Himmel, ja, sind meine Wachen denn alle blind?« Er begann schnell, sich anzuziehen. »Cadwgans Männer, wie ich vermute.«

»Ich weiß es nicht, Mylord.«

»Zum Teufel, was wißt Ihr denn?«

De Bec schluckte. »Sie sind von Westen gekommen, direkt von der Grenze her, Mylord. Ich glaube nicht, daß sie zu den Shrewsbury-Leuten gehören.«

Guyon zog seine Hose an. »Deshalb sind sie nicht weniger entschlossen, uns alle umzubringen«, sagte er mit einer Stimme, die rauh war von ungezügeltem Zorn. »Wie weit sind sie in der Überzahl?«

»Etwa drei zu eins, Mylord, aber mindestens die Hälfte davon sind kaum mehr als wilder, barfüßiger walisischer Pöbel.«

»Auch den darf man nicht unterschätzen«, erwiderte Guyon scharf. »Sie sehen vielleicht aus wie primitive Bauern, aber sie kämpfen wie die Wölfe, und eine geschwächte Burg ist für sie wie ein neugeborenes Lamm – genau nach ihrem Geschmack.« Er schaute seinen Burgvogt nachdenklich an. »Die sitzen keine zwei Tage da und belagern uns: die wollen alles beim ersten oder zweiten Überfall entscheiden. Wenn wir sie dann zurückschlagen, und zwar so, daß sie den Mut verlieren, haben wir eine Chance.«

»Und die Frauen ...«

Guyon folgte de Becs Blick. Gekleidet jetzt in ein anliegendes, weißes Unterkleid aus Wolle, war Judith ein Anblick, der die Lust eines jeden Mannes im Krieg wecken würde, und der Rang bildete da kein Hindernis, wenn Walter de Lacey es war, der den Überfall leitete.

Judith nahm Guyons langen Dolch aus seinem Schwertgürtel. »Ich kann mich allein verteidigen«, sagte sie leise und hielt die Klinge in erfahrener Weise.

Guyon wollte den Mund aufmachen und ihr erklären, sie solle sich nicht lächerlich machen, als sie ihm bereits die gereinigte Rüstung brachte. Es hatte keinen Sinn, ihr zu sagen, daß die Waliser erfahrene Messerkämpfer waren und daß sie es vielleicht einmal versuchen konnte, mit dem Überraschungsmoment auf ihrer Seite, aber kein zweites Mal. Wahrscheinlich wußte sie es sogar.

»Die Frauen müssen ihre Chance wahren wie wir alle«, sagte er zu de Bec, während er die schwere Rüstung über die Schulter zog und mit den Gurten befestigte. Er drehte sich zu Judith um und streckte die Hand nach seinem Schwertgürtel aus. Sie brachte ihn, und er fuhr ihr leicht mit seinen Knöcheln über die Wange.

»Organisiere die Dienerschaft, so gut du kannst, Liebes. Die Frauen sollen sich um die Verletzten kümmern und alles heißmachen, was wir haben: Wasser, Öl, Teer. Die Männer sollen alles brennbare Material zusammentragen, löschen und Nachschub auf die Schanzen bringen. Ich gebe Nachricht im einzelnen, sobald ich mich mit der Situation vertraut gemacht habe. Vor allem eines, Judith: Bewahre sie unter allen Umständen davor, daß sie durchdrehen und in Panik geraten.«

Sie nickte mutiger, als sie sich fühlte. Aber sie hob das Kinn an, schaute Guyon stolz in die Augen, und er zog sie an sich, einen Arm um ihre Taille gelegt.

»Guy, paß auf dich auf«, flüsterte sie und fühlte plötzlich die ganz große Angst, als ihr klarwurde, was da geschah. »Geh nicht auf de Lacey los, koste es, was es wolle.«

Er trat einen Schritt von ihr weg, damit sie den Gürtel schließen konnte. »Das werte ich als Torheit und nicht als Beleidigung, *cath fach*«, sagte er leise. »Ich weiß, worum es geht und was auf dem Spiel steht.«

Sie schaute ihm nach, und die Angst rollte sich zusammen wie eine Schlange in ihrer Magengrube, drückte auch auf ihr Herz und auf ihre Kehle. Sie zog ihre Tunika an, flocht sich das Haar und steckte es mit Nadeln so, daß es aus dem Weg war. Es war eine Art Mutbeweis, aber dann gürtete sie ihre Tunika und steckte den Dolch in seine Scheide an dem Gürtel, auf der linken Seite. Das gab ihr das Vertrauen, wie eine Amazone aus ihrem Schlafgemach zu treten und dann mit der Organisation der halb hysterischen Dienerschaft zu beginnen, damit sie nicht allzu sehr an eine Schar von Hühnern erinnerte, über die der Fuchs hergefallen war.

Guyon schaute vom Wehrgang zwischen den Schießscharten hinunter auf ein totales Chaos und brüllte seinen Leuten einige Kommandos zu. »Bringt die Ölfässer an die Mauer und stoppt die Anrennversuche, bevor dieser noch nicht ganz reparierte Teil der Mauer nachgibt. Das gilt auch für die Ramme. Und hier oben sind nicht genügend Haltehaken. Holt welche aus dem Magazin, das können die Jungen machen, und bringt auch Pfeile, soweit vorhanden. Tränkt sie mit Pech und setzt sie in Brand, vielleicht erwischen wir ja das Katapult damit.«

»Verdammter Mist«, fluchte Eric neben ihm. »Es sieht so aus, als würde da unten halb Wales nach unserem Blut heulen.«

Guyon lächelte grimmig. »Nicht ganz«, sagte er, »aber genug, um uns aus dieser Welt zu befördern, wenn sie durchbrechen; de Lacey wird schon dafür sorgen.« Er setzte sich den Helm auf, und seine Miene, wie sie auch sein mochte, verschwand hinter einem breiten Nasenschutz und den Schläfenplatten. »Die Balliste soll dort hinüber. Wo sie jetzt steht, ist sie nicht allzu günstig. Michel, kümmere dich darum, und du kannst gleich für diesen Teil der Mauer das Kommando übernehmen. Nimm dir zehn deiner besten Männer – und du, Eric, komm mit mir.«

»Haben wir denn eine Chance, Mylord?« Eric schaute ihn zweifelnd an, dann blickte er hinunter in das Ameisennest von Walisern, deren Führer zu erkennen waren durch das goldene Band um die Stirn und die schlangenhautartige Rüstung. Sie bereiteten einen Angriff vor mit einer Leiter, die sie sehr schnell anlegten, und dabei machten sie sich nicht einmal die Mühe, den Angriff zu verschleiern. Auch Walter de Lacey war da, außerhalb der Reichweite der Pfeile, und sprach mit seinen Captains und Vasallen.

»Eine Kampfbelagerung, buchstäblich«, sagte Guyon, während er zuschaute, wie die kleine Gruppe von Männern sich trennte und ihre Positionen einnahm, und sein Blick folgte de Lacey mit geschärfter Konzentration, bevor er sich umdrehte, die Hand am Schwert, und den Rest des Burgfriedens inspizierte.

Der Angriff kam mit der sengenden Wut eines Sommergewitters – schnell, hart und wild, und schwer zu halten. Steine und geschmolzenes Pech wurden auf die Ramme gekippt, und kochendes Öl goß man über die Männer, die es mit der Leiter versuchten. Pfeile schwirrten durch die Luft. Einer sauste ganz nah an Guyons Ohr vorüber und streifte sein Kinn. Ein dünner Faden Blut lief über seinen Hals und verschwand unter den Ringen der Rüstung. Ein anderer Pfeil riß ihm den Helm vom Kopf, als er mit Eric und einem anderen Ritter versuchte, eine Leiter loszumachen und hinunterzukippen. Zehn Meter lang und in einem Winkel von sechzig Grad an die Mauer gelehnt, war sie sehr schwer abzuwehren, namentlich, wenn fünfzehn halbwilde, zu allem entschlossene Männer draufstanden.

»Sie rutscht!« keuchte Eric, während er hochroten Kopfes seine ganze Kraft einsetzte. Der vorderste Waliser hatte die Mauer erreicht und zog sich auf die Krone hoch, den runden Schild vor sich, das Schwert bereits nach Erics Hals gezückt. Eric mußte sich abducken und seinen Griff lockern. Guyon war unter dem walisischen Wachmann durch, schlitzte ihm seine lederne Jacke auf, als sei sie aus Pergament, und kickte ihn zurück über die Mauer, wo er unten zerschmettert ankam, dann schwang er dem zweiten Mann den Schwertknauf unter den Kiefer, daß er rückwärts taumelte und den Tritt auf der Leiter verlor.

Die Leiter rutschte über den Stein, als sie nach unten ging. Noch einer der Feinde gelangte auf die Mauerkrone und empfing den Tod durch Guyons Schwert. Sein Schrei mischte sich mit dem seiner Kameraden, als die Leiter zur Seite kippte und unten in den Burggraben krachte. Aber es war nicht die Zeit, sich zu gratulieren, denn zu beiden Seiten der eben gestürzten standen weitere Leitern, und von einer davon hatten die Waliser eine Brustwehr erreicht und schwärmten über den Wehrgang aus.

Eine Weile war der Kampf so verzweifelt, daß Guyon kaum die eigene Stellung halten konnte und mit Entsetzen daran dachte, was an den anderen Stellen geschehen würde; wenn es danach in seinem Abschnitt ruhiger wurde, so nur deshalb, weil die Mauer auf der anderen Seite nachgegeben hatte und de Lacey seine Männer abzog, um die Bresche zu sichern und zu erweitern.

Fluchend, daß jedem Pfarrer die Ohren bei lebendigem Leib abgefallen wären, sprintete Guyon auf die Gefahr zu und wurde von einem verletzten Waliser aufgehalten. Ein Messer funkelte. Guyon blockierte die herabfahrende Hand mit einer instinktiven Bewegung seines Schilds, dann rammte er ihn einem anderen Mann ins Gesicht und kam wieder auf die Beine. Eric bellte eine Warnung. Er duckte sich, und eine Handaxt stieß mit der Seite seines Helms zusammen, statt seinen Schädel zu spalten, aber die Wucht des Aufpralls schickte ihn auf die Knie. Den zweiten Hieb fing er mit seinem Schild ab, und der dritte erreichte ihn nicht, denn er hatte die Klinge über die Schienbeine seines Angreifers gezogen, was ihn schreiend hinunterfallen ließ. Aber an seiner Seite kam ein anderer und wieder einer, und es gelang ihm nicht, durchzubrechen.

Dreißigstes Kapitel

»Ich möchte die Waliser aus dieser Rechnung heraushalten, Miles.«

Der Lord von Milnham und Ashdyke ließ den Huf los, den er überprüft hatte, gab dem Renner einen Klaps auf die kraftvolle, glänzende Schulter und drehte sich dann zu seinem König um. »Das ist leichter gesagt als getan, Sire«, sagte er zurückhaltend. »Wenn wir unter uns Krieg führen, ist das die Zeit, in der sie den größten Profit daraus schlagen können.« Er wischte sich die Hände an der Hose ab und langte nach seinem Hemd.

»Vielleicht hätte ich sagen sollen, die Waliser, die mit de Belleme alliiert sind. Das letzte, was wir uns wünschen, wenn wir gegen Shrewsbury marschieren, ist, daß Cadwgans Horden aus Wales herüberkommen und uns von der Seite angreifen.«

Miles zog sich das Hemd und die Tunika an und gab dem Pferdeknecht ein Zeichen, den Renner herumzuführen, damit man sehen konnte, wie gut sich der überanstrengte Vorderlauf erholt hatte.

»Das heißt, ich soll einen gesonderten Krieg führen gegen die Waliser, Sire?« fragte er mit trügerischer Milde.

Henry betrachtete den langen, flüssigen Schritt des Hengstes. Seine Lippen verzogen sich zu einer flachen

Kurve. »Ich möchte, daß Ihr mit ihnen verhandelt, Miles, daß Ihr sie an den Tisch bringt, wo man ihnen Vernunft lehrt.«

Miles stieß einen Laut des Unwillens aus. »Ein jeder, der mit Euch am Tisch sitzt, Sire, ist letzten Endes derjenige, der verspeist wird«, sagte er trocken.

Henrys Lächeln vertiefte sich, und er unternahm keinen Versuch, die Bemerkung zu leugnen. »Es heißt, daß sie gegen Bestechung nicht immun sind. Bietet Cadwgan, was immer er will – natürlich in vernünftigem Rahmen. Er ist nicht besonders intelligent, aber gierig und gerissen. Mit Euren Verbindungen zu den Walisern und anderen Talenten solltet Ihr in der Lage sein, ihn mir vom Hals zu schaffen und statt dessen auf de Belleme zu hetzen.«

Miles schaute Henry von der Seite an. »Und was ist für mich dabei drin?« fragte er. »Abgesehen von einem warmen Händedruck und der Bestätigung, daß ich ein loyaler Diener meines Königs bin?«

Henry schürzte die Lippen und erinnerte sich daran, warum es niemals klug war, irgend etwas vorauszusetzen, wenn man nicht flach aufs Gesicht fallen wollte. Ein jeder hatte seinen Punkt, von dem aus er nicht weiter gehen wollte, nur daß die einigen ihn unbemerkter erreichten als andere. Vielleicht hatte er Miles zu sehr gedrängt, zu sehr und zu lange. Das galt auch für Guyon. Wenn man das mit einem Pferd machte, dachte er, während er das Schlachtroß von Miles beobachtete, dann geht es früher oder später ernsthaft lahm.

»Vielleicht – eine Weile Befreiung vom Dienst?« sagte er und hob dann den Blick auf Alicia, die gerade die Treppe herunterkam, ein Paket in der Hand.

Miles' Lippen zogen sich zusammen. Er nickte dem

Pferdeknecht zu, und das Tier wurde weggebracht. »Wann soll ich losziehen?«

»Sobald Ihr wollt. Ich möchte im Besitz von Shrewsbury sein, bevor der Frost des Winters das Gras am Wachsen hindert.« Er wandte sich Alicia zu, mit einem höflichen Lächeln. Ihre Zöpfe waren immer noch so schwarz wie die Mitternacht, und sie duftete wunderbar nach Rosenöl. »Das ist es doch wert, oder?«

»Das will ich hoffen«, murmelte Miles dunkel.

Alicia senkte den Blick vor dem König. Er kam zwar häufig als Besucher, aber sie fühlte sich stets unwohl in seiner Gegenwart und versuchte, ihren Kontakt mit ihm auf ein Minimum zu beschränken.

Boshaft, wie er war, langte Henry nach ihrer Hand, um sie zu küssen, aber sie verweigerte sich und drückte ihm statt dessen das Paket in die Hand.

»Was ist das?« fragte er.

»Ich weiß es nicht, Sire. Der Botschafter ist eben erst angekommen.«

Henry warf einen Blick auf das Siegel. Es war das von Guyon – ein Leopard im Sprung. Er schlitzte die Verpackung mit seinem Eßmesser auf und schaute schnell den Inhalt durch. Alicia hakte sich bei Miles unter und suchte die Sicherheit seines Körpers.

»Er hat Thorneyford eingenommen«, sagte Henry mit Befriedigung. »Er wird dort alles in Ordnung bringen, eine Garnison einrichten und dann weiterziehen nach Bridgenorth über Ledworth und Oxley, um frischen Nachschub zu besorgen.«

»Was ist mit de Lacey? Ist er tot oder gefangengenommen?«

Henry schnitt eine Grimasse. Die Schrift war krakelig, sehr seltsam für den ordentlichen, rechtshändigen

Guyon, dessen Schrift er in all den Jahren so oft gelesen hatte. »Nein«, sagte er zuletzt. »Anscheinend hat er sich vor dem letzten Angriff davongemacht, nach Shrewsbury, wie einer von der Garnison sagte, aber Guy kann nicht sicher sein. De Laceys Frau und sein Sohn sind auf Thorneyford, beide schwer krank mit der roten Ruhr.«

»Hat er etwas von einem walisischen Mädchen geschrieben?«

Henry schüttelte den Kopf und gab den Brief an Miles weiter. »Eine besondere Sorge für ihn? Hatte er nicht einmal eine walisische Geliebte?«

»De Lacey hat sie und ihren Sohn ermordet und ihre gemeinsame zehnjährige Tochter zu seiner perversen Befriedigung mitgeschleppt«, erklärte Miles brüsk. »Um ihr anderes Kind, Guyons Tochter, wird auf Ravenstow gesorgt. Sie ist dem Schicksal ihrer Mutter nur um Haaresbreite entkommen.«

»Das tut mir leid; das habe ich nicht gewußt.« Einen Moment lang legte Henry die übliche Herrscherallüre ab und zeigte Mitleid und Überraschung zugleich.

»Guyon wollte es nicht an die große Glocke hängen«, antwortete Miles knapp. »Es war eine private Angelegenheit, die ihm sehr tief gegangen ist, und es ist vor nicht einmal zwei Monaten passiert.«

Henry tippte sich mit dem Zeigefinger gegen das Kinn, wo er sich einen schönen, dunklen Bart wachsen ließ. Die Worte des Briefes waren klar und deutlich, aber die fast betrunken wirkende Schrift war Anlaß zur Sorge, ebenso wie das, was er eben erfahren hatte.

»Vielleicht, angesichts dessen, was Ihr mir eben berichtet habt, wäre es gut, wenn Ihr einen Umweg über Thorneyford machen würdet auf Eurem Weg zum Gespräch mit den Walisern – um sicher zu gehen, daß alles in Ordnung ist.«

»Das hatte ich ohnehin vor, Sire«, erwiderte Miles, den Rücken steif, den Blick defensiv. »Er ist schließlich mein Sohn.«

Henry lächelte. »Nun, dann habt Ihr jetzt auch noch die königliche Sanktion dafür. Es fängt zu regnen an. Gehen wir hinein und diskutieren wir, was ich von Cadwgan im einzelnen haben möchte?«

Miles starrte konsterniert auf den Sergeant, den er eben vorausgeschickt hatte, um Guyon von seiner unmittelbar erfolgenden Ankunft zu informieren, denn der Mann kam mit seinem Renner zurück auf die Truppe zu, ohne das Pferd in der Sommerhitze zu schonen. Selbst wenn Guyon nach Ravenstow zurückgekehrt oder schon auf dem Weg nach Ledworth gewesen wäre, hätte kein Grund zur Hast bestanden, es sei denn, etwas Schlimmes war geschehen. Sein Magen zog sich zusammen, und sein Hengst zitterte nervös als Antwort darauf.

»Die Burg wird angegriffen, Mylord; soweit ich sehen konnte, von den Walisern, und es wird hart für die Verteidiger!« Er keuchte nicht weniger als das Pferd, und Miles' Miene, die sich zuerst verdüstert hatte, zeigte plötzlich wildes Vergnügen.

»Die Waliser, sagt Ihr?« Seine Lippen schürzten sich. »Auf der Suche nach ein bißchen normannischer Freundschaft. Na schön, warum nicht?«

»Mylord?«

Miles schüttelte den Kopf und ritt zur Spitze des Zuges, verschärfte den Schritt und trieb seine Leute nun mit einem federnden Kanter voran.

Sie brauchten dennoch fast eine Stunde, um Thorneyford Rise zu erreichen, und bis dahin hatten die Verteidiger trotz tapfersten Widerstands einen Zustand kurz vor der Aufgabe erreicht. Miles sah die Leitern, die an der Mauer lehnten, sah, daß keine Männer sich mehr darauf befanden, nahm an, daß die meisten inzwischen im Inneren der Festung waren, sah auch die Bresche in der Mauer und hörte das Geräusch eines verzweifelten Kampfes aus der Burg. Er wendete seinen Hengst, erhob sich im Sattel und wandte sich an seine Männer, die ihre Schilde in die linke Hand nahmen, die Waffen in die Rechte, und sich auf einen Angriff vorbereiteten.

»Ich gebe euch keine langen Erklärungen. Ihr seht selbst, worum es geht. Ihr seid alle erfahrene Krieger und kennt die Kampfweise der Waliser. Paßt gut auf die Bäuche eurer Rosse auf, die Waliser schlitzen sie auf, wenn ihr sie zu nahe heranlaßt. Und denkt daran, der Waliser trägt keine Rüstung. Er ist dadurch verletzlicher, aber auch schneller als ihr. Tötet, wenn es darum geht, eure eigene Haut zu bewahren, aber versucht ansonsten, Gefangene zu machen. Die sind wichtig, um danach mit Cadwgan verhandeln zu können. Habt ihr verstanden?«

Als sie es bestätigt hatten, nahm Miles selbst seinen Schild in die linke Hand, prüfte den sicheren Sitz seines Helmes, befreite seinen Morgenstern von der Schlaufe am Sattel und trieb sein Roß voran. Der Hengst bebte vor Erwartung und kaute an der Beißstange. Zugleich lockerte Miles die Zügel und trieb brüllend die Sporen in die Flanken des Hengstes.

Der normannische Angriff schuf im äußeren Burghof ein großes Durcheinander bei den angreifenden Walisern. Ein barfüßiger Kämpfer aus den Bergen wurde von der Schulter des Hengsts umgedrückt und von den nachfolgenden Pferden niedergetrampelt. Der Morgenstern traf ins Gesicht eines Flamen, unter die Kante seines Helms. Er schrie und stürzte. Der Waliser hinter ihm versuchte, seinen Kopf zu schützen, war aber zu langsam und fiel mit ausgebreiteten Armen in den Staub. Wie Miles gesagt hatte, trugen nur sehr wenige Waliser Rüstungen, und die Waffen der Normannen gingen durch sie hindurch wie eine Sichel durch einen Korb voll reifer Pflaumen.

Miles preschte unter dem Fallgitter durch. Er erhielt einen scharfen Schlag gegen seinen Schild, als er aus dem inneren Hof ins Tageslicht kam. Er keuchte, als sein linker Arm dadurch festgehalten wurde, und schleuderte den Morgenstern über die obere Kante des Schilds. Ein dumpfer Schlag und ein erstickter Schrei waren die Antwort. Er zog an den Zügeln, und das Roß fuhr herum. Hufe trampelten über etwas Weiches, das gurgelte, sich wand und dann still lag.

Miles schwang seinen Hengst noch einmal herum und sah mitten in den erneut aufgeflammten Kämpfen einen barfüßigen Waliser, der auf eine Gruppe seiner Kameraden zulief. Sie kämpften wütend gegen etwas, das sie eingekreist hatten. Barfuß mochte dieser Krieger sein, aber der Griff seines Kurzschwerts war mit ungeschliffenen Edelsteinen besetzt, und sein Gürtel war mit Blattgold verziert. Auf seinen schwarzen Locken saß ein Normannenhelm. Mit einem Triumphschrei ritt Miles ihn nieder.

Die Gruppe von Walisern explodierte nach außen, wie die Wellen, die entstehen, wenn man einen Stein in einen Teich geworfen hat. Einer von ihnen rollte über den Boden, hielt sich seinen Bauch und schrie.

Guyon folgte, stieß seinen Schild gefährlich vor sich her und schwang das Schwert gegen die ungeschützten Beine der Gegner. Hinter ihm, die Beine weit gespreizt, schwang Eric seine Streitaxt durch die Luft und traf jeden Waliser, der es wagte, sich in den Weg des funkelnden Stahlkeils zu stellen.

Miles' Roß pflügte in den Haufen der Waliser, und der Morgenstern verringerte ihre Chancen zusätzlich. Guyon spuckte einen Mundvoll Blut aus einem Riß an der Lippe und drängte vorwärts. Er handelte jetzt nur noch nach seinem Instinkt, und er brauchte einen Moment, bis er den Hengst seines Vaters erkannte, und noch etwas länger, bis er sich bewußt wurde, daß Hilfe zur Hand war, und sei es auf noch so wunderbare und unerklärliche Weise.

Miles zügelte seinen Hengst, um den Rückzug des walisischen Edelmanns zu verhindern, den er angegriffen hatte. Die Blicke des jungen Mannes bewegten sich zwischen den tanzenden Hufen und dem eindrucksvoll schwingenden Morgenstern hin und her. »Wirf dein Schwert weg und ergib dich!« kommandierte Miles auf Walisisch. »Ich verspreche dir, daß dir dann nichts geschieht.«

Guyon schaute sich in dem inneren Burghof um, sah, daß der Vorteil des Kampfes jetzt wieder auf seiner Seite war, und stellte zugleich fest, daß die scheinbar unbesiegbaren Türen aufgebrochen waren. Ein gepreßter Fluch zischte zwischen den zusammengepreßten Zähnen hindurch, und er rannte, mit dem Kommando einer Handvoll Soldaten, auf das Hauptgebäude zu.

Miles warf unwillkürlich einen Blick auf seinen Sohn, und der Waliser sah seine Gelegenheit und rannte in die Freiheit. Das Pferd war eher dort als er, und die Streitaxt traf seinen Helm und schlug ihn halb bewußtlos zu Boden. Mit einem Knurren über die Torheit des jungen Kerls machte sich Miles daran, einen weiteren Fluchtversuch des Walisers zu verhindern.

Innerhalb des Wohngebäudes lauschte Judith auf das Gebrüll der Männer, die das kochende Öl ins Gesicht bekamen, auf die Kriegsrufe, die Todesschreie, das Donnern des Rammbocks, und war krank bis in die Seele vor Angst, daß einer dieser Schreie die letzte Lebensäußerung ihres eigenen Mannes sein könnte.

Sie hatte alles getan, was möglich war, bis auf die Teilnahme am Kampf an den eigentlichen Schlachtstätten, und sie wäre auch davor nicht zurückgeschreckt, wenn sie nicht so sehr von ihrer Verantwortung für die Verwundeten in Anspruch genommen worden wäre und für diejenigen im Innersten der Festung, die von ihr beschützt werden mußten.

Sie wußte, daß ihre Situation verzweifelt war. Die Waliser allein hätten sie abwehren können, aber mit normannischen Führern war das etwas anderes. Guyon hatte Thorneyford ziemlich stark beschädigen müssen, um es einnehmen zu können, und vier Tage waren nicht genug gewesen, um auch nur die notdürftigsten Schäden zu beseitigen. Sie konnte nur Gott danken, daß sie Heulwen in Ravenstow gelassen hatte, denn eigentlich hatte sie vorgehabt, die Kleine mitzubringen, und nur die Zweifel über das, was sie hier erwarten würde, hatten sie davon abgehalten.

Judith drehte sich der Magen um, wenn sie sich überlegte, was ihr die Zukunft in den Händen von Walter de Lacey bringen würde. Er würde sie zur Heirat zwingen, um Anspruch auf die Grafschaft erheben zu können. Was hatte Guyon über Panik gesagt? Der Raum schien immer kleiner zu werden, schien sie zu erdrücken. Der Verletzte, um den sie sich kümmerte, stöhnte und zuckte. Die Wunde war mit Salbe versorgt, und sie langte nach einer Bandage. Es war keine mehr vorhanden, und sie benützte den Vorwand, den Raum zu verlassen und Lady Mabels Wäschetruhe im Söller zu plündern.

Sie kniete neben der Kommode und schnitt mit einem Dolch von Guyon ein Tischtuch aus Leinen in Streifen, als sie bemerkte, daß die Kriegsgeräusche näher gekommen waren. Von draußen war ein ungeheurer Krach zu vernehmen, und dann die Schreie der Frauen, das Klirren von Schwertern gegen Schwerter. Sie hörte auf zu schneiden und erhob sich, die Augen weit aufgerissen, wobei ihr der Atem stockte. Waffen trafen aufeinander, direkt vor dem Ledervorhang. Sie hörte einen gezischten Fluch und umspannte das Heft ihres Dolches; dabei klopfte ihr Herz, als würde es dem Körper entfliehen.

Man hörte einen heftigen, dumpfen Schlag, und einem scharfen Schrei folgte ein tiefes, kehliges Stöhnen. Gleich danach wurde der Vorhang zur Seite gerissen, und ihr Alptraum stand vor ihr. Walter de Lacey blockierte das Licht. Sein Kettenhemd funkelte wie eine Schlangenhaut, während die Luft mit rauhem Rasseln in seine Lungen eindrang und sie wieder verließ. Sein Schwert war blutbeschmiert, und das Rot schien sich in seinen Augen widerzuspiegeln, die mit unheiliger Freude glühten.

Ihr schnürte sich die Kehle zu, doch zuvor war noch ein unwillkürliches Wimmern durch ihre Lippen gedrungen. Vergewaltigung und ein Leben in einer Hölle auf Erden. Jetzt sah sie ihre Zukunft deutlich voraus, in der Miene dieses Mannes.

De Lacey beobachtete sie, berauscht vom Triumph und dem Entsetzen, das er in ihren Augen erkannte. Sie drückte sich ein paar Leinenstreifen gegen die Brust, und ihre Lippen preßten sich heftig zusammen, damit sie sich nicht übergeben mußte.

»Ihr seid zwar nicht ordentlich gekleidet für eine Hochzeit, aber es wird eben so gehen müssen«, spottete er mit messerdünnem Lächeln. »Außerdem stört das Gewand später ja ohnehin nur dabei.«

»Kommt mir nicht zu nahe«, fauchte Judith ihn an.

Er schüttelte den Kopf und schnalzte mit der Zunge. »Sagt das eine Braut zu ihrem Zukünftigen? Ich glaube, ich muß Euch ein paar Lektionen erteilen, damit Ihr etwas Gehorsam zeigt.« Er steckte das Schwert in die Scheide und kam näher.

Judith wich zurück. Ihre Hüften stießen gegen die Kommode. Sie war gefangen, in die Ecke getrieben, und es gab keinen Ausweg. Jetzt würde er alles mit ihr tun, was Maurice de Montgomery mit ihrer Mutter getan hatte. Sie mußte an Rhosyn denken, an Rhys und Eluned, und was mit ihnen geschehen war. Sie dachte an Guyon, der da draußen irgendwo auf dem Hof liegen mußte, denn sonst hätte es de Lacey nicht gewagt, hier vor ihr zu stehen – und als er die Hand nach ihr ausstreckte, blitzten ihre Augen, und sie riß das Kinn nach oben.

Guyon rannte, ohne das Gewicht seines Kettenhemds, der Rüstung und der Waffen zu spüren. Eine furchtbare Vorahnung hatte von ihm Besitz ergriffen. Ein Flame stellte sich ihm in den Weg und wurde niedergemäht. Die Mädchen schrien und duckten sich in eine Ecke. Die Verwundeten, die nicht selbst gehen konnten, waren alle getötet worden. Ein Waliser trank Wein aus einer Flasche. Er drückte sie noch an die Brust, als Guyon ihn abstach wie ein Schwein. Blut und Wein mischten sich auf dem Boden. Guyon packte Helgund am Arm. »Wo ist deine Herrin?«

»Sie ist … fort … im Söller … Stoff zum Verbinden …« Helgund schaute ihn aus einer Maske von Angst und Entsetzen an, während rings um sie die Männer zu kämpfen begannen, sich über Tische und Stühle hinweg verfolgten und in Stücke hackten, töteten oder getötet wurden.

Guyon ließ ihren Arm los und zwang seine bleiernen Füße, durch die Halle zu laufen. Prys lag ausgebreitet vor dem Eingang zum Söller. Guyon blieb stehen und drehte ihn um, doch das Leben hatte ihn geflohen, der blutgetränkte Körper war schlapp und erkaltete bereits; die glasigen Augen schauten ins Nichts.

Es war, als ob Guyon das Blut erstarrte; die Welt rings um ihn schien zu stürzen. Er hielt sich an der Wand fest, bis sein Gleichgewicht sich wieder hergestellt hatte, atmete tief ein, teilte den Vorhang und betrat den Söller.

Ein Sonnenstrahl teilte den Raum bis zur Wand über dem *prie dieu* und erhellte eine Pfütze Blut und eine rote Perlschnur von Tropfen darum. Er folgte dem Muster nach oben und wieder nach unten, wo es in den tiefen Schatten neben der offenen Leinenkommode verschwand. Zögernd folgte er seinem Blick, bis er auf den Körper von Walter de Lacey hinunterschaute und, darunter, den groben Stoff von Judiths ältestem Arbeitskleid erkannte.

Wenn sein Blut vorher zu erstarren drohte, jetzt schien es zu gefrieren, und er war einen Augenblick lang nicht imstande, zu denken oder sich zu bewegen, geblendet und gelähmt durch seine Vorstellungskraft. Etwas stupste ihn an seiner Hand, eine feuchte, kühle Schnauze, und Cadi jaulte. Ihre Rute schlug gegen seine Hose, und er unterbrach den Blickkontakt mit dem, was zu sehen er sich so fürchtete, um sich unwillkürlich dem Hund zuzuwenden. Cadis Zunge fuhr ihm über die Wange; die Hündin jaulte leise und schnüffelte dann an de Laceys Rüstung.

Guyon stellte fest, daß wieder Bewegung zurückgekehrt war in seine Glieder, obwohl sie einem Fremden zu gehören schienen. Er bückte sich, packte de Laceys Schulter und rollte ihn auf die Seite. Er hatte einen tiefen, zackigen Schnitt in der Kehle, und seine Augen waren fixiert in einem vorwurfsvollen, blicklosen Starren.

Judith war blutgetränkt, aber er konnte nicht wissen, wieviel davon ihr eigenes Blut war. Ihr Gesicht war sauber geblieben bis auf einen kleinen Strich, der ihre Blässe betonte. Ihre Augen waren geschlossen, und einen schrecklichen Moment lang wußte er nicht, ob sie tot war oder noch lebte.

»Judith?« sagte er leise, kniete sich neben sie, umarmte sie und lehnte ihr Gewicht gegen seine Schultern. »Judith?« Er strich über ihr Gesicht, und sie kippte gegen ihn wie eine Lumpenpuppe. Entsetzt gab er ihr einen Klaps, und dann packte er ihr Handgelenk, ehe sie und ihr Dolch das mit ihm machen konnten, was sie mit Walter de Lacey gemacht hatten.

»Guyon?« Ihre Augen klärten sich rasch, waren nicht mehr umwölkt. Sie blickte zu ihm hoch, schaute auf das Messer und ließ es fallen, dann drehte sie sich um, warf sich in seine Arme und zitterte.

»Judith, Liebste, bist du verletzt? Ich weiß nicht, es ist so viel Blut ...«

»Verletzt? ... Nein, es ist alles sein Blut. Er wußte nichts von meinem Dolch, bis ich zugestoßen habe ... Als er hier hereinkam, da habe ich gedacht, du bist tot ...« Wieder stockte ihr der Atem, und Guyon streichelte ihr das Haar und küßte sie. Sie erwiderte den Kuß wild und leidenschaftlich, dann stieß sie ihn ein wenig von sich, um ihn zu betrachten. »Du redest von meinen Verletzungen, als ob die deinen gar nichts wären!« sagte sie und zeigte auf eine blutige Spur, die vom Kinn unter seine Rüstung verlief.

»Das ist ein Kratzer«, antwortete er, wobei er nicht ganz die Wahrheit sagte. »Ich habe Schlimmeres beim Üben erlitten. Und es macht auch nichts. Denn jetzt ist alles vorüber.«

Sein Ton war so müde, daß sie fast wieder durchdrehte. »Wie meinst du das? Glaubst du, jetzt, wo de Lacey tot ist, werden die Waliser Vernunft annehmen?«

»Das hoffe ich zumindest, obwohl sie unberechenbare Bastarde sein können und ich selbst nicht in der Position bin, mit ihnen verhandeln zu können.« Sein Blick ging zur Tür.

Judith schaute Miles an und riß den Mund vor Erstaunen weit auf, als er über den Toten auf der Schwelle trat und hereinkam in das Söllerzimmer.

»Ich dachte, du hättest nicht die Zeit gehabt, nach Unterstützung zu schicken?« sagte sie zu Guyon in äußerster Verwirrung.

»Hatte ich auch nicht, Liebes.« Guyon ließ sie los, um sein Schwert an de Laceys Kniehose abzuwischen, und wünschte gleich darauf, er hätte es gelassen, weil sich danach der Raum bewegte und nach den Seiten kippte wie ein Schiff im Sturm. Er hatte Mühe, wieder das Gleichgewicht zu finden, und ihm wurde übel; vorsichtig steckte er daraufhin die Klinge in die Scheide. »Es war einfach Glück, oder der Wille Gottes ...« Er schaute seinen Vater an. »Wenn du nicht in diesem Augenblick gekommen wärst ...«

»Es war der Wille des Königs, meinst du«, sagte Miles mit einem spöttischen Lächeln, während Guyon sich bemühte, seinen Helm abzunehmen. »Und wie es so geht, konnte die Situation wieder einmal gar nicht günstiger sein für ihn.« Er bückte sich und streichelte den Hund.

Guyon warf einen Blick auf seinen Vater. »Entschuldige. Ich habe mich gerade bis zum Tor der Hölle gekämpft und zurück. Ich kann noch nicht richtig denken.«

Miles ließ den Hund, ging hinaus in die Halle und kehrte von dort mit einer Weinkaraffe zurück, die auf wunderbare Weise die ganzen Verwüstungen überstanden hatte. »Henry möchte, daß ich mit den Walisern verhandle. Nun, dank dir und Walter de Lacey habe ich eine nette Sammlung von Waliser Vögelchen in meinem Gewahrsam. Mit denen werde ich Cadwgan sicher an den Verhandlungstisch locken können. Ich habe übrigens auch seinen eigenen Sohn.«

»Cadwgans Sohn?« Guyon trank den Wein direkt aus der Karaffe; dabei lief mehr über seine Rüstung als in seinen Mund. »Du meinst, dieser Idiot mit dem edelsteinbesetzten Schwert, der nicht weiß, wie er damit umgehen soll, ist Cadwgans Sohn?«

Miles grinste wie ein Wolf. »Genau der. Glaubst du nicht, seinem Vater wird er wichtiger sein als seine Treue zu Robert de Belleme?«

Guyon schüttelte staunend den Kopf. Dabei fiel sein Blick auf den Leichnam von Walter de Lacey, und ein Zittern lief durch seinen Körper. Er stellte die

Weinkaraffe weg. »Schade, daß er tot ist«, murmelte er. »Er ist mir zu billig davongekommen.« Dabei fuhr er sich mit der Hand übers Gesicht und fluchte, als er sich den Kratzer von dem Pfeil wieder aufriß, so daß er erneut zu bluten anfing.

Selbst noch zitternd von den Schockwellen, erhob sich Judith und ging zu ihm hin.

Die geschundenen Muskeln protestierten und zitterten, als er die Hand ausstreckte, um ihr über die Wange zu streichen. »Mach dir keine Sorgen, Liebste«, sagte er mit seiner üblichen Art, sie zu beschwichtigen. »Das Aufräumen und Reparieren von Thorneyford wird eine Weile dauern. Ich gehe jetzt nicht gleich nach Bridgenorth, also brauchst du dir auch nicht zu überlegen, in welchem Getränk du mir diesmal das Opium verpassen sollst.« Er zupfte sie am Zopf, lächelte und rutschte dann bewußtlos an der Kommode entlang zu Boden.

Einunddreißigstes Kapitel

Ashdyke

Im Herbst des Jahres 1102

Unterhalb der Klippe von Ashdyke, auf der sich die Burg erhob, zwischen ihr und dem Wye-Fluß, war das allgemeine Weideland illuminiert von einem großen Freudenfeuer, um das sich die Menschen aus den umgebenden Dörfern versammelt hatten, um zu tanzen und umherzutollen.

Das Wasser glitzerte von den Edelsteinen der reflektierten, bunten Lichter, und die scharfe, herbstliche Brise bewegte die schwarze Oberfläche mit kleinen Wellen, die aussahen wie Streifen und Flecken aus flüssigem Gold. Das brennende Holz einer gefällten und zersägten Buche knackte und spuckte Funken, und der stechende Rauch wurde durch die orangefarbenen Flammen immer wieder erneuert.

Judith schaute von einem Sehschlitz in der kleinen Kammer der Burg hinunter auf die Szene und lächelte, als sie das Leder wieder vor den Schlitz knöpfte. Es gab so viel zu feiern, daß man kaum glauben konnte, noch vor nicht einmal einer Jahreszeit von Gewalt und Häßlichkeit, von Krieg und Tod umgeben gewesen zu sein.

Sie wandte sich ab und nahm ihren neuen, marderpelzbesetzten Umhang. Helgund bewegte sich schnell und geräuschlos in der Kammer. Die Nachtkerzen erhellten die Gesichter der zwei schlafenden Kinder mit ihrem weichen Licht. Der König hatte Guyon die Vormundschaft von Adam de Lacey übertragen, und so befanden sich der Junge und seine Erbschaft in Guyons Verantwortung, bis Adam mannbar geworden war. Guyon hatte erst versucht, sich dagegen zu wehren, aber Judith hatte ihn überredet. Der Junge war nicht verantwortlich für die Verbrechen seines Vaters, und in den Jahren, die ihnen zur Verfügung standen, konnten sie ihn nach ihren eigenen Regeln und Gesetzen erziehen. Skeptisch hatte Guyon seine Zustimmung gegeben, weil er zu der Zeit einfach nicht die Kraft besaß, mit ihr zu argumentieren, und sie hatte schamlos den Vorteil aus seiner Schwäche gezogen und das Kind in ihren Haushalt eingefügt. Adam lächelte noch immer sehr selten, war überwiegend ernst, aber er hatte zugenommen an Fleisch und an Vertrauen, und folgte Heulwen überall hin, solange sie es ihm gestattete.

Heulwen. Schlafend sah sie so unschuldig und engelhaft aus mit ihren rotgoldenen Locken und den köstlichen Zügen, daß man kaum glauben konnte, was für ein Teufel sie in den wachen Stunden war. Abgesehen von ihrem Aussehen und ihrem Charme, hätte Heulwen ebenso gut ein Junge sein können. Sie kletterte auf Bäume und rannte herum, schaukelte und ritt bereits auf den Ponys – und war dabei verwegener als Helgunds Enkelkinder.

»Schlafen sie?« fragte Alicia, die auf Zehenspitzen hereingekommen war und Judith über die Schulter schaute.

Die drehte sich um und umarmte ihre Mutter. »Ich bin so froh, dich glücklich zu sehen.«

Alicia erwiderte die Umarmung. »Nie hätte ich gedacht, es noch einmal sein zu können. Ich hatte solche Angst, Miles in diesem schrecklichen Krieg zu verlieren.«

Einen Augenblick lang hielten sie sich umarmt, Frauen, die sich bewußt waren, wie zerbrechlich ihre glückliche Gegenwart war, denn auch jetzt war der Krieg nicht wirklich vorüber. De Belleme war zwar aus England verbannt, aber wie lange? Die Verbannung konnte durch den Federstrich eines Königs aufgehoben werden.

Alicia trat als erste einen Schritt zurück. Sie betrachtete Judith von oben bis unten. »Weiß er es schon?«

Judiths Hand legte sich unwillkürlich auf ihren Bauch, der noch fest und flach war. Es war sogar fast noch zu früh, um ganz sicher zu sein; die Symptome waren vage – mehr ein Wissen des Körpers als des Geistes.

»Wie bist du eigentlich ...«

»Du hast Fleisch zugesetzt. O nein, nicht da, das wird man wohl nicht so bald sehen, aber du hast deine Kleider noch nie zuvor so hübsch ausgefüllt.«

Judiths Blick wanderte hinunter zu ihrem Busen. »Ich schätze, ich sollte das beste daraus machen, bevor das andere überhand nimmt«, seufzte sie mit gespieltem Bedauern und lächelte, als sie den Raum verließ und die enge Wendeltreppe hinunterging. »Nein, Guy weiß es nicht. Aber ich hatte ihm einmal gesagt, der beste Weg, um mir die Unruhe und die Lebhaftigkeit zu nehmen, sei es, mir ein Kind zu machen, und er hat es wohl sehr wörtlich genommen.« Das Lächeln wurde ein Kichern, doch gleich danach klang ihre Stimme wieder nüchtern. »Ich habe das Kind in Thorneyford empfangen, irgendwann zwischen dem Tod von Lady Mabel und der zweiten Belagerung. Es ist in gewisser Weise ein neuer Anfang, ein Licht in der Dunkelheit, und mir daher um so wertvoller.«

Sie fand Guyon allein unten am Fluß, wo er den Widerschein der Flammen auf dem Wasser beobachtete, und ging vorsichtig auf ihn zu, über das hohe, braune Herbstgras, dessen Halme durch ihre Strümpfe pieksten. Er hörte das Rascheln, als sie näherkam, und drehte sich rasch um, dann entspannte sich seine Miene zu einem Lächeln, und er streckte ihr die Hand entgegen.

»Allein und in Gedanken?« fragte sie leichthin, aber mit einem bedächtigen Unterton für den Fall, daß er über seine persönlichen Verluste des vergangenen Jahres nachdachte.

»Jetzt nicht mehr«, antwortete er ebenso leicht und zog sie an sich. Ihr Atem ließ Nebel entstehen in der Nachtluft, zwei kleine Schwaden, die sich schnell vereinigten und wieder auflösten. Das Wasser schlug gegen die Steine, nicht weit von ihren Füßen. »Ich fragte mich, was in der Normandie geschehen mag, seit de Belleme sich dort in der Verbannung befindet.«

»Es soll uns keine großen Sorgen machen«, antwortete sie eine Sekunde zu schnell, und ihre Finger klammerten sich fester in die seinen.

Er schaute sie von der Seite an. »Nein«, sagte er und deckte das, was er sah, mit einer halben Lüge zu. »Aber mir tun wirklich Herzog Robert und die übrigen normannischen Lords leid. Er wird sie bei lebendigem Leib fressen.« Und dann würde Henry dazwischenfahren, und es würde wieder Krieg geben – diesmal in der Normandie und nicht in England.

»Mir ist es egal, solange er uns in Ruhe läßt.« Sie blickte zu ihm hoch und erkannte, was da alles unausgesprochen blieb. Er war sehr krank gewesen nach der Schlacht um Thorneyford – nicht todkrank wie das letzte Mal, Gott sei's gedankt, aber krank genug, daß Bridgenorth hatte fallen und Miles sein Abkommen mit den Walisern hatte treffen müssen, bevor Guyon in der Lage war, wieder hinauszugehen und ein Pferd zu besteigen – ihrer Meinung nach immer noch zu früh. Er ermüdete sehr schnell. Ja, an der bitteren Belagerung von Shrewsbury hatte er teilgenommen, einer der englischen Adeligen, die bezeugten, wie Robert de Belleme und seine Brüder die schwer mitgenommene Festung verließen, um unter Bewachung ins Exil in der Normandie gebracht zu werden. Für den Augenblick waren sie sicher hier.

»Bist du müde?« Sie rieb ihre Wange an seinem Umhang.

Er zuckte mit den Schultern. »Ein bißchen.«

»Vielleicht sollten wir uns zurückziehen«, schlug sie vor, dann schaute sie ihn ängstlich an, als fühlte sie, daß ihm ein Schauder über den Rücken lief. Aber es war kein Schauder – er lachte.

»Vor dem Bräutigam und der Braut? Schande über dich, du kleines Luder.«

Ihre Lippen zuckten. »Ja«, seufzte sie niedergeschlagen. »Schande über mich.«

»Judith, bist du denn niemals imstande, deinem Mann das letzte Wort zu lassen?« fragte er grinsend.

»Wenn es demnächst so ist, dann hast dabei allein du die Schuld.«

»Ich? Aber wieso denn?«

»Warum sonst sollte ich weich und nachgiebig werden?«

Das stoppte ihn, als wenn er gegen eine Mauer gerannt wäre. Er schaute sie an wie ein Bauer, der vom rauhen Cidre betrunken war.

»Es wird, schätze ich, im späten Frühjahr so weit sein«, fügte sie hinzu, und ihre Augen waren rund und unschuldig. »Freust du dich denn nicht?«

Guyon nahm sie bei den Schultern. Ein fragendes Lächeln ersetzte nach und nach den betäubten Ausdruck auf seinem Gesicht. »*Cath fach*, ich liebe dich«, murmelte er.

Sie schlang die Arme um seinen Hals. »Zeig es mir«, sagte sie an seinen Lippen. »Ich will es wissen.«

Lovestory vor dem Hintergrund der napoleonischen Ära

Als Band mit der Bestellnummer 11 612 erschien:

Auf dem Fürstentag in Erfurt begegnen sich Caroline, eine junge Deutsche, und Pierre de Lancourt, ein französischer Offizier. Es ist Liebe auf den ersten Blick. Doch schon bald trennen sich ihre Wege. Als Caroline die Gewißheit hat, daß sie ein Kind von ihm erwartet, begibt sie sich auf die Suche nach dem Geliebten . . .

BASTEI
LÜBBE